을유세계문학전집 · 142

댈러웨이 부인

을유세계문학전집 · 142

댈러웨이 부인

MRS. DALLOWAY

버지니아 울프 지음 · 손영주 옮김

을유문화사

옮긴이 손영주

서울대학교에서 언어학과 영문학을 공부하고 동 대학교 영어영문학과 대학원을 거쳐 미국 University of Wisconsin-Madison에서 영국 소설과 비평 이론을 전공했다. 현재 서울대학교 영어영문학과 교수로 재직 중이다. 지은 책으로 Here and Now: The Politics of Social Space in D. H. Lawrence and Virginia Woolf, D. H. Lawrence: New Critical Perspectives and Cultural Translation (공저) 등이 있고, 옮긴 책으로 『버지니아 울프 문학 에세이』(공역), 『나방의 죽음: 버지니아 울프 문학 에세이 2』(공역) 등이 있다. 『사랑에 빠진 여인들』로 제9회 유영번역상을 수상했다.

을유세계문학전집 142
댈러웨이 부인

발행일·2025년 8월 10일 초판 1쇄
지은이·버지니아 울프 | 옮긴이·손영주
펴낸이·정무영, 정상준 | 펴낸곳·(주)을유문화사
창립일·1945년 12월 1일 | 주소·서울시 마포구 서교동 469-48
전화·02-733-8153 | FAX·02-732-9154 | 홈페이지·www.eulyoo.co.kr
ISBN 978-89-324-0542-1 04840   978-89-324-0330-4(세트)

• 이 책의 전체 또는 일부를 재사용하려면 저작권자와 을유문화사의 동의를 받아야 합니다.
• 책값은 뒤표지에 있습니다.
• 잘못된 책은 구입하신 곳에서 바꾸어 드립니다.

차례

댈러웨이 부인 • 7

주 • 279
해설 삶을 위한 사투: 출간 1백 주년을 기념하며 • 283
판본 소개 • 303
버지니아 울프 연보 • 307

일러두기

1. 본문에 나오는 인명의 외래어 표기는 국립국어원 규칙에 따랐으나, 오랫동안 사용하여 굳어진 표현의 경우 가독성을 위해 그대로 두었음을 밝힙니다.
2. 본문의 단락은 3줄씩 떨어져 있으며 작품의 호흡이 중요하기에 원서에 준해서 간격을 유지했습니다.

댈러웨이 부인은 꽃은 자기가 사 오겠다고 말했다.

루시는 할 일이 이미 산더미였으니까. 문짝들도 경첩에서 떼어 내야 했고, 럼플메이어에서 사람들도 오기로 되어 있었다. 그런데, 하고 클라리사 댈러웨이는 생각했다. 정말 상쾌한 아침이야 — 아이들이 바닷가에서 맞이하는 아침처럼.

아, 신나! 공기 속으로 뛰어드는 것 같아! 버턴에서는 언제나 그런 기분이었다. 경첩이 살짝 삐걱대는 — 그 소리가 지금도 들리는 듯했다 — 유리문을 벌컥 열고 바깥 공기 속으로 몸을 던질 때면. 이른 아침의 공기는 얼마나 신선하고 얼마나 고요했던지. 물론 지금보다 더 고요했다. 파도의 철썩임처럼, 파도의 입맞춤처럼. 쌀쌀하고 매서우면서도 (당시 열여덟 살이던 소녀에게는) 엄숙했다. 그렇게 활짝 열린 창가에 서서, 뭔가 엄청난 일이 곧 일어날 것만 같은 기분으로 꽃들과, 연기가 감도는 나무들과, 오르락내리락 날아다니는 떼까마귀들을 바라보고 있었는데, 피터 월시가 불쑥 말을 건넸지. "채소들 사이에서 명상 중인가?"라고 했던가? ― "난 꽃양배추보다는 사람이 좋던데" ― 이랬던가? 어느 아침 식사 때 그녀가 테라스로 나갔을 때, 그는 분명히 그렇게 말했었다 ― 피터 월시. 이맘때 인도에서 돌아올 거라고 했었는데, 6월이라고 했는지 7월이라고 했는지는 잊어버렸다. 그의 편지는 지독히도 지루했으니까. 기억나는 건 그의 말들이었다. 그의 눈, 그의 주머니칼, 그의 미소, 그의 투덜거림. 수많은 것들이 완전히 다 사라져 버렸는데 ― 참 이상도 하지! ― 양배추에 관한 이런 몇 마디는 기억이 나다니.

그녀는 보도 끝에서 몸을 살짝 꼿꼿이 세운 채, 더트널 회사의 짐마차가 지나가기를 기다렸다. 매력적인 여자야. 스크롭 퍼비스는 생각했다(웨스트민스터에서 이웃을 아는 정도로 그녀를 아는 거지만). 어딘지 새 같은 데가 있어. 가볍고 생기있는 청록색 어치 같아. 나이가 오십이 넘었고, 앓고 난 후로 머리가 하얗게 셌는 데도. 그녀는 그를 전혀 보지 않은 채, 홰에 앉은 새처럼 몸을 아주 곧게 편 자세로 길을 건너려고 서 있었다.

웨스트민스터에서 살다 보면 ― 이제 몇 년째더라? 20년도 넘었지 ― 심지어 이렇게 차가 붐비는 한복판에서도, 아니면 한밤중에 잠에서 깼을 때, 특유의 정적이나 엄숙함을 확실히 느끼게 돼. 클라리사는 생각했다. 뭐라 형언할 수 없는 멈춤, 빅 벤이 치기 직전의 긴장감을 말이지(그건 독감으로 그녀의 심장이 약해져서 그런 거라고들 하지만). 저것 봐! 종소리가 쾅 하고 울려 퍼졌다. 먼저 음악처럼 울리는 예종이, 그리고 뒤이어

돌이킬 수 없는 시간의 시종(時鐘)이. 납덩이처럼 둔중한 소리가 겹겹이 둥글게 퍼지며 대기 속으로 스며들었다. 우린 참 어리석어. 빅토리아 스트리트를 건너며 그녀는 생각했다. 우리가 왜 그렇게 삶을 사랑하는 건지는 오직 하늘만 아니까 말이야. 어떻게 삶을 그렇게 바라보고, 만들어 내고, 자기 둘레로 쌓아 올리고, 무너뜨리고, 순간순간 새롭게 창조해 내는 건지는. 그런데 가장 초라한 여자들도, 문간에 앉아 있는 가장 비참한 사람들도 (자신의 몰락을 들이켜지) 똑같이 그렇게 하잖아. 그렇기 때문에 그들을 의회의 법으로 다룰 수는 없는 거야. 그녀는 확신했다. 그들은 삶을 사랑하니까. 사람들의 눈 속에, 경쾌한 움직임과 터벅터벅, 터덜터덜 걷는 발걸음 속에, 고함과 소란 속에, 마차와 자동차, 짐차와 이리저리 돌아다니는 샌드위치맨들, 관악대와 손풍금, 승리의 함성과 짤랑거리는 소리 속에, 머리 위로 날아가는 비행기가 내는 기이한 고음 속에, 그녀가 사랑하는 것이 들어 있었다. 삶이, 런던이, 6월의 이 순간이.

6월의 중순이었다. 전쟁은 끝났다. 폭스크로프트 부인 같은 사람들은 제외하고 말이다. 그녀는 그 멋진 아들이 전사한 데다 오래된 장원 저택이 이제 사촌에게 넘어가게 되어 어젯밤 대사관에서 애통해하고 있었다. 혹은 유독 아끼던 아들 존이 죽었다는 전보를 손에 쥔 채로 바자회를 열었다는 레이디 벡스버러 같은 이도 있었다. 그렇지만 끝났다, 감사하게도, 끝났다. 6월이었다. 왕과 왕비는 궁전에 있었다. 아직 제법 이른 시간인데도 사방에서 말발굽 소리와 질주하는 조랑말들의 요란한 움직임과 크리켓 방망이 소리가 들렸다. 로즈,* 애스콧,* 래닐러*를 비롯한 여기저기에서. 날이 밝으면 부드러운 그물망 같은 회청색의 아침 공기에 감싸여 있던 것들이 풀려나, 잔디와 경기장에서 앞발로 땅을 박차며 튀어 오르듯 달리는 조랑말들의 모습이 드러날 것이다. 휘돌아다니는 청년들과, 속이 훤히 비치는 모슬린 옷을 입고 깔깔거리는 소녀들도. 이들은 밤새 춤을 추고도 이 시간에 우스꽝스러운 털북숭이 개들을 산책시키러 데리고 나와 있었다. 그리고 이 시간에 무슨 용무가 있는지 점잖은 노부인들이 차를 타고 달리고 있었고, 점원들은 진열창에서 인조 보석이며 다이아몬드, 미국인들을 유혹하려고 18세기풍으로 세팅한 연한 청록색의 옛 브로치를 만지작거리며 정리하고 있었다(하지만 절약해야지. 엘리자베스에게 무분별하게 막 사 주면 안 돼). 그리고 그녀 또한, 터무니없이 충실한 열정으로 그것을 사랑하며 그것의 일부이기도 한 — 조상들이 한때 조지 왕조 시절 궁정에 몸담았으니까 — 그녀 또한, 바로 오늘 밤 불을 환히 밝히고 파티를 열 것이었다. 그런데 이상하게도 공원을 들어서니 조용했다. 안개와 나지막한 웅얼거림, 유유히 헤엄치는 행복한 오리들과 뒤뚱거리며 걸어가는, 부리에 주머니가 달린 새들. 그런데 저게 누구야, 정부 청사를 등지고 오는 사람, 격에 딱 맞게 왕실 문장이 찍힌 공문서 상자를 들고 오는 사람, 휴 휫브레드잖아. 내 오랜 친구 휴 — 훌륭한 휴!

"안녕하신가, 클라리사!" 휴가 살짝 호들갑스럽게 인사를 건넸다. 어려서부터 알던 사이였다. "어딜 가시는 길인지?"

"난 런던 거리를 걷는 게 좋아요." 댈러웨이 부인이 말했다. "정말 시골길 걷는 것보다 좋다니까요."

그 부부는 불행히도 의사를 만나러 온 것이었다. 다른 사람들은 그림이나 오페라를 보러 오거나 딸들 나들이를 시키러 오는 건데, 휫브레드 부부는 '의사를 만나러' 왔다니. 클라리사는 이블린 휫브레드가 요양소에 있는 동안 수없이 병문안을 갔었다. 이블린이 또 아픈가 보죠? 영 기운이 없어요. 휴가 말했다. 그는 통통하고 남자답고 아주 근사한, 완벽하게 차려입은 몸을 (언제나 지나치게 잘 차려입는 편이지. 하기야 궁정에서 작은 업무를 보고 있으니 그래야겠지만) 삐죽, 혹은 불룩하게 내밀면서, 아내에게 내과적 질환이 있지만 심각한 건 아니며, 오랜 친구인 클라리사 댈러웨이는 자세히 말 안 해도 알 거라는 뜻을 내비쳤다. 오, 그럼요, 알고말고요. 얼마나 고생일까. 그녀는 자매 같은 마음이 들면서, 동시에 자기 모자에 이상하게 신경이 쓰였다. 이른 아침부터 쓰고 나오기엔 적당한 모자가 아니라서 그런가? 휴가 이렇게 호들갑스럽게 모자를 벗어 들며 그녀가 열여덟 살 소녀 같다면서, 오늘 밤 그녀의 파티엔 당연히 꼭 참석할 거라고, 이블린도 꼭 그래야 한다고 했다고, 다만 짐의 아들 하나를 데리고 가야 하는 파티가 궁전에서 있어 그 파티 때문에 약간 늦을 것 같다고 부산을 떨 때면 ― 그녀는 그런 휴 옆에서 언제나 약간 빈약한 기분, 여학생이 된 것 같은 기분이 들기 때문이었다. 하지만 그녀는 그가 좋았다. 어려서부터 쭉 알아 온 사이인 데다 그 나름으로 좋은 사람이라는 생각이 있었다. 비록 리처드는 휴 때문에 거의 미친 듯이 역정을 냈고, 피터 월시는 그녀가 그를 좋아하는 것을 지금까지도 절대 용서하지 않고 있지만.

버턴에서의 일들이 한 장면, 한 장면 다 기억났다 — 피터는 길길이 날뛰었다. 휴는 어느 모로 보나 물론 상대가 안 됐지만, 그래도 피터가 생각하는 만큼 대책 없는 멍청이도, 겉만 번지르르한 바보도 아니었다. 연로하신 어머니가 사냥을 그만하라고 하거나 바스˚에 데려다 달라고 하면 그는 두말없이 그렇게 했다. 정말로 이기적이지 않은 사람인데, 그에게는 가슴도, 머리도 없고 영국 신사의 매너와 예의범절 빼면 아무것도 없다는 건, 피터가 최악이었을 때 한 말일 뿐이었다. 물론 견디기 어렵고 구제 불능일 때도 있지만, 이런 아침에 기분 좋게 함께 걸을 만한 사람이었다.

(6월은 나무의 잎들을 모조리 돋아나게 했다. 핌리코˚의 어머니들은 아이에게 젖을 물렸다. 함대에서 해군 본부로 메시지가 송신되고 있었다. 알링턴 스트리트와 피커딜리가 공원의 공기를 휘저어 공원의 나뭇잎들을 뜨겁고 눈부시게 들어 올리는 듯했다. 클라리사가 사랑하는 그 신성한 생명력의 물결 위로. 춤추기, 말타기, 그녀는 그 모든 것을 무척 좋아했었다.)

헤어진 지가 수백 년은 된 것 같았다, 그녀와 피터는. 그녀는 편지를 쓴 적이 없었고, 그의 편지는 메마른 나뭇가지 같았다. 그러나 문득 이런 생각이 들곤 했다, 그가 지금 나와 함께 있다면 뭐라고 말할까? — 어떤 날, 어떤 광경을 보면 그가 떠올랐다. 예전의 쓰라림 없이 담담하게. 어쩌면 그것이 사람들을 좋아했던 것에 대한 보상이겠지. 그들은 화창한 아침 세인트 제임스 파크의 한복판으로 되돌아왔다 — 정말 그랬다. 그런데 피터는 — 날이 아무리 아름다워도, 나무와 잔디와 분홍색 옷을 입은 자그마한 소녀가 아무리 아름다워도 — 그런 것들을 전혀 보지 못했다. 그녀가 말하면 안경을 쓰고, 보려고는 했다. 그의 관심사는 세상사였다. 바그너와 포프*의 시와, 사람들 성격에 대한 관심이 끝이 없었고, 그녀의 영혼이 지닌 결함에도 관심이 있었다. 그녀를 얼마나 나무랐던지! 둘이 얼마나 다퉜던지! 그는 그녀가 총리와 결혼해서 계단 꼭대기에 서게 될 거라며, 완벽한 안주인이라고 비아냥거렸다(그 말 때문에 그녀는 침실에서 울었다). 완벽한 안주인이 될 소질이 있지. 그는 말했다.

그렇게 그녀는 세인트 제임스 파크에서 여전히 마음속으로 논쟁을 벌이곤 했다. 그와 결혼하지 않은 건 옳았다고 — 그리고 그래야만 했다고 주장하면서. 결혼해서 매일 같은 집에서 살아야 하는 사람 사이에는 어느 정도 자유와 독립성이 있어야 하니까. 리처드는 그녀에게, 그녀는 그에게 그것을 허용했다. (오늘 아침만 해도 그이는 어디에 간 거지? 무슨 위원회에 갔겠지만, 물어본 적은 없었다.) 하지만 피터와는 모든 걸 공유해야 했고, 모든 걸 속속들이 이야기해야 했다. 그건 도저히 견딜 수가 없었고, 그 작은 정원 분수 옆에서 말다툼이 벌어졌을 때, 그와의 관계를 끝내지 않을 수가 없었다. 그러지 않으면 둘 다 망가져 파멸해 버릴 것이 분명했다. 비록 수년 동안, 심장에 박힌 화살처럼 그 슬픔과 고통을 가슴에 안고 살아야 했지만. 그러던 어느 날 음악회에서 만난 누군가로부터 그가 인도로 가는 배에서 만난 어떤 여자와 결혼했다는 말을 전해 들었을 때의 그 끔찍함이란! 그 모든 것들을 하나도 잊을 수가 없는데! 그는 그녀에게 냉정하고 무정한 내숭 덩어리라고 했다. 그가 어떻게 사랑을 한다는 건지 이해할 수가 없었다. 하지만 인도 여자들은 아마 이해하나 보지 — 어리석고 예쁘장한 천박한 멍청이들. 괜히 동정심만 낭비한 셈이었다. 그는 자기는 아주 행복하다고 단언했으니까 — 더할 나위 없이 행복하다고. 그들이 나눈 이야기 중 단 한 가지도 이룬 것이 없었고, 그의 인생 전체가 실패작이었는데도. 그것만 생각하면 그녀는 여전히 화가 났다.

그녀는 공원 출입문에 다다랐다. 잠시 멈춰 서서 피커딜리를 지나가는 버스들을 바라보았다.

이제 세상 누구에 대해서도 이렇다 저렇다 말하지 않으리라. 그녀는 아주 젊은 것 같으면서도 말도 못 하게 나이가 든 기분이 들었다. 나이프처럼 모든 것을 관통하여 베고 나아가면서, 동시에 저 바깥에서 바라보고 있었다. 택시들을 보고 있노라면 언제나 저 멀리 아득한 바닷가에 홀로 있는 듯한 느낌이 들었다. 단 하루일지라도, 산다는 건 아주, 아주 위험하다는 느낌을 언제나 갖고 있었다. 자신이 영리하다거나 특별나다고는 생각하지 않았다. 대니얼스 양이 가르쳐 준 알량한 지식으로 어떻게 지금까지 살아올 수 있었는지 이해할 수 없었다. 아는 것이 하나도 없었다. 외국어도, 역사도. 잠자리에서 읽는 회고록을 빼면 지금은 읽는 책도 거의 없었다. 그러나 그녀에겐 이 모든 것이, 지나가는 택시까지도 너무나 매혹적이었다. 피터는 어떻다느니, 나 자신은 이런 사람이니 저런 사람이니, 하는 말은 하지 않으리라.

 내 유일한 재능은 거의 본능적으로 사람을 안다는 거지. 그녀는 걸으면서 생각했다. 만일 어떤 사람과 한방에 있게 되면, 그녀는 고양이처럼 등을 곧추세우거나 혹은 가르랑거렸다. 데본셔 하우스, 바스 하우스, 도자기 앵무새가 있는 집, 이 모든 곳이 한때는 전부 불이 켜져 있었는데. 실비아, 프레드, 샐리 시튼이 떠올랐다 — 그 많은 사람들. 밤새 춤을 추던 것도, 시장을 향해 덜컹대며 지나가던 짐마차들과, 차를 타고 공원을 지나 집으로 가던 것도. 언젠가 서펜타인 호수에 1실링 동전을 던졌던 것도 생각났다. 그러나 누구나 기억은 한다. 그녀가 사랑하는 것은 이것, 여기, 지금, 그녀 앞에 있는 것, 택시를 타고 있는 뚱뚱한 부인이었다. 그렇다면 그게 대수일까. 본드 스트리트를 향해 걸으면서 그녀는 자문했다. 나는 결국 완전히 사라질 수밖에 없다는 사실, 나 없이도 이 모든 것은 계속될 거라는 사실이 대수일까. 그것이 원망스러운 걸까? 아니면 죽음은 모든 것을 완전히 끝낸다고 믿는 편이 위로가 되는 건 아닐까? 하지만 그녀는 어쩐지 런던 거리에, 세상사의 밀물과 썰물 속에, 여기에, 저기에, 자기도, 피터도 살아 있는 것 같았다. 그들은 서로의 안에서 살고 있었다. 그녀는 분명, 고향에 있는 나무의 일부였고, 저기 부서질 듯 흉하게 널브러진 집의 일부였으며, 한 번도 만난 적 없는 사람들의 일부였다. 언젠가 보았던 나무들이 안개를 떠받치고 있듯이, 그들도 그렇게 그녀를 자기들의 나뭇가지 위에 올려놓았다. 그러나 그것은 아득히 멀리까지 펼쳐져 있었다, 그녀의 삶, 그녀 자신은. 그런데 해처드 서점의 진열창을 들여다보고 있는 그녀는 무엇을 꿈꾸고 있는 것일까? 무엇을 되찾으려 애쓰는 걸까? 펼쳐진 책장의 글을 읽으며, 시골의 어떤 희뿌연 여명의 이미지를?

　　더 이상 두려워 말라, 태양의 열기도
　　사나운 겨울의 분노도*

세상의 오랜 경험이 쌓인 이 시대는 남녀 할 것 없이 모두의 마음속에 눈물샘을 파 놓았다. 눈물과 슬픔, 용기와 인내, 완벽하게 올곧고 의연한 자세를. 바자회를 열고 있는, 그녀가 가장 존경하는 여성인 레이디 벡스버러 같은 이만 보더라도.

　조록의 『소풍과 즐거움』과 『미끌거리는 스펀지』, 애스퀴스 부인의 『회고록』, 그리고 『나이지리아에서의 대형 동물 사냥』 등이 모두 펼쳐져 있었다.* 책은 정말 많았지만 요양소에 있는 이블린 휫브레드에게 갖다주기에 딱 맞는 책은 없어 보였다. 그녀를 즐겁게 해 주어서, 클라리사가 들어섰을 때 그 형언할 수 없이 마른 자그마한 여인이 잠시나마 화색을 띠게 해 줄 만한 책이. 으레 끝없이 이어질 여자들의 병 얘기로 접어들기 전에 말이다. 클라리사는 이런 생각을 하며 방향을 틀어 다시 본드 스트리트를 향해 걸어갔다. 기분이 언짢았다. 무언가를 하는 데 다른 이유들이 있어야 한다는 건 어리석은 일이니까. 리처드처럼 일 자체를 위해 행동하는 사람이었다면 훨씬 더 좋았을 텐데. 그런데 나는, 하고 길을 건너려고 기다리며 그녀는 생각했다. 일의 절반은 순수하게 그 자체를 위해서가 아니라, 사람들이 이렇게 혹은 저렇게 생각하도록 하려는 거야. 완전 바보 같은 짓이란 건 그녀도 알고 있었다(이제 경찰이 손을 들어 올렸다). 단 1초라도 속아 넘어가는 사람은 없으니까. 아, 인생을 다시 한번 살 수 있다면! 인도로 올라서면서 그녀는 생각했다. 다른 모습이기라도 할 수 있다면!

우선, 그녀는 자글자글 주름진 가죽 같은 피부에 아름다운 눈동자를 가진 레이디 벡스버러처럼 가무잡잡했으면 했다. 레이디 벡스버러처럼 느리고 위엄 있고 덩치 크고, 남자들처럼 정치에 관심이 있고, 시골 저택도 하나 있고, 아주 품위 있고 진지했으면 했다. 그러나 실제론 그녀는 작물을 지지하는 나무 막대기처럼 가느다란 몸에, 우스꽝스럽게 작은, 새 부리 같은 얼굴을 갖고 있었다. 자태는 제법 괜찮았고 손발도 아름다웠다. 돈을 거의 들이지 않는 것치고는 옷도 잘 입는 편이었다. 하지만 그녀가 가진 이 몸은(그녀는 네덜란드 화가의 그림을 보기 위해 몸을 굽혔다), 그것이 가진 모든 능력에도 불구하고 종종 아무것도, 정말 아무것도 아닌 것 같았다. 그녀는 자신이 사람들의 눈에 보이지 않는다는 기묘한 느낌이 들었다. 보이지도 않고, 알려지지도 않은 존재라는. 더는 결혼할 일도, 아이를 낳을 일도 없었다. 그저 다른 사람들과 함께 본드 스트리트를 걸어가는 이 놀랍고 엄숙한 행진만이 있을 뿐. 댈러웨이 부인이 된 것이었다. 심지어 더 이상 클라리사도 아닌, 리처드 댈러웨이 부인.

본드 스트리트는 매혹적이었다. 이 계절 이른 아침의 본드 스트리트. 나부끼는 깃발들과 상점들. 요란하고 화려한 번쩍임은 없었다. 그녀의 아버지가 50년 동안 양복을 맞춰 입었던 가게에 트위드 옷감 한 두루마리, 진주알 몇 개와 얼음덩이 위에 놓여 있는 연어.

"저게 다야." 생선 가게를 보며 그녀가 중얼거렸다. "저게 다라고." 장갑 가게 진열창 앞에서 잠시 걸음을 멈추며 되뇌었다. 전쟁 전에는 그 가게에서 거의 흠잡을 데 없는 장갑을 살 수 있었는데. 윌리엄 삼촌은, 숙녀는 구두와 장갑을 보면 알 수 있다고 말씀하시곤 했지. 전쟁이 한창이던 때 세상을 등지셨지. "난 살 만큼 살았다"고 하시고는. 장갑과 구두. 그녀는 장갑에 애정이 아주 컸지만, 그녀의 딸 엘리자베스는 장갑에든 구두에든 전혀 관심이 없었다.

전혀 없어. 그녀는 본드 스트리트를 따라 그녀가 파티를 열 때마다 꽃을 준비해 주는 꽃집으로 걸어가며 생각했다. 엘리자베스는 무엇보다도 자기 개를 정말 아껴. 오늘 아침엔 온 집 안에 타르 냄새가 진동했지. 그래도 미스 킬먼보다는 가여운 그리즐이 나아. 개가 전염병에 걸렸다느니 타르를 발라야 한다느니, 아무튼 뭘 하든 간에, 기도서를 들고 숨 막히는 방에 갇혀 앉아 있는 것보다는 낫다고! 무엇이든 그것보다는 낫다고 말하고 싶었다. 하지만 리처드 말마따나 모든 여자 아이들이 거치는 과정일 뿐인지도 몰랐다. 어쩌면 사랑에 빠진 건지도. 하지만 왜 하필 미스 킬먼이이란 말인가? 물론 그녀는 부당한 대우를 받았고, 그 점은 생각해 주어야 했다. 리처드 말로는 아주 유능하고 정말 역사적인 의식도 있다고 했다. 어쨌거나 그 둘은 떼어 놓을 수가 없었고, 그녀의 딸 엘리자베스가 성찬식까지 갔다. 하지만 그 아이는 옷을 어떻게 입을지, 점심에 초대한 사람을 어떻게 접대할 것인지 하는 것들은 안중에도 없었다. 그녀의 경험으로 볼 때 종교적인 황홀경은 사람을 무정하게 만들고(대의도 마찬가지였다), 감정을 무디게 했다. 미스 킬먼은 러시아 사람들을 위해서라면 무슨 일이든 할 기세였고 오스트리아 사람들을 위해선 굶기까지 하면서도, 자기 자신에게는 명백한 고문을 가했으니 말이다. 그녀는 어찌나 무감각한지 녹색 레인코트를 입고 다녔다. 사시사철 그 옷만 입고 땀을 뻘뻘 흘렸다. 그녀와 같은 방에 있으면, 그녀는 단 5분 만에 자기는 우월하고 상대방은 열등하다는 느낌이 들게 했다. 자기는 가난하고 이쪽은 부유하다는 것, 자기는 쿠션이니 침대니 양탄자니 하는 것들이라곤 없는 빈민가에 산다는 사실을 느끼게 만들었다. 그녀의 영혼은 깊숙이 박힌 원망으로 완전히 녹슬어 있었다. 전쟁 중엔 퇴학까지 당했다 ─ 한 많고 불우한 딱한 사람이긴 했다! 사실 싫은 건 그녀가 아니라, 그녀에 대한 관념, 분명 미스 킬먼이 아닌 많은 것들이 모여 이루어진 관념이었으니까.

그 관념이 우리가 한밤중에 싸우는 유령들, 우리 위에 걸터앉아 생피의 절반을 빨아 먹는 유령들, 지배자와 폭군들 중 하나가 된 것이었다. 만일 주사위를 다시 던져 흰색이 아니라 검은색이 우세하다면, 그녀도 미스 킬먼을 사랑할 수도 있었을 테니까! 하지만 이 세상에선 아니었다, 절대로.

그렇다 해도, 이 짐승 같은 괴물이 자신의 속을 휘젓고 다니는 것이 몹시 거슬렸다! 나뭇가지 부러지는 소리가 들리고, 잎이 우거진 숲, 즉 영혼의 깊숙한 곳까지 말굽이 박히는 느낌. 절대로 만족하거나 안심할 수가 없었다. 언제든 이 증오라는 짐승이 휘젓고 다닐 테니까. 특히 앓고 난 이후로, 이 증오는 등뼈를 긁어내는 듯한 고통을 주었다. 그로 인해 육체적인 고통을 느꼈고, 아름다움에서 느끼는 기쁨, 우정과 건강에서 맛보는 기쁨, 사랑받고 또 즐거운 가정을 만드는 그 모든 기쁨이 흔들리고 떨리고 꺾여 버렸다. 마치 괴물이 정말로 뿌리를 파헤치고 있는 것처럼, 일체의 만족감이란 실은 한낱 자기애에 불과한 것처럼! 이 증오심이란!

말도 안 돼, 말도 안 된다고! 그녀는 속으로 외치며 멀버리 꽃집의 회전문을 열고 들어갔다.

그녀가 당당하게 허리를 꼿꼿이 펴고 경쾌하게 꽃집 안으로 걸어 들어가자, 단추 같은 얼굴을 한 미스 핌이 즉각 인사했다. 그녀의 손은 꽃들과 함께 차가운 물속에 있었던 것처럼 언제나 불그스름했다.

꽃들이 가득했다. 델피니움, 스위트피, 라일락 다발, 카네이션, 한 무더기의 카네이션들. 장미도 있고 붓꽃도 있었다. 아, 좋아 — 그녀는 미스 핌에게 이야기하면서 흙내 섞인 정원의 향긋한 냄새를 들이마셨다. 미스 핌은 그녀의 도움을 받은 적이 있어서, 그녀를 친절한 사람이라고 생각했다. 몇 년 전에 정말이지 친절히 대해 주었는데, 올해는 좀 늙어 보였다. 그녀는 붓꽃과 장미, 한들거리는 라일락 사이에서 고개를 이리저리 돌리며 눈을 반쯤 감은 채, 시끌벅적한 거리를 지나온 뒤의 달콤한 냄새, 더할 나위 없는 상쾌함을 들이마시고 있었다. 그러다 그녀가 눈을 떴다. 장미가 얼마나 싱싱한지 마치 세탁소에서 갓 가져다 고리버들 바구니에 담아 놓은, 주름진 깨끗한 리넨 같았다. 짙은 빛깔의 새침한 붉은 카네이션은 고개를 들고 있었고, 여기저기 항아리에 꽂힌 스위트피는 보라색과 새하얀색, 연한 빛깔로 피어 있었다 — 마치 어느 멋진 여름날 저녁, 모슬린 드레스를 입은 소녀들이 스위트피와 장미를 꺾으러 나온 것 같았다. 남빛 하늘과 델피니움, 카네이션, 칼라 꽃이 저물고, 모든 꽃 — 장미와 카네이션, 붓꽃과 라일락 — 이 흰색, 보라색, 빨간색, 짙은 오렌지색으로 빛나는 여섯 시와 일곱 시 사이였다. 안개 낀 꽃밭에서 꽃들은 저마다 부드럽고 순수하게 스스로 타오르는 듯했다. 그녀는 헬리오트로프와 달맞이꽃 위로 이리저리 날아다니는 회백색 나방들을 너무나 사랑했다!

 그녀는 미스 핌과 함께 이 항아리 저 항아리의 꽃을 고르며 돌아보기 시작하면서 속으론 말도 안 돼, 말도 안 된다고 되뇌었다. 그 소리는 점점 더 온화해졌다. 마치 이 아름다움과 이 향기와 색깔, 그리고 미스 핌의 호의와 신뢰가 파도처럼 그녀를 휩쓸어, 증오심과 괴물, 그 모든 것을 넘어서는 듯했다. 그녀가 그 물결에 실려 높이, 더 높이 떠오르고 있는데, 그 순간 — 아! 길거리에서 총성이!

"어머나, 저 자동차들, 정말." 미스 핌이 창가로 가서 내다보더니 스위트피를 한 아름 안고 미안한 듯 미소 지으며 돌아오면서 말했다. 마치 저 자동차들, 자동차 타이어들이 모두 **자신의** 잘못인 것처럼.

댈러웨이 부인을 깜짝 놀라게 하고, 미스 핌을 창가로 이끌고 미안해하게 한 격렬한 폭음은 멀버리 꽃집 진열창 바로 맞은편 보도에 정차해 있던 자동차에서 난 것이었다. 행인들은 당연히 걸음을 멈추고 쳐다보았지만, 비둘기색 등받이에 기대고 있는 아주 중요한 인물의 얼굴이 살짝 보이려는 찰나, 한 남자의 손이 블라인드를 내렸고, 비둘기색 네모난 차창밖에 보이지 않았다.

그러나 소문은 본드 스트리트 한복판에서부터 옥스퍼드 스트리트 쪽으로, 또 한쪽은 앳킨슨 향수 가게까지 삽시간에 퍼졌다. 그것은 보이지도, 들리지도 않게, 마치 순식간에 베일처럼 언덕을 뒤덮는 구름처럼 지나가면서, 조금 전까지 몹시 어수선하던 얼굴들 위로 구름의 갑작스러운 엄숙함과 정적 같은 것이 내려앉았다. 하지만 이제 신비의 날개가 그들을 스쳤다. 권위의 목소리가 들려온 것이다. 종교적인 기운이 눈은 단단히 가리고 입은 크게 벌린 채 넓게 퍼져 있었다. 그러나 그것이 누구의 얼굴이었는지 아는 사람은 아무도 없었다. 왕세자였나? 왕비? 총리? 누구의 얼굴이었지? 아무도 몰랐다.

에드거 J. 왓키스가 팔에 납 배관 통을 끼운 채 사람들의 귀에 다 들리게, 물론 익살스럽게 말했다. "총리 어르신 챠였수."

길이 막혀 멈춰 서 있던 셉티머스 워런 스미스가 그 말을 들었다.

나이는 서른가량, 창백한 얼굴에 매부리코, 갈색 구두에 낡은 외투 차림, 생판 모르는 사람마저도 덩달아 불안하게 만드는, 근심 어린 옅은 갈색 눈동자의 셉티머스 워런 스미스. 세상이 채찍을 쳐들었다. 어디로 내리칠 것인가?

모든 것이 일시에 멈췄다. 자동차 엔진은 온몸으로 퍼져 나가는 불규칙한 맥박 소리처럼 둥둥거렸다. 자동차가 멀버리 가게 진열창 바깥에 멈춰 선 바람에, 햇빛이 몹시 뜨거워졌다. 버스 2층 칸에 타고 있던 노부인들은 검은 양산을 펼쳐 들었다. 녹색과 붉은색 양산들이 여기저기에서 탁탁 펼쳐졌다. 댈러웨이 부인은 스위트피를 한 아름 안고 창가로 다가가 궁금한 듯 자그마한 분홍빛 얼굴에 미간을 모으며 내다보았다. 모두가 자동차를 바라보고 있었다. 셉티머스도 보았다. 자전거를 타고 가던 소년들은 자전거에서 뛰어내렸다. 교통이 더욱 혼잡해졌다. 자동차는 블라인드를 내린 채 서 있었다. 셉티머스는 블라인드에 나무처럼 보이는 희한한 무늬가 그려져 있다고 생각했다. 그리고 이렇게 모든 것이 자신의 눈앞에서 하나의 중심을 향해 모여드는 것이, 마치 어떤 무시무시한 일이 거의 표면까지 떠올라 불길이 치솟으며 터질 것만 같아서 잔뜩 공포에 질렸다. 세상이 흔들리고 떨리며, 금방이라도 불길에 휩싸일 듯했다. 길을 막고 있는 건 바로 나야. 그는 생각했다. 다들 나를 바라보고 손가락질하고 있지 않은가? 어떤 목적을 위해 그 자리에 짓눌려, 보도에 뿌리박힌 채 서 있는 건 아닐까? 하지만 도대체 무슨 목적을 위해?

"이제 가요, 셉티머스." 그의 아내가 말했다. 자그마한 몸집, 누르스름하고 뾰족한 얼굴에 눈이 큰 이탈리아 여자였다.

그러나 루크레치아도 자동차와 블라인드의 나무 무늬를 쳐다보지 않을 수 없었다. 저기에 왕비가 타고 있는 걸까? 왕비가 쇼핑하러 가는 걸까?

운전사가 무언가를 열고 돌리고 닫더니 운전석에 올랐다.

"어서요." 루크레치아가 말했다.

그러나 그녀의 남편 — 둘은 결혼한 지 4~5년이 되었다 — 은 깜짝 놀라 벌떡 일어나면서 "알았어요!" 하고, 마치 그녀가 방해라도 한 것처럼 성난 목소리로 말했다.

사람들이 눈치채고 말 거야. 사람들이 분명히 볼 거라고. 사람들. 그녀는 자동차를 바라보고 있는 군중을 바라보며 생각했다. 아이들과 말[馬], 그리고 그녀가 어느 정도 감탄하기도 했던 옷차림을 갖춘 영국 사람들. 하지만 이제 그들은 그저 '사람들'일 뿐이었다. 셉티머스가 "죽어 버리겠어!"라고 말했기 때문이었다. 끔찍한 말이었다. 사람들이 그의 말을 들었다면? 그녀는 군중을 바라보았다. 도와주세요! 도와주세요! 그녀는 푸줏간 소년들과 여자들에게 소리치고 싶었다. 도와주세요! 지난가을만 해도 그녀와 셉티머스는 외투를 함께 뒤집어쓰고 둑에 서서, 그녀는 아무 말 없이 신문만 읽고 있는 셉티머스에게서 신문을 낚아채고는, 그들을 쳐다보고 있던 어떤 노인 앞에서 깔깔거렸었다! 하지만 실패는 감춰야 하는 법이다. 그를 데리고 공원 같은 곳으로 가야 한다.

"이제 길을 건널 거예요." 그녀가 말했다.

그녀에겐 그의 팔짱을 낄 권리가 있었다. 아무 느낌도 없는 팔이었지만. 그도 그녀에게 뼈마디 하나쯤은 내주겠지. 그토록 단순하고 충동적이며 이제 겨우 스물넷인 그녀에게, 그를 위해 이탈리아를 떠나, 친구 하나 없는 영국에 와 있는 그녀에게.

블라인드를 내린 자동차는 알 수 없는 침묵의 분위기를 풍기며 피커딜리 쪽으로 나아갔다. 여전히 사람들의 시선을 받으며, 거리 양쪽에 있는 얼굴들을 똑같이 깊은 경외심으로 뒤흔들었다. 경외의 대상이 왕비인지 왕세자인지 아니면 총리인지는 아무도 몰랐지만. 잠깐이나마 자동차 안의 얼굴을 본 사람은 세 사람뿐이었다. 이제는 남자였는지 여자였는지도 의견이 분분했다. 그러나 분명한 건 대단히 지체 높은 사람이었다는 사실이었다. 대단한 분이 창을 가린 채, 보통 사람들이 손만 뻗으면 닿을 거리에서 지나갔던 것이다. 영국의 폐하, 국가의 영원한 상징과 말을 나눌 수 있는 거리에 있었다는 것은, 그들에겐 생전 처음이자 마지막일지도 몰랐다. 그 상징은 시간의 잔해를 파헤치는 호기심 많은 골동품상에게나 알려질 것이다. 런던이 풀로 뒤덮인 길이 되고, 이 수요일 아침 길가에 북적이는 모든 사람이 한낱 뼛조각이 되어, 먼지에 파묻힌 결혼반지 몇 개와 수없이 많은 썩은 이빨들에 채워 넣은 금 조각과 뒤섞여 버리게 될 때. 자동차 안의 얼굴은 그때가 되어서나 알려질 것이다.

 아마 왕비일 거야. 댈러웨이 부인은 꽃을 사 들고 멀버리 꽃집에서 나오며 생각했다. 왕비. 블라인드를 내린 자동차가 걸어가듯 느리게 지나가는 동안, 꽃집 옆에 선 그녀는 햇살을 받으며 잠시 아주 품위 있는 표정을 지었다. 왕비가 병원을 가거나, 바자회 개회식 같은 데를 가는 중이겠지. 클라리사는 생각했다.

 그 시간인데도 거리는 상당히 혼잡했다. 로즈나 애스콧, 아니면 헐링엄, 어디서 경기라도 있는 걸까? 길이 막혔기 때문에 그녀는 그렇게 생각했다. 짐 보따리와 양산을 들고, 이런 날 모피까지 두르고 버스 2층 칸에 비스듬히 앉아 있는 영국 중산층들은 상상 초월로 우스꽝스럽고 이상하다는 생각이 들었다. 왕비도 꼼짝할 수가 없었다. 왕비조차도 지나갈 수가 없었다. 클라리사는 브룩 스트리트 이쪽에, 나이 든 판사 존 벅허스트 경은 건너편에, 중간에 막고 있는 차 때문에 (존 경은 수년째 판결을 해 왔고, 잘 차려입은 여자를 좋아했다) 오도 가도 못하고 있었다. 그때 운전사가 몸을 살짝 내밀고 경찰관에게 무언가를 말했거나 보여 주자, 경찰이 경례하더니 팔을 들고 고갯짓으로 버스를 길 한쪽으로 움직이게 했다. 자동차가 빠져나갔다. 천천히 아주 조용히 나아갔다.

클라리사는 짐작했다. 당연히 알고 있었다. 그녀는 하인의 손에 들려 있는 무언가 하얗고 마력을 지닌 듯한 둥근 것, 왕비나 왕세자나 총리의 이름이 새겨진 원반을 보았던 것이다. 그것은 그 자체의 광채로 불타며 길을 뚫고 나아가(클라리사는 차가 멀어지며 사라지는 것을 보았다), 그날 밤 버킹엄 궁전에서 대형 촛대들과 반짝이는 훈장들, 참나무 잎으로 장식한 단단한 가슴들, 휴 휫브레드와 그의 모든 동료들, 영국의 신사들 사이에서 환히 타오를 것이다. 그리고 클라리사도 파티를 열 것이다. 그녀는 살짝 몸을 꼿꼿이 폈다. 그렇게 그녀는 층계의 맨 꼭대기에 서리라.

차는 가 버렸지만, 그것이 남긴 잔잔한 파문이 본드 스트리트 양쪽에 있는 장갑 가게와 모자 가게와 양복점 사이로 퍼져 나갔다. 30초쯤, 모든 사람의 고개가 같은 방향 — 창문 쪽으로 쏠렸다. 여자들은 장갑을 고르다가 — 팔꿈치까지 오는 걸로 할까, 아니면 그 위까지 오는 걸로 할까? 레몬색? 아니면 연회색? — 멈칫했고, 하던 말이 끝났을 때 무엇인가가 일어나 있었다. 개별적으로는 너무 사소해서, 중국에서 발생한 충격까지 감지할 수 있는 정밀한 기기로도 그 진동을 측정할 수 없을 정도였지만, 그것은 전체적으로 위압적이었고 누구에게나 감정적인 호소력을 갖고 있었다. 모든 모자 가게와 양복점에서 모르는 이들이 서로를 바라보았고, 죽은 자들을 생각하고, 국기와 제국을 떠올렸으니 말이다. 뒷골목 선술집에서는 한 식민지 출신이 원저 왕가를 모욕하다 말다툼이 벌어져 맥주잔이 깨지는 대소동이 일어났고, 기이하게도 그 소동은 길 건너편에서 결혼식에 쓸 새하얀 리본이 달린 하얀 속옷을 사고 있는 젊은 여성들의 귀에까지 들렸다. 지나가는 차가 일으킨 표면적 동요가 가라앉으면서, 무언가 아주 깊은 것을 살짝 건드렸기 때문이었다.

자동차는 피커딜리를 미끄러지듯 달려 세인트 제임스 스트리트로 접어들었다. 무슨 이유에선지 화이트 클럽의 내닫이창에서 연미복 뒤로 뒷짐을 진 채 밖을 내다보던 키 큰 남자들, 건장한 체격의 남자들, 연미복에 흰 셔츠를 차려입고 머리를 뒤로 빗어 넘긴 남자들도 본능적으로 높은 양반이 지나가고 있다는 걸 알아차렸고, 불멸의 존재가 발하는 희미한 빛이 클라리사에게 내렸듯 그들에게도 내렸다. 그들은 즉각 몸을 곧게 펴고 뒷짐 졌던 손을 풀어 국왕을 섬길 자세를 갖추었다. 선조들이 그랬듯, 필요하다면 대포의 포문 앞에라도 나아갈 태세였다. 하얀 흉상들, 그리고 『태틀러』˚ 잡지와 탄산수 병들로 가득한 작은 테이블들도 이에 찬동하는 듯했고, 물결치는 밀밭과 영국 장원 주택들을 암시하는 듯했으며, 자동차 바퀴들의 희미한 윙윙거림에 응답하는 것 같았다. 마치 속삭임의 회랑˚ 벽이 하나의 목소리를 성당 전체의 힘으로 확장시켜 낭랑히 울려 퍼지게 하듯이. 숄을 두르고 인도에서 꽃을 팔던 몰 프랫은 소년의 건강을 기원했다(왕세자가 틀림없어). 그녀는 가난 따위가 대수냐며 가벼운 마음으로 맥주 한 잔 값쯤 되는 꽃다발을 세인트 제임스 스트리트를 향해 던졌을지도 모른다. 아일랜드 노파의 충성심을 꺾어 버리는 경찰의 눈초리와 마주치지만 않았더라면. 세인트 제임스궁의 보초들이 경례를 올렸고, 알렉산드라 대비(大妃)의 경관이 답례를 했다.

그러는 동안 버킹엄궁 정문 앞에 작은 군중이 모여들었다. 하나같이 가난한 그들은 활기는 없었지만 확신을 가지고 기다렸다. 깃발 날리는 궁전도 바라보고, 석대 위에서 나부끼는 빅토리아 여왕상도 보고, 층층이 흘러내리는 분수와 제라늄도 감탄하며 바라보았다. 맬*을 지나는 차들을 하나하나 보며 드라이브 나온 평민들에게 헛되이 감정을 쏟다가, 이런저런 지나가는 차들에 소모하지 않고 간직해 두기 위해 찬사를 거둬들였다. 그러는 내내 소문은 그들의 혈관 속에 쌓여 갔고, 그들은 왕족이 자신들을 보고 있다는 생각에 넓적다리 신경이 떨렸다. 왕비가 고개 숙여 인사하고 왕세자가 경례를 한다. 그들은 하늘이 왕에게 하사한 천상의 삶이라든가, 궁중 신하들과 궁중식절, 왕비의 오래된 인형의 집. 영국인과 결혼한 메리 공주에 대한 생각도 했다. 그리고 왕세자 — 오, 왕세자 말인가요! 그분은 노왕 에드워드를 꼭 빼닮았다지만 훨씬 말랐어요. 왕세자는 세인트 제임스궁에 살지만 아침에는 어머니께 문안드리러 오는지도 모르죠.

아이를 안고 있는 새러 블레츨리는 이렇게 말했다. 핌리코에 있는 자기 집 난로망 옆에서 하듯 발을 들었다 내렸다 하면서도 눈은 연신 맬을 향해 있었다. 에밀리 코츠는 궁전의 창문들을 쭉 훑어보며 하녀들, 수많은 하녀들과 침실들, 수많은 침실들을 생각했다. 에버딘 테리어를 데리고 나온 나이 지긋한 신사와 무직자들까지 합류하면서 군중은 늘어났다. 올버니에 방을 가지고 있는 작달막한 볼리 씨는 삶의 깊은 원천을 밀랍으로 봉해 놓고 살았지만, 이런 종류의 일에는 갑자기 어울리지 않게 감상적이 되어 봉한 것이 열리곤 했다. 왕비가 지나가는 걸 보기 위해 기다리고 있는 가난한 여자들 — 가난한 여자들, 귀여운 어린것들, 고아와 과부들, 전쟁 — 쯧쯧. 그의 눈에 눈물까지 고였다. 성긴 나무들 사이로 미풍이 맬까지 따스하게 불어와, 청동 영웅들을 지나 볼리 씨의 영국의 가슴에 나부끼는 깃발을 들어 올렸고, 그는 자동차가 맬에 들어서자 모자를 들었고 차가 다가오자 더 높이 쳐들었다. 핌리코의 가난한 어머니들이 자신에게 가까이 밀려드는데도, 아주 꼿꼿이 서 있었다. 차가 점점 가까워졌다.

갑자기 코츠 부인이 하늘을 올려다보았다. 비행기 소리가 군중들의 귓속으로 불길하게 파고들었다. 나무들 위로 날아오고 있는 비행기 뒤로 하얀 연기가 나오고 있었다. 연기는 꼬불꼬불 구불구불 무언가를 쓰고 있었다! 하늘에 글자를 쓰다니! 모두가 고개를 들어 쳐다보았다.

고꾸라지듯 급강하하던 비행기는 곧게 날아오르더니 원을

그리며 돌다가 질주하고, 하강했다가는 솟구쳤다. 무엇을 하든 어디로 가든 그 뒤로 하얀 연기의 구불구불한 두꺼운 띠가 뿜어져 나와 하늘에 구불구불 둥글게 글자를 썼다. 그런데 무슨 글자지? C였나? E, 그다음엔 L? 글자들은 잠시 가만있는가 싶더니 움직이다가 허공 속으로 녹듯이 사라져 버렸다. 비행기는 좀 더 멀리 날아갔다가 다시 깨끗해진 하늘에 글자를 쓰기 시작했다. K, E, Y인가?

"글랙소(Glaxo)." 코츠 부인이 긴장되고 경외감에 찬 목소리로 똑바로 위를 쳐다보며 말했다. 뻣뻣하고 창백하게 안겨 있던 아기도 똑바로 위를 쳐다보았다.

"크리모(Kreemo)." 블레츨리 부인은 몽유병자처럼 중얼거렸다. 모자를 아직도 치켜든 채, 볼리 씨도 위를 똑바로 쳐다보았다. 맬 곳곳에서 사람들이 서서 하늘을 쳐다보았다. 그들이 바라보는 동안 세상은 완전히 고요해졌고, 갈매기 떼가 하늘을 가로질러 날아갔다. 무리를 이끄는 맨 앞의 한 마리, 그 뒤로 또 한 마리. 그리고 그 놀라운 정적과 평화, 그 창백함과 순수함 속에서 종소리가 열한 번 울렸다. 그 소리는 갈매기들 사이로 사라져 갔다.

비행기가 방향을 바꾸어 질주하다가 원하는 곳에서 정확히 급강하했다. 빠르고 자유롭게, 스케이트 타는 사람처럼—.

"저건 E야." 블레츨리 부인이 말했다 — 혹은 무용수처럼 —.

"toffee로군." 볼리 씨가 중얼거렸다 —

(차가 정문을 지나는데, 아무도 쳐다보지 않았다). 비행기는

더 이상 연기를 뿜지 않고 멀리멀리 날아가 버렸다. 연기는 희미해지면서 넓고 하얀 모양의 구름 주위로 합쳐졌다.

비행기는 가 버렸다. 구름 뒤로 사라졌다. 아무 소리도 들리지 않았다. E, G 또는 L이 달라붙었던 구름들이 자유롭게 움직였다. 마치 엄청나게 중요한 임무를 띠고 서쪽에서 동쪽으로 가로질러 가야 하는 것처럼 — 절대 밝혀지지는 않겠지만, 분명히 엄청나게 중요한 임무를. 그러다 갑자기, 열차가 터널을 빠져나오듯 비행기가 다시 구름 밖으로 돌진해 나왔고, 그 소리는 맬과 그린 파크, 피커딜리, 리전트 스트리트에 있던 사람들의 귓속을 파고들었다. 연기의 띠가 비행기 뒤에서 곡선을 그렸고, 비행기는 하강하다 날아오르며 한 글자씩 썼다 — 뭐라고 쓰는 걸까?

리전트 파크의 산책로에 있는 벤치에서 남편 곁에 앉아 있던 루크레치아 워런 스미스가 하늘을 올려다보았다.

"저것 좀 봐요, 저것 좀, 셉티머스!" 그녀가 외쳤다. 닥터 홈스가 남편이 (몸이 약간 안 좋을 뿐 심각한 문제는 없으니) 자기 밖의 세상에 관심을 갖게 하라고 했기 때문이었다.

그래. 셉티머스가 하늘을 쳐다보며 생각했다. 그들이 내게 신호를 보내고 있는 거야. 실제로 쓰는 말은 아니어서 아직은 그 언어를 읽을 수 없지만 이 아름다움, 이 절묘한 아름다움은 너무나 명백해. 연기의 언어가 스르르 풀어지며 하늘로 서서히 사라지는 것을 보고 있는 그의 눈에 눈물이 차올랐다. 그것은 무한한 자비와 유쾌한 선의 속에서 상상할 수 없이 아름다운 형상을 그에게 하나씩 수여해 주었고, 그가 바라보기만 해도 아무런 조건 없이 아름다움을, 더 큰 아름다움을 영원토록 제공하겠노라는 의도를 알리고 있었다. 눈물이 볼을 타고 흘러내렸다.

토피예요, 토피 광고를 하는 거예요. 한 보모가 레치아˚에게 말했다. 그들은 함께 철자를 짚어 나가기 시작했다. t…o…f…. "K…R…." 보모가 말했다. 셉티머스는 그녀가 자기 귓전에 대고 '케이 알'이라고 말하는 것을 들었다. 은은한 오르간 소리처럼 깊고 부드럽게. 하지만 그녀의 목소리는 메뚜기 소리처럼 거친 데가 있어서 그의 등줄기를 기분 좋게 긁었고, 소리의 파도가 그의 뇌로 줄달음쳐 올라가 서로 부딪치며 부서졌다. 참으로 놀라운 발견이었다 — 어떤 대기의 조건에서는 인간의 목소리가 (과학적이어야 하니까. 무엇보다도 과학적이어야 해) 나무를 소생시킬 수도 있다니! 다행히 레치아가 손으로 그의 무릎을 엄청난 무게로 눌러서 그는 꼼짝도 할 수 없었다. 그렇지 않았다면, 그 오르락내리락하는 느릅나무들의 흥분, 오르락내리락하며 온통 반짝이는 잎사귀들이 푸른색에서 텅 빈 파도처럼 초록색으로 옅어졌다 짙어졌다 하며 말의 머리에 꽂은 깃털처럼, 귀부인의 모자에 달린 깃털처럼, 그렇게 자랑스럽게, 그렇게 장대하게 오르내리는 흥분이, 그를 미치게 만들었을 것이다. 그러나 미치지 않으리라. 눈을 꼭 감고, 더 이상 보지 않으리라.

그러나 그들이 손짓했다. 나뭇잎들이 살아 있었다. 나무들도 살아 있었다. 잎사귀들은 거기 그렇게 앉아 있는 그의 몸과 수백만 가닥의 섬유로 연결되어, 그의 몸을 위아래로 부채질했다. 가지가 쭉 뻗으면 그도 그렇게 했다. 들쭉날쭉한 분수처럼 퍼덕이며 오르락내리락하는 참새들도 그 패턴의 일부였다. 검은 가지들로 줄무늬 진 하얀색과 파란색. 미리 계획된 화음들. 소리 사이의 공백마저도 소리만큼이나 의미심장했다. 한 아이가 울었다. 때마침 먼 곳에서 경적이 들려왔다. 이 모든 것이 모여 새로운 종교의 탄생을 의미했다.

"셉티머스!" 레치아가 말했다. 그가 소스라치게 놀랐다. 사람들이 눈치채고야 말 거야.

"나 저기 분수까지 걸어갔다 올게요." 그녀가 말했다.

더 이상 견딜 수가 없었기 때문이었다. 닥터 홈스는 심각할 게 없다고 하겠지. 그녀는 그가 차라리 죽었으면 싶었다! 그가 그렇게 무언가를 빤히 보면서 자기는 보지도 않고 모든 걸 끔찍하게 만들어 버릴 때면 그의 옆에 앉아 있을 수가 없었다. 하늘과 나무, 노는 아이들, 수레를 끌고, 휘파람을 불고, 넘어지는 아이들, 이 모든 것이 끔찍했다. 그가 설마 자살하지는 않겠지. 하지만 누구에게도 말할 수 없었다. "셉티머스는 일을 너무 열심히 했어요." — 그것이 엄마에게 할 수 있는 말의 전부였다. 사랑은 사람을 외롭게 해. 그녀는 생각했다. 그녀는 말할 사람이 아무도 없었다. 이젠 셉티머스조차도. 돌아다보니 허름한 외투 차림의 그가 혼자 벤치에 몸을 움츠리고 앉아 앞만 뚫어져라 보고 있었다. 자살하겠다는 건 남자로선 비겁한 건데. 하지만 셉티머스는 전쟁에 나가 싸웠어. 용감했다고. 지금은 셉티머스가 아니야. 그녀는 레이스 칼라를 달고 새로 산 모자도 썼지만, 그는 알아차리지 못했다. 그는 그녀 없이도 행복했다. 난 그 사람 없이는 결코 행복할 수가 없는데! 그 어떤 것으로도! 그는 이기적이었다. 남자들은 그런 거야. 그이는 아픈 게 아니니까. 닥터 홈스는 그에게 아무 문제가 없다잖아. 그녀는 손바닥을 펴 보았다. 이것 봐! 결혼반지가 헐거워 — 그만큼 살이 빠졌어. 고통받고 있는 건 그녀였다 — 하지만 말할 사람이 없었다.

이탈리아는 멀었다. 하얀 집들과, 자매들이 앉아 모자를 만들던 방과, 산책하며 떠들썩하게 웃는 사람들로 저녁마다 북적이던 거리들도. 그곳 사람들은, 바퀴 달린 의자에 웅크리고 앉아 꽃병에 꽂힌 못난 꽃들이나 바라보며 반쯤만 살아 있는 이곳 사람들과는 달랐다!

"당신들도 밀라노의 정원을 봐야 하는데" 그녀는 큰 소리로 말했다. 하지만 누구에게 말하는 것일까?

아무도 없었다. 그녀의 말은 희미하게 사라졌다. 로켓도 그렇게 사라진다. 밤을 스치며 날아가던 로켓의 불꽃들은 밤에 굴복한다. 어둠이 내려와 집과 탑들의 윤곽 위로 쏟아진다. 황량한 언덕의 기슭들이 부드러워지며 어둠 속에 잠긴다. 그렇지만 눈에 보이지 않는다 해도, 밤은 그것들로 가득하다. 색도 잃고 창문 하나 보이지 않지만, 그것들은 한층 묵직하게 존재하며, 적나라한 대낮이 전하지 못하는 것을 내뿜는다 — 여명이 가져다주는 안도를 빼앗긴 채 어둠 속에 다 같이 웅크리고 있는, 어둠 속에 뒤엉켜 있는 만물의 번뇌와 긴장감을. 여명이 흰색과 회색 벽들을 씻어 내고, 창유리를 하나하나 찾아내며, 들판에서 안개를 걷어 내어 적갈색 암소가 평화롭게 풀을 뜯는 모습을 보여 줄 때면, 모든 것이 다시 한번 눈앞에 보기 좋게 차려지며, 또다시 존재하는 것이다. 나는 혼자야, 혼자라고! 그녀는 리전트 파크 분수 옆에서 울었다(인도 사람과 그의 십자가를 응시하며). 아마도 한밤중, 모든 경계가 사라지고, 세상이 고대의 모습으로 되돌아가는 그 시간에. 로마인들이 상륙했을 때 보았던 것처럼, 세상은 안개에 싸여 누워 있고, 언덕에는 이름이 없고, 강들은 어디로 흐르는지 알 수 없었던 그때와 같은 모습 — 그녀의 어둠은 그런 것이었다. 그때 갑자기 선반 하나가 튀어나와 그녀는 그 위에 서 있는 것 같았다. 난 그 사람의 아내야, 몇 년 전 밀라노에서 결혼한 아내야, 무슨 일이 있어도 그가 미쳤단 말은 절대 하지 않을 거야! 그녀는 말했다. 선반이 빙그르르 돌면서 무너졌다. 그녀는 떨어졌다. 하염없이 아래로, 아래로. 그이가 가 버렸기 때문이야. 그녀는 생각했다 — 가 버렸어. 그가 위협했던 대로 자살하러 — 마차에 몸을 던지러! 아니, 아니야, 그이는 저기에 있어. 허름한 코트를 입고 혼자 벤치에 앉아 다리를 꼰 채 골똘히 노려보며 큰 소리로 말하고 있잖아.

인간은 나무를 베어서는 안 된다. 신은 존재한다(그는 봉투 뒷면에 그런 계시들을 적었다). 세상을 변화시켜라. 증오심 때문에 죽이는 자는 없다. 알려라(그가 받아 적었다). 그는 기다렸다. 귀를 기울였다. 참새 한 마리가 맞은편 난간에 앉아 셉티머스, 셉티머스, 하고 너덧 번 지저귀더니, 목청을 길게 빼어 생생하고 날카롭게 그리스어로 노래했다. 세상에 범죄는 없다고. 그러자 다른 한 마리가 합세해 길고 날카로운 소리로 함께 노래했다. 강 건너 망자들이 돌아다니는 생명의 들판에 있는 나무들로부터, 죽음은 없다고.

여기 그의 손이 있었다. 저기 망자들이 있었다. 하얀 것들이 맞은편 난간 뒤에 모여들고 있었다. 그러나 그는 감히 쳐다보지 못했다. 에번스가 난간 뒤에 있어!

"뭐라고 했어요?" 갑자기 레치아가 곁에 다가와서 앉으며 물었다.

또 방해한다! 그녀는 언제나 방해했다.

사람들로부터 멀리 — 사람들로부터 멀리 떠나야 해요. 그가 말했다(벌떡 일어나며). 저기 저쪽으로, 나무 아래 의자들이 있고 공원의 길고 완만한 경사가 녹색 천처럼 길게 펼쳐져 내려가는 곳, 위로는 푸른 천으로 된 천장에 분홍색 연기가 높이 떠 있고, 부연 연기에 싸인 들쭉날쭉한 집들이 성벽을 이루고 있고, 차량 소음은 원을 그리며 웅웅대고, 오른편으로는 암갈색 동물들이 동물원 우리 너머로 길게 목을 빼고 우짖고 있는 저쪽으로 가요. 거기서 그들은 나무 아래에 앉았다.

"저것 좀 봐요." 그녀가 크리켓 말뚝을 들고 가는 소년들 무리를 가리키며 애원했다. 그중 한 소년은 뮤직홀의 어릿광대 흉내를 내듯 발을 끌다가 발뒤꿈치로 빙그르르 돌았다간 다시

끌며 지났다.

"보세요." 그녀가 애원했다. 닥터 홈스가 그녀에게 그가 현실 사물들을 보게 하라고, 뮤직홀에도 가고, 크리켓도 하게 하라고 했기 때문이었다. 닥터 홈스는 그게 딱 좋은 운동이라고 했다. 훌륭한 야외 경기라고, 남편에게 딱 좋은 경기라고.

"보세요." 그녀가 다시 말했다.

보아라. 보이지 않는 존재가 그에게 명했다. 그 목소리는 인류의 가장 위대한 자, 셉티머스에게 말을 하고 있었다. 최근에 생에서 죽음으로 옮겨진 자, 사회를 새롭게 하기 위해 온 구세주, 침대보처럼, 오직 햇살만이 닿는 눈 이불처럼 누워, 영원히 닳지 않고 영원히 고통받는 구세주, 속죄양, 끝없이 고통받는 자인 그에게. 그러나 그는 원치 않았다. 그는 손을 내저어 그 끝없는 고통, 그 끝없는 고독을 밀어내며 신음했다.

"보세요." 그녀가 되풀이했다. 집 밖에서 이렇게 혼잣말을 하면 안 되니까.

"제발 좀 봐요." 그녀가 애원했다. 그런데 뭘 보라는 거지? 양 몇 마리. 그게 전부인데.

리전트 파크 지하철역으로 가는 길 — 리전트 파크 지하철역으로 가는 길을 좀 알려 주시겠어요? — 메이지 존슨이 물었다. 그녀는 겨우 이틀 전에 에든버러에서 올라온 참이었다.

"이쪽이 아니라 — 저쪽이에요!" 레치아는 그녀가 셉티머스를 보지 못하게 손짓으로 밀어내면서 소리쳤다.

둘 다 이상해 보여. 메이지 존슨은 생각했다. 모든 게 이상해 보였다. 그녀는 레든홀 스트리트에 사는 숙부 집에 일자리를 얻어 런던에 처음 올라와서 아침에 리전트 파크를 걸어 가던 중에, 벤치에 앉아 있는 이 커플 때문에 무척 놀랐다. 젊은 여자는 외국인 같았고, 남자는 이상해 보였다. 그녀는 먼 훗날 노인이 되어서도, 50년 전 어느 화창한 여름 아침 리전트 파크를 걸었던 기억이 여전히 생생히 떠올라 마음이 뒤숭숭해질 것 같았다. 그녀는 이제 겨우 열아홉 살이었고 마침내 자신의 뜻대로 런던에 온 참이었는데, 길을 물었던 커플이 그렇게나 이상했던 것이다. 여자는 깜짝 놀라 손을 내젓고, 남자는 ― 그는 진짜 기묘했다. 어쩌면 두 사람은 다투고 있었는지도 몰랐다. 영원히 헤어지는 중이었는지도. 무슨 일이 있는 것 같았다. 그러고 보니 여기 있는 모든 사람들(그녀는 산책로로 다시 돌아와 있었다), 돌로 만든 수조, 단정한 꽃들, 대부분이 바퀴 달린 의자에 앉아 있는 몸이 불편한 남녀 노인들 ― 이 모든 것이 에든버러를 떠나온 그녀에겐 너무나 이상해 보였다. 메이지 존슨은 산들바람을 맞으며 멍한 눈으로 조용히 터덜터덜 걷고 있는 무리에 합류하면서 ― 다람쥐들은 나뭇가지에 앉아 몸단장을 하고, 참새는 빵 부스러기를 찾아 파닥거리며 분수처럼 흩어지고, 개들은 난간 주변에서 킁킁거리랴 서로 장난치랴 바쁘고, 그러는 동안 부드럽고 따스한 대기가 그들을 적시며, 그들이 삶을 받아들이는 고정되고 무덤덤한 시선에 어딘가 엉뚱하고 누그러진 무언가를 더해 주었다 ― 메이지 존슨은 정말이지 울고 싶었다. 아아! (벤치 위의 젊은 남자가 정말로 충격적이었기 때문이다. 무슨 일이 있는 게 분명했다.)

무서워! 무서워! 그녀는 울고 싶었다. (그녀는 가족을 두고 떠나온 것이다. 그녀에게 무슨 일이 일어날 것인지를 다들 경고했는데도.)

왜 그냥 집에 있지 않았을까? 그녀는 철제 난간 손잡이를 비틀며 울었다.

저 아가씨는 아직 아무것도 모르네. 뎀스터 부인은 생각했다(그녀는 다람쥐에게 줄 빵 부스러기를 모아 두었다가 가끔 리전트 파크에 와서 점심을 먹곤 했다). 조금 통통하고, 약간은 느슨하고, 기대치는 살짝 낮추는 게 나을 텐데. 퍼시는 술을 마시긴 하지. 그래도 아들 녀석은 하나 있는 게 낫지. 뎀스터 부인은 생각했다. 지난한 날을 거쳤기에, 그녀는 저런 아가씨를 보면 미소가 지어졌다. 결혼은 하겠네. 꽤 예쁘니까. 뎀스터 부인은 생각했다. 결혼해 보렴. 그녀는 생각했다. 그러면 너도 알게 될 거다. 아, 요리사들이며 등등의 것들을. 남자들은 다 자기 식대로 하지. 하지만 미리 알았더라도 내가 그런 선택을 했을까. 뎀스터 부인은 생각했다. 그러자 메이지 존슨에게 한마디 속삭이고 싶어졌다. 주름지고 늘어진 고단한 늙은 얼굴에 연민의 키스를 받고 싶었다. 힘겨운 인생이었으니까. 뎀스터 부인은 생각했다. 인생에 내가 안 갖다 바친 게 있나? 장미꽃에, 몸매에, 두 발까지도(그녀는 울퉁불퉁해진 발을 치마 밑으로 당겨 넣었다).

장미꽃이라 해도 다 부질없어요, 아가씨. 그녀는 냉소적으로 생각했다. 먹고 마시고 짝짓고, 좋은 날 궂은 날 다 지내고 보면 정말이지 인생은 장미꽃만이 아니거든. 게다가 이 캐리 뎀스터는 켄티시 타운에 있는 어떤 여자와도 인생을 바꿀 마음이 없다 이 말이야! 하지만 그녀는 연민을 구했다. 장미꽃을 잃은 것에 대한 연민을. 그녀는 히아신스 화단 옆에 서 있는 메이지 존슨에게 연민을 청했다.

아, 그런데 저 비행기! 뎀스터 부인은 언제나 외국에 가 보고 싶어 하지 않았던가? 그녀에겐 선교사인 조카가 하나 있었다. 비행기는 높이 올라 쏜살같이 날아갔다. 마게이트*에서는 늘 바다에 나갔었다. 뭍이 안 보이는 데까지 나간 건 아니었지만. 그녀는 물을 무서워하는 여자들은 도저히 봐줄 수가 없었다. 비행기가 휘몰아치듯 강하했다. 그녀는 속이 울렁거렸다. 비행기는 다시 날아올랐다. 잘생긴 청년이 타고 있을 거야. 뎀스터 부인은 확신했다. 비행기는 멀리, 더 멀리 날아가더니 빠르게 사라졌다. 그리니치와 모든 돛대들을 지나, 잿빛 교회들과 세인트 폴 성당과 그 밖의 것들이 모여 있는 작은 섬을 넘어, 런던 양쪽으로 펼쳐진 들판과 어두운 갈색 숲이 있는 곳까지. 그곳에는 모험심 많은 개똥지빠귀가 대담하게 뛰어다니며 날랜 눈길로 달팽이를 잡아채 돌에다 한 번, 두 번, 세 번, 내리치고 있었다.

비행기는 밝게 빛나는 점이 될 때까지 멀리멀리 날아갔다. 열망, 집중, 인간 영혼의 상징이자(그리니치에서 활기차게 자기 집 잔디를 깎고 있던 벤틀리 씨에겐 그렇게 보였다), 인간이 사고를 통해, 아인슈타인과 추론과 수학과 멘델 이론을 통해, 자신의 육신, 자신의 집을 넘어서려는 결의의 상징이지. 벤틀리 씨는 삼나무 주위를 쓸면서 생각했다 — 비행기는 멀리 날아갔다.

그때, 초라하고 별 특징 없는 남자 하나가 가죽 가방을 들고 세인트 폴 대성당 계단에 서서 망설이고 있었다. 저 안에는 얼마나 그윽한 위안과 극진한 환대가 있으며, 얼마나 많은 무덤들에 깃발이 나부끼고 있는가. 군대를 이긴 것이 아니라, 진리 탐구의 지독한 정신을 이겨 낸 승리의 징표들이. 그 정신이 나를 지금 무직자로 만들었지만. 그는 생각했다. 그뿐 아니라, 성당은 친구가 되어 주고, 사회 구성원으로도 초대해 주지. 위대한 사람들은 거기에 속했고, 순교자들은 그것을 위해 죽었지. 그러니 들어가서, 제단 앞에, 십자가 앞에 팸플릿으로 가득한 이 가죽 가방을 내려놓지 않을 이유가 있을까? 추구하고 탐구하고 언어를 두드려 탐색하는 일을 넘어 높이 날아올라, 육신을 벗어나 온전히 정신이 된 유령 같은 무언가의 상징 앞에. 그는 생각했다 — 안 들어갈 이유가 있을까? 그가 그렇게 망설이는 동안 비행기는 러드게이트 서커스 너머로 날아갔다.

이상했다. 너무 조용했다. 차 소리 말고는 아무 소리도 들리지 않았다. 비행기는 조종사 없이 자유 의지로 나는 것 같았다. 지금은 곡선을 그리며 위로, 마치 황홀경에 빠져, 순수한 기쁨에 취해 높이 날아오르는 무언가처럼 똑바로 치솟았다. 뒤로는 고리 모양의 하얀 연기를 내뿜으며 T와 O와 F를 썼다.

"다들 뭘 보고 있는 거지?" 클라리사가 문을 열어 주는 하녀에게 물었다.

집 안의 홀은 납골당처럼 써늘했다. 댈러웨이 부인은 손을 눈으로 가져갔다. 하녀가 문을 닫자 루시의 치맛자락 스치는 소리가 들렸고, 그녀는 속세를 떠나 친숙한 베일과 오랜 기도에 대한 응답에 둘러싸인 수녀 같은 기분이 들었다. 요리사는 부엌에서 휘파람을 불었다. 타자기가 탁탁거리는 소리가 들렸다. 이것이 그녀의 삶이었다. 현관 탁자 위로 고개를 숙이며 그녀는 그 삶의 영향 아래 절했다. 축복받고 정화된 기분이었다. 전화 메시지가 적힌 메모장을 집어 들며 그녀는 이런 순간들은 정말이지 생명나무의 꽃봉오리 같다고 중얼거렸다. 어둠의 꽃들이지(마치 어떤 아름다운 장미가 오직 그녀만을 위해 피어난 것처럼). 그녀는 생각했다. 그녀는 단 한 순간도 신을 믿은 적이 없었다. 하지만 그럴수록 일상에서 하인들에게 보답해야 했다. 개와 카나리아들에게도. 그리고 무엇보다 남편 리처드에게. 그는 이 모든 것 — 즐거운 소리들과 녹색 불빛들, 그리고 심지어 휘파람 부는 요리사. 워커 부인은 아일랜드 출신이었고 하루 종일 휘파람을 불었으니까 — 의 토대였다. 그녀는 메모장을 들며 이렇게 절묘한 순간들은 몰래 모아 두었다가 갚아야 한다 생각하고 있었고, 루시는 옆에 서서 무언가를 설명하려 하고 있었다.

"마님, 주인어른께서요······."

클라리사는 메모장을 읽었다. '레이디 부르턴께서 오늘 댈러웨이 씨와 점심 식사를 할 수 있을지 문의하심.'

"주인어른께서 오늘 점심 식사는 밖에서 하실 예정이라고 전하라 하셨어요."

"저런!" 클라리사가 말하자, 루시는 그녀의 의도대로 덩달아 실망감을 느꼈다(아픔까지는 아니었지만). 그들 사이의 감정적 일치를 느꼈고, 눈치를 알아차렸으며, 상류층은 어떻게 사랑하는지를 생각했고, 자신의 미래를 차분히 아름답게 그려 보았다. 그러고는 댈러웨이 부인의 양산을 받아, 전장에서 명예롭게 임무를 마치고 돌아온 여신이 내려놓는 신성한 무기를 다루듯 우산꽂이에 꽂아 넣었다.

"더 이상 두려워 말라." 클라리사가 말했다. 더 이상 두려워 말라, 태양의 열기를. 레이디 부르턴이 자기는 빼고 리처드를 점심 식사에 초대했다는 충격에 그 순간 그녀는 몸을 떨었다. 강바닥의 식물이 지나가는 노(櫓)에 충격을 받고 몸을 떨듯이. 그렇게 그녀는 흔들렸다. 그렇게 떨었다.

특별히 재밌다고들 하는 오찬 파티에 밀리선트 부르턴이 그녀를 초대하지 않은 것이다. 속된 질투심이 그녀를 그에게서 떼어 놓을 수는 없었다. 하지만 그녀는 시간 자체가 두려웠고, 레이디 브루턴의 얼굴이 무심한 돌에 새겨진 해시계라도 되는 듯 그 얼굴에서 삶이 줄어들고 있는 것을 읽어 냈다. 한 해 한

해 그녀의 몫은 베어져 나가, 이제 얼마 남지 않은 가장자리는 더 이상 잡아 늘일 수 없었고, 젊었을 때처럼 삶의 빛깔과 맛과 분위기를 흡수할 수도 없었다. 젊은 날에는 그녀가 방에 들어서면 방이 가득 찼고, 응접실 문턱에서 머뭇거리며 서 있을 때면, 절묘한 긴장감을 맛보곤 했다. 잠수부가 물속에 뛰어들기 직전, 발밑의 바다는 어두워졌다 밝아졌다 하고, 파도는 부서질 듯하다가도 수면에서 부드럽게 갈라지고 뒤집히면서 진주 같은 포말을 머금은 수초를 굴리고 숨기고 덮을 때 느끼는 것과 같은 긴장감을.

그녀는 메모장을 현관 탁자에 내려놓았다. 난간을 짚고 천천히 계단을 올라갔다. 마치 이 친구 저 친구가 번갈아 가며 그녀의 얼굴과 목소리를 되비춰 주던 파티를 떠나, 문을 닫고 밖으로 나가 홀로 서 있는 한 사람, 무시무시한 밤을 등지고 선, 아니 좀 더 정확히 말하자면 이 무심한 6월 아침의 응시를 마주하고 있는 한 사람처럼. 그것이 누군가에게는 반짝이는 장미 꽃잎처럼 부드럽다는 것을 그녀는 알고 있었다. 열린 층계참 창문에 잠시 멈춰 서 있노라니 그런 기분이 느껴졌다. 창문으로 블라인드가 펄럭였고 개 짖는 소리가 들려왔다. 그런데 불현듯, 자신이 갑자기 쪼그라들고 늙고 가슴도 밋밋해진 기분이 들었다. 이 하루가 거칠게 움직이고 요동치고 피어나며 문 밖에, 창문 너머에, 이제는 제 기능을 잃은 그녀의 몸과 머리 바깥에 있었다. 특별나게 재미있다고 소문난 오찬 파티에 레이디 브루턴이 초대하지 않았기 때문이었다.

속세를 떠나는 수녀처럼, 혹은 탑을 탐험하는 아이처럼, 그녀는 위층으로 올라가 창가에 멈춰 섰다가 욕실로 들어갔다. 바닥에는 녹색 리놀륨이 깔려 있고 수도꼭지에서 물이 방울방울 떨어지고 있었다. 삶의 한복판에 공허함이 놓여 있었다. 다락방 하나가 있었다. 여자들은 화려한 의상을 벗어야 한다. 한낮이 되면 벗어야 한다. 그녀는 모자의 핀을 핀쿠션에 꽂고 깃털 달린 노란 모자를 침대에 올려놓았다. 시트는 깨끗했고, 이쪽 끝에서 저쪽 끝으로 넓고 하얀 띠 모양으로 팽팽히 당겨져 있었다. 그녀의 침대는 점점 더 좁아질 것이다. 초는 절반쯤 탄 채 남아 있었다. 마르보 남작의 『회고록』을 몰두해서 읽었던 것이다. 지난밤 늦게까지 모스크바에서의 퇴각 장면까지 읽었다. 의회가 너무 늦게까지 열렸기 때문에 리처드는 그녀가 아픈 후로는 그녀가 방해받지 말고 푹 자야 한다고 주장했다. 그녀도 사실 모스크바 퇴각 장면을 읽는 게 더 좋았다. 그도 그것을 알고 있었다. 그리하여 그녀가 자는 방은 다락방이었고, 침대는 좁았다. 잠이 잘 오지 않아 그곳에 누워 책을 읽으니, 출산을 하고도 줄곧 시트처럼 그녀에게 달라붙어 있는 처녀성을 떨쳐 버릴 수가 없었다. 젊은 날 사랑스러웠던 그녀에게 갑자기 어떤 순간이 찾아왔고 — 예를 들면 클리브든 숲 아래 강에서처럼 — 이런 차가운 기운으로 수축하면서 그를 저버렸던 것이다. 그리고 콘스탄티노플에서도 그랬고, 그 이후에도 거듭거듭. 그녀는 자신에게 무엇이 부족한지 알고 있었다. 그건 아름다움도, 마음도 아니었다. 그녀에게 부족한 건 중심에 퍼져 있는 어떤 것, 표면을 깨뜨려 남자와 여자의, 혹은 여자들끼리의 차가운 접촉에 잔물결을 일으키는 따뜻한 어떤 것이었다. 희미하게나마 그녀도 **그 점은** 감지하고 있었으니까. 그녀는 그것이 못마땅했고, 어디서 왔는지 하늘만 아는, 혹은 (언제나 현명한) 자연이 보낸 것 같은 거리낌을 느꼈다. 그러면서도 그녀는 때때로 여성, 소녀가 아닌 여성의 매력에 속수무책으로 이끌렸다. 자신의 상처나 어리석음을 고백하는 여성의 매력에. 그녀에겐 종종 그런 여성들이 있었다. 그것이 연민 때문이든, 그들의 아름다움 때문이든, 아니면 그녀가 나이가 더 많아서이든 우연 — 희미한 향기나 이웃의 바이올린 소리(어떤 순간에 소리의 위력은 참으로 기이하다) 같은 — 때문이든, 그녀는 분명 남자들이 느끼는 것을 느꼈다. 순간에 지나지 않았지만, 그걸로 충분했다. 그것은 갑작스러운 계시, 홍조와도 같았다. 억제하려고 애써도 일단 홍조가 퍼지기 시작하면 그것에 굴복하게 되고, 극한까지 질주해 그곳에서 전율하며, 세상이 어떤 놀라운 의미, 황홀경으로 잔뜩 부풀어 점점 가까이 다가오는 느낌을 맛보았으며, 그 황홀경은 얇은 피부를 찢으며, 갈라진 틈과 상처 위로 터져 어마어마하게 쏟아져 내리는 것이었다! 그때 그 순간, 그녀는 보았다. 하나의 빛을, 크로커스 속에서 타오르는 불꽃을, 거의 다 드러난 내적인 의미를. 그러나 가까이 왔던 것은 물러나고, 단단해졌던 것은 부드러워졌다. 그리고 끝이었다 — 그 순간은. 그런 순간들(여자들과 있을 때도 마찬가지였다)에 비하면, 침대와(그녀는 모자를 내려놓았다) 마르보 남작과 절반쯤 타다 남은 양초는 너무나 대조적이었다. 뜬눈으로 누워 있는 동안 마루가 삐걱대는 소리가 들렸다. 환하던 집이 갑자기 캄캄해졌다. 고개를 들면, 리처드가 최대한 가만히 문손잡이를 딸깍 돌리는 소리가 들렸다. 그는 양말을 신은 채 계단을 살금살금 올라오다가 종종 뜨거운 물이 든 병을 떨어뜨리고는 투덜거렸다! 그 소리에 얼마나 웃었던지!

그런데 이 사랑이란 문제(그녀는 외투를 벗으며 생각했다), 여자들과 사랑에 빠지는 문제는. 샐리 시튼 생각을 해 보자. 그 옛날 샐리 시튼과의 관계를. 결국 그게 사랑이 아니었을까?

그녀는 바닥에 앉아 있었다. 그것이 샐리의 첫인상이었다. 바닥에 앉아 두 팔로 무릎을 감싸안고 담배를 피우고 있었다. 어디서였더라? 매닝네였나? 킨로크-존스네였나? 어느 파티에서(어디였는지는 확실치 않았다)였다. 왜냐하면 같이 있던 남자에게 "**저 사람은 대체 누구죠?**"라고 물었던 게 똑똑히 기억나니까. 그 남자가 대답을 하면서, 샐리의 부모님은 사이가 안 좋다고 했다(얼마나 충격이었던지 ─ 부모님이 다툴 수가 있다니!). 그 저녁 내내 그녀는 샐리에게서 눈을 뗄 수가 없었다. 그녀가 가장 동경하는 종류의 아주 특별한 아름다움 때문이었다. 가무잡잡한 피부에 커다란 눈, 그리고 자신에겐 없어서 언제나 부러웠던 특성인 일종의 자유분방함. 무슨 말이든 할 수 있고 무엇이든 할 수 있을 것 같은, 영국 여자보다는 외국인에게 더 흔한 특성 말이다. 샐리는 늘 자기 몸속엔 프랑스인의 피가 흐른다면서, 조상 한 분이 마리 앙투아네트를 지지하다 참수형을 당했으며, 루비 반지를 남겼다고 했다. 아마 그해 여름이었던 것 같다. 그녀가 버턴에서 지내려고 왔던 것이. 저녁 식사가 끝났을 때 주머니에 동전 한 푼 없이 갑자기 걸어 들어와서는 가여운 헬레나 고모를 얼마나 당황하게 했던지, 고모는 그녀를 절대 용서하지 않았다. 집에 싸움이 났다면서, 그들에게 왔던 그날 밤 정말로 동전 하나 없어서 — 여기까지 오려고 브로치를 저당 잡혔다고 했었지. 흥분 상태로 뛰쳐나왔던 거였다. 그들은 밤새 이야기를 나눴다. 샐리로 인해 그녀는 생전 처음으로 버턴에서의 자기 삶이 얼마나 보호되고 차단되어 있는지를 깨달았다. 그녀는 성(性)에 대해서는 아무것도 몰랐다 — 사회 문제에 대해서도 전혀. 들판에 한 노인이 쓰러져 죽어 있는 것은 한 번 본 적이 있었고 — 방금 송아지를 낳은 암소를 본 적도 있었다. 그러나 헬레나 고모는 토론이라는 걸 전혀 좋아하지 않았다(샐리가 윌리엄 모리스*의 책을 주었을 때, 표지를 갈색 종이로 싸야 했다). 그들은 집 맨 꼭대기에 있는 그녀의 침실에서 몇 시간이고 떠들었다. 인생에 관해, 세상을 어떻게 개혁할 것인가에 대해. 그들은 사유 재산 철폐를 위한 협회를 세우려 했고, 실제로 편지 한 통을 쓰기도 했다. 비록 부치지는 않았지만. 물론 그건 샐리의 아이디어였다 — 하지만 얼마 지나지 않아 그녀도 샐리만큼 들떠 있었다 — 아침 식사 전에 침대에서 플라톤을 읽었고, 모리스를 읽었고, 몇 시간씩 셸리*를 읽었다.

샐리의 영향력은 놀라웠다. 그녀의 재능, 그녀의 개성은. 예컨대 그녀가 꽃을 다루는 방식만 봐도 그랬다. 버턴에서는 언제나 테이블에 격식을 갖춘 작은 꽃병들이 일렬로 늘어서 있었다. 샐리는 밖으로 나가 접시꽃과 달리아를 — 함께 놓인 적 없는 온갖 종류의 꽃들을 — 꺾어 와서 꽃송이만 잘라 수반에 동동 띄워 놓았다. 해 질 무렵 저녁 식사를 하러 사람들이 들어왔을 때 그 효과는 대단했다(물론 헬레나 고모는 꽃을 그렇게 다루는 건 못된 짓이라고 생각했다). 그런가 하면 샤워 스펀지를 깜빡했다며 알몸으로 복도를 뛰어가기도 했다. 엄격한 늙은 하녀 엘런 앳킨스는 "신사분이 보기라도 하면 어쩌려고?"라며 구시렁거렸다. 그녀는 정말이지 사람들을 깜짝 놀라게 했다. 단정치가 않아. 아빠는 말씀하셨지.

돌이켜 보면 신기한 것은, 샐리에 대한 그녀 감정의 순수함과 진실성이었다. 남자에게 느끼는 감정과는 달랐다. 전혀 사심이 없었고, 게다가 그것은 오직 여성들 사이에서만, 막 성인이 된 여성들 사이에서만 존재하는 것이었다. 그녀 쪽에선 보호하는 마음이었다. 동맹을 맺은 듯한 느낌, 무언가가 그들을 갈라놓으리라는 예감이(그들은 늘 결혼을 재앙이라고 말했다) 이런 기사도적인 감정, 보호하려는 감정으로 나아갔는데, 그 감정은 샐리보다 그녀 쪽에서 훨씬 강했다. 왜냐하면 그 시절 샐리는 완전히 무모했기 때문이다. 허세를 부리며 어리석기 짝이 없는 짓들을 저질렀다. 자전거를 타고 테라스 난간 위를 달리고, 시가를 피우고. 어처구니가 없었다 — 그녀는 정말이지 어처구니가 없었다. 하지만 그 매력은, 적어도 그녀에겐 어찌나 압도적이었던지, 손에 뜨거운 물통을 들고는 집의 맨 꼭대기 침실에 서서 이렇게 소리 내어 말했던 기억이 났다. "그녀가 이 지붕 아래 있어…… 이 지붕 아래 그녀가 있다고!"라고.

아니, 이런 말들은 지금 그녀에겐 아무런 의미가 없었다. 그 옛 감정의 희미한 메아리조차 느낄 수가 없었다. 하지만 그때는 흥분으로 몸이 오싹해지고 황홀한 기분 속에 머리를 매만졌던 기억이 났다(머리핀을 빼어 화장대 위에 놓고 머리를 매만지자 옛 감정이 되살아나기 시작했다). 분홍빛 저녁노을 속에 떼까마귀가 오르락내리락 날아다니고, 그녀가 옷을 입고 계단을 내려가던 기억, 그리고 홀을 가로지르면서 "지금 죽어도 난 더없이 행복할 것이오"* 하는 심정이었던 기억. 그것이 그녀가 느낀 감정이었다 — 오셀로가 느낀 것. 그녀는 분명 셰익스피어가 뜻했던 만큼 강렬하게 오셀로의 감정을 느꼈다. 새하얀 드레스를 입고 샐리 시튼을 만나러 저녁 식사에 가고 있다는 이유만으로!

그녀는 비치는 얇은 분홍 옷을 입고 있었다 — 저게 가능해? 어쨌거나 그녀는 정말이지 온통 빛으로 가득한 것처럼 보였고, 한 마리의 새나 풍선이 날아들어 덤불에 잠시 걸려 있는 것 같았다. 그런데 사랑에 빠졌을 때, 다른 사람들의 무관심만큼 이상한 건 없다(이게 사랑에 빠진 게 아니라면 뭐란 말인가?). 헬레나 고모는 저녁 식사 후 바로 나가 어디론가 사라졌고 아빠는 신문을 읽었다. 피터 월시와 나이 든 미스 커밍스는 있었던 것 같다. 요셉 브라이트코프는 분명히 있었다. 가여운 노인 양반. 그는 매년 여름 몇 주씩 와 있으면서 그녀와 독일어 책을 읽는 척했지만, 사실은 피아노를 치며 잘 나오지도 않는 목소리로 브람스를 부르곤 했다.

이 모든 것은 샐리를 위한 배경에 불과했다. 그녀는 벽난로 옆에 서서 아빠에게 이야기하고 있었다. 말하는 모든 것을 애무처럼 들리게 하는 아름다운 목소리로. 아빠는 (그녀에게 빌려준 책이 푹 젖은 채 테라스에 있는 걸 발견한 후로 노여움을 풀지 못하고 있었지만) 자기도 모르게 그녀에게 끌리고 있었었다. 그때 갑자기 그녀가 "집 안에만 틀어박혀 있다니 너무해요!"라고 말했고, 모두 테라스로 나가 여기저기 산책을 했다. 피터 월시와 요셉 브라이트코프는 줄곧 바그너 이야기를 했다. 그녀와 샐리는 살짝 뒤처져서 걷고 있었다. 그때, 일생일대 최고의 순간이 왔다. 꽃들이 꽂힌 돌 항아리를 지날 때였다. 샐리가 걸음을 멈추고 꽃 한 송이를 꺾어 들더니, 그녀의 입술에 키스한 것이다. 온 세상이 거꾸로 뒤집히는 것 같았다! 다른 사람들은 보이지 않았다. 샐리와 단둘이 있었다. 그녀는 꽁꽁 포장된 선물을 받은 기분이었다. 다이아몬드를, 겹겹이 싸인 무한히 소중한 어떤 것을 — 열어 보지 말고 그냥 간직만 하라는 말과 함께. 걸으면서(왔다 갔다, 왔다 갔다) 그녀는 열어 보았다. 아니, 타는 듯한 광채가 뚫고 나왔다. 그건 계시였고, 종교적인 감정이었다! — 바로 그때 노인 요셉과 피터가 눈앞에 나타났다.

"별 보기 하는 건가?" 피터가 말했다.

마치 어둠 속에서 얼굴을 화강암 벽에 부딪힌 것 같았다! 너무 깜짝 놀랐고, 끔찍했다!

그녀 자신 때문이 아니었다. 오직 샐리가 이미 얼마나 상처받고, 얼마나 부당하게 다뤄지고 있는지만을 느꼈다. 그의 적대감, 그의 질투, 그들의 사이에 끼어들려는 그의 결의를 느꼈다. 번개가 번쩍하는 순간, 풍경이 한눈에 들어오듯 이 모든 것이 보였다 — 그러나 샐리는 (그녀가 그때만큼 존경스러웠던 적이 없었다) 당당하고 의연하게 자기 길을 걸었다. 그녀는 웃었다. 그러더니 요셉에게 별들의 이름을 알려 달라 했고 그는 기꺼이 아주 진지하게 가르쳐 주었다. 그녀는 거기 서서 귀를 기울였다. 별들의 이름이 들려왔다.

"아, 이건 정말 끔찍해!" 클라리사는 무언가가 그 행복한 순간을 중단시키고 망쳐 놓으리란 걸 내내 알고 있었던 것처럼 중얼거렸다.

그럼에도 불구하고 결국 나중에 그에게 얼마나 많은 빚을 졌던가. 그를 떠올릴 때면 웬일인지 그와 다투던 일이 생각났다 — 어쩌면 그가 자기를 좋게 생각해 주길 너무나 바랐기 때문이었는지도 몰랐다. 그 덕분에 그녀는 '감상적'이라든가 '교양 있는'이란 말들을 쓰게 되었다. 그 말들은 마치 그가 그녀를 지켜 주기라도 하는 것처럼, 그녀의 삶 속에서 매일 되살아났다. 어떤 책이 감상적이라든가, 삶에 대한 태도가 감상적이라든가. 옛날 생각을 하고 있으니 아마 그녀는 '감상적'인 거겠지. 그가 돌아오면 뭐라고 생각할까? 궁금했다.

내가 늙어 가고 있다고 생각할까? 그가 그렇게 말할까? 아니면, 눈에 다 보일까? 그가 돌아왔을 때, 내가 늙어 가고 있다고 생각하는 게? 그건 사실이었다. 앓고 난 이후로 그녀는 머리가 거의 하얗게 세어 버렸다.

브로치를 탁자 위에 놓다가 그녀는 갑작스러운 경련을 느꼈다. 이런 생각을 하는 동안 얼음처럼 차가운 발톱이 깊숙이 파고들 기회를 잡은 것 같았다. 아직 늙지 않았어. 이제 막 쉰두 살이 됐을 뿐인데. 아직도 많고 많은 달들이 고스란히 남아 있었다. 6월, 7월, 8월! 한 달 한 달 여전히 거의 온전하게 남아 있었다. 클라리사는 마치 떨어지는 물방울을 잡으려는 듯 (화장대 쪽으로 다가가며) 그 순간의 한가운데로 뛰어들어 그것을 거기에 고정시켰다 — 이 6월 아침의 순간을, 다른 모든 아침의 무게가 실려 있는 그 순간을. 그녀는 거울과 화장대와 화장품 병들을 새삼스레 바라보았다. (거울을 들여다보면서) 자신의 전 존재를 한 점으로 모으며, 바로 오늘 밤 파티를 주재할 한 여자의 섬세한 분홍빛 얼굴을 바라보았다. 클라리사 댈러웨이, 그녀 자신의 얼굴을.

얼마나 수없이 자신의 얼굴을 보았던가! 언제나 얼굴을 미세하게 긴장시키면서. 그녀는 거울을 볼 때 입술을 오므렸다. 얼굴에 선명함을 주기 위해서였다. 뾰족하고, 날렵하고, 뚜렷한. 그것이 그녀 자신이었다. 자기 자신이 되려는 어떤 노력, 어떤 요청이, 부분들을 끌어모아 — 그 부분들이 서로 얼마나 다르고 양립 불가능한지는 오직 그녀만 알고 있었다 — 오로지 세상을 위한 하나의 중심, 하나의 다이아몬드를 만들어 낼 때, 그것이 바로 그녀 자신이었다. 그것은 한 여성, 응접실에 앉아 만남의 장소를 만들어 내는 여성이었다. 어떤 지루한 삶에게는 분명 찬란한 빛이고, 외로운 이들에겐 피난처가 되어 줄 그런 곳을. 그녀는 젊은이들을 도왔고 그들은 그녀에게 감사했다. 그녀는 자신의 다른 모든 면 — 결점이나 질투심, 허영심이나 의심 같은 것들, 가령 레이디 부르턴이 그녀를 점심에 초대하지 않은 것에 대한 감정 — 은 절대 드러내지 않았고 — 그건 (이제 머리를 빗으며 생각했다) 아주 저열한 거야! — 언제나 한결같은 모습을 보이려고 노력했다. 그런데 드레스가 어디 있더라?

이브닝드레스는 벽장에 걸려 있었다. 그녀는 부드러운 옷들 사이로 손을 집어넣어 녹색 드레스를 조심스럽게 꺼내 들고 창가로 가져갔다. 전에 찢어졌던 옷이었다. 누군가가 치맛단을 밟았던 것이다. 대사관 파티에서 주름 위쪽이 뜯어지는 걸 느꼈었다. 인공 불빛 아래에선 빛나는 녹색이었는데 지금 햇빛 아래에서 보니 그 색깔이 나지 않았다. 고쳐야겠어. 하녀들은 할 일이 너무 많아. 오늘 밤에 입어야지. 비단실이랑 가위랑 그리고 — 뭐였더라? — 아, 당연히 골무지. 그녀는 이것들을 가지러 응접실로 내려갔다. 써야 할 편지도 있고, 파티 준비가 제대로 되고 있는지도 봐야 했기 때문이었다.

이상한 일이야. 그녀는 층계참에 멈춰 서서 그 다이아몬드 모양을, 그 한 사람을 만들어 내며 생각했다. 안주인은 어떻게 그렇게 집의 바로 그 순간의 상태, 바로 그 분위기를 아는 걸까, 참 이상하기도 하지! 희미한 소리들이 나선형 계단 통로를 타고 올라왔다. 쉭쉭 대걸레 소리, 탁탁 치는 소리, 두드리는 소리, 현관문이 요란하게 열리는 소리, 지하실에서 똑같은 내용을 반복해서 전달하는 목소리, 쟁반 위에서 은그릇 쟁그랑거리는 소리, 파티에 쓸 깨끗한 은그릇. 모두 파티를 위한 것이었다.

(루시는 쟁반을 받쳐 들고 응접실로 들어와 커다란 촛대는 벽난로 선반 위에, 은제 함은 한가운데에 놓고, 수정 돌고래는 벽시계 쪽을 향하게 돌려놓았다. 사람들이 올 것이다. 그 신사 숙녀들은 이렇게 서서, 그녀가 흉내 낼 수 있는 점잔 빼는 말투로 이야기를 나눌 것이다. 그중에서 그녀의 마님이 가장 아름다웠다 ─ 은식기와 식탁보와 도자기 그릇의 안주인이. 상감 장식을 한 테이블 위에 종이 자르는 칼을 올려놓을 때, 그녀는 태양과 은식기들과 경첩에서 떼어 낸 문짝들, 그리고 럼플메이어에서 온 사람들에게서 무언가를 이루었다는 성취감을 느꼈기 때문이다. 이것 좀 봐요! 이것 좀! 그녀는 거울을 흘낏 보면서, 자신이 처음으로 근무했던 케이터햄 빵집 동료들에게 마음속으로 말했다. 메리 공주 시중을 드는 레이디 안젤라라도 된 것 같았다. 그 순간 댈러웨이 부인이 들어왔다.)

"오, 루시." 그녀가 말했다. "은식기들이 정말 멋져 보이는구나!"

"그런데," 그녀가 수정 돌고래를 똑바로 고쳐 놓으며 말했다. "어젯밤 연극은 재밌었니?" "아, 네, 하지만 끝나기 전에 돌아와야 했어요." 그녀가 대답했다. "열 시까지는 와야 했거든요!" 그녀가 말했다. "그래서 끝이 어떻게 됐는지 몰라요." 그녀가 말했다. "정말 안됐네." 그녀가 말했다(그녀의 하인들은 청하면 더 늦어도 되니까). "정말 안타까워." 그녀가 소파 한가운데 있던 낡은 쿠션을 집어 루시의 팔에 안기며 살짝 떠밀면서 큰 소리로 말했다.

"이건 가져가거라! 워커 부인에게 갖다주면서 내가 수고했다더라고 전하렴. 가지고 가!" 그녀가 말했다.

루시는 쿠션을 안은 채 문가에 멈춰 서서 얼굴을 살짝 붉히며 몹시 수줍게 물었다. 드레스 고치시는 것 도와드릴까요?

하지만 이미 할 일이 많잖니, 댈러웨이 부인이 말했다. 이거 말고도 할 일이 정말 많을 텐데.

"하지만 고맙다, 루시, 고마워." 댈러웨이 부인이 말했다. 고맙다, 고마워, 그녀는 계속 되뇌었다(가위와 비단실을 들고 소파에 앉아 무릎에 드레스를 올려놓으며), 고마워, 고마워. 그녀는 자신이 이렇게 있을 수 있도록, 자신이 원하는 대로 다정하고 관대할 수 있게끔 도와주는 하인들 모두에게 감사한 마음으로 연신 되뇌었다. 하인들은 그녀를 좋아했다. 자, 이제 드레스. 뜯어진 데가 어디였더라? 이제 바늘에 실을 꿰야지. 그녀가 제일 좋아하는 드레스였다. 샐리 파커가 만든 것들 중 하나인데, 아아, 거의 마지막 드레스였다. 샐리는 이제 은퇴해서 일링에 살고 있으니까. 시간이 조금만 나면, 클라리사는 생각했다(하지만 이제는 더 이상 시간이 안 날 거야), 일링에 가서 그녀를 만나 볼 텐데. 참 괴짜였지, 클라리사는 생각했다. 진짜 예술가였어. 생각은 좀 별났지만 그래도 그녀가 만든 드레스는 한 번도 이상한 적이 없었다. 해트필드에도, 버킹엄 궁전에도 입고 갈 만했다. 그녀는 해트필드에서도, 버킹엄 궁전에서도 그 옷을 입었었다.

바늘이 비단실을 부드럽게 이끌어 살짝 멈추었다가 녹색 주름 부분을 모아 허리띠에 가볍게 갖다 붙이는 동안, 고요하고 만족스러운 그녀에게 평온이 내려앉았다. 여름날 파도는 그렇게 모여들고 균형을 잃고 부서진다. 모여들고 부서지고. 온 세상이 점점 더 묵직하게, "그게 전부다"라고 말하고 있는 듯하다. 마침내 해변의 태양 아래 누워 있는 몸속의 심장까지도 이렇게 말한다. 그게 전부다. 더 이상 두려워 말라. 심장이 말한다. 더는 두려워 말라. 심장이 바다에 자신의 짐을 내맡기며 말하면, 바다는 모든 슬픔을 위해 함께 한숨짓고, 다시 처음부터 시작하여 모여들고 부서진다. 오직 육신만이 지나가는 벌의 윙윙거림을, 부서지는 파도 소리를, 개 짖는 소리를 듣는다. 아득히 먼 곳에서 짖고 또 짖는 소리를.

"어머나, 초인종 소리!" 바느질을 멈추며 클라리사가 소리쳤다. 정신이 번쩍 들어 귀를 기울였다.

"댈러웨이 부인은 날 만나 줄 거요." 현관에서 나이 든 남자가 말했다. "아 그렇소, **나라면** 만나 줄 거니까요." 그는 루시를 자상하게 아주 살짝 밀쳐 내고는 계단을 뛰어 올라왔다. "그럼, 그럼, 그럼." 계단을 오르며 그는 중얼거렸다. "날 만나 줄 거야. 인도에서 5년이나 있다가 왔는데, 클라리사는 날 만나 줄 거라고."

"대체 누가 — 무슨 일이지." 댈러웨이 부인은(파티를 여는 날 아침 열한 시에 방해를 받다니 말도 안 된다고 생각하며), 계단을 오르는 발소리를 들으며 의아해했다. 문에 손이 닿는 소리가 들렸다. 그녀는 순결을 지키고 사생활을 중시하는 처녀처럼, 드레스를 감추려 했다. 놋쇠 손잡이가 슬며시 내려갔다. 이내 문이 열리더니, 누군가가 들어왔다 — 순간, 그의 이름이 생각나지 않았다! 그를 보자 그만큼 놀랐고 반가웠고 수줍었으며, 피터 월시가 아침에 이렇게 예기치 않게 찾아온 것이 너무 당황스러웠다! (그녀는 그의 편지를 아직 읽지 않았던 것이다.)

"잘 지냈어요?" 피터 월시가 확연히 몸을 떨며 그녀의 두 손을 잡고 양손에 키스하면서 말했다. 그는 앉으면서 그녀가 늙었다고 생각했다. 그런 말은 꺼내지도 말아야지. 그는 생각했다. 정말로 늙었으니까. 나를 쳐다보는군. 그가 생각했다. 그녀 손에 키스까지 했는데, 갑자기 쑥스러워졌다. 그는 손을 호주머니에 넣어 커다란 주머니칼을 꺼내 반쯤 날을 펼쳤다.

정말 똑같아. 클라리사는 생각했다. 그 묘한 표정도, 체크무늬 양복도 그대로야. 얼굴은 살짝 비뚤어졌고, 좀 더 야위고 메말라 보이긴 하지만 아주 좋아 보여. 여전히 그대로야.

"당신을 다시 보다니 꿈만 같아요!" 그녀가 외쳤다. 그는 주머니칼을 꺼내 들고 있었다. 정말 저 사람답다니까. 그녀는 생각했다.

바로 어젯밤 시내에 도착했다고 그가 말했다. 곧장 시골로 내려가 봐야 한다고. 잘 지냈어요? 다들 잘 있지요? ― 리처드는? 엘리자베스는?

"이건 다 뭐죠?" 그가 주머니칼로 그녀의 녹색 드레스를 가리키며 물었다.

옷을 참 잘 입었네. 클라리사는 생각했다. 하지만 유독 나한테는 언제나 비판적이지.

드레스를 고치고 있군. 늘 그랬듯 드레스를 고치고 있는 거야. 그는 생각했다. 내가 인도에 있는 동안 내내 여기에 앉아서 드레스 고치고, 놀러 다니고, 파티 다니고, 하원에도 왔다 갔다 하고, 그러면서 지낸 거지. 그는 점점 더 짜증이 나고 화가 치밀었다. 어떤 여자들한테는 결혼만큼 나쁜 게 없으니까. 그는 생각했다. 정치도 그렇고, 저 훌륭하신 리처드 같은 보수당 남편을 둔다는 것도. 그래, 그렇고말고. 그는 주머니칼을 탁 접으며 생각했다.

"리처드는 아주 잘 있어요. 위원회에 갔어요." 클라리사가 말했다.

그러고는 가위를 들며 말했다. 드레스 고치던 것 마저 끝내도 괜찮을까요? 오늘 밤 파티가 있거든요.

"오라고 청하지는 않겠지만요." 그녀가 말했다. "나의 친애하는 피터!"

하지만 그녀가 그렇게 ― 나의 친애하는 피터! ― 라고 말하는 것을 들으니 너무나 감미로웠다. 은식기도, 의자들도 모두 너무나 감미로웠다. 너무나도!

왜 안 부르겠다는 건지? 그가 물었다.

지금은 물론, 클라리사는 생각했다. 저 사람은 매력적이야! 더할 나위 없이 매력적이지! 이제 기억나. 저 사람과 결혼하지 않겠다고 마음먹는 게 얼마나 어려웠었는지. 그런데 결국 왜 그렇게 결심했더라? 그 끔찍했던 여름에. 그녀는 생각했다.

"아무튼 당신이 오늘 아침에 이렇게 찾아오다니 정말 놀라워요!" 그녀가 드레스 위에 두 손을 포개 놓으며 말했다.

"기억나요?" 그녀가 말했다. "버턴에서 블라인드가 펄럭이던 거?"

"그랬죠." 그가 말했다. 그러자 그녀의 아버지와 단둘이 몹시도 어색하게 아침 식사를 하던 기억이 났다. 그분이 돌아가셨을 때 클라리사에게 편지 한 장 쓰지 않았다. 하지만 그 패리 노인, 성마르고 줏대 없던 클라리사의 아버지 저스틴 패리와는 잘 지낸 적이 없었다.

"당신 아버지와 좀 더 잘 지낼 걸 하는 생각을 종종 해요." 그가 말했다.

"하지만 아버지는 나와…… 아니, 내 친구들은 아무도 안 좋아하셨죠." 클라리사가 말했다. 피터가 자기와 결혼하고 싶어 했던 것을 생각나게 하다니, 그녀는 혀라도 깨물고 싶은 심정이었다.

물론 결혼하고 싶었지. 피터는 생각했다. 가슴이 거의 찢어졌었어. 그는 자신의 슬픔에, 테라스에서 바라본 달처럼 저문 낮의 빛을 머금고 해쓱하니 아름답게 떠오르는 슬픔에, 압도되었다. 평생 그때만큼 불행했던 적은 없었지. 그는 생각했다. 그러고는 정말로 테라스에 앉아 있는 것처럼 클라리사에게로 살짝 몸을 기울이고 손을 뻗으며 들었다가 떨구었다. 그들 위로 달이 떠 있었다. 그녀 역시 그와 함께 달빛 아래 테라스에 앉아 있는 것 같았다.

"허버트 소유예요, 지금은." 그녀가 말했다. "이제는 거기 안 가요." 그녀가 말했다.

달빛 내린 테라스에서 그러듯, 한 사람은 미안하게도 벌써 지루해졌지만, 다른 한 사람은 말없이 조용히 앉아 서글프게 달을 바라보고 있어서, 말을 꺼내기도 뭣해서 그저 발을 움직이고 목청도 가다듬었다가, 테이블 다리에 달린 철제 장식도 들여다보고, 나뭇잎을 흔들어도 보면서 아무 말 안 하는 것처럼 — 피터 월시가 지금 그랬다. 이렇게 과거로 되돌아가는 이유가 뭐지? 그는 생각했다. 왜 다시 생각나게 하는 거냐고? 어째서 이렇게 날 괴롭히는 거지? 그토록 잔인하게 고문을 해 놓고는, 대체 왜?

"그 호수 생각나요?" 그녀가 불쑥 물었다. 북받치는 감정으로 가슴은 조여들고 목 근육이 뻣뻣해졌고, '호수'라는 말을 할 때는 입술이 경련하듯 오그라들었다. 그녀는 부모님 사이에서 오리들에게 빵 부스러기를 던져 주던 어린아이기도 했고, 동시에 호숫가에 서 있는 부모님을 향해 자신의 삶을 두 팔 가득 안고 다가가고 있는 다 자란 여성이기도 했으니까. 가까이 다가갈수록 안고 있는 삶은 점점 커져서 마침내 온전한 삶, 완전한 삶이 되었고, 그녀는 그것을 그분들 곁에 내려놓으며 "이게 제가 만든 거예요! 바로 이거예요!"라고 말했다. 그런데 무엇을 만든 것일까? 과연 무엇을? 이 아침, 피터와 앉아 바느질을 하고 있는 그녀는.

그녀는 피터 월시를 바라보았다. 그 모든 시간과 감정을 거치며 그녀의 눈길이 머뭇머뭇 그에게 닿았다. 눈물을 글썽이며 머물렀다가 일어나 훨훨 날아가 버렸다. 새 한 마리가 나뭇가지를 스쳤다 몸을 털며 훌쩍 날아가듯이. 그녀는 담담하게 눈물을 닦았다.

"그럼요." 피터가 말했다. "그럼, 그럼, 그럼요." 떠오르면 그에게 분명 상처를 주고야 말 어떤 것을 그녀가 수면 위로 끌어올린 것처럼, 그는 말했다. 그만! 그만! 그는 소리치고 싶었다. 왜냐하면 그는 늙지 않았으니까. 그의 삶은 절대 끝나지 않았으니까. 겨우 오십이 넘었을 뿐인데. 그렇게 말할까, 말까? 그는 생각했다. 속 시원히 다 털어 버리고 싶었다. 하지만 그녀가 너무나 차갑다는 생각이 들었다. 가위를 들고 바느질하는 모습이. 클라리사에 비하면 데이지는 평범해 보이겠지. 나를 실패자라고 생각할 거야. 하기야 그들이 보기엔 그렇겠지. 그는 생각했다. 댈러웨이 부부가 보기엔. 아무렴, 거기엔 의심의 여지가 없었다. 그는 실패자였다. 이 모든 것 — 상감 세공이 된 테이블, 보석으로 장식된 종이 자르는 칼, 돌고래와 촛대, 의자 커버, 오래되고 값비싼, 영국의 채색 판화들 — 에 비하면 그는 실패자였다! 이 모든 잘난 척이 싫어. 그는 생각했다. 리처드 짓이지만. 클라리사가 아니라. 물론 그와 결혼했지만. (이때 루시가 은식기를, 더 많은 은식기를 들고 들어왔다. 그것들을 내려놓으려고 몸을 굽히는 모습이 매력적이고 날씬하고 우아해 보인다고 그는 생각했다.) 그리고 클라리사 인생은 줄곧 이렇게 계속되어 온 거야! 그는 생각했다. 반면에 난 ― 그는 생각했다. 그 순간 모든 것들이 자신에게서 환하게 퍼져 나오는 것 같았다. 여행, 승마, 다툼, 모험, 브리지 파티, 연애, 일. 일, 일! 그는 주머니칼을 아주 드러내 놓고 꺼내 들더니 ― 클라리사가 보기에 그 뿔 손잡이 달린 오래된 주머니칼은 30년째 들고 다니는 게 분명했다 ― 그것을 주먹을 쥐며 움켜잡았다.

참 특이한 버릇이야. 클라리사는 생각했다. 언제나 주머니칼을 만지작거리다니. 늘 그랬듯 사람을 가볍고, 속이 텅 빈 멍청한 수다쟁이처럼 느끼게 만들어. 하지만 나도 도움을 청해야지. 그녀는 생각했다. 바늘을 집어 들며, 마치 호위병이 잠든 바람에 무방비 상태에 놓여 (그의 방문에 그녀는 적잖이 당황했고 ― 마음이 어지러웠다) 아무나 들어와 우거진 들장미 아래 누워 있는 모습을 들킨 여왕이 구원을 요청하듯, 그녀는 자신이 하는 일들에게, 자신이 좋아하는 사람들, 남편과 엘리자베스 그리고 그녀 자신에게, 요컨대 지금의 피터는 모르는 모든 것에게 도움을 청했다. 이리 와서 적을 물리쳐 달라고.

"그래, 어떻게 지냈어요?" 그녀가 말했다. 전쟁이 시작되기 전, 말들은 그렇게 앞발로 땅을 구르고 머리를 젖히며, 옆구리는 빛을 받아 환히 빛나고 목덜미는 휘어진다. 피터 월시와 클라리사는 푸른 소파에 나란히 앉아 그렇게 서로에게 도전했다. 그의 안에서 힘이 안달하며 고개를 쳐들었다. 사방에서 온갖 것들을 끌어모았다. 자신이 받았던 찬사와 옥스퍼드에서의 경력, 그녀는 전혀 알지 못하는 결혼을. 자기가 어떻게 사랑했는지를. 자기가 해낸 일들을.

"수없이 많은 일들이 있었죠!" 그가 큰 소리로 말했다. 끌어모인 힘들이 여기저기서 돌진해 오자, 그는 더 이상 볼 수 없는 사람들의 어깨에 올라타 허공을 가르며 질주하는 듯한, 공포스러우면서도 극도로 짜릿한 기분을 느꼈다. 그 힘에 떠밀려 그는 두 손을 이마로 가져갔다.

클라리사는 아주 꼿꼿이 앉아 숨을 죽였다.

"난 사랑에 빠졌어요." 그가 말했다. 그러나 그녀에게 말한 것이 아니라, 어둠 속에서 높이 세워져 있어 손이 닿지 않는 누군가, 그래서 화환을 어둠 속 풀밭 위에 내려놓아야 하는 누군가에게 말한 것이었다.

"사랑에 빠졌어요." 그가 이제 무미건조해진 말투로 클라리사 댈러웨이에게 되풀이했다. "인도에 있는 어떤 여자와 말이에요." 그는 이미 화환을 바친 것이었다. 그 말을 어떻게 생각하든, 클라리사 뜻대로 하면 되는 일이었다.

"사랑이라고요!" 그녀가 말했다. 그 나이에 작은 나비넥타이를 매고 그 괴물에게 빨려 들어가다니! 목엔 살 한 점 없고 손은 벌겋고 나보다 여섯 달 더 늙었는데! 그녀의 눈이 번쩍 자신에게로 향했다. 그러나 그녀의 가슴은 느꼈다, 그가 사랑에 빠졌다는 것을. 정말이라는 게 느껴졌다. 그는 사랑에 빠진 것이다.

그러나 자신에게 대항하는 적들을 영원토록 몰아치며 짓밟는 불굴의 이기심이, 계속 계속 나아가라고 말하는 강물이, 목표 따윈 없다는 걸 인정하면서도 여전히 전진, 전진을 외치는 그 불굴의 이기심이, 그녀의 뺨을 붉게 물들였다. 그녀는 아주 젊어 보였다. 발그레한 얼굴에 눈을 빛내며 무릎에 드레스를 올려놓고 바늘에 녹색 비단실을 꿰어 든 채 파르르 떨고 있었다. 그가 사랑에 빠졌다고! 그녀가 아니라, 어떤 여자, 물론 더 젊은 여자와.

"누군데요?" 그녀가 물었다.

이제 조각상은 저 높은 곳에서 끌어 내려져 두 사람 사이에 놓여야 한다.

"결혼한 여자예요, 불행히도." 그가 말했다. "인도 주둔군 소령의 아내죠."

그는 이렇게 우스꽝스럽게 그녀를 클라리사 앞에 내려놓으며, 묘하게 자조적이면서도 다정한 미소를 지었다.

(어쨌든 간에 사랑에 빠진 거네. 클라리사는 생각했다.)

"그녀에겐," 그가 아주 이성적으로 말을 이었다. "애들이 둘 있어요. 아들 하나, 딸 하나. 난 이혼 문제로 변호사를 만나러 왔고."

자! 그는 생각했다. 이제 맘대로 해요, 클라리사! 자, 여기 있어요! 인도 주둔군 소령의 아내(그의 데이지)와 그녀의 두 아이는, 클라리사가 그들을 바라보는 동안, 시시각각 점점 더 사랑스러워졌다. 마치 그가 접시에 담긴 회색 탄약에 불을 붙이자, 소금기를 머금은 상쾌한 바닷바람 같은 그들의 친밀함(어떤 의미에선 클라리사만큼 그를 이해하고 그와 공감하는 사람은 없었으니까) 사이로 아름다운 나무 하나가 자라난 것 같았다 — 그들의 절묘한 친밀함 사이로.

그 여자는 저 사람을 우쭐하게 해 줬겠지, 우롱한 거야. 클라리사는 칼을 세 번 휘둘러 그 여자, 인도 주둔군 소령의 아내를 그려 내며 생각했다. 무슨 낭비람! 얼마나 어리석은 짓인지! 피터는 평생을 그런 식으로 우롱당했어. 처음엔 옥스퍼드에서 쫓겨나고, 그다음엔 인도로 가는 배에서 만난 여자와 결혼을 하더니, 이젠 인도 주둔군 소령의 아내라니 — 저 사람과 결혼하지 않은 게 얼마나 다행인지. 어쨌든 그는 사랑에 빠진 거야. 내 오랜 친구, 사랑하는 나의 피터가 사랑에 빠졌어.

"그럼 어떻게 하려고요?" 그녀가 물었다. 아, 그건 변호사와 법무관들, 링컨스 인의 후퍼니 그래이틀리니 하는 사람들이 할 거예요, 그가 말했다. 그러더니 주머니칼로 아예 손톱을 다듬고 있었다.

제발 그 칼 좀 내버려둬요! 그녀는 참을 수 없을 만큼 짜증이 나서 속으로 소리 질렀다. 그녀를 화나게 하는 건, 언제나 화나게 했던 건, 관례를 따르지 않는 그의 우스꽝스러운 독특함, 나약함, 다른 사람의 기분을 배려하지 않는 완전한 무신경이었다. 지금 저 나이에 얼마나 바보 같은지!

나도 다 알아요. 피터는 생각했다. 내가 누구한테 맞서고 있는 건지 다 안다고. 주머니칼의 칼날을 손가락으로 훑으며 그가 생각했다. 클라리사와, 댈러웨이와, 그 나머지 모두지. 하지만 클라리사한테 보여 주고야 말겠어 — 그런데 그 순간, 그 자신도 깜짝 놀랄 정도로, 별안간 통제할 수 없는 힘에 휩쓸려 울음을 터뜨리고 말았다. 그는 울었다. 소파에 앉아 아무런 부끄럼 없이 울었다. 눈물이 뺨을 타고 흘렀다.

클라리사는 몸을 앞으로 내밀어 그의 손을 잡고 그를 끌어당겨 키스했다. 실제로 자신의 얼굴에 포개진 그의 얼굴을 느꼈을 때, 그녀의 가슴속에서는 열대의 강풍에 휩쓸리는 팜파스 그라스처럼, 은빛 깃털들이 번쩍이며 요동치고 있었다. 깃털들이 가라앉으면서 그녀는 그의 손을 잡고 그의 무릎을 토닥이며 물러나 앉았다. 그와 함께 있는 것이 놀라우리만치 편안했고 마음이 가벼웠다. 순간, 내가 이 사람과 결혼했다면 이런 유쾌한 기분이 온종일 내 것이었을 텐데! 하는 생각이 스쳤다.

다 끝난 일이었다. 시트는 팽팽히 당겨져 있었고 침대는 좁았다. 햇볕 속에서 나무딸기를 따고 있는 그들을 뒤로한 채, 그녀는 홀로 탑으로 올라갔다. 문이 닫혔다. 그러자 무너진 회벽의 먼지와 어수선한 새 둥지들 사이에서 그 광경은 얼마나 아득해 보였던가. 희미하고 싸늘한 소리가 들려왔다(리스 힐에서의 어느 날이 떠올랐다). 그녀는 리처드, 리처드! 하고 소리를 질렀다. 마치 잠들었던 이가 밤중에 깜짝 놀라며 깨어나, 어둠 속에서 도움을 구하며 손을 뻗듯이. 그는 레이디 부르턴과 오찬을 하고 있다는 사실이 생각났다. 그는 날 떠났어. 난 영원히 혼자야. 그녀는 무릎에 손을 포개 놓으며 생각했다.

피터 월시는 자리에서 일어나 창가로 가더니 그녀를 등지고 섰다. 커다란 손수건 자락이 이쪽저쪽으로 펄럭였다. 그는 노련하면서도 메마르고 쓸쓸해 보였다. 그의 여읜 어깨뼈 위로 코트가 살짝 들려 있었다. 그가 코를 세게 풀었다. 나도 데려가 줘요. 클라리사는 충동적으로 생각했다. 그가 당장 대단한 여행이라도 시작하는 것처럼. 그러나 다음 순간, 흥미진진하고 감동적인 연극의 5막이 막 끝나 버린 것 같았다. 그 속에서 그녀는 한평생을 살면서 도망도 치고, 피터와 함께 살기도 했는데, 이제 끝난 것이었다.

이제 자리에서 일어설 시간이었다. 외투와 장갑, 오페라글라스 따위의 소지품을 챙겨 극장을 떠나 거리로 나서는 여인처럼, 그녀는 소파에서 일어나 피터에게 갔다.

정말로 이상한 일이야. 그는 생각했다. 어떻게 그녀에겐 여전히 그런 힘이 있는 건지. 장신구를 짤랑거리고 옷자락을 사각거리며 다가올 때, 어떻게 그녀에겐 아직도 그런 힘이 있는 건지. 그가 그렇게도 싫어했던 달이 버턴의 테라스 위 여름 하늘에 떠오르게 만드는 힘이.

"말해 줘요." 그가 그녀의 어깨를 붙잡으며 말했다. "행복해요, 클라리사? 리처드는……."

문이 열렸다.

"내 딸 엘리자베스예요." 클라리사가 감정적으로, 어쩌면 연극하듯이 말했다.

"안녕하세요?" 엘리자베스가 다가오며 말했다.

30분을 알리는 빅 벤의 종소리가 놀라울 만큼 힘차게 그들 사이로 울려 퍼졌다. 힘세고 무심하며 배려심 없는 청년이 아령을 이리저리 흔드는 것 같았다.

"안녕, 엘리자베스!" 피터가 큰 소리로 말했다. 그는 손수건을 주머니에 쑤셔 넣으며 그녀 쪽으로 재빨리 다가가, 그녀는 보지도 않은 채 "잘 있어요, 클라리사"라고 말하고는 서둘러 방을 나서더니 아래층으로 뛰어 내려가 현관문을 열었다.

"피터! 피터!" 클라리사가 층계참까지 그를 따라 나가며 외쳤다. "오늘 밤 내 파티! 오늘 밤 내 파티를 잊지 말아요!" 바깥의 소음에 목소리를 높여야 했다. 차량 소리와 한꺼번에 울려 퍼지는 시계 소리에 파묻혀, "오늘 밤 내 파티를 잊지 말아요!"라고 외치는 그녀의 목소리는 피터 월시가 문을 닫자 희미하고 가늘게 아주 아득히 멀어졌다.

내 파티를 잊지 말아요, 내 파티를 잊지 말아요. 거리를 따라 걸으며, 피터 월시는 30분을 알리는 빅 벤의 정확하고 거침없는 소리에 박자를 맞추며 중얼거렸다. (납덩이처럼 둔중한 소리가 겹겹이 둥글게 퍼지며 대기 속으로 스며들었다.) 아, 이 파티들. 그는 생각했다. 클라리사의 파티들. 그녀는 왜 이런 파티를 여는 걸까? 그는 생각했다. 그녀를, 혹은 연미복 단춧구멍에 카네이션을 꽂고 이쪽으로 걸어오는 이 허울뿐인 남자를 비난할 마음은 아니었다. 이 세상에서 사랑에 빠질 수 있는 유일한 사람은 자기 같은 사람뿐이었다. 이런 행운아인 자신이 빅토리아 스트리트 자동차 회사의 판유리에 비쳐 보였다. 인도 전체가 자신의 등 뒤에 놓여 있었다. 들판과 산, 콜레라, 아일랜드의 두 배만 한 관할 구역. 그, 피터 월시가 홀로 내린 결정들. 그런 그가 평생 처음 정말로 사랑에 빠진 것이다. 그는 클라리사가 냉정해졌다고 생각했다. 게다가 약간 감상적이 된 것도 같고. 그는 대형 자동차들을 보며 생각했다 — 저 자동차들은 몇 갤런에 몇 마일이나 가나? 그는 기계 다루는 데 소질이 있어서 관할 구역에서 쟁기를 발명하고, 영국에서 손수레를 들여오기도 했다. 쿨리들은 그것들을 사용하려고 하지 않았지만. 이 모든 것에 대체 클라리사는 단 하나도 알지 못했다.

"내 딸 엘리자베스예요"라던 그녀의 말이 거슬렸다. 어째서 그냥 "엘리자베스예요"가 아닌 거지? 진실성이 없었다. 그건 엘리자베스도 별로 좋아하지 않았다. (시계의 둔중한 마지막 울림이 아직도 주변 공기를 흔들고 있었다. 30분. 여전히 일렀다. 아직도 겨우 열한 시 반이었다.) 그는 젊은 사람들을 이해했으니까. 그들이 좋았다. 클라리사는 항상 어딘가 차가운 데가 있어. 그는 생각했다. 소녀 시절에 늘 뭔가 소극적이더니 중년이 되면서 틀에 박힌 듯 형식적이 된 거지. 그러면 끝인 거야, 끝. 그는 다소 서글프게 유리창 안쪽을 들여다보면서 그 시간에 방문한 일이 성가시게 한 건 아닌가 싶었다. 바보처럼 군 것이 갑자기 창피해졌다. 울기나 하고. 감정에 북받쳐 몽땅 다 털어놓았으니. 하기야 늘 그랬지, 언제나.

구름이 해를 가리면서 런던에 정적이 드리워진다. 사람들의 마음에도. 수고로운 노력들이 멈춘다. 시간은 돛대에서 나부낀다. 우린 발걸음을 멈추고 그 자리에 선다. 뻣뻣한 습관의 뼈대만이 인간의 몸체를 떠받치고 있다. 그 속엔 아무것도 없어. 속이 다 파내어진 것처럼 완전히 텅 빈 기분으로 피터는 중얼거렸다. 클라리사는 나를 거절했어. 그가 생각했다. 그는 생각에 잠겨 우두커니 서 있었다. 클라리사는 나를 거절했다고.

세인트 마거릿 교회의 종이 아아, 하고 울렸다. 시종이 치는 순간 거실에 들어와 손님들이 벌써 와 있는 걸 발견한 안주인처럼. 난 늦지 않았어요. 정확히 열한 시 반이잖아요. 그녀가 말한다. 틀림없는 말이지만, 그 목소리는 안주인의 것이기에 개성을 드러내길 주저한다. 과거에 대한 어떤 슬픔, 현재에 대한 어떤 염려가 이를 저지하는 것이다. 열한 시 반이에요, 라고 말하며 세인트 마거릿 교회의 종은 뎅뎅 울릴 때마다 가슴 깊은 곳으로 미끄러져 들어가 자신을 파묻는다. 마치 살아 있는 무언가가 자신의 속내를 털어놓고, 흩어지며, 기쁨에 떨며 쉬고 싶어 하는 것처럼. 종이 울리는 순간 하얀 옷을 입고 계단을 내려오는 클라리사 같군. 피터는 생각했다. 딱 클라리사야. 그가 뭉클한 심정으로 이런 생각을 하자, 놀랍도록 선명하면서도 지극히 혼란스러운 그녀와의 추억이 떠올랐다. 마치 이 종소리가 여러 해 전, 그들이 지극히 친밀한 순간에 함께 앉아 있었던 방으로 들어와 한 사람에게서 다른 사람에게로 갔다가, 꿀을 실은 벌처럼 그 순간을 싣고 떠나가 버린 것 같았다. 그런데 어떤 방이었던가? 어떤 순간이었나? 종소리가 울릴 때, 그는 왜 그토록 사무치게 행복했던 것일까? 종소리가 사그라들자, 그녀가 아팠었다는 게 생각났다. 종소리는 쇠약과 고통을 표현했다. 심장 때문이라고 했지. 기억이 났다. 돌연 커다란 소리로 조종을 울리며 삶의 한복판을 덮치는 마지막 종소리. 거실에 서 있던 클라리사가 그 자리에서 쓰러진다. 안 돼! 안 돼! 그가 외쳤다. 그녀는 죽지 않았어! 난 늙지 않았어. 그는 소리치며, 행군하듯 화이트홀을 따라 걸었다. 마치 끝없는 활기찬 미래가 자신을 향해 굴러오는 것처럼.

그는 늙지도, 굳지도, 말라붙지도 않았다. 그 작자들 — 댈러웨이니 휫브레드니 하는 그 무리 — 이 자기에 대해 뭐라고 말하든 조금도 개의치 않았다 — 눈곱만큼도(물론 언젠가는 리처드가 구직에 도움을 줄 수 있는지 알아보긴 해야 했지만). 그는 주변을 둘러보며 성큼성큼 걷다가 케임브리지 공작 동상을 노려보았다. 옥스퍼드에서 퇴학당한 건 — 사실이었다. 사회주의자였으며, 어떤 의미에선 실패자였다는 것도 — 사실이었다. 하지만 그래도 문명의 미래는 젊은이들, 30년 전의 자신과 같은 청년들, 추상적인 원리들을 사랑하고, 히말라야 산봉우리까지 런던에서 책을 받아 과학을 읽고 철학을 읽던 이들의 손에 달려 있다고 그는 생각했다. 미래는 그와 같은 청년들의 손에 달려 있다고.

숲속 나뭇잎들이 후드득하는 것 같은 발소리가 등 뒤에서 들려왔다. 이와 함께 사각사각 옷이 스치며 규칙적으로 쿵쿵거리는 소리가 그를 따라와 그의 생각을 둥둥 울렸고, 화이트홀을 올라가는 그의 발걸음은 그의 의지와 상관없이 규칙적으로 이어졌다. 제복을 입고 총을 든 소년들이 시선을 앞에 두고 행진하고 있었다. 팔은 뻣뻣했고 얼굴에는 동상 받침대에 빙 둘러 새겨진, 의무, 감사, 충성, 애국심을 찬양하는 글귀들 같은 표정이 어려 있었다.

피터 월시는 그들과 보조를 맞춰 걸으면서, 아주 멋진 훈련이군, 하고 생각했다. 그러나 그들은 썩 튼튼해 보이지는 않았다. 대부분 호리호리한 열여섯 살 소년들로, 내일이면 판매대에서 쌀이나 비누를 팔고 있을지도 몰랐다. 지금은 관능적 쾌락이나 일상적 관심사라고는 찾아볼 수 없는 엄숙한 모습으로 핀즈버리 보도에서부터 전사자 기념비*까지 화환을 나르고 있었다. 그들은 서약했던 것이다. 통행하는 사람들도 이를 존중했고 차량들도 멈춰 섰다.

더 이상은 못 따라가겠다고 피터 월시는 생각했다. 소년들은 그를 지나, 모든 사람을 지나, 일정한 보조(步調)로 행진하며 화이트홀 스트리트를 올라갔다. 마치 하나의 의지가 팔다리를 일사불란하게 움직이는 것 같았고, 변화무쌍하고 거침없던 삶은 기념비와 화환이 놓인 포장도로 밑에 깔린 채, 규율에 의해 경직되었지만 눈은 부릅뜨고 있는 시체로 마비된 것 같았다. 존중해야 해. 누군가는 웃을지도 모르지만, 그래도 존중해야지. 그는 생각했다. 그들이 저기 지나가는군. 보도 가장자리에 멈춰 서서 피터 월시는 생각했다. 모든 고귀한 조각상들, 넬슨, 고든, 해블록, 위대한 군인들의 검고 당당한 모습들이 정면을 바라보고 있었다. 마치 자기들 또한 같은 체념을 했고(피터 월시는 자신도 그런 위대한 체념을 한 것 같은 기분이 들었다), 같은 유혹에 짓밟혔으며, 마침내 대리석 같은 눈빛을 성취했다는 듯이. 그러나 피터 자신은 조금도 그런 눈빛을 갖고 싶지 않았다. 다른 사람의 그런 눈빛은 존중할 수 있었지만. 소년들의 그런 눈빛도 존중할 수 있었다. 저들은 아직 육체의 고통을 몰라. 행군하는 소년들이 스트랜드 스트리트 방향으로 사라져 가는 것을 지켜보며 그는 생각했다. 내가 겪은 그 모든 것들을. 그는 길을 건너 소년 시절 숭배했던 고든 동상 아래 서서 생각했다. 고든은 한쪽 다리를 들고 팔짱을 낀 채 외롭게 서 있었다 — 불쌍한 고든. 그는 생각했다.

클라리사 말고는 그가 런던에 와 있다는 것을 아는 사람이 아직 아무도 없다는 이유만으로도, 그리고 항해 후 밟은 이 땅이 그에겐 여전히 섬 같았으므로, 열한 시 반의 트래펄거 광장에 이렇게 살아서, 아무에게도 알려지지 않은 채 홀로 서 있다는 이 낯섦이 그를 엄습했다. 이게 뭐지? 난 어디 있는 거지? 대체 왜 이런 일을 하려는 거지? 그는 생각했다. 이혼이란 것도 다 헛소리 같았다. 그러자 그의 마음 깊은 곳이 늪지처럼 평평해지면서 세 개의 거대한 감정이 덮쳐 왔다. 이해와 광대한 인류애, 그리고 마지막으로 이 두 감정에서 나온 듯한, 억누를 수 없는 강렬한 기쁨이. 마치 누군가의 손이 그의 뇌 속에서 줄을 당기고 셔터를 움직이는 것 같았고, 그는 그 일에 관여하지 않았는데도, 끝없이 펼쳐진 길들의 초입에 서 있는 것 같았다. 마음만 먹으면 걸어다닐 수 있는 길들의. 그렇게 젊은 기분이 든 건 몇 년 만에 처음이었다.

그는 탈출한 것이다! 완전히 자유로웠다 ― 습관이 무너질 때 그러하듯 마음이 바람에 노출된 불꽃처럼 이리저리 구부러지고 휘어지다가 심지에서 휙 날아가 버릴 것 같았다. 이렇게 젊은 기분이 든 건 몇 년 만에 처음이야! 피터는 생각했다. 자기 자신에게서 벗어나(물론 고작 한두 시간 동안이지만), 문을 박차고 달려 나가는 아이 같은 기분이었다. 달리면서, 옛날 자신의 보모가 엉뚱한 창문에서 손짓하는 걸 바라보는 아이. 그런데 저 여자는 기막히게 매력적이군. 그는 트래펄거 광장을 건너 헤이마켓 쪽으로 가다가 한 젊은 여자가 다가오는 것을 보면서, (감정에 쉽게 휘둘리는 그의 성격답게) 그녀가 고든 동상 아래를 지나 베일을 하나씩 벗으며 마침내 그가 언제나 마음에 품고 있던 바로 그 여인이 될 것 같다고 생각했다. 젊지만 당당하고, 명랑하지만 신중하며, 피부는 검지만 매혹적인.

그는 몸을 곧게 펴고 남몰래 주머니칼을 만지작거리며, 이 여인, 이 신나는 자극을 따라가기 시작했다. 그것은 등을 돌린 채로도 그를 꼭 집어 지목하여, 서로를 연결하는 빛을 그에게 비추는 것 같았다. 마치 제멋대로 울리는 차량의 소음이 동그랗게 오므린 두 손 사이로 그의 이름을 속삭이는 듯했다. 피터가 아니라, 그가 속으로 자신을 부를 때 쓰는 은밀한 이름을. "당신." 그녀가 말했다. 그녀의 하얀 장갑과 어깨로, 오직 '당신'이라고. 그러다 그녀가 콕스퍼 스트리트의 덴트 상점을 지날 때, 바람에 나부끼는 얇고 긴 외투 자락이 부풀어 올랐다. 마치 지친 자들을 안아 주려고 활짝 벌린 두 팔처럼, 슬픔을 머금은 다정함으로 감싸듯이 상냥하게.

저 여자는 미혼일 거야. 젊잖아, 아주 젊어. 피터는 생각했다. 그녀가 트래펄거 광장을 지날 때 달고 있던 붉은 카네이션이 그의 눈 속에서 다시 타오르며 그녀의 입술을 붉게 물들였다. 그녀는 인도 가장자리에 멈춰 섰다. 그녀는 어딘가 품위가 있어. 클라리사처럼 세속적이지 않고, 클라리사처럼 부자도 아니고. 점잖은 사람일까? 그녀가 다시 걷기 시작하자 피터는 생각했다. 위트가 있을 거야, 도마뱀처럼 민첩한 혀를 놀리지. 그는 생각했다(사람은 상상도 좀 하고 기분 전환도 좀 해야 하니까). 차분히 기다리는 위트, 쏜살같은 위트. 시끄럽지는 않은.

그녀가 움직였다. 길을 건넜다. 그는 그녀의 뒤를 따라갔다. 그녀를 당황스럽게 할 마음은 추호도 없었다. 그러나 그녀가 걸음을 멈추면 "아이스크림 같이 드시겠습니까" 하고 말을 걸어 봐야지. 그러면 그녀는 아주 자연스럽게 "네, 그러죠"라고 대답할 거야.

하지만 사람들이 중간에 끼어들어 앞을 가로막는 바람에 그녀가 보이지 않게 되었다. 그는 끈질기게 쫓아갔다. 그런데 그녀가 달라져 있었다. 뺨은 상기되고 눈에는 비웃음이 감돌았다. 그는 자신이 무모한 모험가라고 생각했다. 날래고 대담하고. 정말이지(바로 어젯밤 인도에서 돌아왔으니) 낭만적인 해적이라고. 이 모든 빌어먹을 예의범절이니, 가게 진열창으로 보이는 노란 실내복이나 담뱃대, 낚싯대 따위에는 아무 관심도 없었다. 체면이니 야회니, 조끼에 흰 셔츠를 말쑥하게 차려입은 신사 따위에도. 그는 해적이었다. 그녀는 피커딜리를 지나 리전트 스트리트를 따라 그의 앞에서 계속 걸어갔다. 그녀의 외투와 장갑과 어깨가 진열창의 술 장식과 레이스, 깃털 목도리와 어우러지며 만들어 내는 화려하고 변덕스러운 분위기가 가게에서 거리로 희미하게 번져 갔다. 마치 어둠 속에서 밤의 등불이 산울타리 너머로 아른거리듯.

그녀는 즐겁게 웃으며 옥스퍼드 스트리트와 그레이트 포틀랜드 스트리트를 건너 작은 골목 중 하나로 접어들었다. 자, 지금, 바로 지금, 굉장한 순간이 다가오고 있었다. 그녀가 걸음을 늦추고 가방을 열더니, 흘낏 시선을 보냈다. 그에게가 아니라 그가 있는 쪽으로. 작별을 고하는 시선. 그 모든 상황을 단번에 정리하고, 의기양양하게 영원히 일축해 버리는 시선. 그러고는 열쇠를 꽂아 문을 열더니 사라져 버렸다! 클라리사의 목소리가 귓전을 울렸다. 내 파티를 잊지 말아요, 내 파티를 잊지 말아요. 그 집은 뭔가 안 어울리는 꽃바구니들이 걸린, 평범한 붉은 벽돌집 가운데 하나였다. 이제 끝이었다.

어쨌든 재밌었어. 그럼 됐지. 그는 옅은 빛깔의 제라늄 바구니들이 흔들리는 걸 쳐다보며 생각했다. 그의 재미는 산산조각이 났다. 반은 지어낸 거니까. 그도 잘 알고 있었다. 이 여인과의 무모한 장난은 꾸며 낸 거였다. 우리가 인생의 더 나은 부분을 만들어 내듯, 지어낸 거였다. 나 자신도 만들어 내고, 그녀도 만들어 내고. 짜릿한 재미도, 그리고 그보다 더한 것도 만들어 내는 거지. 기묘하긴 해도 사실이었다. 이 모든 것은 그 누구와도 나눌 수가 없었다 — 산산조각이 나 버렸다.

그는 발길을 돌려 거리를 따라 올라갔다. 링컨스 인의 변호사 후퍼와 그래이틀리 씨를 만날 시간이 될 때까지 앉아 있을 자리를 찾아볼 생각이었다. 어디로 가지? 어디든 상관없지. 리전트 파크 쪽으로 올라가 보자. 보도를 밟는 그의 부츠도 "상관없지"라고 말하듯 소리를 냈다. 이른 시간이었으니까. 아직은 많이 일렀다.

찬란한 아침이기도 했다. 완벽한 심장의 고동처럼, 삶은 거리 한가운데를 가로질러 지나갔다. 더듬거림도, 망설임도 없었다. 자동차가 커다란 곡선을 그리며 돌아 정확하게, 시간에 딱 맞게, 소리 없이, 거기, 정확히 제시간에 문 앞에 멈춰 섰다. 실크 스타킹을 신고 깃털 장식을 단, 금세 사라질 듯한 — 그러나 그에겐 별로 매력적이지 않은(그는 이미 재미를 봤으니까) — 소녀가 차에서 내렸다. 훌륭한 집사들, 황갈색 차우차우, 하얀 블라인드가 펄럭이는 흑백 마름모무늬 바닥이 깔린 홀. 피터는 열린 문을 통해 이들을 보며 인정했다. 결국 런던은 그 나름으로 눈부신 성취인 거야. 계절도, 문명도. 적어도 3대에 걸쳐 대륙의 행정을 관장해 온, 점잖은 인도 거주 영국 가문 출신인 만큼(나는 인도도, 제국도, 군대도 다 싫어하는데 이런 감정이 들다니 이상도 하지. 그는 생각했다), 문명이, 심지어 이런 종류의 문명이 개인의 소유물이기라도 한 것처럼 그에게 소중해 보이는 순간들이 있었다. 영국, 집사, 차우차우, 안전한 환경에 있는 소녀들에 자부심을 느끼는 순간들이. 우습지만 그래도 사실이 그런걸 뭐. 그는 생각했다. 의사들, 사업가들, 유능한 여성들, 시간 잘 지키고 기민하고 강인하게 자기 일들을 해내는 모든 이가 그에게는 전적으로 훌륭하고 선량한 사람들로 보였다, 인생을 맡겨도 좋을 만큼 신뢰가 가는, 끝까지 함께해 줄 세상살이의 동반자로 말이다. 이래저래 제법 괜찮은 광경이었다. 그는 그늘에 앉아 담배를 피우고 싶어졌다.

그래, 리전트 파크가 있지. 어릴 때 리전트 파크를 걸어 다녔었지 — 그런데 이상도 하지, 어린 시절 생각이 자꾸 나다니 — 클라리사를 봐서 그런가. 여자들은 우리보다 훨씬 더 과거 속에서 사니까. 그는 생각했다. 특정 장소에 애착을 갖지. 아버지에 대해서도 — 여자들은 언제나 아버지를 자랑스러워한단 말이야. 버턴은 멋진, 정말 멋진 곳이지만 난 그 노인네와는 도무지 잘 지낼 수가 없었어. 제법 언쟁을 벌인 밤도 있었는데 — 무엇에 관한 거였는지는 기억이 안 나는군. 아마도 정치 얘기였겠지.

맞아. 그는 리전트 파크 기억이 났다. 길게 뻗은 산책로, 왼편에 풍선을 사던 작은 집, 어딘가 명문(銘文)이 새겨져 있던 어처구니없는 조각상. 그는 빈자리가 있나 둘러보았다. 시간을 물어보는 사람들에게 방해받고 싶지 않았다(약간 졸렸기 때문이다). 회색 옷을 입은 나이 든 유모가 유아차에서 잠든 아기와 함께 있었다 — 그에겐 그 자리가 최선이었다. 유모의 반대편 끝에 앉으면 되겠군.

그 아이는 좀 특이해 보이던데. 불현듯 엘리자베스가 방으로 들어와 자기 엄마 곁에 서던 것을 떠올리며 그가 생각했다. 많이 컸어, 제법 다 자랐어. 딱히 예쁜 건 아니지만 잘생긴 편이고. 아직 열여덟은 안 됐을 거고. 클라리사와 썩 잘 맞지는 않을 거야. "내 딸 엘리자베스예요." — 그런 식의 말투라니 — 왜 그냥 "엘리자베스예요"라고 하질 않는 거지? — 대부분의 어머니들처럼 사실과 다르게 꾸미려고 그러는 거야. 클라리사는 자기 매력을 너무 믿어. 지나칠 정도로. 그는 생각했다.

풍부하고 부드러운 시가 연기가 목을 타고 시원하게 내려갔다. 그는 그것을 다시 고리 모양으로 내뱉었고, 푸르고 둥근 그 고리들은 잠시 용감하게 대기에 맞서다가 — 오늘 밤에 엘리자베스랑 따로 얘기를 좀 나누어 봐야겠군. 그가 생각했다 — 흔들흔들 모래시계 모양이 되면서 사라졌다. 이상한 모양이 되는군. 그가 생각했다. 갑자기 그는 눈을 감더니 힘겹게 손을 들어 올려 묵직한 꽁초를 던져 버렸다. 거대한 솔이 그의 마음을 부드럽게 쓸면서, 흔들리는 나뭇가지와 아이들의 목소리, 발소리와 지나가는 사람들 소리, 오르락내리락 웅웅거리는 차량의 소음을 쓸어 갔다. 아래로 아래로 그는 잠의 깃털 속으로 빠져들어 뒤덮여 버렸다.

회색 옷을 입은 유모는, 피터 월시가 자기 옆의 따끈한 자리에 앉아 코를 골자 뜨개질을 다시 시작했다. 지칠 줄 모르고 조용히 바늘을 움직이고 있는, 회색 옷을 입은 그녀는 잠든 이들의 권리를 수호하는 자, 하늘과 나뭇가지만 보이는 어스름한 숲속에 나타나는 유령 같은 존재들 중 하나처럼 보였다. 고독한 나그네, 오솔길에 출몰하며 고사리를 흩뜨리고 무성한 독미나리를 짓밟는 그가 갑자기 고개를 들어 길 끝에 서 있는 거대한 형체를 본다.

  신념상 무신론자일 텐데도, 그는 엄청나게 고양된 순간에 예기치 않게 불쑥 사로잡히곤 한다. 그는 우리의 바깥에는 아무것도 존재하지 않는다고 생각한다. 마음의 상태 외에는. 위로받고 안도하고픈 욕망, 이 가련한 난쟁이들, 나약하고 추한, 비겁한 인간들의 바깥에 존재하는 무언가에 대한 욕망 외에는. 그러나 내가 그녀를 떠올릴 수 있다면, 어떤 식으로든 그녀는 존재하는 거라고 그는 생각한다. 그리고 하늘과 나뭇가지들에 시선을 둔 채 길을 걸으며 그는 순식간에 나뭇가지들에 여성성을 부여하고는, 놀라워하며 그들을 바라본다. 나뭇가지들이 얼마나 엄숙해지는지, 미풍이 그들을 흔들 때 얼마나 위엄 있게 어둑한 나뭇잎들을 팔랑거리며 자비와 이해와 용서를 베푸는지, 그러다가 갑자기 높이 솟구쳐 그 경건한 모습을 거친 흥청거림과 뒤섞어 버리는지를.

이런 환영(幻影)들이 그 고독한 여행자에게 과일이 가득 담긴 커다란 접시들을 내놓거나, 초록 바다의 파도를 타고 느릿느릿 멀어져 가는 세이렌처럼 그의 귓전에 속삭이는가 하면, 장미 다발처럼 그의 얼굴 위로 쏟아지기도 하고, 어부들이 허우적거리며 물살을 헤치고 껴안으려 애쓰는 창백한 얼굴들처럼 수면으로 떠오르기도 한다.

이런 환영들이 끊임없이 떠올라 실제 사물과 나란히 가면서, 그 앞에 고개를 들이민다. 종종 고독한 여행자를 압도하여 그에게서 지상의 감각을, 되돌아가려는 의지를 앗아 가고, 그 대신 보편적인 평화를 안겨 준다. 마치 (그는 숲길을 따라 걸어가며 생각한다) 이 모든 삶의 열병이 실은 단순함 그 자체인 것처럼, 무수한 사물들이 하나로 합쳐지는 것처럼, 그리고 하늘과 나뭇가지로 이루어진 이 형상이, 마치 파도에서 빨려 나온 형체처럼 거친 바다에서 솟구쳐 올라 (그도 나이가 제법 들었다. 이제 오십이 넘었으니) 그 장엄한 손으로 자비와 이해와 용서를 흩뿌리는 것처럼. 그러니, 하고 그는 생각한다. 부디 이제 다시는 불 켜진 곳으로, 거실로 돌아가지 않기를. 읽던 책을 마저 읽지도, 담뱃대를 터는 일도 없기를. 터너 부인에게 방을 치우라고 벨을 울리는 일도 없기를. 차라리 이 위대한 형상을 향해 곧장 나아가고 싶다. 한 번의 고갯짓으로 나를 자신의 물결에 태워 다른 것들과 함께 무(無)의 상태로 날려 보낼 그 형상에게로.

이런 것이 그 환영들이다. 고독한 여행자는 이윽고 숲 너머에 다다른다. 거기, 손 그늘을 만들어 눈을 가리며 문으로 다가오는 한 노파가 있다. 두 손을 올리고 하얀 앞치마를 날리며, 아마도 그의 귀향을 기다리는 중이리라. 그녀는 (이 연약함이 그토록 강하다니) 사막에서 잃어버린 아들을 찾는 듯, 쓰러진 기수를 찾는 듯, 세상의 전쟁에서 아들을 잃은 어머니의 모습을 하고 있다. 고독한 여행자가 여자들은 뜨개질을 하고 남자들은 정원에서 삽질을 하는 마을 길을 따라 나아갈 때, 저녁은 불길해 보이고, 형체들은 움직임이 없다. 이미 알고 두려움 없이 기다려 온 어떤 장엄한 운명이 이제 그들을 완전한 절멸 속으로 휩쓸어 가기 직전인 것처럼.

집 안에서는 찬장과 테이블, 제라늄꽃이 놓인 창문턱과 같은 일상적인 것들 사이로 식탁보를 걸으려고 몸을 굽힌 안주인의 윤곽이 갑자기 빛을 받아 부드러워지며 사랑스러운 표상이 된다. 차가운 인간적 접촉의 기억만이 선뜻 껴안을 수 없게 하는. 그녀는 마멀레이드를 집어 찬장에 넣고 닫는다.

"오늘 밤 더 필요하신 건 없나요, 나리?" 그러나 고독한 여행자는 누구에게 대답을 하나?

그렇게 나이 든 유모는 리전트 파크에서 잠든 아기를 보며 뜨개질을 했다. 그렇게 피터 월시는 코를 골았다.

그가 갑자기 화들짝 깨며 중얼거렸다. "영혼의 죽음."

"오, 맙소사!" 그는 기지개를 켜고 눈을 뜨며 소리 내어 말했다. '영혼의 죽음.' 그 말은 그가 꿈속에서 본 어떤 장면, 어떤 방, 어떤 지난날과 관계가 있었다. 차츰 선명해졌다. 그가 꿈속에서 본 장면과 방, 그리고 그 시간이.

그것은 그가 클라리사와 뜨거운 사랑에 빠져 있던 1890년대 초 여름, 버턴에서였다. 아주 많은 사람이 차를 마신 후 테이블에 둘러앉아 웃고 떠들고 있었다. 방은 노란빛으로 가득했고 담배 연기가 자욱했다. 그들은 하녀와 결혼한 남자에 대해 이야기하고 있었다. 이웃 지주 중 하나였는데, 이름은 잊어버렸다. 그는 하녀와 결혼했고 버턴에 인사차 아내를 데리고 들렀는데 — 끔찍한 방문이었다. 그녀는 말도 안 되게 과한 차림이어서 "앵무새 같았다"고 클라리사가 그녀를 흉내 내며 말했다. 게다가 그녀는 쉬지 않고 떠들었다. 끝도 없이 떠들었던 것이다. 클라리사는 그녀 흉내를 냈다. 그때 누군가 말했다 — 샐리 시튼이었다 — 결혼 전에 그녀에게 아이가 있었다는 걸 안다고 해서 뭐 다르게 느낄 게 있겠어? (그 시절엔 남녀가 함께 있는 자리에서 그런 말을 한다는 건 대담한 일이었다.) 클라리사의 얼굴이 발갛게 달아오르고 약간 일그러지며 말하던 모습이 지금도 눈에 선했다. "어머, 난 그 여자하고는 두 번 다시 말하지 않을 거야!" 그 말에 티테이블 주위에 앉아 있던 사람들 모두가 움찔했다. 아주 거북한 분위기였다.

그는 그녀가 그 사실에 신경을 쓴다고 비난한 것은 아니었다. 그 시절에 그녀처럼 자란 아가씨라면 사실 아무것도 몰랐으니까. 성가신 것은 그녀의 태도였다. 소심하고 완고하고 거만한 데다, 상상력이 부족하고 내숭을 떨었다. "영혼의 죽음." 언제나 그랬듯 그는 그 순간에 딱지를 붙여 본능적으로 그렇게 말했다 — 영혼의 죽음이라고.

모두 움찔했다. 그녀가 말했을 때 다들 고개를 숙이는 듯하더니, 다른 모습으로 일어섰다. 그의 눈에 샐리 시튼이 들어왔다. 장난치다 들킨 아이처럼 몸을 내밀고 약간 상기된 얼굴로 뭔가 말하고 싶으면서도 두려워하는 듯했다. 클라리사는 정말 사람들을 겁먹게 했다. (그녀는 클라리사의 가장 친한 친구였고, 그 집에 늘 와 있었다. 잘생기고 가무잡잡한 매력적인 인물로, 상당히 대담하다는 평이 자자했다. 그는 그녀에게 시가를 건네곤 했고 그녀는 그것을 침실에서 피웠다. 그녀가 누군가와 약혼을 했든가 아니면 가족과 다퉜거나 했는데, 패리 노인은 피터와 샐리를 똑같이 싫어했고 그 덕에 둘은 매우 끈끈했다.) 그때 클라리사는 여전히 모두에게 화가 난 듯한 태도로 자리에서 일어나 실례하겠다고 말하고는 혼자 나가려 했다. 그녀가 문을 열자 커다란 털북숭이 양치기 개가 들어왔다. 그녀는 개에게 달려들더니 황홀경에 빠졌다. 마치 피터에게 — 전부 자신을 겨냥한 것임을 그는 알고 있었다 — 말하는 것 같았다. "난 당신이 내가 방금 그 여자에 대해 너무 지나쳤다고 생각하는 거 다 알아요. 하지만 봐요, 내가 얼마나 다정한 사람인데. 내가 우리 롭을 얼마나 사랑하는지 좀 보라고요!"

그들은 언제나 이처럼 기이하게, 말없이 소통할 수 있었다.

그녀는 그가 자신을 비난한다는 걸 곧바로 알아차렸다. 그럴 때면 이렇게 개를 가지고 법석을 떠는 식으로 명백히 자기방어적인 무언가를 하곤 했다 ― 하지만 결코 그를 속일 수는 없었다. 그는 언제나 클라리사의 마음을 꿰뚫어 보았다. 물론 그는 아무 말 없이 그저 뚱하니 앉아 있을 따름이었다. 그들의 싸움은 대개 그런 식으로 시작됐다.

그녀는 문을 닫았다. 그는 즉각 몹시 의기소침해졌다. 모든 게 부질없어 보였다 ― 계속 연애를 하고, 계속 다투고, 계속 화해하는 것이. 그는 혼자 밖으로 나가 헛간과 마구간을 어슬렁거리며 말들을 들여다보았다(그곳은 꽤 소박한 곳이었다. 패리 집안은 결코 부유하진 않았지만 마부들과 마구간 심부름꾼들은 늘 두고 있었다 ― 클라리사는 승마를 좋아했다 ― 그리고 마차 모는 노인도 있었는데 ― 그의 이름이 뭐였더라? ― 그리고 무디인지 구디인지, 하여튼 그런 이름으로 불렸던 늙은 유모도 있었다. 그 유모의 작은 방에 가 보면 사진과 새장 같은 것이 잔뜩 있었다).

끔찍한 저녁이었다! 그는 점점 더 침울해졌다. 단지 그 일만이 아니라 모든 것에 대해. 그녀를 만날 수도 없었고, 그녀에게 설명할 수도 없었고, 그 이야기를 꺼낼 수도 없었다. 항상 사람들이 주위에 있었고 ― 그녀는 마치 아무 일도 없었던 것처럼 행동했다. 그게 바로 그녀의 지독한 면이었다 ― 그 냉정함, 그 나무토막 같은 무정함. 그녀의 아주 깊은 곳에 있는 어떤 것, 그것을 그는 이 아침 그녀에게 말을 걸면서 또다시 느꼈다: 도저히 꿰뚫을 수 없는 어떤 것. 그래도 그가 그녀를 사랑했다는 건 하늘이 안다. 그녀는 사람의 신경을 건드리는 묘한 힘이 있었다. 신경을 바이올린 줄처럼 만들어 버리는 그런 힘이.

그는 저녁 식사에 조금 늦게 들어갔다. 자신의 빈자리가 느껴지게 하려는 어리석은 생각으로. 그는 패리 노인의 누이동생인 미스 패리 — 헬레나 고모 — 옆에 앉았다. 그녀가 만찬을 주재하기로 되어 있었다. 그녀는 머리를 창문에 기댄 채 하얀 캐시미어 숄을 두르고 앉아 있었다 — 조금 무서운 노부인이었지만 그에겐 친절했다 — 그가 그녀에게 희귀한 꽃을 찾아다 준 적이 있기 때문이었다. 그녀는 두꺼운 장화를 신고 어깨에 검은 수집 상자를 둘러메고는 사방을 돌아다니는 대단한 식물학자였다. 그녀 옆에 앉은 그는 입을 열 수가 없었다. 모든 것이 그를 지나쳐 달려가는 것 같았다. 그는 앉아서 그저 먹기만 했다. 저녁 식사가 절반쯤 지났을 즈음에서야 그는 처음으로 클라리사 쪽을 건너다보았다. 그녀는 자기 오른쪽에 앉은 청년과 이야기를 나누고 있었다. 그 순간 계시처럼 깨달았다. "저 남자랑 결혼하겠구나." 그는 혼잣말을 했다. 그는 그 남자의 이름조차 몰랐다.

그건 물론 댈러웨이가 찾아온 것이 다름 아닌 그날 오후, 바로 그날 오후였기 때문이었다. 클라리사는 그를 '위컴'이라고 불렀다. 그것이 모든 것의 발단이었다. 누군가가 그를 데려왔는데 클라리사가 그의 이름을 잘못 부른 것이었다. 그녀는 모두에게 그를 위컴이라고 소개했다. 결국 그가 "제 이름은 댈러웨이입니다!"라고 말했다. 그것이 그가 본 리처드의 첫 모습이었다 — 접이식 간이 의자에 다소 어색하게 앉아 불쑥 "제 이름은 댈러웨이입니다!"라고 말하는 잘생긴 청년. 샐리도 그것을 놓치지 않았고 그 후론 언제나 그를 "제 이름은 댈러웨이입니다!"라고 부르곤 했다.

당시 그는 계시에 쉽게 사로잡혔다. 이번 계시 — 그녀가 댈러웨이와 결혼할 거라는 — 는, 순간 눈앞이 캄캄해질 만큼 압도적이었다. 그녀가 그를 대하는 태도엔 일종의 — 뭐랄까 — 편안함이 있었다. 뭔가 모성적이고 부드러운 것이. 그들은 정치 얘기를 하고 있었다. 저녁 식사 내내 그는 그들이 무슨 말을 하는지 들으려고 애썼다.

식사 후에 그는 응접실에서 미스 패리의 의자 옆에 서 있었던 것이 기억났다. 클라리사가 진짜 안주인처럼 완벽한 매너를 갖추고 다가오더니 누군가에게 그를 소개하고 싶다고 했다 — 마치 한 번도 만난 적 없는 것 같은 말투에 그는 화가 났다. 그러나 그 순간조차도 그는 그녀의 그런 면에, 그녀의 용기와 사교적 본능에 감탄했다. 그녀가 일을 수행해 내는 힘에. "완벽한 안주인이네." 그가 이렇게 말하자, 그녀는 질겁하며 움찔했다. 그러라고 한 말이었다. 그는 그녀가 댈러웨이와 있는 것을 본 이후로 그녀에게 상처 주는 일이라면 무엇이든 할 참이었다. 그녀는 자리를 떴다. 그는 거기 있는 모두가 한통속이 되어 자신의 등 뒤에서 — 웃고 떠들며 — 자기에게 불리한 공모를 하고 있는 기분이 들었다. 그는 미스 패리 의자 옆에 목공품처럼 서서 야생화 이야기를 하고 있었다. 그토록 지독한 고통에 시달린 것은 난생처음이었다! 그녀의 말을 듣고 있는 척하는 것조차 잊었던 것이 분명하다. 그러다 불현듯 정신이 들었다. 미스 패리가 다소 불쾌한 듯, 살짝 화가 난 듯, 툭 튀어나온 눈으로 자신을 노려보고 있었던 것이다. 그는 마음이 지옥 속에 있어서 도저히 집중할 수 없었노라고 소리칠 뻔했다. 사람들이 방에서 나가기 시작했다. 외투를 가지러 간다느니, 호수는 추울 거라느니 하는 말들이 들려왔다. 달밤에 뱃놀이를 하러 가는 것이었다 — 샐리의 무모한 아이디어 중 하나였다. 달이 어떻다느니 하는 그녀의 말소리가 들렸다. 모두 나가 버렸다. 그만 혼자 남아 있었다.

"자네도 같이 가지 않고?" 헬레나 고모 — 미스 패리! — 가 물었다 — 그녀는 눈치챈 것이었다. 돌아보니 클라리사가 와 있었다. 그를 데리러 온 것이었다. 그는 그녀의 너그러움에 감복했다 — 그녀의 선량함에.

"어서 와요." 그녀가 말했다. "다들 기다리고 있어요."

그는 평생 그렇게 행복해 본 적이 없었다! 말 한마디 없이 그들은 화해했다. 그들은 호숫가로 내려갔다. 그는 그 20분 동안 더할 나위 없이 행복했다. 그녀의 목소리, 그녀의 웃음, 그녀의 옷(하얗고 빨갛게 나부끼던), 그녀의 활기, 그녀의 모험심. 그녀는 모두 배에서 내려 섬을 탐험하게 했다. 암탉을 놀라게 했고, 깔깔거렸고, 노래를 불렀다. 그리고 그 모든 시간 동안 그는 너무도 분명히 알고 있었다. 댈러웨이가 그녀에게 빠져들고 있다는 것을. 그녀가 댈러웨이에게 빠져들고 있다는 것을. 하지만 그건 문제가 되지 않는 것 같았다. 아무것도 문제 될 게 없었다. 그들은 땅바닥에 앉아 이야기했다 — 그와 클라리사는. 그들은 아무 노력을 하지 않아도 서로의 마음속을 들락날락했다. 그러다가 한순간에 끝이 났다. 사람들이 배에 오르고 있을 때 그는 중얼거렸다. "그녀는 저 남자와 결혼할 거야." 무덤덤하게, 아무런 원망도 없이. 어쨌든 명백한 일이었다. 댈러웨이가 클라리사와 결혼할 거라는 건.

돌아올 때는 댈러웨이가 노를 저었다. 그는 아무 말도 하지 않았다. 하지만 그가 숲을 지나 20마일 길을 달리기 위해 자전거에 올라타고 기우뚱거리며 대문 앞길을 지나 손을 흔들면서 사라지는 모습을 다들 지켜보고 있을 때, 그는 본능적으로, 엄청나게, 강렬하게, 그 모든 것을 느꼈다. 그 밤을, 로맨스를, 클라리사를. 댈러웨이는 그녀를 차지할 자격이 있었다.

스스로 생각해도 그는 어리석기 짝이 없었다. 클라리사에 대한 그의 요구는(이제는 알 것 같았다) 말이 안 되는 거였다. 그는 불가능한 일들을 요구한 것이었다. 그는 끔찍한 난리를 피웠다. 그가 조금만 덜 어리석었더라면 클라리사는 그를 받아주었을지도 모른다. 샐리는 그렇게 생각했다. 그 여름 내내 그녀는 그에게 긴긴 편지를 보냈다. 자기들이 그에 대해 무슨 말을 했는지, 자기가 그를 얼마나 칭찬했는지, 클라리사가 어찌나 갑자기 울음을 터뜨렸는지를! 굉장한 여름이었다 — 그 모든 편지와 다툼과 전보들 — 아침 일찍부터 버턴에 가서 하인들이 나타날 때까지 서성거리다가 패리 노인과 단둘이 했던 끔찍한 아침 식사. 엄하지만 친절했던 헬레나 고모. 이야기 좀 하자며 그를 채소밭으로 끌고가던 샐리, 두통으로 침대에 누워 있던 클라리사.

마지막 장면, 그가 인생에서 가장 중요했다고 믿었던(과장일지 모르지만 — 지금도 여전히 그런 것 같았다) 끔찍한 장면은, 아주 무더웠던 어느 날 오후 세 시에 일어났다. 발단은 사소했다 — 점심때 샐리가 댈러웨이에 대해 무슨 말인가를 하면서 그를 "제 이름은 댈러웨이입니다!"라고 부르자, 갑자기 클라리사가 정색하더니 얼굴을 붉히며 날카롭게 쏘아붙였던 것이다. "그따위 시시껄렁한 농담은 이제 그만 좀 해." 그게 다였다. 하지만 그에게 그 말은 '나 너희랑은 그냥 노는 거지만, 리처드 댈러웨이와는 마음이 통해'라고 하는 것처럼 들렸다. 그는 그렇게 받아들였다. 며칠 밤을 설쳤다. '어떻게든 끝내야겠어'라고 그는 생각했다. 샐리를 통해 그녀에게 쪽지를 보내 세 시에 분수에서 만나자고 했다. 쪽지 끝에는 "아주 중요한 일이 일어난 겁니다"라고 휘갈겨 썼다.

분수는 집에서 멀리 떨어진 작은 관목 숲 사이에 있었다. 주위에 수풀과 나무가 무성했다. 세 시가 되기도 전에 그녀가 왔고, 그들은 분수를 사이에 두고 마주 섰다. 분수 구멍(부서져 있었다)으로 쉴 새 없이 물이 흘러나왔다. 그런 광경들은 얼마나 가슴 깊이 박히는지! 그 선명하던 푸른 이끼 같은 것까지도.

그녀는 꼼짝도 하지 않았다. "내게 진실을 말해 줘요, 진실을." 그는 줄기차게 재촉했다. 머리가 터질 것만 같았다. 그녀는 움츠러들어 돌덩이가 되어 버린 것 같았다. 꼼짝도 하지 않았다. "진실을 말해 달라고." 그가 되풀이했다. 그때 갑자기 브라이트코프 노인이 고개를 불쑥 내밀었다.『더 타임스』를 들고는 그들을 빤히 쳐다보다가 입을 딱 벌린 채 가 버렸다. 둘 다 꼼짝하지 않았다. "진실을 말해 달라니까요." 그가 반복했다. 뭔가 딱딱한 것에 대고 갈아 대는 느낌이었다. 그녀는 완강했다. 쇳덩이처럼, 부싯돌처럼, 뼛속까지 경직되어 있었다. 그리고 마침내 그녀가 "아무 소용 없어요, 소용없다고요. 이제 다 끝났어요"라고 말했을 때 — 그는 몇 시간이나 눈물을 흘리며 말한 것 같은데 — 그는 마치 뺨을 맞은 것 같았다. 그녀는 돌아서서 그를 남겨 둔 채 가 버렸다.

"클라리사!" 그가 외쳤다. "클라리사!" 하지만 그녀는 돌아오지 않았다. 끝이었다. 그날 밤 그는 떠났다. 두 번 다시 그녀를 만나지 않았다.

끔찍했어. 그가 소리쳤다. 끔찍했어, 끔찍했다고!

그래도 해는 여전히 뜨겁다. 그래도 사람은 다 견뎌 내는 법. 그래도 삶은 하루에 또 하루를 보태어 가는 거지. 그래도, 하고 그는 하품을 하며 주위를 살피면서 생각했다. 리전트 파크는 내가 어렸을 때 이후로 별로 달라지지 않았어. 다람쥐들 말고는 — 그래도 뭔가 보상이 있겠지 — 바로 그때, 꼬마 엘리스 미첼이 아이들 방 벽난로 선반 위에 남동생과 함께 모아 둔 조약돌 무더기에 보태려고 조약돌을 한 움큼 주워 유모의 무릎에 쏟아 놓고는 다시 뛰어가다가 어떤 숙녀의 다리에 걸려 넘어졌다. 피터 월시는 웃음을 터뜨렸다.

루크레치아 워런 스미스는 생각 중이었다. 이건 너무해. 왜 내가 고통받아야 해? 그녀는 넓은 길을 걸어가며 자문했다. 아니, 더는 못 참겠어. 그녀는 셉티머스를 내버려두고 오면서 생각했다. 저 벤치에 앉아서 사납고 잔인하고 못된 말을 내뱉고, 혼잣말을 중얼거리고, 죽은 사람에게 말을 하고 있는 그는 더 이상 셉티머스가 아니었다. 그때 한 아이가 그녀에게 전속력으로 돌진하다 부딪혀 넘어지며 울음을 터뜨렸다.

차라리 위안이 되는 일이었다. 그녀는 아이를 일으켜 세워 옷을 털어 주고 입 맞춰 주었다.

그녀로서는 잘못한 것이 없었다. 셉티머스를 사랑했을 뿐. 그녀는 행복했었다. 아름다운 집도 있었다. 그곳에서 그녀의 언니들은 여전히 모자를 만들며 살고 있다. 그런데 왜 **그녀가** 고통을 받아야 하는가?

아이는 곧장 유모에게 달려갔고, 레치아는 유모가 뜨개질감을 내려놓고 아이를 꾸짖은 다음 달래며 안아 주는 것을 보았다. 친절해 보이는 남자가 아이를 달래려는 듯 아이에게 시계를 건네며 열어 보게 해 주었다 — 그런데 왜 **내가** 당해야 하지? 어째서 밀라노에 그대로 두지 않았을까? 왜 이렇게 고통받아야 해? 도대체 왜?

눈물 때문에, 넓은 길과 유모와 회색 옷을 입은 남자와 유아차가 눈앞에서 일렁이며 오르락내리락했다. 이 악의적인 고문관에게 괴롭힘을 당하는 것이 그녀의 운명이었다. 하지만 어째서? 그녀는 얇은 나뭇잎 그늘에 숨어 있는 새 같았다. 나뭇잎만 움직여도 햇빛에 눈을 깜빡이고 마른 잔가지만 부러져도 소스라치게 놀라는. 그녀는 무방비 상태였다. 거대한 나무들과 무심한 세상의 거대한 구름에 둘러싸여 무방비 상태로 시달리고 있었다. 그런데 왜 그녀가 고통받아야 하는가? 도대체 왜?

그녀는 얼굴을 찡그리며 발을 굴렀다. 셉티머스에게 다시 돌아가야 했다. 윌리엄 브래드쇼 경을 만나러 갈 시간이 거의 다 되었기 때문이다. 돌아가서 그에게 말해야 했다. 나무 아래 녹색 의자에 앉아 혼잣말을 하거나, 죽은 에번스에게 말하고 있는 그에게. 그녀는 에번스를 가게에서 잠깐 본 적이 있었다. 점잖고 조용한 사람 같았다. 셉티머스의 절친한 친구였는데, 전사했다. 하지만 그런 일은 누구에게나 일어난다. 누구에게나 전쟁에서 죽은 친구들이 있다. 누구나 결혼할 때는 무언가를 포기한다. 그녀는 고향을 포기하고 여기 이 끔찍한 도시에 살러 온 것이었다. 그런데 셉티머스는 끔찍한 생각들에 자기 자신을 내맡겼다. 그녀도 마음먹으면 그럴 수 있었다. 그는 점점 더 낯설어져 갔다. 사람들이 침대 벽 뒤에서 말을 한다고도 했다. 필머 부인도 이상하다는 눈치를 챘다. 그는 무언가가 보인다고도 했다 — 고사리 덤불 속에서 노파의 머리를 봤다는 거였다. 하지만 그도 마음만 먹으면 행복해질 수 있었다. 둘이서 버스 2층 칸에 타고 햄프턴 코트에 갔을 땐 정말 행복했다. 그는 풀밭에 핀 빨갛고 노란 꽃들이 떠다니는 등불 같다고 했고, 끝없이 웃고 떠들며 이야기를 지어냈다. 그런데 강가에 서 있다가 갑자기 "자, 이제 우리 죽읍시다"라고 말하는 것이었다. 그는 기차나 버스가 지나갈 때 보였던 것과 같은 표정 — 무언가에 매혹된 표정 — 으로 강물을 내려다보고 있었다. 그녀는 그가 그대로 가 버릴 것만 같아서 팔을 붙잡았다. 하지만 집에 가는 동안에는 더없이 조용했고 — 더없이 멀쩡했다. 그는 자살에 관해 그녀와 논쟁을 벌였고, 사람들이 얼마나 악한지를 설명하려 했고, 그들이 길거리를 가면서 거짓말을 꾸며 대는 게 다 보인다고 했다. 그들이 무슨 생각을 하는지 다 안다고 했다. 모든 것을 알고 있다고. 세상의 의미를 알고 있다고 말했다.

그러고 나서 집에 도착하자 그는 잘 걷지도 못했다. 소파에 누워, 자기가 아래로 아래로, 불길 속으로 떨어지지 않도록 손을 잡아 달라고 그녀에게 소리쳤다. 벽에서 자기를 보고 비웃는 얼굴들, 자신을 끔찍하게 역겨운 이름으로 부르는 얼굴들이 보인다고, 휘장 주변으로 손가락질하는 손들이 보인다는 것이었다. 단둘만 있을 뿐인데. 하지만 그는 큰 소리로 말하기 시작했다. 사람들에게 대답하고 논쟁하고 웃고 울며 점점 더 흥분하더니, 그녀에게 자기 말을 받아 적으라는 것이었다. 완전히 헛소리였다. 죽음이 어떻고 미스 이저벨 포울이 어떻고 하는, 완전한 헛소리였다. 그녀는 더 이상 견딜 수가 없었다. 고향으로 돌아가고 싶었다.

가까이 가서 보니 그는 하늘을 쳐다보고 중얼거리며 양손을 맞잡고 있었다. 그런데도 닥터 홈스는 그에게 아무런 문제가 없다고 했다. 그렇다면 대체 무슨 일이 일어난 걸까 — 어째서 그렇게 달라진 걸까, 도대체 왜, 그녀가 곁에 앉자 깜짝 놀라며 인상을 찌푸리고 물러나면서 그녀의 손을 가리켰다가 그 손을 잡고는 겁에 질린 얼굴로 들여다보는 걸까?

결혼반지를 빼 버려서 그러는 걸까? "손가락이 너무 가늘어졌거든요." 그녀가 말했다. "지갑에 넣어 두었어요."

그는 그녀의 손을 떨구었다. 우리의 결혼은 끝났어. 괴로우면서도 한편으론 안도하며 그가 생각했다. 밧줄은 끊어졌다. 그의 몸이 떠올랐다. 인간의 군주인 그, 셉티머스는 자유로워야 한다고 선포된 바대로 그는 자유였다. 그리고 혼자였다(아내가 결혼반지를 빼 버렸으니까. 그를 두고 떠나 버렸으니까). 그, 셉티머스는 홀로, 전 인류에 앞서 진리를 듣도록, 의미를 터득하도록 부름을 받았다. 그 의미가 마침내 문명의 그 모든 노력 — 그리스인들, 로마인들, 셰익스피어, 다윈, 그리고 그 자신의 노력 — 끝에 온전히 주어지려는 참이었다······. "누구에게 말입니까?" 그가 큰 소리로 물었다. "총리에게." 그의 머리 위에서 살랑거리는 목소리들이 대답했다. 궁극의 비밀이 내각에 보고되어야 한다. 첫째, 나무들은 살아 있다. 다음으로, 범죄는 없다. 그다음은 사랑. 우주적 사랑. 그는 숨을 헐떡이고 몸을 떨며 중얼거렸다. 이 깊은 진리들을 고통스럽게 끌어냈다. 그 진리들은 너무나 심오하고 너무나 난해해서, 입 밖으로 꺼내는 데 엄청난 노력이 필요했다. 그러나 세상은 그 진리들에 의해 완전히, 영원히 변했다.

범죄는 없다. 사랑. 그는 메모지와 연필을 더듬어 찾으며 되뇌었다. 그때 스카이 테리어 한 마리가 그의 바짓자락에 코를 대고 킁킁거렸고 그는 공포로 펄쩍 뛰었다. 개가 사람으로 변하고 있었다! 그런 일이 일어나는 걸 도저히 지켜보고 있을 수가 없었다! 개가 사람이 되는 걸 보다니, 끔찍하고 무시무시했다! 개는 곧바로 총총히 가 버렸다.

하늘은 자비롭고 무한히 인자하다. 그를 살려 주고 그의 나약함을 용서했다. 그러나 과학적으로는 어떻게 설명될 수 있는가? (왜냐하면 무엇보다도 과학적이어야 하니까.) 어떻게 그는 몸을 꿰뚫어 보고 개가 사람이 되는 미래를 내다볼 수 있는 것인가? 아마도 억겁의 진화로 민감해진 두뇌에 폭염이 작용했기 때문이리라. 과학적으로 말해, 살은 세상에서 녹아 없어졌다. 그의 몸은 분해되어 마침내 신경 섬유만 남아 바위 위에 베일처럼 펼쳐져 있었다.

그는 의자에 기대앉았다. 기진맥진했지만 버텼다. 다시금 인류에게 힘겹게, 고통스럽게 의미를 해석해 주기에 앞서, 기대어 쉬며 기다리는 중이었다. 그는 세상의 등에 타고 아주 높이 누워 있었다. 땅이 그의 발밑에서 떨고 있었다. 붉은 꽃들이 그의 살을 뚫고 자라났다. 뻣뻣한 잎사귀들이 그의 머리 옆에서 살랑거렸다. 음악 소리가 여기, 바위들에 부딪혀 쨍그랑거리기 시작했다. 이건 저 아래 길거리에서 나는 자동차 경적이야. 그는 중얼거렸다. 하지만 이 위에서 그 소리는 바위에서 바위로 대포 소리처럼 울려 퍼지면서 나뉘었다가 소리 다발로 합쳐지며 매끈한 기둥들이 되어 솟더니(음악이 눈에 보인다는 건 하나의 발견이었다), 찬송가가 되었다. 찬송가에 이제 목동의 피리 소리가 감겨 들었다(저건 어떤 노인이 선술집 앞에서 부는 양철 피리 소리야. 그가 중얼거렸다). 가만히 서 있는 소년의 피리에서 소리가 거품처럼 흘러나와, 그가 높이 올라갈수록 섬세한 한탄의 소리를 냈다. 저 아래에서는 차들이 지나가고 있었다. 소년의 비가(悲歌)가 차들 사이에서 연주되고 있어. 셉티머스는 생각했다. 이제 그는 눈 속으로 물러나고, 장미꽃들이 그의 주변을 감싸고 있다 — 내 침실 벽에 자라는 새빨간 장미들이야, 하고 그는 스스로에게 일깨워 주었다. 음악이 멈췄다. 노인이 한 푼 받고는 다음 선술집으로 갔군. 그가 논리적으로 따져 결론을 내렸다.

하지만 그 자신은 여전히 바위 위 높은 곳에 남아 있었다. 물에 빠져 바위 위에 남겨진 선원처럼. 난 뱃전에 몸을 기울이다 바다에 빠졌지. 그는 생각했다. 바닷속으로 가라앉았어. 죽었었는데, 지금은 살아 있네. 하지만 날 좀 쉬게 가만히 내버려둬. 그가 애원했다(그는 또다시 혼잣말을 하고 있었다 — 끔찍해, 끔찍하다고!). 그리고 잠에서 깨어나기 직전, 새소리와 차바퀴 소리가 기묘한 조화를 이루며 재잘재잘 점점 크게 울려 퍼지며, 잠든 이가 자신이 삶의 해안으로 끌려가고 있음을 느끼는 것처럼, 그는 삶을 향해 끌려가는 기분이 들었다. 태양은 더욱 뜨거워지고, 소리는 점점 더 커지고, 무언가 엄청난 일이 일어나려 하고 있었다.

그는 눈을 뜨기만 하면 되었다. 그런데 눈 위에 묵직한 것이 놓여 있었다. 두려움이었다. 그는 있는 힘껏 그것을 밀어내고 눈을 떠 보았다. 리전트 파크가 눈앞에 있었다. 긴 햇살들이 그의 발치에서 알랑거렸다. 나무들이 물결치듯 흔들렸다. 환영합니다, 세계가 말하는 것 같았다. 우린 받아들이고, 창조합니다, 아름다움을 말이죠. 그렇게 말하는 것 같았다. 그리고 이를 (과학적으로) 입증하기라도 하듯, 그가 보는 것은 무엇이든, 집이든 난간이든 울타리 너머 목을 내미는 영양들이든 간에, 거기서 즉각 아름다움이 솟아 나왔다. 바람결에 나부끼는 나뭇잎 하나 보는 것도 절묘한 기쁨이었다. 하늘 높이 제비들이 급강하하다 방향을 틀어 안쪽으로 바깥쪽으로 빙글빙글 날면서, 마치 고무줄로 묶어 놓은 것처럼 완벽히 제어되고 있었다. 파리들도 오르락내리락 날고 있었고, 마냥 기분 좋은 태양은 이 이파리 저 이파리를 부드러운 황금빛으로 희롱하듯 눈부시게 비추었다. 이따금 종소리가(자동차 경적인지도 모른다) 풀줄기 위에서 성스럽게 잘랑거렸다 — 이 모든 것, 평범한 것들로 이루어진 잔잔하고 온당한 모든 것들이 이제 진리였다. 아름다움, 그것이 이제 진리였다. 아름다움은 어디에나 있었다.

"시간이 됐어요." 레치아가 말했다.

'시간'이란 말이 껍질을 쪼개고 나와 그 풍부한 내용물을 그에게 쏟아부었다. 그러자 그가 의도하지도 않았는데 그의 입술에서 조개껍데기처럼, 대패에서 밀려 나오는 대팻밥처럼, 단단하고 하얀, 불멸의 말들이 흘러나와 시간에 부치는 송시 속 제자리를 찾아 날아가 붙었다. 시간에 부치는 불멸의 송시. 그가 노래했다. 에번스가 나무 뒤에서 화답했다. 죽은 자들은 테살리아에 있다네. 에번스가 난초 화단에서 노래했다. 거기서 전쟁이 끝나길 기다리고 있다네. 그러고는 이제 죽은 자들이, 이제 에번스 자신이…….

"제발 다가오지 마!" 셉티머스가 고함을 질렀다. 죽은 자들을 마주 볼 수 없었기 때문이었다.

그러나 나뭇가지들이 갈라졌다. 회색 옷을 입은 한 남자가 실제로 그들을 향해 걸어오고 있었다. 에번스다! 그런데 진흙도 묻지 않았고 상처도 없었다. 조금도 변하지 않았다. 온 세상에 말해야 해. 셉티머스가(회색 양복을 입은 죽은 자가 가까이 다가오자) 오랜 세월 사막에서 홀로 인간의 운명을 애통해 온 거대한 거인처럼 손을 들며 외쳤다. 두 손으로 머리를 감싸고 양 볼엔 절망의 고랑이 깊이 팬 채, 그는 이제 빛이 사막의 가장자리에 내려 널리 퍼지며, 강철같이 검은 형상을 비추는 것을 본다(셉티머스가 의자에서 반쯤 일어났다). 그의 뒤로 수많은 사람이 엎드려 있는 가운데, 위대한 애도자인 그는 단 한 순간 얼굴에 받아들인다, 온 세상의…….

"난 정말 불행해요, 셉티머스." 레치아가 그를 자리에 앉히려고 애쓰면서 말했다.

수백만의 사람이 애통해했다. 오랜 세월 슬퍼했다. 몇 분 후면, 단 몇 분만 지나면 그는 돌아서서 그들에게 이 안도와 이 기쁨, 이 놀라운 계시를 말하리라.

"시간 말이에요." 레치아가 거듭 말했다. "몇 시죠?"

그가 혼자 떠들다 흠칫 놀랐다. 저 남자는 이 사람에 대해 눈치챘을 거야. 우리를 쳐다보고 있잖아.

"내가 시간을 알려 주지." 셉티머스가 느릿느릿, 몹시 졸린 듯, 알 수 없는 미소를 지으며, 회색 옷을 입은 죽은 자에게 말했다. 그가 그렇게 앉아서 미소 짓고 있을 때 종이 울렸다 — 열두 시 십오 분 전이었다.

저게 젊다는 거지. 피터 월시가 그들 앞을 지나가며 생각했다. 아침부터 저렇게 다툰다는 게 말이야 — 딱하게도 젊은 여자는 완전히 자포자기 상태인 것 같았다. 그런데 무엇 때문일까. 그는 궁금했다. 코트 입은 저 젊은 남자가 도대체 뭐라고 했길래 여자 표정이 저럴까. 어떤 끔찍한 곤경에 빠졌길래 이 화창한 여름 아침에 둘 다 저렇게 절망적인 얼굴을 하고 있는 걸까? 5년 만에 귀국해 보니 재미있는 점은, 어쨌거나 첫 며칠 동안은 평범한 것들도 마치 처음 보는 것처럼 눈에 띈다는 거였다. 나무 아래에서 다투고 있는 연인들이라든가, 공원에 나와 있는 가족이라든가. 런던이 이렇게 매력적으로 보이긴 처음이었다 — 은은한 원경, 풍요로움, 푸르름. 인도에서 지내다 돌아와 마주한 문명. 잔디밭을 거닐며 그는 생각했다.

이렇게 인상들에 취약한 것이 분명 그의 몰락의 원인이었다.

지금 그 나이에도 그는 소년이나 심지어 소녀처럼 기분이 오락가락했다. 좋은 날과 안 좋은 날, 아무 이유도 없이 예쁜 얼굴을 보면 행복하고, 추레한 여자를 보면 완전히 비참해지고. 인도에서 왔으니 물론 어떤 여자를 만나도 사랑에 빠졌다. 그들에겐 어딘가 신선함이 있었다. 아무리 초라한 차림이어도 확실히 5년 전보다는 나았다. 그가 보기에 그렇게 딱 맞게 멋들어진 패션은 일찍이 없었다. 긴 검정 외투, 날씬함과 우아함. 거기에다 널리 유행하고 있는 보기 좋은 화장법. 모든 여자가, 점잖은 여자들까지도, 온실의 장미처럼 화사했다. 칼로 자른 듯 선명한 입술. 새까만 컬. 어디에나 디자인이, 예술이 있었다. 분명 어떤 변화가 일어난 것이었다. 젊은이들은 무슨 생각을 할까? 피터 월시는 궁금했다.

그 다섯 해 — 1918년부터 1923년까지 — 가 뭔가 상당히 중요했던 것 같다고 그는 생각했다. 사람들이 달라 보였다. 신문들도 달라 보였다. 예를 들면 한 점잖은 주간지에 어떤 사람이 화장실에 대해 꽤 솔직한 글을 썼다. 10년 전이라면 어림없는 일이었다 — 점잖은 주간지에서 화장실 얘기를 공개적으로 쓴다는 건. 그리고 공공장소에서 립스틱이나 파우더를 꺼내 화장을 고친다는 것도. 귀국길 선상에는 공개적으로 교제하는 젊은 남녀가 많았다 — 특히 베티와 버티가 생각났다. 나이 든 어머니는 차분히 앉아 그들을 지켜보며 뜨개질을 하고 있었다. 그 젊은 여자는 사람들 앞에서 콧등에 파우더를 발랐다. 그들은 약혼도 하지 않았다던데. 그냥 즐기자는 거였다. 피차 감정 다

칠 일도 없었다. 베티인가 하는 그 여자는 성격이 강했지만 — 상당히 괜찮은 사람이었다. 서른쯤 되면 아주 훌륭한 아내가 될 거야 — 때가 되면 결혼하겠지. 어느 돈 많은 남자와 결혼해서 맨체스터 근처 대저택에 살겠지.

참, 누구였더라? 피터 월시가 산책로에 들어서며 생각했다. 돈 많은 남자랑 결혼해서 맨체스터 근처 대저택에 사는 게? 최근에 '파란 수국'에 대해 길고 절절한 편지를 보내온 이였는데? 파란 수국만 보면 그와 그 옛날 생각이 난다고 — 샐리 시튼이지, 아무렴! 그건 샐리 시튼이었다 — 돈 많은 남자와 결혼해서 맨체스터 근처 대저택에 살게 되리라곤 꿈에도 생각하지 못했던, 야성적이고 대담하고 낭만적이었던 샐리!

하지만 샐리는 그 옛날 무리, 클라리사 친구들 — 휫브레드, 킨덜리, 커닝햄, 킨로크-존스 집안 사람들 — 중에서는 아마 제일 나았을 거다. 어쨌거나 상황을 제대로 파악하려고 애썼으니까. 클라리사와 다른 친구들이 휴 휫브레드 — 그 훌륭한 휴 — 를 떠받들 때도 그녀는 어쨌든 그를 꿰뚫어 보았지.

"휫브레드 집안이라고요?" 그녀가 말하던 것이 들리는 듯했다. "휫브레드 집안이 뉘시냐? 석탄 장사들이죠. 존경스러운 장사꾼들."

무슨 이유에서인지 그녀는 휴를 아주 싫어했다. 겉치레 말고는 아무 생각이 없다는 거였다. 공작이 되셨어야 하는 건데. 공주들 가운데 하나와 결혼할 게 분명하다고 했다. 물론 휴는 그가 만난 인간 가운데 영국 귀족을 향한 가장 특출나고 자연스럽고 숭고한 존경심을 품고 있었다. 클라리사도 그 점만큼은 인정해야 했다. 오, 하지만 그이는 사랑스러운 사람이에요, 이기적인 데라곤 조금도 없어요. 연로한 어머니를 기쁘게 해 드리려고 사냥하는 것도 포기했다니까요 ― 집안 어르신들 생신도 챙기고요 등등.

샐리는, 공정하게 말하자면, 그 모든 걸 꿰뚫어 보았던 거다. 가장 또렷이 기억나는 일 중 하나는 버턴에서의 어느 일요일 아침 (케케묵은 주제인) 여성의 권리에 대해 벌인 논쟁이었다. 샐리가 갑자기 화를 내며 발끈하더니, 휴를 향해, 당신은 영국 중산층에서 가장 혐오스러운 모든 것을 대변한다고 말했다. 그가 '피커딜리의 그 불쌍한 여자들'*이 처한 상태에 책임이 있다는 것이었다. 휴, 그 완벽한 신사, 딱한 휴! 그렇게 충격받은 남자는 본 적이 없었다. 일부러 그런 거라고, 그녀가 나중에 말해 주었다(그들은 채소밭에서 만나 의견을 나누곤 했으니까). "그 사람은 읽은 것도 없고 생각도 없고 감정도 없다고요." 그녀 자신이 생각하는 것보다 훨씬 멀리까지 들리는 아주 강한 목소리로 말하던 것이 귀에 생생했다. 마구간지기 소년도 휴보다는 더 생기가 있다는 거였다. 휴는 퍼블릭 스쿨 출신의 완벽한 표본이라고, 영국 아닌 그 어떤 나라도 그런 인간은 배출할 수 없다고 했다. 그녀는 무슨 이유에선지 정말로 앙심이 가득했다. 뭔가 원한이 있었다. 흡연실에서 무슨 일인가가 있었는데 ― 정확한 내용은 잊었다. 그가 무례한 짓을 했다던데 ― 키스를 했다던가? 말도 안 되는 소리! 물론 아무도 휴를 비난하는 말을 믿지 않았다. 누가 믿겠는가? 흡연실에서 샐리에게 키스를 하다니! 혹 귀족 집안 딸 이디스나 바이올렛이라면 모를까. 자기 앞으로는 돈 한 푼 없고 아버지인지 어머니인지가 몬테카를로에서 도박을 하고 있다는 빈털터리 샐리일 리는 없었다. 휴는 그가 만난 모든 사람 가운데 가장 속물 — 아부에 있어선 둘째가라면 서러울 — 이었으니까. 딱히 굽실거리는 건 아니었지만. 그러기엔 너무 잘난 척하는 인간이었으니까. 일급 시종이 딱 맞는 비유야 — 슈트케이스를 들고 뒤에서 따라가는, 전보 심부름이나 믿고 맡길 만한 — 안주인에겐 없어선 안 될 인물이지. 결국 그는 자기 일을 찾은 거야 — 귀족 자제인 이블린과 결혼하고, 궁정에 작은 일자리를 얻어 왕실의 술 창고를 관리하고, 폐하의 구두 장식에 광을 내고, 무릎까지 오는 바지에 레이스 주름을 너덜거리며 돌아다니고. 인생이란 게 참 가혹하기도 하지! 궁정 말단직이라니!

그는 그 귀족 자제 이블린이란 아가씨와 결혼해서 이 근처에 살았는데. (파크 주변의 호화 저택들을 보며) 그가 생각했다. 언젠가 한번 그 집에서 점심 식사를 한 적이 있었다. 그 집에는 휴의 재산이 다 그랬듯이 다른 집에서는 거의 볼 수 없는 것들이 있었다 — 리넨 넣는 장롱 같은 것 말이다. 그게 뭐였든 간에, 직접 가서 구경을 해야만 했다 — 휴가 헐값에 주워 모은 리넨 장롱, 베갯잇, 오래된 참나무 가구, 그림 등등을 — 언제나 엄청나게 오랫동안 감탄해 주어야 했다. 하지만 휴 부인이 종종 그 내막을 발설하곤 했다. 그녀는 영향력 있는 남자를 무

조건 숭배하는, 생쥐처럼 작고 눈에 띄지 않는 부류의 여자였다. 거의 무시해도 좋을 만한 존재였다. 그러다간 갑자기 예기치 않았던 뭔가 신랄한 말을 내뱉기도 했다. 아마도 거만한 매너의 잔재였겠지. 보일러용 석탄은 자기에겐 너무 독하다고 — 공기를 탁하게 한다고 했다. 그들은 그렇게 리넨 장롱에다, 옛 거장의 작품들에다, 진짜 레이스가 달린 베갯잇과 함께, 연 5천에서 1만 파운드쯤은 쓰며 살고 있는데, 휴보다 두 살 많은 그는 일자리 구걸을 다니고 있는 것이었다.

그는 나이 쉰셋에 사람들을 찾아가, 서기 자리라든가 어린 소년들에게 라틴어를 가르치는 보조 교사 자리, 아니면 관청 고위 관리의 지시와 호출에 따라 움직이는 연 수입 5백 파운드짜리 일자리라도 얻어 달라고 청해야 하는 상황이었다. 왜냐하면 데이지와 결혼하면 연금을 보태더라도 그보다 적은 돈으로는 살 수가 없기 때문이었다. 휫브레드라면 아마 구해 줄 수 있겠지. 아니면 댈러웨이가. 댈러웨이에게 부탁하는 건 상관이 없었다. 좋은 사람이었으니까. 조금 답답하고 머리가 둔한 데가 있긴 해도 정말 괜찮은 사람이었다. 무슨 일을 하든 한결같이 현실적이고 합리적으로 처리했다. 상상력도, 번득이는 재치도 없었지만, 설명하기 어려운 그 나름의 좋은 면이 있었다. 시골 신사가 제격인데 — 정치에 자신을 낭비하고 있었다. 그는 야외에서 말이나 개들과 있을 때가 최고였다 — 가령 클라리사의 그 커다란 털북숭이 개가 덫에 걸려 앞발이 반쯤 찢겨 나가서 클라리사가 기절했을 때, 그는 얼마나 유능했던가. 댈러웨이가 일 처리를 다 했다. 붕대를 감고 부목을 대고 클라리사에게 바보처럼 굴지 말라고 말하고. 아마 그래서 그녀가 그를 좋아했겠지 — 그녀에게 필요한 게 바로 그런 거였으니까. "자, 바보처럼 굴지 말아요. 이걸 붙잡아요 — 저것 좀 가져오고." 그는 개에게도 언제나 사람에게 하듯 말을 했다.

하지만 그래도 어떻게 그녀가 시에 관한 그 모든 헛소리를 받아 줄 수 있었을까? 어떻게 그가 셰익스피어에 대해 떠들어 대도록 내버려둘 수 있었을까? 리처드 댈러웨이는 진지하고도 엄숙하게 자리에서 일어나, 점잖은 사람이라면 셰익스피어의 소네트는 읽으면 안 된다고 말했다. 그건 열쇠 구멍으로 남의 사생활을 엿듣는 거나 마찬가지이기 때문이라며(게다가 자신은 소네트 속 애정 관계를 받아들일 수 없다고 했다). 점잖은 남자는 지금 아내가 사별한 아내의 자매를 방문하도록 내버려두어서는 안 된다고도 했다.* 말도 안 되는 소리! 그럴 때는 그에게 설탕 입힌 아몬드나 던져 주는 것 말고는 할 수 있는 게 없었다 — 저녁 식사 자리였으니까. 하지만 클라리사는 그 모든 걸 받아들였다. 그가 아주 정직하고 독립적이라고 생각했다. 자기가 만난 사람 중에서 가장 독창적인 정신을 가진 사람이라고 생각했는지도 모르지!

그것이 샐리와 그를 이어 주는 유대감 중 하나였다. 그들이 걷곤 하던 정원이 하나 있었다. 장미 덤불과 커다란 꽃양배추들이 심겨 있는, 담장으로 둘러싸인 곳이었는데 — 샐리가 장미꽃을 꺾던 것, 걸음을 멈추고 서서 달빛 아래 꽃양배추가 아름답다고 외치던 것이 생각났다(수년간 생각한 적도 없던 일들이 이토록 생생하게 몽땅 떠오른다는 게 놀라웠다). 샐리는 그에게, 물론 반쯤은 농담으로, 클라리사를 빼내어 가라고, 그녀를 휴니 댈러웨이니 하는 작자들, "그녀의 영혼을 질식시키고"(당시 샐리는 시를 쓰고 있었다) 그녀를 한낱 안주인으로 만들어 버리고 그녀의 세속적인 면을 부추기는 "완벽한 신사들"로부터 구해 내라고 간절하게 부탁했다. 그렇지만 클라리사를 공정하게 평가하긴 해야지. 어쨌든 그녀는 휴와 결혼하지는 않을 것이었다. 그녀는 자신이 원하는 걸 아주 명확히 알고 있었다. 그녀의 감정은 겉으로 훤히 다 드러나긴 했지만, 속으로 아주 영리한 구석도 있었다 — 예컨대 샐리보다 사람 보는 안목이 훨씬 정확했다. 게다가 매우 여성적이었다. 아주 특별한 재능, 어떤 상황에 놓이든 자신만의 세상을 만드는, 여성만의 재능을 갖고 있었다. 그녀가 방에 들어설 때면 많은 사람들에게 둘러싸여 문가에 서 있는 걸 그는 종종 보았었다. 그런데도 결국 기억나는 건 클라리사였다. 특별히 튀는 것도 아니었고 아름다운 것도 아니었다. 남달리 눈길을 끄는 구석도 없었고 특별히 재치 있는 말을 하는 것도 아니었다. 그러나 그녀는 거기에 있었다. 거기 그녀가 있었다.

아니, 아니야, 아니라고! 그는 더 이상 그녀를 사랑하지 않았다! 단지 아침에 그녀를 만났기 때문에, 가위와 비단옷을 늘어놓고 파티 준비를 하는 걸 봤기 때문에, 그녀 생각에서 헤어날 수 없는 것일 뿐이었다. 기차에서 꾸벅꾸벅 조는 사람이 자꾸만 부딪쳐 오듯이, 그녀 생각이 자꾸 나는 것이다. 그건 물론 사랑하고 있는 게 아니었다. 30년이 지난 지금, 그녀 생각을 하고, 비판하고, 다시 그녀가 설명해 보려는 것이었다. 그녀에 관해 분명히 말할 수 있는 건, 그녀가 세속적이라는 것, 지위와 사교계와 출세에 너무 신경을 쓴다는 것 — 그건 어떤 의미에선 사실이었다. 그녀 자신도 인정한 적이 있었다. 수고만 좀 들이면, 언제든 그녀의 자백을 받아 낼 수 있었다(그녀는 솔직했으니까). 그녀는 지저분한 여자, 시대에 뒤처진 사람, 실패자는 싫다고 했다. 아마도 나 같은 놈이겠지. 그녀는 손을 호주머니에 찔러 넣고 어슬렁거릴 권리는 아무에게도 없다고, 누구든 무언가는 해야 하고, 무언가가 되어야 한다고 했다. 그러니 그녀의 거실에서 만나는 그 대단한 거물들, 공작 부인이니 백발의 늙은 백작 부인들, 그에게는 지푸라기만큼의 가치도 없다고 느껴지는 그들이 그녀에게는 진실된 무언가를 상징했던 것이다. 그녀는 언젠가 레이디 벡스버러는 항상 자세가 곧다고 말한 적이 있었다(클라리사도 그랬다. 절대 늘어지는 법이 없었다. 화살처럼 곧았다. 사실 좀 뻣뻣할 정도였다). 그런 사람들에겐, 나이가 들어 갈수록 더 존경하게 되는 어떤 용기가 있다는 것이었다. 이 모든 것이 물론 댈러웨이의 영향이었다. 보통 그렇듯이 상당한 공공심, 대영 제국, 관세 개혁, 통치 계급의 정신 같은 것들이 그녀에게 배어든 것이었다. 댈러웨이보다 두 배는 똑똑하면서도 그녀는 그의 눈을 통해 세상을 보아야만 했다 — 결혼 생활의 비극 중 하나였다. 자기 생각이 있으면서도 언제나 리처드의 말을 인용했다 — 마치 사람들이 『모닝 포스트』만 봐서는 리처드의 생각이 정확히 무엇인지 잘 모를 수도 있다는 듯이! 가령 이 파티라는 것도 모두 다 그를, 아니면 그녀가 생각하는 그를 위한 것이었다(공정하게 말하자면, 리처드는 노퍽에서 농사를 짓는 편이 훨씬 행복했을 사람이었다). 그녀는 응접실을 일종의 만남의 장으로 만들었다. 그런 일에 천부적인 재능이 있었다. 그는 그녀가 아주 풋내기 청년을 데려다가 비틀고 돌리고 일깨워 세상으로 나아가게 하는 것을 수없이 보았다. 그녀 주위에는 물론 아둔한 사람들이 수없이 몰려들었다. 그러나 가끔은 예기치 못한 기묘한 이들도 나타났다. 때로는 예술가도, 때로는 작가도. 그런 분위기에서는 괴짜 같은 인물들이 말이다. 그 모든 것의 배후에는 누군가를 만나고, 명함을 남기고, 사람들에게 친절을 베풀고, 꽃다발이나 작은 선물을 들고 이리저리 뛰어다니는 등의 일들이 그물처럼 얽혀 있었다. 누가 프랑스에 간다고 하면 — 에어쿠션이 꼭 있어야겠네! 이런 식이었다. 그녀와 같은 부류의 여성들이 끝없이 유지하는 그 모든 왕래는 그녀의 기력을 소진시켰다. 그러나 그녀는 진심으로, 타고난 본능에 따라 그 일을 했다.

그런데 참 이상하게도, 그녀는 그가 만나 본 가장 철저한 회의주의자 중 한 사람이었다. 아마도(이것은 어떤 면에서는 그렇게 투명하면서도 또 다른 면으로는 너무나 속을 알 수 없는 그녀를 설명해 보려고 그가 만들어 내곤 했던 이론이었다), 아마도 그녀는 스스로에게 이렇게 말했을 것이다. 우린 침몰하는 배에 묶인 저주받은 족속이고(젊은 시절 그녀가 즐겨 읽은 것은 헉슬리*와 틴덜*이었는데, 이들은 이런 항해 관련 은유를 좋아했다) 이 모든 건 재미없는 농담이니까, 우린 어쨌든 우리 역할을 하면 되는 거야. 동료 수감자들(이것도 헉슬리였다)의 고통을 덜어 주고, 지하 감방을 꽃과 에어쿠션으로 장식하는 거지. 가능한 한 품위를 유지하고, 신이라는 저 악당들이 제멋대로 하지 못하게 해야 해 ― 그녀는 신이란 인간 삶을 상처 내고 방해하고 망쳐 버릴 기회를 놓치는 법이 없지만, 그래도 우리가 한결같이 숙녀답게 행동한다면 정말로 물리칠 수 있을 거라고 생각했다. 이런 생각을 하게 된 건 실비아의 죽음 ― 그 끔찍한 사건 ― 직후부터였다. 자기 언니가 쓰러지는 나무에 깔려 죽는 광경을 바로 눈앞에서 본다는 것(전적으로 저스틴 패리의 잘못 ― 그의 부주의함 ― 때문이었다), 더군다나 이제 막 인생의 문턱에 선, 클라리사가 늘 형제 중 재능이 가장 뛰어나다고 말했던 소녀가 그렇게 된다는 건 사람을 지독히 신랄하게 만들기에 충분했다. 나중엔 아마 그렇게까지 확신에 찬 건 아니었던 것 같다. 신이란 아예 존재하지 않으므로 비난할 대상도 없다고 생각했고, 그러니 그냥 선 자체를 위한 선을 행한다는 이런 무신론자의 종교로 나아갔던 것이다.

물론 그녀는 삶을 대단히 즐겼다. 즐기는 것이 그녀의 천성이었다(하지만 그녀에게도 의구심이 있었을지 누가 알겠는가. 그 모든 세월을 함께한 그조차도 클라리사에 대해 안다는 건 그저 스케치에 불과하다는 느낌이 종종 들었다). 어쨌거나 그녀에게 냉소 같은 건 없었다. 선량한 여자들에게서 보이는 그 역겨운 도덕적 자의식 같은 것도 전혀 없었다. 그녀는 사실 모든 걸 즐겼다. 그녀와 함께 하이드 파크를 걷노라면 그녀는 때로는 튤립 꽃밭을 보고도, 때로는 유아차에 탄 아이를 보고도, 때로는 자기가 즉석에서 만들어 낸 어처구니없는 작은 드라마에도 한없이 즐거워했다. (저 연인들에게도, 만일 그들이 불행하다는 생각이 들면 그녀는 분명히 말을 걸었을 것이다.) 그녀에겐 정말이지 절묘한 유머 감각이 있었다. 그런데 그걸 끌어내기 위해서는 사람들이, 언제나 사람들이 필요했고, 그러다 보니 자신의 시간을 낭비할 수밖에 없었다. 오찬에, 만찬에, 연이은 파티에, 쓸데없는 헛소리를 하고, 마음에도 없는 얘기를 늘어놓으며, 그녀의 예리한 지성은 무뎌지고 분별력을 잃었다. 식탁 상석에 앉아 댈러웨이에게 도움이 될지도 모를 어떤 늙은이를 상대하느라 끝도 없는 고생을 하다가 ― 그들은 유럽에서 제일 따분한 작자들과 알고 지냈으니 ― 그러다 엘리자베스가 들어오면 모든 것이 **그 아이**에게 집중되어야 했다. 지난번에 들렀을 때 그 아이는 중등학교에 다니고 있었다. 말이 별로 없는 시기였다. 동그래진 눈에 창백한 얼굴이었고 엄마랑 닮은 데가 전혀 없었다. 매사를 그러려니 하며 받아들이는, 말 없고 무덤덤한 아이로, 엄마가 자기를 가지고 호들갑을 떨어도 내버려 두다가 "이제 가도 돼요?" 하고 네 살배기 아이처럼 물었다. 클라리사는, 댈러웨이가 부추긴 듯한 유쾌함과 자부심이 뒤섞인 태도로, 아이가 하키하러 가는 거라고 사람들에게 설명해 주었다. 이제 지금쯤은 사교계에 '데뷔'했겠군. 나 같은 사람은 구닥다리 취급하고, 엄마 친구들을 비웃겠지. 그래, 뭐 어쩔 수 없지. 피터 월시는 손에 모자를 들고 리전트 파크를 나오면서 생각했다. 늙어 가는 것에 대한 보상은 바로 이거야. 열정은 여전히 예전과 다름없이 강하지만, 마침내! 존재에 최고의 풍미를 더하는 힘을 갖게 되었다는 것. 경험을 붙잡아 그것을 빛에 찬찬히 돌려 가며 비추어 볼 수 있는 힘을 말이지.

끔찍한 고백이지만(그는 다시 모자를 썼다), 이제 나이 쉰셋이면 사람이 별로 필요 없었다. 삶 자체, 그 모든 순간, 그 모든 작은 조각, 여기, 이 순간, 지금, 햇살 아래 리전트 파크에 있는 순간만으로 충분했다. 아니, 실은 넘칠 지경이었다. 이제야 그럴 힘을 얻고 나니, 그 온전한 풍미를 다 끌어내기에는 한평생도 너무 짧았다. 한 점 남김 없는 기쁨과 온갖 의미의 뉘앙스를 끌어내기에는. 그 기쁨과 의미는 예전보다 훨씬 더 확고했고, 훨씬 덜 개인적이었다. 다시는 클라리사 때문에 괴로웠던 만큼 괴로울 수는 없을 것 같았다. 몇 시간째(이런 말은 부디 아무도 엿듣지 않게 해 주시옵기를!), 몇 시간째, 며칠째 데이지 생각은 잊고 있었다.

그렇다면 그녀를 사랑하고 있다고 할 수 있는 건가? 지난날의 그 비참함과 그 고통과 그 엄청난 열정을 잊지 못하면서도? 하기야 완전히 다른 일이긴 했다 — 훨씬 즐거웠다. 물론 이번엔 **그녀**가 그를 사랑하는 상황이니까. 아마 그래서 막상 배가 출항했을 때 그렇게 엄청난 안도감을 느꼈나 보다. 오로지 혼자 있고 싶었다. 선실에서 그녀의 모든 작은 배려들 — 시가와 노트와 여행용 담요 같은 것들 — 을 발견하고는 짜증이 났다. 솔직하다면 다들 그렇게 말할 것이다. 오십이 넘으면 사람을 원치 않는다고. 여자들에게 계속 예쁘다는 말은 이제 하기 싫다고. 50대 남자들은, 솔직하다면 다들 그렇게 말할 거라고 피터 월시는 생각했다.

그런데 그 놀라운 감정의 폭발 — 오늘 아침에 그렇게 울음을 터뜨린 건 — 은 대체 뭐였지? 클라리사가 날 어떻게 생각했을까? 아마 멍청이라고 생각했겠지. 뭐 처음도 아니겠지만. 그 바탕에 깔려 있는 건 질투였다 — 질투란 인간의 다른 어떤 정열보다 오래 살아남지. 피터 월시는 팔을 뻗어 주머니칼을 꺼내 들며 생각했다. 지난번 편지에 데이지가 오드 대령을 만나고 있다고 썼던데. 일부러 그러는 거야. 날 질투하게 만들려고. 무슨 말로 그에게 상처를 줄까 궁리하며 미간을 찌푸린 채 편지를 쓰고 있는 그녀의 모습이 눈에 선했다. 하지만 알면서도 소용이 없었다. 불같이 화가 치밀었다! 영국에 오고 변호사를 만나고 하는 이 모든 법석은 그녀와 결혼하기 위해서가 아니라 그녀가 다른 사람과 결혼하지 못하게 하기 위해서였다. 그 사실 때문에 괴로웠다. 클라리사가 그렇게 차분하고 냉정하게 드레스인지 뭔지에 그토록 열중해 있는 모습을 보았을 때 떠올랐던 것은 바로 그 사실이었다. 그때 깨달았다. 그녀가 있었다면 이런 꼴이 되지 않았을 거란 걸. 그녀 때문에 자신이 훌쩍거리며 징징대는 멍청한 늙은이가 되어 버렸다는 걸. 하지만 여자들은 정열이 뭔지 몰라. 주머니칼을 접으며 그가 생각했다. 남자들에게 그게 어떤 의미인지 모른다고. 클라리사는 고드름처럼 차가웠다. 소파에서 그의 곁에 앉아 그에게 자기 손도 잡게 해 주고, 키스도 해 줬지만 — 이제 건널목에 다다랐다.

어떤 소리가 들려와 그의 생각이 중단됐다. 가늘게 떨리는 소리, 방향도 힘도 시작도 끝도 없이 솟아오르는 목소리가, 인간적인 의미는 전혀 없이 여리면서도 날카롭게

이이 엄 파 엄 소
푸우 스위 투우 이임 우우 —

나이도 성별도 없는 목소리, 대지에서 솟는 고대의 샘물 소리로 합쳐졌다. 그 소리는 리전트 파크 지하철역 바로 맞은편, 껑충한 키에 떨고 있는 한 형상에서 나오는 소리였다. 그 형상은 굴뚝 같고, 녹슨 펌프 같았으며, 풍파에 시달려 영원히 잎이 돋아나지 않는 나무 같았다. 바람이 가지를 오르내리며

이이 엄 파 엄 소
푸우 스위 투우 이임 우우

소리를 내며 노래하게 하고, 영원한 미풍 속에서 흔들리고 삐걱대고 신음하는 나무.

만고의 세월을 지나오며 — 포장도로가 초원이고, 늪지였을

때부터, 엄니와 매머드 시대를 지나, 고요한 일출의 시대를 거치는 동안 — 그 풍상에 찌든 여인은 — 치마를 입고 있으니까 — 오른손을 내밀고 왼손은 옆구리를 움켜쥔 채 서서 사랑을 노래하고 있었다 — 백만 년을 이어 온 사랑, 승리하고야 마는 사랑을, 그녀가 노래했다. 백만 년 전, 지금은 죽고 없는 나의 연인은 나와 함께 5월의 어느 날을 거닐었다네. 그녀가 부드럽게 노래했다. 그러나 난 기억하지, 여름날처럼 길고, 붉은 과꽃만 타오르던 오랜 세월 속에서 그는 떠나 버렸다네. 거대한 죽음의 낫이 저 어마어마한 구릉들을 휩쓸어 가 버렸지. 나 이제 마침내 헤아릴 수 없이 늙어 백발이 성성한 머리를 대지 위에 누이고, 한낱 차디찬 잿더미가 되어 버렸네. 그러므로 신에게 청하오니, 내 곁에 자줏빛 히스 한 다발 놓아 주소서. 석양의 마지막 햇살이 어루만지는 그 높다란 무덤 위에. 비로소 그때, 이 우주의 야외극도 끝이 날 터이니.

리전트 파크 지하철역 맞은편에서 그 태고의 노래가 솟아오르자, 대지는 여전히 푸르고 꽃이 만발한 듯했다. 대지의 구멍에 불과한 그토록 거친 입, 진흙투성이에 온갖 뿌리와 풀들이 엉겨 붙은 입에서 나오는데도, 여전히 그 옛 노래는 부글부글 보글보글 흘러 무한한 세월의 뒤엉킨 뿌리와 해골과 보물들을 적시고, 포장도로와 멀리번 로드를 따라 유스턴까지 작은 개울을 이루어 흘러갔다. 땅을 비옥하게 하고 축축한 흔적을 남기면서.

그 태곳적 5월의 어느 날 연인과 함께 걷던 기억을 여전히 간직한 채, 이 녹슨 펌프, 이 풍상에 찌든 늙은 여인은 한 손은 동전을 구걸하기 위해 내밀고 다른 한 손으론 옆구리를 움켜쥔 채, 천만년이 흐른 뒤에도 여전히 그곳에 있으리라. 그 어느 5월, 지금은 바다가 된 그곳을 걸었던 것을 기억하면서. 누구와 함께였는지는 상관없었다 — 아, 그래, 그것은 한 남자, 그녀를 사랑한 한 남자였다. 하지만 세월이 흐르면서 그 선명했던 태고의 5월은 흐려졌다. 화사했던 꽃잎들엔 희끗희끗 은빛 서리가 내렸고, "그대 다정한 눈으로 내 눈을 들여다보세요"라며 그에게 간청할 때(지금 분명히 그렇게 하고 있었다), 그녀가 보고 있는 건 더 이상 갈색 눈동자도, 검은 수염도, 햇볕에 그을린 얼굴도 아니었다. 그녀는 그저 흐릿한 그림자 같은 형상을 향해, 아주 늙은 사람들 특유의 새 같은 생기로움으로 여전히 그에게 지저귀고 있었다. "내게 손 내밀어 줘요, 부드럽게 잡아 볼 수 있도록." (피터 월시는 택시에 오르면서 그 가여운 이에게 동전 한 닢을 건네지 않을 수 없었다.) "누가 본다 한들, 무슨 상관인가요?" 그녀가 물었다. 그러고는 옆구리를 움켜쥐고 동전을 주머니에 넣으며 웃었다. 호기심 어린 시선들은 모두 사라진 것 같았고, 지나가는 세대들 — 인도는 분주한 중산층 사람들로 붐볐다 — 은 낙엽처럼 사라져, 밟히고 젖고 스며들며, 그 영원한 봄에 의해 흙이 되었다.

이이 엄 파 엄 소
푸우 스위 투우 이임 우우

"가여운 늙은 여자." 레치아 워런 스미스가 말했다.

아, 가여운 늙은이! 길을 건너려고 기다리던 그녀가 말했다.

만일 비 오는 밤이었다면? 아버지나, 아니면 괜찮았던 시절에 알던 누군가가 지나가다 우연히 저렇게 밑바닥 삶을 살고 있는 걸 본다면? 밤엔 어디서 자나?

즐겁게, 거의 유쾌하리만큼, 불굴의 노랫가락이 오두막 굴뚝 연기처럼 공중으로 감겨 올라가 말끔한 너도밤나무를 휘감으며 나무 꼭대기 잎사귀들 사이에서 한 가닥 푸른 연기로 피어올랐다. "누가 본다 한들, 무슨 상관인가요?"

벌써 몇 주째 너무나 불행했기에, 레치아는 주변에서 일어나는 일들에 의미를 부여했다. 때로는 거리에서 선량하고 친절해 보이는 사람을 보면, 그들을 붙잡고 "난 불행해요"라는 한마디만이라도 하고 싶었다. 그런데 거리에서 "누가 본다 한들, 무슨 상관인가요?"라고 노래하는 이 노파를 보자, 그녀는 문득 모든 게 잘될 거라는 확신이 들었다. 그들은 윌리엄 브래드쇼 경을 만나러 가는 길이었다. 이름이 멋지다는 생각이 들었다. 그는 셉티머스를 단번에 고쳐 줄 거야. 저기 양조장 마차도 있고, 꼬리에 삐죽삐죽 지푸라기가 붙은 회색 말들도 보이네. 저쪽에 신문 벽보도 붙어 있어. 불행하다는 건, 어리석고 어리석은 망상이야.

셉티머스 워런 스미스 부부, 그들은 그렇게 길을 건넜다. 그런데 과연 그들에게 이목을 끌 만한 게 있었을까? 지나가는 사람이 보고서, 저 젊은이가 세상에서 가장 위대한 메시지를 품고 있으며, 더군다나 세상에서 가장 행복하기도 하고 가장 비참하기도 하다는 사실을 알아챌 만한 구석이? 아마도 그 부부는 다른 사람들보다 걸음이 느릴 테고, 남자의 걸음은 뭔가 주저하며 질질 끄는 듯할 것이다. 하지만 몇 년 동안 주중 이 시간에 웨스트엔드에 온 적이 없는 사무원이 하늘을 쳐다보고 여기저기를 두리번거리는 건 너무나 자연스러운 일 아닐까? 그는 마치 가족이 떠난 방에 들어가 보듯이 포틀랜드 플레이스를 둘러본다. 샹들리에는 삼베 주머니에 싸여 매달려 있고, 가정부는 긴 블라인드 한쪽을 들추어 기이해 보이는 버려진 안락의자들 위로 먼지 낀 긴 빛줄기를 들여놓으며, 방문객들에게 그곳이 얼마나 멋진 곳인지를 설명한다. 얼마나 멋진가. 하지만 또 얼마나 이상한가. 그는 생각한다.

겉보기에 그는 사무원, 그중에서도 좀 더 나은 부류 같았다. 갈색 부츠를 신고 있었기 때문이다. 손도 배운 사람 손 같았고 옆모습도 그랬다 — 각이 지고 코가 크고 지적이고 민감해 보이는 옆모습. 그러나 입술은 아니었다, 느슨하게 처져 있었으니까. 눈은 (눈이 대개 그렇듯이) 그저 눈이었다. 담갈색의 커다란 눈. 그러니까 그는 전체적으로 이도 저도 아닌 경계에 놓인 경우였다. 말년에 펄리에 집을 사고 자동차를 가질 수도 있었고, 아니면 평생 뒷골목 셋방을 전전할 수도 있었다. 반쯤 배운, 독학한 사람들 가운데 하나였다. 그가 받은 교육이라고는 하루 일을 마친 저녁에, 저명한 저자들에게 편지를 보내어 받은 조언에 따라 공공 도서관에서 빌린 책을 통해 얻은 것이 전부였다.

다른 경험들이라면 그도 겪었다. 사람들이 자기 침실에서, 사무실에서, 들판과 런던 거리를 걸으면서 홀로 겪는 외로운 경험들을. 그는 어머니 때문에 어린 소년에 불과한 나이에 집을 뛰쳐나왔다. 어머니가 거짓말을 했던 것이다. 그가 50번이나 손을 씻지 않고 차를 마시러 내려갔기 때문이기도 했고, 스트라우드에서는 시인이 될 가망이 안 보였기 때문이기도 했다. 그래서 어린 여동생에게만 비밀을 털어놓고는 런던으로 떠났다. 위대한 인물들이 그랬던 것처럼, 훗날 그들의 고생담이 유명해졌을 때 세상 사람들이 읽게 되는 그런 터무니없는 편지 한 장만 남긴 채.

런던은 스미스라 불리는 수백만 명의 청년을 삼켜 버렸다. 부모들이 자식에게 돋보이라고 지어 준 셉티머스 같은 근사한 이름 따위 아무 쓸모도 없었다. 유스턴 로드 근방에서 하숙을 하는 동안 그는 수많은 경험을 했다. 그 경험들은 발그레하고 순진했던 갸름한 얼굴을 2년 만에 마르고 굳어진, 적대적인 얼굴로 바꾸어 놓았다. 하지만 이 모든 것에 대해, 제아무리 예리한 친구라 해도 무슨 말을 할 수 있겠는가. 정원사가 아침에 온실 문을 열고 화초에 새로운 꽃이 핀 것을 발견하고 내뱉는 말, 꽃이 피었군, 이라는 말밖에는. 허영심, 야망, 이상주의, 열정,

외로움, 용기, 게으름과 같은 흔한 씨앗들에서 꽃이 핀 것이었다. 그것들이 모두 (유스턴 로드 근방의 어느 방에서) 뒤죽박죽 뒤섞여, 그는 수줍음을 타고 말을 더듬게 되었고, 자신을 향상시키고 싶은 마음이 간절했으며, 워털루 로드에서 셰익스피어 강의를 하는 미스 이저벨 포울을 사랑하게 되었다.

그가 키츠와 닮지 않았나요? 그녀는 물었다. 그리고 어떻게 하면 그에게 『안토니와 클레오파트라』 같은 작품의 맛을 보게 해 줄까를 곰곰이 생각하다가 그에게 책도 빌려주고 짤막한 편지들을 써 주기도 했다. 그렇게 해서 그의 마음속에, 평생 단 한 번만 타오르는 불을 지펴 놓았다. 그 불은 열기 없이 타올랐으며, 끝없이 영묘하고 실체 없는 붉은 황금빛 불꽃이 미스 포울과 『안토니와 클레오파트라』 그리고 워털루 로드 위에서 너울거렸다. 그는 그녀가 아름답다고 생각했다. 흠잡을 데 없이 현명하다고 믿었다. 그녀 꿈을 꾸었고, 그녀에게 시를 써서 보냈다. 그녀는 그 시들의 주제는 무시한 채, 빨간 잉크로 교정해 주었다. 어느 여름날 저녁, 그는 그녀가 녹색 드레스를 입고 광장을 걸어가는 것을 보았다. 정원사는 "꽃이 피었군" 하고 말했으리라. 그가 만일 문을 열어 보았다면, 그러니까, 이 무렵 어느 밤이든 문을 열고 들어와 셉티머스가 글을 쓰고 있는 것을 보았다면, 그리고 자기가 쓴 글을 다 찢어 버리는가 하면, 새벽 세 시에 걸작을 완성하고 거리로 뛰쳐나가 이리저리 쏘다니고, 교회를 찾아다니고, 어느 날은 금식을 하고, 어느 날은 술 마시는 것을, 셰익스피어와 다윈과 『문명의 역사』와 버나드 쇼를 탐독하는 것을 보았다면 말이다.

무슨 일이 있군. 브루어 씨는 눈치챘다. 경매인, 감정인, 토지 및 부동산 중개인들이 있는 시블리스 앤드 애로스미스 회사의 총괄 사무원 브루어 씨는, 무슨 일이 있는 거라고 생각했다. 그는 자기 밑에서 일하는 청년들을 아버지처럼 아꼈고, 스미스의 능력을 아주 높이 평가했으며, 스미스가 10년이나 15년 후에는 자신의 뒤를 이어 천창(天窓) 달린 안쪽 사무실에서 서류 금고에 둘러싸인 채 가죽 팔걸이의자에 앉아 있을 거라고 예견했다. 단, "건강만 괜찮다면". 브루어 씨는 말했다. 그게 문제였다 — 그는 허약해 보였다. 그래서 그에게 축구를 권하고 저녁 식사에 초대하기도 하고 봉급을 인상해 줄 방법을 궁리하기도 했다. 그런데 그때, 무언가 일이 벌어져 브루어 씨의 많은 계획들을 무산시키고, 그의 가장 유능한 청년들을 앗아갔다. 그리고 결국, 유럽 전쟁의 마수는 너무나 교묘하게 깊숙이 파고들어 머스웰 힐의 브루어 씨 집에 있는 케레스 석고상을 박살 내고 제라늄 화단에 구멍을 냈으며, 그 집에서 일하는 요리사의 신경을 완전히 망가뜨려 놓았다.

셉티머스는 가장 먼저 자원한 이들 가운데 하나였다. 그는 영국을 구하기 위해 프랑스로 갔다. 그에게 영국이란 거의 전적으로 셰익스피어 극(劇)들과, 녹색 드레스를 입고 광장을 걷는 미스 이저벨 포울로 이루어진 것이었다. 그곳 참호에서 브루어 씨가 그에게 축구를 하라고 조언할 때 바랐던 변화가 즉각 일어났다. 그는 남자다워졌고 승진도 했으며, 에번스라는 상관의 주목을, 사실상 애정을 받았다. 둘은 마치 벽난로 앞 양탄자 위에서 노는 개들 같았다. 한 녀석이 종이 봉지를 문 채 흔들고 이를 드러내며 으르렁거리다가, 가끔씩 나이 든 개의 귀를 깨물기도 한다. 다른 녀석은 졸린 듯 누워 난롯불에 눈을 끔뻑이면서 앞발을 쳐들고 뒹굴며 기분 좋게 으르렁거리는 것이다. 그들은 함께 있어야 했다. 함께 나누고, 서로 싸우고 다퉜다. 그런데 에번스(그를 딱 한 번 본 적이 있는 레치아는 그를 '조용한 분'이라고 불렀다. 붉은 머리의 건장한 사내였지만 여자들 앞에서는 별로 나서지 않고 말이 없었다), 그 에번스가 휴전 직전 이탈리아에서 전사했을 때, 셉티머스는 그 어떤 감정도 드러내지 않았고, 그들의 우정이 이제 끝났음을 인식하지도 못했다. 오히려 별 느낌이 들지 않고 자신이 아주 이성적이라는 사실을 자축했다. 전쟁이 그에게 가르침을 주었던 것이다. 그것은 숭고했다. 그는 우정과 유럽 전쟁과 죽음을 포함한 그 모든 것을 겪었고, 진급을 했고, 아직 서른도 안 됐으며, 살아남을 운명이었다. 그는 거기 살아 있었다. 마지막 포탄들도 그를 비껴갔다. 그는 그것들이 폭발하는 것을 무덤덤하게 지켜보았다. 평화가 왔을 때 그는 밀라노의 한 여관집에 숙박을 배정받았다. 뜰이 있고 꽃 화분이 놓여 있으며 마당에 자그마한 테이블들이 있고, 딸들이 모자를 만들고 있는 집이었다. 그는 더 어린 딸 루크레치아와 약혼했다. 자신이 아무것도 느낄 수 없다는 극심한 공포가 불현듯 닥친 어느 날 저녁에.

이제 모든 것이 끝나 휴전이 조인되고 전사자들도 묻혔는데,

그는 특히 저녁이 되면 천둥 같은 갑작스러운 공포에 사로잡히곤 했다. 그는 아무것도 느낄 수가 없었다. 이탈리아 소녀들이 앉아 모자를 만들고 있는 방문을 열어 보면, 그들이 보였다. 그들의 말소리도 들렸다. 그녀들은 접시에 담긴 색색 구슬 사이로 철사를 꿰고, 아마포 심지를 이쪽저쪽으로 돌려 보고 있었다. 테이블에는 깃털과 스팽글, 비단과 리본들이 잔뜩 흩어져 있었고 가위들이 테이블 위에서 딸깍거렸다. 하지만 그에게서 무언가가 사라졌다. 아무 느낌이 없는 것이다. 그래도 딸깍거리는 가위와, 웃고 있는 소녀들과, 그들이 만들고 있는 모자들이 그를 보호해 주었다. 그는 자신이 안전하다고 확신했다. 피난처를 얻은 것이다. 그렇지만 밤새도록 거기에 앉아 있을 수는 없었다. 새벽에 잠에서 깰 때가 있었다. 침대가 무너지고 있었다. 자신이 추락하고 있었다. 아, 가위와 램프 불빛 그리고 아마포 심지들만 있다면! 그는 두 딸들 가운데 더 어린 쪽, 명랑하고 쾌활하며, 자그마한 예술가의 손가락을 가진 루크레치아에게 청혼했다. 그녀는 그 손가락들을 펴 보이며 "이 속에 다 들어 있어요"라고 말했다. 비단이든 깃털이든 무엇이든 그 손에서 살아났다.

"제일 중요한 건 모자예요." 함께 산책할 때 그녀는 말하곤 했다. 그녀는 지나가는 모자마다 자세히 살폈다. 외투와 드레스와 여자들의 몸가짐도. 형편없거나 너무 과하게 차려입은 건 비난했다. 무자비하게는 아니지만, 참을 수 없다는 듯 손을 내저었다. 악의는 없다 해도 가짜인 것이 명백한 그림을 밀어내는 화가처럼. 소박하지만 당당하게 차려입은 점원 아가씨를 보면 너그러우면서도 언제나 비판적으로 반겼고, 친칠라 코트에, 드레스에, 진주 장식을 하고 마차에서 내리는 프랑스 부인을 보면 열정적이면서도 전문가다운 안목으로 아낌없이 칭찬했다.

"아름다워요!" 그녀는 셉티머스도 보라고 팔꿈치로 찌르며 소곤거렸다. 그러나 아름다움은 유리창 너머에 있었다. 그는 어떤 맛에서도(레치아는 아이스크림이니 초콜릿 같은 단것을 좋아했다) 아무런 풍미를 느낄 수 없었다. 그는 작은 대리석 테이블 위에 컵을 내려놓았다. 창밖에 있는 사람들을 내다보았다. 그들은 길 한복판에 모여 아무것도 아닌 일로 소리 지르고 웃고 티격태격하며 행복해 보였다. 하지만 그는 아무런 맛도, 감정도 느낄 수가 없었다. 찻집에서, 수다를 떨고 있는 웨이터들과 테이블들 사이로 끔찍한 공포가 그를 덮쳤다 — 아무것도 느껴지지 않았다. 이치에 맞게 생각할 수는 있었다. 글을 읽을 수도 있었다. 예를 들어 단테도 제법 수월하게 읽을 수가 있었다("셉티머스, 책 좀 내려놓아요." 레치아가 '지옥 편'을 가만히 덮으며 말했다). 계산서 합산을 할 수도 있었다. 그의 뇌는 완벽했다. 그렇다면 세상의 잘못이 틀림없었다 — 그가 느낄 수 없는 것은.

"영국 사람들은 참 과묵해요." 레치아가 말했다. 그녀는 그런 모습이 좋다고 했다. 이런 영국 남자들을 존경했고 런던과 영국 말과 맞춤 양복을 보고 싶어 했다. 결혼해서 소호에 사는 친척 아주머니가 멋진 가게들이 정말 많다고 했던 얘기도 기억하고 있었다.

그럴지도 모르지. 뉴헤이븐을 떠날 때 기차의 차창 밖으로 영국 땅을 내다보며 셉티머스는 생각했다. 세상 자체가 아무런 의미가 없는 건지도.

사무실에서는 그를 상당히 책임 있는 자리로 승진시켰다. 그들은 그를 자랑스러워했다. 그가 십자 훈장˚을 받은 것이다. "자네는 임무를 다했네. 그러니 이젠 우리가……." 브루어 씨는 입을 열었지만 기쁨에 겨워 말을 맺지 못했다. 그들은 토트넘 코트 로드에 훌륭한 방을 얻었다.

여기에서 그는 다시 한번 셰익스피어를 펼쳤다. 소년 시절에 느꼈던 언어 —『안토니와 클레오파트라』— 에 대한 매혹은 완전히 시들어 버렸다. 셰익스피어는 얼마나 인간을 혐오했던가 — 옷 입는 것, 아이 낳는 것, 입과 배의 그 추잡함을! 아름다운 언어 속에 숨어 있던 이 메시지가 이제 셉티머스에게 드러났다. 한 세대가 다음 세대에 위장하여 전달하는 은밀한 신호는 혐오와 증오와 절망이었던 것이다. 단테도 그랬고, (번역본으로 읽은) 아이스킬로스도 마찬가지였다. 레치아는 테이블에 앉아 모자 장식을 하고 있었다. 필머 부인의 친구들을 위한 모자들이었다. 그녀는 쉴 새 없이 모자를 다듬고 있었다. 그녀는 창백하고 신비로워 보였다. 물에 빠진 백합처럼. 그는 생각했다.

"영국 사람들은 참 진지해요." 그녀는 두 팔로 셉티머스를 감싸안고 그의 뺨에 자신의 뺨을 갖다 대며 말했다.

남녀 간의 사랑은 셰익스피어에게 혐오스러운 것이었다. 교미 행위도 그에겐 결국 더러울 뿐이었다. 그렇지만 난 아이를 가져야겠어요. 레치아는 말했다. 우리 결혼한 지가 5년이 되었다고요.

그들은 함께 런던 탑에 갔다. 빅토리아 앤드 앨버트 박물관에도 갔다. 모여든 사람들 속에 서서, 왕이 의회를 개회하는 것도 보았다. 가게들도 있었다 — 모자 가게, 드레스 가게, 진열창에 가죽 가방들이 전시되어 있는 가게. 그녀는 멈춰 서서 열심히 구경하곤 했다. 그래도 그녀는 아들이 하나 있어야 했다.

셉티머스 같은 아들이 하나 있어야 한다고 그녀가 말했다. 하지만 누구도 셉티머스 같을 수는 없을 것이었다. 그렇게 온화하고 진지하며 똑똑하기는 어려울 테니까. 나도 셰익스피어를 읽을 수는 없나요? 셰익스피어는 어려운 작가예요? 그녀가 물었다.

이런 세상에 자식을 낳아선 안 된다. 고통을 영속시켜서도 안 되고, 지속적인 감정이라곤 없이 변덕과 허영심에만 이리저리 휘둘리는 이 음탕한 동물들의 품종을 늘려서도 안 된다.

그는 그녀가 가위질을 하며 모자의 모양을 잡아 가는 것을 지켜보았다. 잔디밭에서 총총거리며 돌아다니는 새를 감히 손가락 하나 까딱 못 한 채 바라보듯이. 사실 (그녀는 모르게 내버려두자) 인간에게는 순간의 쾌락을 증가시키는 데 도움되는 것 이상의 친절이나 신념, 자비심 따위는 없으니까. 인간은 무리를 지어 사냥한다. 사막을 샅샅이 뒤지고 비명을 지르며 황야로 사라진다. 낙오자는 버리고 간다. 그들은 일그러진 표정으로 뒤덮여 있다. 사무실에 있는 브루어 같은 이만 봐도, 왁스 칠한 콧수염에 산호 넥타이핀, 하얀 셔츠 차림에 즐거운 기색이 가득하지만, 내면은 온통 차갑고 축축했다 — 전쟁 통에 제라늄은 다 망가지고 요리사의 신경은 박살이 났으니. 다섯 시면 어김없이 찻잔을 돌리는 어밀리어 아무개 — 음흉하게 곁눈질하고, 비웃는, 음탕하고 자그마한 괴물 같은 여자 — 도 있었고, 풀 먹인 셔츠 앞섶에서 악이 뚝뚝 떨어지는 톰이니 버티니 하는 작자들도 있었다. 그들은 터무니없는 짓거리를 하는 자기들의 벌거벗은 모습을 그가 수첩에 그리는 줄은 전혀 몰랐다. 거리에서는 짐차들이 포효하며 그의 곁을 지나쳐 갔다. 플래카드에서는 잔혹함이 요란하게 울려 퍼졌다. 남자들은 탄광에 갇혔고, 여자들은 산 채로 불에 탔다. 운동을 시키는 건지 사람들 구경거리로 전시하는 건지(사람들이 큰 소리로 웃었다), 불구가 된 광인들이 일렬로 천천히 걸으며 고개를 끄덕이고 히죽거리며 그의 곁을 지나갔다. 토트넘 코트 로드에서 저마다 미안해하는 듯하면서도 의기양양하게, 그에게 절망적인 비애를 안기며. **그도 역시** 미치게 될까?

차를 마시며 레치아는 그에게 필머 부인의 딸이 아기를 가졌다고 말했다. **자기는 절대** 아이 없이 나이만 먹을 수는 없다고 했다. 너무나 외롭고 너무나 불행하다고! 그녀는 결혼 후 처음으로 소리 내어 울었다. 그에게 그녀의 흐느끼는 소리가 아득하게 들려왔다. 소리는 또렷이 들렸고 그는 그것을 분명히 인지하고 있었다. 피스톤이 덜컥거리는 소리 같았다. 하지만 아무 느낌이 없었다.

아내가 울고 있는데, 그는 아무런 느낌이 없었다. 그녀가 이 토록 깊게, 조용히, 절망적으로 흐느낄 때마다 그는 구덩이 속으로 한 걸음 더 내려갔다.

마침내 그는 기계적으로, 진심이 아님을 온전히 의식하면서, 과장된 몸짓으로 양손에 얼굴을 파묻었다. 이제 그는 항복한 것이었다. 이제는 사람들이 도와야 했다. 사람들을 불러야 했다. 그는 무릎을 꿇었다.

아무것도 그를 깨워 낼 수 없었다. 레치아는 그를 침대에 눕히고 의사를 부르러 보냈다 ─ 필머 부인이 추천한 닥터 홈스를. 닥터 홈스가 그를 진찰했다. 아무 문제도 없습니다. 닥터 홈스가 말했다. 오, 너무 다행이야! 정말 친절하고 좋은 분이네. 레치아가 생각했다. 자기는 그런 기분이 들면 뮤직홀에 간다고 닥터 홈스는 말했다. 하루 휴진을 하고 아내와 골프 치러 가기도 하죠. 자기 전에 브로마이드 알약 두 개를 물 한 컵에 녹여서 먹어 보시죠. 블룸즈버리에 있는 이런 오래된 집들은 벽에 아주 좋은 판자를 붙인 경우가 많은데, 집주인들은 어리석게도 벽지를 발라 버린단 말이에요, 닥터 홈스는 벽을 두드리며 말했다. 얼마 전에는 베드퍼드 스퀘어에 사는 누구누구 경의 댁에 갔더니……

그렇다면 변명의 여지가 없었다. 아무 문제가 없는 것이다. 인간 본성이 그를 사형에 처하게 한 죄, 아무것도 느끼지 못한다는 죄 말고는. 에번스가 전사했을 때도 그는 아무렇지 않았다. 그것이 최악이었다. 그러나 새벽이면 침대 난간 너머에서 다른 모든 죄악들이 고개를 들어 손가락질하고 야유하며 비웃었다. 자신의 타락을 자각하며 엎드려 있는 몸뚱이를 향해. 어떻게 사랑하지도 않으면서 아내와 결혼을 하고, 그녀에게 거짓말을 하고, 그녀를 유혹하고, 미스 이저벨 포울을 모욕할 수 있는가. 그토록 악덕으로 흠이 지고 얼룩져 있으니 여자들이 거리에서 그를 보면 몸서리를 치는 것이다. 그런 비열한 인간에게 인간 본성이 내리는 판결은 죽음이었다.

닥터 홈스가 다시 왔다. 덩치 크고 혈색 좋고 잘생긴 그가 부츠를 툭툭 털고 거울을 들여다보면서, 그 모든 것 ― 두통과 불면증, 두려움과 꿈 ― 을 대수롭지 않게 넘겨 버렸다. 신경 증상일 뿐입니다. 그가 말했다. 닥터 홈스 자신은 체중이 160파운드에서 0.5파운드만 빠져도 아침 식사 때 아내에게 오트밀 한 그릇을 더 달란다고 했다(레치아도 오트밀 만드는 걸 배우고 싶었다). 그렇지만, 하고 그가 말을 이었다. 건강은 대체로 우리가 통제할 수 있는 문제죠. 관심을 외부로 돌려 보세요. 취미 활동도 좀 하시고. 그는 셰익스피어 ―『안토니와 클레오파트라』― 를 펼쳐 보더니 옆으로 치웠다. 취미 활동 말입니다. 닥터 홈스가 말했다. 내가 이렇게 건강한 건 (런던에서 그 누구보다 열심히 일하는데도) 환자를 보다가도 언제나 딱 끊고 고가구로 관심을 돌릴 수 있기 때문 아니겠습니까. 실례지만 워런 스미스 부인이 하고 있는 장식 머리빗이 참 예쁘군요!

그 멍청이가 또 찾아왔을 때, 셉티머스는 만나기를 거부했다. 정말 그랬다고요? 닥터 홈스가 상냥하게 웃으며 말했다. 그는 그 매력적인 자그마한 스미스 부인을 친근하게 살짝 밀치고는 그녀를 지나 그녀 남편의 침실로 기어이 밀고 들어갔다.

"그래, 기분이 영 안 좋으시군요." 그가 환자 옆에 앉으며 상냥하게 말했다. 실제로 자살하겠다는 말을 아내에게 했다고요? 아내 되시는 분이 아직 나이도 어리고 외국인인 것 같은데? 그러면 영국인 남편들을 좀 이상하게 보지 않겠어요? 아내에게 우린 의무란 게 있잖아요? 침대에 누워만 있지 말고 뭐라도 하는 게 낫지 않겠어요? 그에겐 40년의 경험이 있으니, 셉티머스는 닥터 홈스의 말을 믿어도 좋을 것이다 — 그에겐 아무 문제 없다는 것을. 닥터 홈스는 다음번에 방문했을 때 스미스가 자리에서 일어나 저 매력적인 자그마한 아내를 걱정시키지 않는 걸 보기 바란다고 했다.

한마디로 인간 본성이 그를 덮치고 있었다 — 핏빛 콧구멍을 가진 혐오스러운 짐승이. 홈스가 그를 올라타고 있었다. 닥터 홈스는 매일 거의 같은 시간에 왔다. 일단 넘어지면, 인간 본성이 당신을 덮친다, 홈스가 당신 위에 올라탄다. 셉티머스는 엽서 뒷면에 썼다. 그들의 유일한 기회는 도망치는 것이었다. 홈스 모르게 이탈리아로 — 어디든, 홈스에게서 벗어난 곳이면 그 어디든 간에.

그러나 레치아는 그를 이해할 수 없었다. 닥터 홈스는 정말 친절한 분인데. 셉티머스에게 그토록 관심이 있는데 말이다. 그분은 그저 우릴 도와주고 싶을 뿐이라고 그랬어요. 어린 자식들이 넷이나 있대요. 나더러 차 마시러 오라고도 했어요. 그녀는 셉티머스에게 말했다.

그러니까 그는 버려진 것이었다. 온 세상이 큰 소리로 요구하고 있었다. 자살해. 우리를 위해서 자살해. 그런데 내가 왜 그들을 위해 죽어야 하지? 음식은 맛있고 해는 뜨거운데. 그런데 죽으려면 어떻게 하면 되나? 식탁용 칼로, 추하게 피를 철철 흘리면서? — 아니면 가스 파이프를 열어 들이마시고? 그러기엔 너무 기운이 없었다. 손도 들 수 없을 지경이었다. 게다가 선고를 받고 버려져서, 곧 죽을 사람들이 홀로 있듯 혼자가 되고 보니, 그 안에는 사치스러움이, 숭고함으로 가득 찬 고립이 있었다, 세상에 얽혀 있는 사람들은 절대로 알 수 없는 자유가 있었다. 물론 홈스가 이겼다. 시뻘건 콧구멍을 가진 그 짐승이 이긴 거였다. 그러나 제아무리 홈스라 할지라도, 세상의 끝자락에 떠도는 이 마지막 유물은 건드릴 수 없다. 이 버림받은 자, 난파당한 선원처럼 세상의 해안에 누워 사람들이 사는 곳을 되돌아보고 있는 자를.

바로 그때, (레치아는 장을 보러 가고 없었다) 위대한 계시가 나타났다. 휘장 뒤에서 목소리가 들렸다. 에번스가 말하고 있었다. 죽은 자들이 그와 함께 있었다.

"에번스, 에번스!" 그가 외쳤다.

스미스 씨가 혼자 큰 소리로 얘기하고 있어요, 하녀 애그니스가 부엌으로 가서 필머 부인에게 소리쳤다. 쟁반을 가지고 들어가 보니 "에번스, 에번스!"라고 말하고 있더라는 것이었다.

너무 깜짝 놀라 아래층으로 허둥지둥 내려왔다고 했다.

레치아가 들어왔다. 꽃을 들고 방을 가로질러 걸어가 장미를 화병에 꽂았다. 그 위로 햇살이 곧장 내리쬐었다. 햇살이 웃으며 온 방을 뛰어다녔다.

길거리에 불쌍한 사람이 팔고 있어서 장미꽃을 안 살 수가 없지 뭐예요. 레치아가 말했다. 하지만 벌써 거의 다 시들었네. 그녀가 장미꽃들을 가지런히 매만지며 말했다.

그러니까 저 밖에 한 남자가 있는 것이다. 아마 에번스일 것이다. 그리고 레치아가 거의 시들었다고 말한 장미는 그가 그리스 들판에서 꺾어 온 것이었다. 소통은 건강이다, 소통은 행복이다, 소통은……. 그가 중얼거렸다.

"뭐라고 했어요, 셉티머스?" 그가 혼잣말을 하고 있으니, 레치아가 파랗게 겁에 질려 물었다.

그녀는 닥터 홈스를 불러오라고 애그니스를 보냈다. 남편이 미쳤다고 말했다. 자기를 거의 알아보지도 못한다고.

"너, 이 짐승! 이 짐승!" 닥터 홈스라는 인간 본성이 방에 들어서자 셉티머스가 소리쳤다.

"이게 다 무슨 일이죠." 닥터 홈스가 세상에서 가장 상냥하게 물었다. "헛소리를 해서 아내를 공포에 떨게 하다니?" 그렇지만 일단 잠을 잘 수 있게 약을 좀 주겠다고 했다. 당신들 형편만 넉넉하다면 어떻게든 할리 스트리트*로 가 보라고 할 텐데. 닥터 홈스는 비꼬듯이 방 안을 둘러보며 말했다. 내가 영 미덥지 않다면 말이죠. 썩 친절하지 않은 얼굴로 그가 말했다.

열두 시 정각이었다. 빅 벤이 열두 번을 쳤다. 종소리는 런던 북부로 울려 퍼지며 다른 시계의 종소리와 섞였다가 구름과 가느다란 연기들과 얇고 희미하게 합쳐지더니 저 멀리 바다 갈매기들 사이로 사라졌다 — 열두 시가 칠 때 클라리사 댈러웨이는 녹색 드레스를 침대에 내려놓았고, 워런 스미스 부부는 할리 스트리트를 걸어가고 있었다. 열두 시가 약속 시간이었다. 아마도 회색 자동차가 집 앞에 서 있는 저곳이 윌리엄 브래드쇼 경 댁인가 보다고 레치아는 생각했다. (납덩이처럼 둔중한 소리가 겹겹이 둥글게 퍼지며 대기 속으로 스며들었다.)

그랬다, 그건 윌리엄 브래드쇼 경의 자동차였다. 차체가 낮고 튼튼하며 회색이었고, 번호판에는 단순한 이니셜들이 서로 얽혀 있었다. 차주가 유령 같은 조력자이자 과학의 사제인 만큼 화려한 문장 장식들은 어울리지 않는다는 듯이. 그리고 자동차가 회색이니, 그 수수한 부드러움에 맞게 차 안에는 회색 모피와 은회색 담요가 쌓여 있었다. 사모님이 차에서 기다리는 동안 따뜻하게 해 줄 것들이었다. 왜냐하면 윌리엄 경은 종종 시골에 사는 부유한 사람들, 윌리엄 경이 자신의 조언에 대해 매우 적절하게 청구하는 엄청난 진료비를 감당할 수 있는 환자들을 왕진하러 60마일 혹은 그보다 먼 곳까지도 가곤 했기 때문이었다. 사모님은 무릎에 담요를 두르고 한 시간 남짓 기다리곤 했다. 등을 기댄 채, 때로는 환자들을, 때로는 기다리는 동안 시시각각 쌓이는 황금 벽을 — 그럴 만도 했다 — 생각하면서. 황금 벽은 그들과 온갖 변화와 불안(그들도 나름의 시련이 있었지만 그녀는 용감하게 견뎌 냈다) 사이로 쌓여 올라가, 그녀는 마침내 향기로운 바람이 부는 잔잔한 대양에 안착한 기분을 맛보고 있었다. 존중과 존경과 부러움의 대상이었고, 더 이상 바랄 것이 거의 없었다. 몸이 뚱뚱한 건 유감이었지만. 목요일 밤마다 의사들끼리 대규모 만찬이 있었고 가끔 바자회도 열렸다. 왕족을 알현하기도 했다. 안타깝게도 남편은 점점 더 일이 많아져서 볼 시간이 별로 없었다. 아들은 이튼 학교를 잘 다니고 있었다. 딸도 있으면 좋았으련만. 그러나 그녀에겐 관심사가 많았다. 아동 복지, 간질 환자들의 요양 관리, 그리고 사진. 그래서 만일 개축 중이거나 퇴락하는 교회가 있으면 그녀는 관리인을 매수해 열쇠를 얻어다가, 기다리는 동안 사진을 찍었다. 전문가들의 작품과 거의 맞먹을 정도의 사진들이었다.

윌리엄 경도 이젠 더 이상 젊지 않았다. 그는 아주 열심히 일해 왔다. 순전히 자기 능력으로 그 지위에 오른 것이었다(소매상의 아들이었으니). 자신의 직업을 사랑했고, 예식 때는 훌륭한 상징적 존재였으며, 언변도 뛰어났다 — 이 모든 것으로 인해, 그가 작위를 받을 즈음에는 무겁고 지친 표정이 역력했다(환자들은 물밀듯이 쇄도했고 직업상의 책임과 특권도 부담스러웠다). 피곤한 기색은 희끗희끗한 머리칼과 더불어 그의 존재감을 더욱 두드러지게 했고, (신경증을 다루는 데 있어 가장 중요한) 명성, 즉 능숙한 기술에다 거의 실수가 없는 완벽한 진단을 할 뿐 아니라, 공감도 잘하고 눈치도 있으며 인간의 영혼을 이해한다는 평판을 얻었다. 그는 그들이 방 안에 들어서는 순간 알 수 있었다(워런 스미스 부부라고 했다). 남자를 보자마자 확신했다. 이건 아주 심각한 케이스였다. 2~3분 만에, 완전한 신경 쇠약 — 상당히 진행된 단계의 모든 증상을 보이는 극심한 육체적·정신적 쇠약 — 의 사례임을 확신했다(분홍색 카드에 조심스럽게 속삭이듯 건넨 질문에 대한 답을 적으면서).

닥터 홈스의 치료를 받은 지는 얼마나 됐습니까?

6주입니다.

브로마이드를 처방해 주었나요? 별일 아니라고 했다고요? 아, 그렇군요(일반의들이란! 윌리엄 경은 생각했다. 그들의 실수를 바로잡는 데 내 시간의 절반이 들어간다고. 어떤 것들은 돌이킬 수도 없어).

"전쟁 때 수훈을 세우셨다면서요?"

환자는 의아한 듯이 '전쟁'이라는 말을 되풀이했다.

그는 상징적인 종류의 낱말들에 의미를 부여하고 있었다. 카드에 적어 두어야 할 심각한 증상이었다.

"전쟁이라고요?" 환자가 물었다. 유럽 전쟁 — 남학생들이 화약을 갖고 벌인 소동 말인가? 수훈을 세웠다고? 그는 정말로 잊어버렸다. 그 전쟁 자체에서 그는 실패했다.

"네, 이 사람은 전쟁에서 최고의 공을 세웠어요." 레치아가 의사에게 확인해 주었다. "진급도 했어요."

"사무실에서도 아주 높이 평가하는군요?" 윌리엄 경은 브루어 씨의 매우 호의적인 편지를 흘깃 보며 중얼거렸다. "그러면 걱정할 건 없겠군요, 경제적인 어려움 같은 건, 전혀?"

그는 끔찍한 범죄를 저질러, 인간 본성에 의해 사형 선고를 받았다.

"저는 — 저는." 그는 입을 열었다. "범죄를 저질렀습니다……"

"나쁜 일이라곤 한 적이 없어요." 레치아가 의사에게 단언했다. 스미스 씨가 잠깐 기다려 준다면 옆방에서 스미스 부인과 이야기하고 싶다고 윌리엄 경이 말했다. 남편분의 병세가 아주 심각합니다. 윌리엄 경이 말했다. 자살하겠다고 위협하던가요?

오, 그랬어요. 그녀가 외쳤다. 그렇지만 정말로 그러려는 건 아니에요. 그녀가 말했다. 물론 아니지요. 안정만 취하면 되는 문제입니다. 윌리엄 경이 말했다. 안정, 안정, 또 안정, 침대에서 오랫동안 안정을 취하는 거죠. 시골에 남편분을 아주 잘 돌봐 줄 만한 좋은 곳이 있어요. 저랑 떨어져서요? 그녀가 물었다. 안됐지만 그렇습니다. 우리가 가장 사랑하는 사람들은, 아플 땐 우리에게 도움이 되지 않아요. 그렇지만 그이가 미친 건 아니죠? 윌리엄 경은 자신은 '미쳤다'는 말은 절대 하지 않는다고 했다. 자기는 균형 감각이 없다고 표현한다고. 하지만 남편은 의사들을 좋아하지 않아요. 거기에 가려 하지 않을 거예요. 윌리엄 경은 그녀에게 짧지만 친절하게 상황 설명을 해 주었다. 자살하겠다고 위협했잖습니까. 다른 방법이 없습니다. 이건 법적인 문제예요.* 남편은 시골에 있는 아름다운 시설에서 침대에 누워 있게 될 것이다. 간호사들도 훌륭하다. 자기도 일주일에 한 번은 들를 것이다. 스미스 부인이 더 이상 물어볼 게 없다면 — 그는 절대 환자들을 서두르게 하지 않았다 — 이제 남편에게 가 봐야 할 것 같다. 그녀는 더 이상 물어볼 것이 없었다 — 윌리엄 경에게는.

그래서 그들은 인류 중 가장 고귀한 자에게로 돌아갔다. 재판관들을 마주한 범죄자, 산꼭대기에 내던져진 희생자, 도망자, 물에 빠진 선원, 불멸의 송시를 쓴 시인, 삶에서 죽음으로 넘어간 구세주, 셉티머스 워런 스미스에게로. 그는 천창 아래 팔걸이의자에 앉아, 궁정복 차림의 레이디 브래드쇼 사진을 응시하며 아름다움에 관한 메시지를 웅얼거리고 있었다.

"부인과 잠깐 이야기를 나눴습니다." 윌리엄 경이 말했다.

"선생님 말씀이, 당신이 아주, 아주 많이 아프대요." 레치아가 울부짖듯 말했다.

"당신이 홈(요양원)에 가는 것으로 합의했습니다." 윌리엄 경이 말했다.

"홈스의 홈(요양원) 말입니까?" 셉티머스가 빈정거렸다.

이 친구는 인상이 불쾌했다. 아버지가 장사꾼이었던 윌리엄 경은 자연스럽게 가정 교육과 옷차림을 중시해서, 추레한 행색을 보면 짜증이 났기 때문이었다. 더 근본적으로는, 독서할 시간이 없었던 윌리엄 경에게는 교양 있는 사람들에 대한 깊은

댈러웨이 부인 **139**

앙심이 있었기 때문이었다. 그들은 의사라는 직업이 가장 고차원적인 능력을 끊임없이 소진시키는 일인데도, 의사들은 제대로 교육받은 사람들이 아니라는 식의 암시를 슬쩍 내비쳤던 것이다.

"내 요양소 중 하나입니다, 워런 스미스 씨." 그가 말했다. "거기서 안정을 취하는 법을 알려 줄 겁니다."

그리고 한 가지가 더 있었다.

워런 스미스 씨는 건강할 때는 아내를 겁줄 사람이 절대 아니라는 걸 확신한다. 그런데 자살하겠다는 말을 한 것이다.

"누구나 다 우울할 때가 있어요." 윌리엄 경이 말했다.

일단 넘어지면, 인간 본성이 덮친다, 셉티머스는 거듭 되뇌었다. 홈스와 브래드쇼가 덮치고 있어. 그들은 사막을 뒤지고 다녀. 괴성을 지르며 황야로 날아가지. 고문대와 손가락을 죄는 도구를 쓰지. 인간 본성은 무자비해.

"가끔 충동이 찾아옵니까?" 분홍 카드에 연필을 댄 채 윌리엄 경이 물었다.

그건 자기 문제라고 셉티머스가 대답했다.

"자기 혼자만을 위해 사는 사람은 아무도 없어요." 윌리엄 경이 궁정복 차림의 아내 사진을 흘낏 쳐다보며 말했다.

"게다가 앞날이 창창하잖아요." 윌리엄 경이 말했다. 테이블 위엔 브루어 씨의 편지가 놓여 있었다. "보기 드물게 창창하단 말입니다."

그렇지만 내가 고백을 한다면? 이야기한다면? 그러면 그들은 나를 놓아줄까, 그 고문자들이?

"저는…… 저는……." 그가 더듬거렸다.

그런데 무슨 죄였던가? 기억이 나지 않았다.

"네, 말하시죠?" 윌리엄 경이 격려했다. (하지만 시간이 늦어지고 있었다.)

사랑, 나무들, 범죄는 없다 — 전하려는 메시지가 뭐였더라?

기억이 나지 않았다.

"저는…… 저는……." 셉티머스는 더듬거렸다.

"가능하면 자신에 대해서는 생각하지 말아요." 윌리엄 경이 친절하게 말했다. 정말로 그는 그냥 돌아다니게 두어서는 안 되었다.

나한테 더 물어볼 게 있습니까? 윌리엄 경은 모든 조처를 하고 (그는 레치아에게 작은 소리로 말했다) 그날 저녁 대여섯 시 사이에 알려 주겠노라고 했다.

"나한테 다 맡기면 됩니다." 그가 그들을 내보내며 말했다.

레치아는 이토록 고통스럽기는 난생처음이었다! 도움을 청했는데 버림을 받은 것이다! 그는 우리를 저버렸어! 윌리엄 브래드쇼 경은 좋은 사람이 아니었다.

저 자동차 유지비만도 엄청나겠는데. 셉티머스가 거리로 나오면서 말했다.

그녀는 그의 팔에 매달렸다. 그들은 버림받았다.

하지만 그녀가 뭘 더 바라겠는가?

그는 환자들에게 45분을 할애했다. 그리고 따지고 보면 우린

댈러웨이 부인 **141**

아무것도 모르는 신경 시스템이니 인간의 두뇌니 하는 것들과 관계된 이 까다로운 학문에서 만일 의사가 균형 감각을 잃는다면, 의사로서 그는 실패다. 우린 건강해야 한다. 그리고 건강은 균형이다. 그렇기 때문에 어떤 사람이 진료실에 들어와 자기가 예수라면서(흔한 망상이다), 대부분 그러듯 메시지를 갖고 있다고 말하고, 종종 그러듯 자살하겠다고 위협하면, 균형 문제를 꺼낸다. 침대에서 안정을 취하라고 명한다. 고독 속에서 쉬라고. 침묵하며 안정하라고. 친구도, 책도, 메시지도 없이 쉬라고. 6개월 동안 안정하라고. 1백 파운드 나가던 사람이 170파운드가 되어 나올 때까지.

균형, 윌리엄 경의 여신인 신성한 균형은, 윌리엄 경이 병원을 돌아다니고 연어를 잡고, 레이디 브래드쇼와 할리 스트리트에서 아들을 낳으면서 습득한 것이었다 — 레이디 브래드쇼도 연어를 잡고, 전문가들 작품과 별다를 바 없는 사진을 찍었다. 균형을 숭배하면서, 윌리엄 경은 자기 자신뿐 아니라 영국을 번영케 했다. 영국의 광인들을 격리하고, 출산을 금지하고, 절망을 처벌하고, 부적응자들이 자신들의 견해를 퍼뜨리지 못하게 했다. 그들도 그의 균형 감각을 — 남자들이라면 자신의, 여자들이라면 레이디 브래드쇼의 균형 감각을 — 공유할 때까지 말이다(그녀는 자수와 뜨개질을 하고, 일주일 중 나흘 밤은 아들과 집에서 보냈다). 그리하여 동료들은 그를 존경했고, 아랫사람들은 그를 두려워했다. 그뿐 아니라, 그의 환자들의 친구들과 친척들은 그에게 깊이 감사했다. 그가 세상의 종말과 신의 강림을 전하는 이런 예언자 같은 남녀 그리스도들에게 자기가 명하는 대로 침대에서 우유를 마셔야 한다고 단호히 주장해 주었기 때문이었다. 이런 사례들에 대한 30년 경험과 틀림없는 본능으로, 이것은 광기, 이것은 제정신이라고 진단해 주는 윌리엄 경에게, 사실상 그의 균형 감각에 감사했다.

그러나 균형에게는 웃음기가 덜하며, 더 무서운 자매가 있다. 그 여신은 지금 이 순간에도 바쁘다 — 인도의 열기와 모래 속에서, 아프리카의 진창과 늪지에서, 런던의 변두리에서, 요컨대 기후나 악마가 인간을 유혹하여 그녀 자신의 진정한 믿음을 저버려 타락하게 하는 곳이면 어디서나 — 성지를 부수고 우상들을 박살 내고 그 자리에 자신의 준엄한 형상을 세우느라고 말이다. 그녀의 이름은 개종이고, 그녀는 약자의 의지를 먹고 산다. 그녀는 사람들에게 깊은 인상을 남기고 강요하길 좋아하며, 대중의 얼굴에 찍힌 자신의 모습을 흠모한다. 하이드 파크 구석에 통을 놓고 올라서서 설교를 하고, 흰 천으로 몸을 감싼 채 형제애로 가장하고는 참회하듯 공장들과 의회를 걸어 다닌다. 도움을 베풀지만, 권력을 탐한다. 자신에게 반대하거나 불만을 가진 자들은 가차 없이 내치고, 자신을 우러러보며 그녀의 눈에서 고분고분 자신의 광명을 찾는 이들에겐 축복을 내린다. 이 여신 역시 (레치아 워런 스미스는 간파했다) 윌리엄 경의 마음속에 거주하고 있었다. 물론 흔히 그렇듯, 사랑이니 의무니 자기희생이니 하는 존경할 만한 이름으로 그럴싸하게 변장한 채 숨어 있긴 했지만. 그는 얼마나 열심히 일했던가

― 기금을 모으고 개혁을 추진하고 제도를 시행하기 위해 얼마나 애썼던가! 그런데 개종이라는 까다로운 여신은 벽돌보다 피를 좋아하고, 아주 교묘하게 인간의 의지를 포식한다. 가령 레이디 브래드쇼를 보라. 그녀는 15년 전에 침몰했다. 딱 꼬집어 말할 것은 없었다. 남부끄러운 싸움도, 다툼도 없었다. 단지 물에 흠뻑 젖은 그녀의 의지가 천천히 물에 잠기듯, 그의 의지 속으로 가라앉아 버린 것이었다. 그녀의 미소는 상냥했고, 복종은 재빨랐다. 여덟 혹은 아홉 가지 코스로 열 명 혹은 열다섯 명의 전문직 손님들을 대접하는 할리 스트리트의 만찬은 매끄럽고 세련되게 진행되었다. 다만 저녁이 깊어지면서, 아주 가벼운 권태 혹은 어쩌면 불안, 신경질적인 경련과 서투른 손짓, 비틀거림과 혼동 같은 것들이, 정말이지 믿기 괴롭지만 ― 그 딱한 여사가 거짓으로 꾸미고 있음을 암시하곤 했다. 오래전이지만 한때는 그녀도 자유롭게 연어를 잡던 시절이 있었다. 하지만 지금은 남편의 눈에 그토록 번질거리며 타오르는 지배욕과 권력욕에 민첩하게 시중을 드느라, 옥죄이고 짓눌리고 깎이고 다듬어져, 뒷전으로 물러나 눈치를 살폈다. 그래서 이 저녁이 정확히 무엇 때문에 불쾌한 건지, 그리고 무엇이 머리를 짓누르는지는 잘 몰랐지만(전문적인 대화 때문이거나, 아니면 레이디 브래드쇼의 말대로, '자신이 아니라 환자들을 위해서 사는' 위대한 의사의 피로 때문일 수도 있었다) 아무튼 불쾌했다. 그래서 열 시를 알리는 종이 울리면, 손님들은 거의 황홀할 지경으로 할리 스트리트의 공기를 들이마시는 것이었다. 그러나 환

자들에게는 그런 안도가 허락되지 않았다.

 벽에는 그림이 걸려 있고, 비싼 가구가 놓여 있는 회색빛 방, 불투명한 유리 천창 아래서 환자들은 자신들이 얼마나 규칙을 위반했는가를 깨쳤다. 팔걸이의자에 옹송그리고 모여 앉아 그들은 윌리엄 경이 자기들을 위해 한다는 이상한 팔 운동을 바라보았다. 그는 자기는 자기 행동의 주인이지만 (환자가 고집을 부릴 경우) 환자는 그렇지 않다는 걸 입증하기 위해, 양팔을 쭉 뻗었다가 재빨리 허리께로 가져갔다. 나약한 자들 몇몇은 무너졌다. 흐느껴 울고 굴복했다. 어떤 이들은 영문 모를 과도한 광기에 이끌려 윌리엄 경 면전에 지긋지긋한 사기꾼이라 불렀고, 한층 불경스럽게, 삶 자체를 의문시하기도 했다. 왜 살아야 합니까? 그들은 물었다. 윌리엄 경은 삶은 좋은 것이라고 대답했다. 그야 그렇겠지, 벽난로 위에 걸린 사진 속 레이디 브래드쇼는 타조 털을 걸치고 있고 당신 수입은 1년에 1만 2천 파운드는 너끈히 되니까. 그러나 우리에겐 인생이 그런 통 큰 하사품을 주지 않는다고 그들은 항의했다. 그는 수긍했다. 그들에겐 균형 감각이 없는 것이다. 어쨌든 결국 신은 없는 거 아닙니까? 그들의 말에 그는 어깨를 으쓱했다. 그러니까 요컨대, 살든 안 살든 그건 우리 문제 아닙니까? 아니, 그 점에 대해선 그들이 잘못 생각하는 것이었다. 윌리엄 경에게는 서리주(州)에 친구가 하나 있는데, 거기서는 윌리엄 경도 솔직히 어려운 기술이라고 인정하는 균형 감각을 가르쳤다. 그뿐 아니라 가족애, 명예, 용기, 화려한 경력 같은 것들도 있었다. 윌리엄 경은 이 모든 것에 대한 단호한 옹호자였다. 만일 이것들이 그에게 부응하지 못한다면, 그는 치안과 공공의 선을 지지할 수밖에 없다며, 그는 아주 조용히 덧붙였다, 이들이 서리에서, 무엇보다 좋은 혈통의 결핍에서 오는 반사회적 충동들이 통제되도록 조치를 취할 것이라고. 그러자 이제, 여신이 은신처에서 빠져나와 왕좌에 올랐다. 반대를 무시하고, 다른 신들의 성소에 자신의 형상을 확실하게 각인하려는 욕망을 가진 여신이. 맨몸에 무방비 상태인 데다 지치고 의지할 데 없는 이들은 윌리엄 경의 의지를 고스란히 받아들였다. 그는 내리 덮쳐서 집어삼켰다. 그는 사람들을 가두었다. 윌리엄 경이 그의 희생자들의 친척들에게 호감을 얻은 것은 이러한 결단력과 인간애의 결합 때문이었다.

그러나 레치아 워런 스미스는 할리 스트리트를 걸어 내려오면서, 자기는 그 남자가 싫다고 소리쳤다.

할리 스트리트의 시계들은 6월의 하루를 자르고 썰고 나누고 더 작게 나누며, 조금씩 갉아먹었다. 복종하라고 충고하고, 권위를 수호했으며, 균형 감각의 지대한 이점을 한목소리로 지적했다. 시간의 더미가 차츰 줄어들더니 마침내 옥스퍼드 스트리트의 한 상점 위에 걸린 시계가 한 시 반을 알렸다. 마치 무료 정보를 주는 것이 릭비 앤드 라운즈 상점의 즐거움이라는 듯, 상냥하고 정답게.

고개를 들어 보니, 상점 이름 속 글자 하나하나가 각각 시간을 나타내는 것으로 보였다. 사람들은 무의식적으로 그리니치가 승인한 시간을 알려 주는 릭비 앤드 라운즈에 감사했다. 이러한 감사가 (가게 진열창 앞을 어슬렁거리며 휴 휫브레드는 생각에 잠겼다) 자연스럽게 나중에 릭비 앤드 라운즈 상점에서 양말이나 신발을 사는 형태를 취하는 거지. 그렇게 그는 곱씹고 있었다. 그것이 그의 버릇이었다. 그는 깊이 들어가지 않았다. 표면만 스쳤다. 죽은 언어와 살아 있는 언어, 콘스탄티노플, 파리, 로마에서의 삶, 승마, 사냥, 테니스. 다 한때의 일이었다. 악의적인 사람들은 그가 이제 실크 스타킹에 반바지를 입고 버킹엄 궁전에서 파수를 서고 있다고들 했다. 무엇을 지키는 건지는 아무도 몰랐지만. 그러나 그는 그 일을 아주 효율적으로 해냈다. 지난 55년 동안 그는 영국 사회의 최상류층과 그럭저럭 어울리며 지내 왔다. 총리들과도 알고 지냈다. 그는 정이 두텁다고 알려져 있었다. 그가 당대의 주요 운동에 참여하거나 중요한 직책을 맡은 적이 없는 건 사실이지만, 한두 가지 자잘한 개혁들은 그의 덕분이었다. 공공 쉼터 개선이 그 하나였고 또 다른 하나는 노퍽 지역 부엉이 보호였다. 하녀들도 그에게 감사할 것이 있었다. 기금을 요청하고, 대중에게 보호와 보존, 쓰레기 청소를 호소하고, 매연을 줄이고 공원에서 부도덕한 행위를 근절시킬 것을 촉구하며 『더 타임스』에 보낸 편지 말미에 적혀 있는 그의 이름은 존경받을 만했다.

  풍채도 당당한 그는 잠시 걸음을 멈추고 (30분을 알리는 종소리가 잦아드는 동안) 양말과 신발을 비판적이고 고압적인 태도로 바라보았다. 어떤 높은 자리에서 세상을 바라보는 것처럼 흠잡을 데 없고 존재감이 있었으며, 옷차림도 잘 갖추고 있었다. 그는 체구와 부와 건강에 따르는 의무들을 자각하고 있었고, 꼭 필요하지 않은 경우에도 자잘한 예의와 구태의연한 격식들을 꼼꼼히 지켰다. 그것은 그의 몸가짐에 뭔가 모방할 만한, 그를 기억할 만한 특징을 부여했다. 예컨대 그는 20년 전부터 알고 지내는 레이디 브루턴 집에 오찬을 하러 갈 때면 어김없이 그녀에게 카네이션 한 다발을 내밀었고, 레이디 브루턴의 비서인 미스 브러시에게는 남아프리카에 있는 형제의 안부를 물었다. 미스 브러시는 여성적 매력의 모든 속성이 부족한데도, 무슨 이유에선지 그런 안부 인사에 하도 분개한 나머지 "감사합니다, 남아프리카에서 아주 잘 지내고 있습니다"라고 대답했다. 실은 포츠머스에 와서 힘들게 산 지가 벌써 6년이 되었는데도.

레이디 브루턴은 함께 도착한 리처드 댈러웨이를 더 좋아했다. 그들은 마침 문가에서 마주쳤던 것이다.

레이디 부르턴은 당연히 리처드 댈러웨이가 더 좋았다. 그의 됨됨이가 훨씬 더 고상했다. 하지만 그렇다고 해서 그녀가 친애하는 불쌍한 휴를 사람들이 헐뜯게 내버려두지는 않을 것이었다. 그녀는 그의 친절을 잊을 수가 없었다 — 그는 정말 놀라울 만큼 친절했다 — 정확히 어떤 상황이었는지는 잊어버렸지만. 하여간 그는 — 놀라울 정도로 친절했었다. 어쨌거나 사람과 사람 사이의 차이는 별것이 아니다. 그녀는 사람들을 재단한다는 것이 무의미하다고 생각했다. 클라리사처럼 사람들을 잘랐다가 도로 붙이곤 하는 것은. 나이 예순둘에는 절대 하지 않을 일이었다. 그녀는 딱딱하고 엄격한 미소를 지으며 휴가 내민 카네이션 다발을 받아 들었다. 더 올 사람은 없어요. 그녀가 말했다. 거짓 구실을 만들어 그들을 초대한 것이었다. 난감한 상황에서 도움을 받기 위해—.

"일단 식사부터 합시다." 그녀가 말했다.

그러자 하얀 앞치마에 머릿수건을 두른 하녀들이 소리 없이 기막히게 딱딱 맞춰 드나들기 시작했다. 이들은 일손이 부족해서 구한 잔심부름꾼들이 아니라 메이페어에서 한 시 반과 두 시 사이에 안주인들이 행하는 미스터리나 거대한 기만에 정통한 사람들이었다. 손짓 하나에 통행이 멈추고, 그 대신 음식에 관한 심오한 환상이 일단 생겨난다 — 이것은 값을 치르는 것이 아니라는 환상이. 그러고는 유리잔과 은식기, 식사용 매트, 붉은 과일 그림이 그려진 접시가 차려진 식탁이 저절로 펼쳐진다. 갈색 크림이 가자미를 얇은 막처럼 덮고, 스튜 냄비에서는 토막 난 닭이 헤엄치며, 난롯불은 색색으로 거칠게 타오른다. (역시 값을 치르지 않는) 와인과 커피가 나오자, 생각에 잠긴 눈앞, 온화하게 사색에 잠긴 눈앞에 즐거운 광경들이 떠오른다. 그 눈에는 삶이 음악적이고 신비롭게 보인다. 이제 그 눈은 레이디 브루턴이(그녀의 움직임은 언제나 딱딱했다) 자신의 접시 옆에 놓아둔 붉은 카네이션의 아름다움을 온화하게 바라보며 환하게 밝아진다. 그리하여 휴 휫브레드는 온 우주와 평화롭게 어우러져 있음을 느끼는 동시에 자신의 위상에 대한 확신을 품고 포크를 내려놓으며 이렇게 말했다.

"그 꽃들을 부인의 레이스에 달면 매력적이지 않겠습니까?"

미스 브러시는 이런 식으로 허물없이 구는 태도에 극도로 분개했다. 그를 상스러운 작자라고 생각했다. 그녀의 모습에 레이디 브루턴은 웃음이 났다.

레이디 브루턴은 자기 등 뒤에 있는 그림 속 장군이 두루마리 문서를 들고 있는 것만큼이나 뻣뻣하게 카네이션을 집어 들곤 생각에 잠긴 듯 꼼짝하지 않았다. 그런데 저 여사는 어떻게 되더라? 장군의 증손녀였던가? 아니면 고손녀였던가? 리처드 댈러웨이는 기억을 더듬었다. 로드릭 경, 마일스 경, 톨벗 경 — 맞아. 이 가문은 놀랍게도 여자들 사이에서 닮은 점이 계속 유지되었다. 그녀도 기병대 장군쯤은 되었어야 했다. 그랬다면 리처드는 기분 좋게 그 밑에서 복무했을 것이었다. 그는 그녀를 대단히 존경했다. 그는 명문가 출신의 풍채 좋은 노부인들에 대해 이런 낭만적인 시각을 간직하고 있었고, 특유의 사람 좋은 태도로 자기가 아는 혈기 왕성한 젊은이들을 그녀의 오찬에 데려오고 싶어 했다. 마치 그녀 같은 인물이 상냥한 차 애호가들 사이에서 길러질 수라도 있다는 듯이! 그는 그녀의 고향도 알고, 집안도 알았다. 그녀의 고향에는 지금도 열매가 열리는 오래된 포도나무 한 그루가 있는데, 러블레이스'인지 헤릭'인지가 그 아래 앉은 적이 있었다 — 그녀 자신은 시라고는 안 읽었지만, 전해지는 이야기는 그랬다. 골치 아픈 문제(여론에 호소하는 것에 대해, 그리고 그럴 경우 어떤 방식으로 할 것인지 등등)는 좀 기다렸다 꺼내는 게 낫지. 커피는 다 마실 때까지. 레이디 브루턴은 생각했다. 그래서 카네이션을 도로 접시 옆에 내려놓았다.

"클라리사는 잘 있나요?" 그녀가 불쑥 물었다.

클라리사는 언제나 레이디 브루턴이 자기를 좋아하지 않는다고 말했다. 사실 레이디 브루턴은 사람보다는 정치에 더 관심이 많다는 평판이 있었다. 남자처럼 말했으며, 1880년대에는 어떤 악명 높은 음모에 연루됐었다는 소문도 있었다. 그 일은 요즘 회고록들에서 언급되기 시작하는 중이었다. 분명 그녀의 응접실 한구석에는 벽감이 있고 그 벽감 안에는 테이블이, 그리고 그 테이블 위에는 지금은 고인이 된 장군 톨벗 무어 경의 사진이 놓여 있었다. 장군은 (1880년대의 어느 날 저녁) 그곳, 레이디 브루턴이 있는 곳에서 그녀의 승인 혹은 조언을 받아, 영국 군대가 어떤 역사적 순간을 향해 진격할 것을 명하는 전보를 썼던 것이다(그녀는 그 당시의 펜을 손에 쥔 채 이야기를 들려주었다). 그래서 그녀가 그렇게 툭, "클라리사는 잘 있나요?"라고 물으면, 남편들은 자기 아내에게 그녀가 정말로 여자들에게도 관심이 있다고 설득하는 데 애를 먹었다. 실제로 그들 자신도 아무리 레이디 브루턴에게 헌신적이라 해도 속으로는 은근히 의심하고 있었다. 남편의 길을 종종 가로막고, 남편이 해외 근무를 수락하지 못하게 하고, 회기 중인데도 독감에서 회복할 수 있도록 바닷가 휴양지에 데려가 주어야 하는 여자들한테 그녀가 관심이 있는지를 말이다. 그럼에도 여자들에겐, "클라리사는 잘 있나요?"라는 그녀의 질문은, 별로 말을 나눈 적은 없지만 호의를 가진 동료로부터의 신호로 여지없이 받아들여졌다. 그런 인사는(평생 대여섯 번이나 될까), 남성들과의 오찬 아래 깔린 여성들 간의 어떤 동지애에 대한 인식을 의미했으며, 거의 만나는 일이 없고 실제로 만나게 되면 서로에게 무관심하고 심지어 적대적으로까지 보이는 레이디 브루턴과 댈러웨이 부인을 특별한 유대로 결속시켜 주었다.

"오늘 아침 공원에서 클라리사를 만났지요." 휴 휫브레드가 냄비 속 요리를 푹 뜨면서 말했다. 런던에 오자마자 단번에 모든 사람을 다 만났으니, 그런 스스로에게 이 정도의 작은 경의는 표하고 싶어 안달이었다. 하지만 탐욕스러워. 내가 아는 사람 가운데 제일 탐욕스러운 사람 중 하나야. 밀리 브러시는 생각했다. 그녀는 흔들림 없는 엄정함으로 남자들을 관찰했지만, 무한한 헌신을 할 줄도 알았다. 특히 자기와 같은 성(性)에게는. 그녀는 뼈마디가 울퉁불퉁하고 거칠거칠하며 각이 져서, 여성적인 매력은 전혀 없었다.

"런던에 누가 와 있는지 알아요?" 레이디 브루턴이 갑자기 생각난 듯 말했다. "우리 옛 친구, 피터 월시가 왔어요."

모두 빙그레 웃음을 지었다. 피터 월시라고! 댈러웨이 씨는 진심으로 기쁜 모양이네. 밀리 브러시는 생각했다. 휫브레드 씨는 닭고기 생각뿐이고.

피터 월시라고! 레이디 브루턴, 휴 휫브레드, 그리고 리처드 댈러웨이, 이 세 사람은 모두 같은 것을 떠올렸다 — 피터가 얼마나 열렬히 사랑했던가를. 그리고 거절당한 뒤 인도로 떠나 버렸던 것, 커다란 실패를 겪고 인생을 망쳐 버렸던 것을. 리처드 댈러웨이도 그 옛 친구에게 무척 호감이 있다는 것을 미스 브러시는 알아보았다. 그의 갈색 눈에서 깊은 무언가를, 그가 주저하며 생각에 잠기는 것을 보았다. 언제나 그렇듯 그녀는 그런 댈러웨이 씨에게 관심이 갔다. 피터 월시에 대해 무슨 생각을 하고 있는 걸까? 그녀는 궁금했다.

피터 월시가 클라리사를 사랑했었던 것. 그리고 오찬이 끝나면 곧장 집으로 돌아가 클라리사에게 사랑한다고 분명히 말하겠노라는 생각. 그래, 그는 꼭 그렇게 말할 것이었다.

미스 브러시는 한때 이런 침묵을 사랑할 뻔한 적도 있었다. 댈러웨이 씨는 항상 너무나 믿음직했고, 훌륭한 신사이기까지 했다. 그녀는 삶이 기만할 수 없는 사심 없는 정신에 대해, 타락하지 않은 영혼에 대해 깊은 생각에 잠겼다. 그러나 마흔이 되고 보니, 아무리 이런 생각에 깊이 잠겨 있어도, 레이디 브루턴이 불쑥 고개를 까딱이거나 살짝 돌리기만 해도 금방 그 신호를 알아차리게 되었다. 왜냐하면 삶은 그녀에게 티끌만 한 가치라도 가진 장신구 하나 선사하지 않았기 때문이었다. 곱슬머리도, 미소도, 입술도, 뺨도, 코도, 그 무엇 하나도. 레이디 브루턴의 고갯짓 한 번에, 퍼킨스에게 즉시 커피를 가져오라는 지시가 내려졌다.

"맞아요, 피터 월시가 돌아온 거예요." 레이디 브루턴이 말했다. 그 사실에 다들 어쩐지 으쓱해졌다. 두들겨 맞고 실패한 그가 그들의 안전한 해안으로 돌아온 것이다. 하지만 그를 돕는 건 불가능하다고들 생각했다. 그의 성격엔 뭔가 결함이 있었기 때문이다. 휴 휫브레드는 물론 그를 아무개에게 말해 볼 수는 있을 것 같다고 말했다. 그는 정부 기관장에게 "제 오랜 친구 피터 월시는" 어쩌고 하는 편지를 쓸 생각에 침울해하면서 거만한 인상을 쓰고 있었다. 그래 봤자 소용없을 텐데 — 성격 때문에 오래가지 못할 텐데.

"어떤 여자와 문제가 있다더군요." 레이디 브루턴이 말했다. 다들 **그게 바로** 문제의 핵심일 거라고 짐작했다.

"아무튼." 화제를 돌리고 싶어 레이디 브루턴이 말했다. "그 얘기는 피터 본인한테 듣게 되겠죠."

(커피가 좀처럼 나오지 않았다.)

"주소가?" 휴 휫브레드가 중얼거리자, 날이면 날마다 레이디 브루턴의 주위로 밀려오는 서비스의 회색빛 물결에 즉각 파문이 일었다. 그 물결은 모여들어 가로막으며 그녀를 고운 천에 감싸고 있었다. 그 천은 충돌을 분산시키고 방해를 완화하며 브룩 스트리트의 집 주위로 촘촘한 그물을 펼쳤다. 무슨 일이 생기면 그 그물에 걸렸고, 그러면 레이디 브루턴과 지난 30년을 함께하는 동안 머리가 희끗희끗해진 퍼킨스가 그 일을 즉각 정확하게 파악했다. 이제 퍼킨스가 주소를 적어 휫브레드 씨에게 건네자 그는 수첩을 꺼내며 눈썹을 치켜뜨더니, 대단히 중요한 문서들 사이에 그것을 끼워 넣으며, 이블린이 피터를 점심에 초대하게끔 하겠다고 말했다.

(휫브레드 씨가 그 일을 마치면 커피를 내오려고 기다리고들 있었다.)

휴는 정말 굼떠. 레이디 브루턴은 생각했다. 점점 더 살이 찌고 있는 게 눈에 띄었다. 리처드는 항상 건강한 상태를 유지하고 있는데. 그녀는 초조해지기 시작했다. 그녀의 존재 전체가 이 모든 불필요한 하찮은 일(피터 월시와 그의 연애 문제)을 단호하고 확실하고 거만하게 무시하며 쓸어 내 버리고, 자신의 관심을 사로잡은 문제로 쏠리고 있었다. 그 문제는 단순한 관심을 넘어, 그녀의 영혼을 지탱하는 힘, 그것 없이는 밀리선트 브루턴이 밀리선트 브루턴일 수가 없는 그녀의 본질적인 부분을 사로잡고 있었다. 그것은 바로, 좋은 집안 출신의 젊은 남녀를 캐나다로 이주시켜 그곳에서 잘 정착해 살게 하려는 계획이었다. 그녀는 과장했다. 어쩌면 균형 감각을 잃어버린 것일지도 몰랐다. 다른 사람들이 보기에 이주는 명백한 해결책도, 숭고한 발상도 아니었다. 그들이 보기에 (휴나 리처드, 심지어 헌신적인 미스 브러시에게조차) 그것은 그녀의 억눌린 자기중심성을 해방시켜 주지는 못했다. 훌륭한 가문에서 잘 양육된, 군인 기질의 강인한 여성, 즉각적인 충동과 거침없는 감정을 지녔으나 내적인 성찰의 힘은 거의 없는(관대하고 단순한 — 왜 모든 사람이 관대하고 단순하지 못한 거지? 그녀는 묻곤 했다) 여성이, 젊음이 지나가자 가슴속에서 들고일어나 어떤 대상에건 분출해야만 하는 자기중심성 말이다 — 그 대상은 이주일 수도, 해방일 수도 있다. 그러나 그것이 무엇이든, 그녀의 영혼의 정수가 매일 그 주위로 분비되는 그 대상은, 필연적으로 무지갯빛 광채를 발하며 절반은 거울, 절반은 보석이 되어, 때로는 사람들이 조롱할까 봐 조심스레 숨겨지고, 때로는 자랑스레 전시되기도 한다. 요컨대 이주 문제는 레이디 브루턴 그 자체가 되었던 것이다.

하지만 그녀는 편지를 써야 했다. 그러나 『더 타임스』에 편지 한 통을 쓴다는 건 아프리카 원정대를 조직하는 것보다(전쟁 때 그녀는 실제로 그런 일을 했었다) 힘든 일이라고, 그녀는 미스 브러시에게 입버릇처럼 말했다. 아침부터 시작해서 쓰던 것을 찢고 또 새로 시작하는 싸움을 하다 보면, 그녀는 다른 어떤 상황에도 느껴 보지 못했던, 여성으로서의 무용함을 느끼곤 했다. 그래서 『더 타임스』에 편지 쓰는 기술을 갖고 있는 — 그 점은 아무도 의심할 수 없었다 — 휴 휫브레드를 감사한 마음으로 떠올렸던 것이다.

자신과는 딴판으로 만들어진, 너무나 탁월한 언어 구사력을 가진 존재, 편집자들이 좋아하게끔 상황을 쓸 줄 아는, 단순히 탐욕이라 부를 수만은 없는 열정이 있는 존재. 레이디 브루턴은 남자들이 우주의 법칙과 이루고 있는 신비로운 조화를 — 여자는 예외였다 — 존중하여, 그들에 대한 판단을 종종 삼가곤 했다. 그들은 상황을 어떻게 표현해야 하는지, 무슨 말을 해야 하는지를 아는 것이다. 그러므로 리처드가 조언을 해 주고 휴가 그녀 대신 편지를 써 주면, 어쨌거나 자기는 제대로 하는 거라고 확신했다. 그래서 그녀는 휴가 수플레를 먹게 내버려두고, 불쌍한 이블린의 안부를 묻고, 그들이 담배를 태울 때까지 기다렸다가 말을 꺼냈다.

"밀리, 종이 좀 가져다주겠어?"

미스 브러시가 나갔다 돌아와 테이블에 종이를 올려놓았다. 휴는 만년필을 꺼내 들었다. 이 은제 만년필은 20년을 썼는데도 아직도 완벽해요. 그가 뚜껑을 열면서 말했다. 제조업자들에게 보여 주었더니, 닳을 이유가 없다고들 하더군요. 휴가 여백에 주의 깊게 대문자들을 쓰고 그 주위에 동그라미를 치면서 뒤엉킨 레이디 브루턴의 글을 이치에 닿고 문법에 맞게 경이롭게 변모시키자, 펜이 닳지 않는 것이 어쩐지 휴와 그의 펜이 표현해 온 의견 덕분인 것 같았다(리처드 댈러웨이는 그렇게 느꼈다). 레이디 브루턴은 그 경이로운 변모를 지켜보면서, 이 정도면 『더 타임스』의 편집자라도 존경할 거라고 생각했다. 휴는 느렸다. 끈질겼다. 리처드는 위험을 감수할 필요가 있다고 말했다. 이에 휴는 사람들의 감정을 존중해서 표현을 수정하자고 제안했다. 리처드가 웃자, 그는 사람들 감정이 반드시 '고려되어야만' 한다고 약간 쏘아붙이듯이 대꾸하더니, 소리 내어 읽었다. "따라서 시기가 무르익었다고 사료되며…… 나날이 인구가 증가하는 가운데, 지나치게 넘쳐 나는 젊은이들을…… 우리가 망자들에게 빚진 것……." 이 모든 것이 리처드에게는 군더더기에 헛소리로 생각되었다. 물론 해될 건 없었지만. 휴는 조끼에서 담뱃재를 털어 내며 가장 고귀한 소견들을 알파벳 순서대로 초안을 잡아 갔고 때때로 중간 과정을 요약하기도 하다가 마침내 편지의 초안을 소리 내어 읽었다. 레이디 브루턴은 걸작이라고 확신했다. 내 생각이 저렇게 근사하게 들릴 수도 있다니.

휴는 편집자가 실어 줄지 장담할 수는 없지만 오찬에서 누군가를 만날 예정이라고 했다.

그러자 우아한 일은 좀처럼 하지 않는 레이디 브루턴이 휴가 가져온 카네이션을 드레스 앞섶에 몽땅 쑤셔 넣고는 두 손을 내밀며 그를 "우리 총리님!"이라고 불렀다. 그 두 사람이 없었더라면 자신이 무슨 일을 할 수 있었을지 모르겠다며. 그들은 자리에서 일어났다. 리처드 댈러웨이는 여느 때처럼 천천히 다가가 장군의 초상화를 들여다보았다. 언제든 여유가 생기면 브루턴 가문의 역사를 써 볼 생각이었기 때문이었다.

밀리선트 브루턴은 자기 가문에 대단한 자부심을 갖고 있었다. 그렇지만 저분들은 기다리실 수 있어요, 기다리실 수 있고 말고요. 그녀는 초상화를 바라보며 말했다. 군인과 행정가와 장군들이 있는 그녀 가문 사람들은 행동하는 사람들이며, 그들은 의무를 다했다는 뜻이었다. 리처드의 최우선 의무도 조국에 있는 거다. 그런데 참 잘생기시긴 했어요. 그녀가 말했다. 그리고 그때가 언제가 되든 간에 리처드를 위한 모든 자료가 올드 믹스턴에 준비되어 있다고 했다. 그때란 노동당 정부가 들어서는 때를 뜻했다. "아, 그 인도 소식!" 그녀가 외쳤다.

이윽고 그들은 홀에 서서 공작석으로 만든 테이블에 놓인 보관함에서 노란 장갑을 집어 들었다. 휴가 남아도는 티켓이나 칭찬으로 미스 브러시에게 참으로 불필요한 예의를 갖추자, 그녀는 너무 싫은 나머지 얼굴이 벽돌처럼 벌겋게 달아올랐다. 리처드가 손에 모자를 든 채 레이디 브루턴을 향해 말했다.

"오늘 밤 파티에서 뵙겠지요?" 그 말에, 레이디 브루턴은 편지 쓰는 일로 산산조각 났던 위엄을 되찾았다. 갈 수도 있고 못 갈 수도 있다. 클라리사는 참 놀라운 에너지를 가졌지만, 나는 파티가 겁난다. 게다가 늙어 가고 있잖은가. 근사하고 꼿꼿한 자세로 문가에 서서, 그녀는 이렇게 의중을 비쳤다. 그녀의 등 뒤에서 차우차우는 기지개를 켰고, 미스 브러시는 서류를 잔뜩 들고 안으로 사라졌다.

레이디 브루턴은 느릿느릿 위풍당당하게 방으로 올라가 한쪽 팔을 뻗은 채 소파에 누웠다. 한숨을 쉬고 코를 골았다. 잠이 든 게 아니라 졸리고 나른할 뿐이었다. 이 뜨거운 6월의 한낮, 꿀벌들이 잉잉대고 노란 나비들이 날아다니는 클로버 들판처럼 졸리고 나른했다. 그녀는 언제나 데본셔의 그 들판으로 돌아가곤 했다. 거기서 그녀는 조랑말 패티를 타고, 형제들인 모티머와 톰과 함께 시냇물을 뛰어넘곤 했었다. 개들도 있고 쥐들도 있었다. 나무 아래 풀밭에는 아버지와 어머니가 다기를 펼쳐 놓고 앉아 계셨다. 달리아 화단과 접시꽃과 팜파스 그라스. 그 장난꾸러기 꼬마들은 언제나 뭔가 장난을 쳤었다! 어떤 짓궂은 장난을 하다 다들 옷을 다 버리게 쫄딱 젖어서는 들키지 않게 덤불을 헤치고 되돌아가기도 했다. 늙은 유모가 그녀의 옷을 보고 어찌나 뭐라고 했던지!

댈러웨이 부인 **159**

아 참, 그녀는 정신이 들었다 — 오늘은 수요일, 여기는 브룩 스트리트였다. 리처드 댈러웨이와 휴 휫브레드, 그 친절하고 좋은 사람들이 이 더운 날 거리로 나간 거였다. 거리의 소음이 소파에 누워 있는 그녀의 귀에까지 들려왔다. 권력은 그녀의 것이었다. 지위도, 수입도. 그녀는 자기 시대의 선두에서 살아왔다. 그녀에게는 좋은 친구들이 있었고 당대의 가장 유능한 인물들과도 알고 지냈다. 런던의 웅얼거림이 그녀에게까지 흘러왔고, 소파 등받이에 놓인 그녀의 손은 조상들이 쥐었을 상상의 지휘봉이라도 거머쥔 듯했다. 졸리고 나른한 그녀는 그 지휘봉으로 캐나다로 진격하는 대대와 그 좋은 친구들을 지휘하고 있는 듯한 기분이 들었다. 런던을 가로질러, 그들의 영토인 작은 양탄자 조각 같은 메이페어를 가로질러 걸어가는 그들을.

그들은 그녀에게서 점점 멀어졌다. 그녀와 가느다란 실로 연결된 채로(그녀와 오찬을 함께 했으니까). 그 실은 그들이 런던을 가로질러 가는 동안 늘어나고 또 늘어나 점점 더 가늘어질 것이다. 마치 친구들과 점심 식사를 하고 나면 그들과 우리의 몸이 가느다란 실로 연결되듯이. 그 실은 (그녀가 깜빡 잠이 들자) 시간 혹은 예배를 알리는 종소리와 함께 흐릿해져 갔다. 거미줄 한 가닥이 빗방울에 젖어 그 무게에 축 늘어지듯이. 그렇게 그녀는 잠이 들었다.

소파에 누운 밀리선트 브루턴이 실이 툭 끊어지게 내버려둔 채 코를 골기 시작한 그 순간, 리처드 댈러웨이와 휴 휫브레드는 콘듀잇 스트리트 모퉁이에서 미적거리고 있었다. 길모퉁이에선 맞바람이 몰아쳤다. 그들은 가게 진열창을 들여다보았다. 딱히 무엇을 사거나 이야기를 나누고 싶은 건 아니었고, 막 헤어지려는 참이었다. 다만 길모퉁이에서 몰아치는 맞바람 때문에 몸속에 흐르는 조수(潮水)가 일시적으로 중단되고 오전과 오후, 이 두 개의 힘이 만나 소용돌이치는 가운데 잠시 걸음을 멈춘 것이었다. 신문 벽보가 공중으로 날아오르더니, 처음에는 연처럼 씩씩하게, 그러다 주춤하고 떨어지면서 펄럭거렸다. 어느 숙녀의 베일이 공중에 떠다니고 있었다. 노란 차양들이 떨렸다. 오전의 차량 속도는 느려졌고, 짐수레들이 반쯤 빈 거리를 무심히 덜컹대며 지나갔다. 리처드는 어슴푸레 노퍽을 떠올리고 있었다. 그곳에서는 부드럽고 따뜻한 바람이 꽃잎들을 흩날리고, 바다를 휘젓고, 꽃 피는 풀밭을 일렁이게 했다. 건초 만드는 이들은 아침의 고된 피로를 낮잠으로 덜어 보려고 울타리 아래 자리를 잡아 두고는, 무성한 녹색 풀숲을 젖히고, 흔들리는 카우 파슬리 꽃 덩어리를 헤치고 하늘을 바라보았다. 푸르고 한결같은, 빛나는 여름 하늘을.

리처드는 자기는 지금 양쪽에 손잡이가 달린 제임스 1세 시대의 은배(銀杯)를 구경하고 있고, 휴 횟브레드는 이블린이 마음에 들어 할지 모르니 가격을 물어봐야겠다고 생각하면서 감식가같이 거들먹거리며 스페인풍 목걸이를 들여다보고 있다는 걸 의식하고 있으면서도 ― 여전히 무기력한 기분이었다. 생각할 수도, 움직일 수도 없었다. 삶이 난파의 잔해물들을 밀어 올려 놓았던 것이다. 색색의 인조 보석들로 가득 찬 가게 진열창들, 그리고 노인의 무기력함으로 굳고, 노인의 경직됨으로 뻣뻣하게 서서 안을 들여다보고 있는 사람 하나. 이블린 횟브레드는 이 스페인풍 목걸이를 사고 싶어 할지도 몰랐다 — 아무래도 그럴 것 같았다. 그는 하품만 났다. 휴가 가게 안으로 들어가고 있었다.

"그래, 그러지!" 따라 들어가며 리처드가 말했다.

휴와 함께 목걸이를 살 생각은 추호도 없었다. 그러나 몸속에는 조수가 흐른다. 오전은 오후와 만난다. 레이디 브루턴의 증조부와 그의 회고록과 북아메리카 원정(遠征)은, 깊고 깊은 바다 위의 가냘픈 조각배처럼 떠다니다 파도에 휩쓸려 가라앉았다. 밀리선트 브루턴도 그랬다. 그녀도 가라앉았다. 리처드는 이주 계획이야 어찌 되든 털끝만큼도 관심이 없었다. 그 편지를 편집자가 받아들이든 말든 상관없었다. 목걸이는 휴의 훌륭한 손가락 사이로 늘어진 채 걸려 있었다. 보석을 꼭 사야겠다면, 주라지 뭐. 어떤 여자든 간에. 길 가는 아무 여자라도. 이 삶이 무가치하다는 생각이 리처드를 강하게 덮쳤기 때문이었다 — 이블린에게 줄 목걸이나 산다는 것이. 그에게 아들이 있었다면 일해라, 일해라, 라고 말했을 것이다. 하지만 그에게는 엘리자베스가 있었다. 그는 엘리자베스를 너무나 아꼈다.

"뒤보네 씨와 얘기하고 싶네만." 휴는 노련하고 딱 부러지게 말했다. 뒤보네 씨라는 사람이 횟브레드 부인의 목둘레 치수를 알고 있거나, 아니면 더 이상하게도, 스페인풍 장신구에 대한 그녀의 취향이 어떤지, 그런 유(類)를 얼마나 갖고 있는지까지도 아는 모양이었다(휴는 그런 것은 기억하지 못했다). 그 모든 것이 리처드 댈러웨이에게는 너무 이상해 보였다. 그는 클라리사에게 선물이라고는 해 본 적이 없었기 때문이었다. 2~3년 전에 팔찌 하나를 사 준 것이 전부였는데, 성공적이지 못했다. 그녀는 그것을 단 한 번도 차지 않았던 것이다. 그 생각이 나자 마음이 아팠다. 이리저리 흔들리던 거미줄 한 가닥이 나뭇잎 끝에 달라붙듯, 리처드의 마음은 무기력 상태에서 벗어나 이제 아내 클라리사에게로 가서 닿았다. 피터 월시가 그토록 열렬히 사랑했던 그녀에게로. 아까 오찬 자리에서 갑자기 그녀의 모습이 떠올랐었다. 자신과 클라리사가. 둘이 함께해 온 삶이. 그래서 그는 오래된 보석들이 놓여 있는 트레이를 자기 앞으로 끌어당겨 브로치와 반지를 차례로 집어 들며, "이건 얼맙니까?"라고 물었다. 그러나 자기 취향에 자신이 없었다. 그는 응접실 문을 열고 들어갈 때 무언가를 내밀고 싶었다. 클라리사를 위한 선물을. 어떤 것을 할까? 그러나 휴가 자리에서 일어났다. 그는 말할 수 없이 거드름을 피웠다. 이 가게와 35년째 거래해 온 고객으로서, 멋모르는 애송이와 시간 끌 생각은 정말이지 없다는 거였다. 뒤보네 씨가 외출 중인 모양인데, 그가 들어오기 전에는 아무것도 사지 않겠다고 했다. 그 말에 젊은 점원은 얼굴을 붉히며 고개 숙여 깍듯이 인사했다. 모든 것이 흠잡을 데 없이 격식에 맞았다. 리처드라면 절대 그런 말은 할 수가 없었을 것이다! 이 사람들은 왜 이런 말도 안 되는 무례함을 참고 견디는 건지 이해가 안 갔다. 휴는 참을 수 없는 멍청이가 되어 가고 있었다. 리처드 댈러웨이는 그와 한 시간 이상은 같이 있기가 힘들었다. 그래서 리처드는 중산모를 휙 들어 작별을 고하고는, 콘듀잇 스트리트 모퉁이에서 돌아섰다. 자신과 클라리사를 잇는 거미줄을 따라가고 싶은 마음이 몹시 간절했다. 웨스트민스터에 있는 그녀에게로 곧장 가리라.

하지만 무언가를 들고서 들어가고 싶었다. 꽃으로 할까? 그래, 꽃으로 하자. 아무래도 금붙이 고르는 안목은 자신이 없었으니까. 꽃을 한 아름 사자. 장미든 난초든, 어떻게 보든 하나의 사건이랄 수 있는 일을 축하하기 위해. 오찬에서 피터 월시 얘기가 나왔을 때 그녀에 대해 느꼈던 기분. 그들은 그 기분에 관해 이야기한 적이 없었다. 수년간 전혀 없었다. 붉고 흰 장미들(얇은 종이에 싸인 커다란 꽃다발)을 안으며 그는 생각했다. 그건 세상에서 가장 큰 실수야. 너무 쑥스러워서 말할 수 없는 때가 오는 법인데. 그는 6페니 남짓의 거스름돈을 주머니에 넣고 커다란 꽃다발을 가슴에 안은 채 웨스트민스터를 향해 걷기 시작했다. 꽃을 내밀며, 분명하게(그녀가 어떻게 생각하건) "사랑하오"라고 말하기 위해. 못 할 게 뭐람? 그건 정말 기적이었다. 전쟁을 생각하면, 게다가 앞날이 창창했던 수천 명의 불쌍한 청년들이 한꺼번에 땅에 묻혀 벌써 반쯤 잊혀 버린 걸 생각하면, 기적 같은 일이었다. 그는 지금 런던을 가로질러 걸어가 클라리사에게 분명하게 사랑한다고 말할 참이었다. 그런 말은 절대 안 하게 되지. 게을러서이기도 하고, 쑥스러워서이기도 하고. 그런데 클라리사는 ─ 그녀를 생각한다는 건 쉽지 않았다. 오찬 때처럼 문득문득 그녀가, 그들의 삶 전체가 아주 선명히 떠오를 때 말고는. 그는 건널목에 멈춰 서서 되뇌었다 ─ 그는 천성이 단순한 데다 때 묻지 않은 사람이었다. 여기저기 돌아다니며 사냥이나 했으니까. 집요하고 끈질겼으며, 소외된 자들을 옹호했고, 자기 본능에 따라 하원 활동을 해 왔다. 여전히 단순했지만, 동시에 말수가 적어지고 다소 완고해졌다 ─ 클라리사와 결혼한 것은 기적이었어. 기적, 내 인생 자체가 기적이었지. 길을 건널까 말까 망설이는 동안 그는 생각했다. 그런데 대여섯 살 된 꼬마들이 자기들끼리 피커딜리를 건너는 것을 보는 순간 그의 피가 끓어올랐다. 경찰은 즉각 차들을 정지시켰어야 하는데. 그는 런던 경찰에 대해서는 아무런 환상도 갖고 있지 않았다. 사실 그들의 직무 태만 증거를 모으는 중이었다. 저 노점상들이 길거리에 수레를 세우도록 허용해서는 안 되는데. 게다가 창녀들이라니, 맙소사. 잘못은 그녀들한테도, 젊은이들한테도 없어. 우리의 가증스러운 사회 제도와 기타 등등 뭐 이런 것들 탓이지. 그는 이런 생각들을 하며, 혹은 생각에 잠긴 것 같은 모습으로, 반백의 머리에 고집스럽고 말쑥하고 깔끔한 차림으로 공원을 가로질러 아내에게 사랑한다고 말하기 위해 가고 있었다.

 방에 들어서면서 분명하게 말하리라. 자기가 느끼는 걸 말하지 않는다는 건 정말 안타까운 일이니까. 그는 그린 파크를 가로질러 걸으며, 나무 그늘 아래 온 가족들, 가난한 가족들이 여기저기 모여 있는 걸 즐겁게 바라보며 생각했다. 다리를 뻗어 차는 아이들, 젖을 빨고 있는 아이들, 사방에 널린 종이봉투들. 저런 건 (사람들이 문제를 제기한다면) 제복 입은 저 뚱보 양반들이 쉽게 주울 수 있는 건데. 여름에는 모든 공원과 광장이 아이들에게 개방되어야 한다는 게 그의 입장이었으니까. (공원의 잔디는 마치 그 아래에서 노란 등불이 움직이는 것처럼 밝아졌다 흐려졌다 하면서, 웨스트민스터의 가난한 어머니들과 기어 다니는 아기들을 환하게 비추었다.) 하지만 저기 팔꿈치에 지탱해 누워 있는 (마치 모든 인연을 끊어 버린 채 땅바닥에 몸을 내던지고는, 호기심 어린 눈으로 관찰하고 대담한 추측을 하면서 온갖 이유와 근거들을 따져 보려는 듯한, 뻔뻔하고 입 가볍고 유머러스한) 딱한 여자 부랑자들은 어떻게 해야 할지 알 수 없었다. 리처드 댈러웨이는 꽃을 무기처럼 들고는 그녀 쪽으로 다가갔다. 그냥 지나칠 생각이었는데, 둘 사이에 번쩍 불꽃이 튀었다 — 그녀는 그를 보고 웃음을 터뜨렸고, 그도 여자 부랑자 문제를 생각하면서 사람 좋은 미소를 지었다. 어차피 서로 말을 나눌 일은 없었다. 그는 클라리사에게 사랑한다고 분명하게 말할 거였다. 그도 한때는 피터 월시를, 그와 클라리사를 질투했었다. 그러나 그녀는 종종 피터 월시와 결혼하지 않은 게 옳았다고 말하곤 했다. 클라리사를 안다면, 그 말은 사실이었다. 그녀는 의지할 데가 필요했으니까. 그녀가 약하다는 것은 아니지만, 그래도 그녀는 의지할 데가 필요했다.

버킹엄 궁전으로 말할 것 같으면 (온통 새하얗게 차려입고 청중 앞에 선 늙은 프리마 돈나처럼) 어떤 위엄이 느껴지긴 하지, 그는 생각했다. 수백만 사람에게 (국왕 폐하가 차를 타고 나가는 것을 보기 위해 정문 앞에 사람들이 작게 무리 지어 기다리고 있었다) 상징으로 여겨지는 것을 무시할 수는 없지, 아무리 터무니없다 해도. 빅토리아 여왕의 기념상과(뿔테 안경을 쓴 여왕이 마차를 타고 켄싱턴을 지나가던 기억이 났다), 그 밑을 받치는 하얀 기단, 굽이치는 어머니 같은 자애로움을 바라보면서는, 아이들이 집짓기 블록으로 짓는다 해도 저보다는 더 잘 지었을 텐데, 하는 생각이 들었다. 그래도 그는 호사*의 후예에 의해 다스려지는 것이 좋았다. 연속성, 과거의 전통을 이어간다는 느낌이 좋았다. 그가 살아온 시대는 위대한 시대였다. 정말이지, 자신의 삶은 기적이었다. 그 점은 분명히 해 두자. 그는 이제 인생의 전성기에, 클라리사에게 사랑한다고 말하기 위해 웨스트민스터의 집으로 가고 있는 것이다. 행복이란 이런 거지, 그는 생각했다.

이런 거라고, 그는 딘스 야드에 들어서면서 중얼거렸다. 빅 벤이 울리기 시작했다. 먼저 음악처럼 울리는 예종이, 그리고 뒤이어 돌이킬 수 없는 시간의 시종이. 오찬 모임이 있으면 한나절이 다 가 버린다니까. 그는 현관으로 다가가며 생각했다.

빅 벤은 클라리사가 앉아 있는 응접실에도 흘러넘쳤다. 그녀는 몹시 짜증 난 상태로 책상에 앉아 있었다. 마음이 쓰이고 짜증이 났다. 엘리 헨더슨을 파티에 초대하지 않은 건 분명 사실이었다. 일부러 그런 거였다. 그런데 마셤 부인이 편지를 보내

온 것이다. "엘리 헨더슨한테 클라리사에게 물어보겠다고 했어요 — 엘리가 너무나 가고 싶어 하거든요."

하지만 어째서 런던에 있는 온갖 지루한 여자들까지 몽땅 초대를 해야 하는 거지? 마셤 부인은 왜 나서는 거냐고. 게다가 엘리자베스는 도리스 킬먼과 내내 자기 방에 틀어박혀 있고. 이렇게 기분 나쁜 일이 또 있을까. 이 시간에 그 여자랑 기도를 하고 있다니. 종소리가 우울하게 파도치며 방 안에 밀려들었다 물러났다가 다시 모이며 한 번 더 쳤다. 그 순간, 신경 쓰이게 뭔가가 문을 더듬거리며 긁는 소리가 들렸다. 이 시간에 누구지? 어머나, 세 시야! 벌써 세 시나 됐어! 저항할 수 없이 직설적이고도 위엄 있게 시계가 세 시를 알렸던 것이다. 다른 소리는 들리지 않았다. 그런데 문손잡이가 돌아가더니 리처드가 들어서는 것이었다! 어머나, 웬일이지! 리처드가 꽃을 들고 들어온 것이다. 그녀는 콘스탄티노플에서 한 번 그를 저버린 적이 있었다. 그리고 특별히 재미있다고들 하는 오찬에 레이디 브루턴은 그녀를 초대하지 않았다. 그가 꽃을 내밀었다 — 붉은 장미와 흰 장미들. (하지만 사랑한다는 말은 도저히 입 밖에 낼 수가 없었다. 분명하게 말할 수가 없었다.)

그러나 그녀는 꽃다발을 받아 들며 너무 예쁘다고 말했다. 그녀는 알고 있었다. 그가 말하지 않아도 알고 있었다, 그의 클라리사는. 그녀는 꽃을 벽난로 선반 위의 화병들에 꽂았다. 정말 예뻐요! 그녀는 말했다. 재미있었어요? 그녀가 물었다. 레이디 브루턴이 내 안부도 묻던가요? 피터 월시가 돌아왔어요. 마섐 부인이 편지를 보내왔어요. 엘리 헨더슨을 꼭 초대해야 할까요? 그 킬먼이라는 여자가 위층에 와 있어요.

"어쨌든 잠깐 앉읍시다." 리처드가 말했다.

사방이 텅 빈 것 같았다. 의자들이 전부 벽에 붙여져 있었다. 무슨 일이지? 아 참, 파티가 있지. 아니, 파티를 잊어버린 건 아니오. 피터 월시가 돌아왔다고 했지. 오, 그래요, 오늘 아침에 다녀갔어요. 이혼을 한대요. 그쪽에 있는 어떤 여자와 사랑에 빠졌다면서. 하나도 안 변했더군요. 난 드레스를 고치면서…….

"부르턴 생각을 하던 중이었는데." 그녀는 말했다.

"오찬에 휴도 왔었소." 리처드가 말했다. 당신도 그를 만났다고! 아무튼 그 친구는 갈수록 참을 수가 없어요. 이블린에게 줄 목걸이를 사질 않나. 전보다 살은 더 찌고. 참을 수 없는 멍청이라니까.

"'내가 당신과 결혼했을 수도 있었지' 하는 생각이 문득 들더라고요." 자그마한 나비넥타이를 맨 피터가 거기 앉아서 주머니칼을 열었다 닫았다 하던 것을 떠올리며 그녀가 말했다. "옛날 그대로더군요."

오찬에서도 그에 대해 이야기했다고 리처드가 말했다. (그러나 그는 그녀를 사랑한다고 말하지는 못했다. 그는 그녀의 손을 잡았다. 이런 게 행복이지. 그는 생각했다.) 우린 밀리선트 브루턴을 위해 『더 타임스』에 보낼 편지를 썼소. 휴가 할 줄 아는 거라곤 그게 다니까.

"그런데 우리 친애하는 킬먼 양은?" 그가 물었다. 클라리사는 장미가 너무나 예쁘다고 생각했다. 처음에는 다발로 뭉쳐 있다가 이제 저절로 서로 떨어지고 있었다.

"킬먼은 우리가 점심 식사 마치면 와요." 그녀가 말했다. "엘리자베스는 신이 나서 발개지고. 둘이 방에 틀어박혀 버리죠. 기도하고 있는 것 같아요."

저런! 그는 그건 맘에 들지 않았다. 하지만 이런 건 내버려두면 지나갈 것이었다.

"방수 코트 차림에 우산을 들고요." 클라리사가 말했다.

그는 "사랑하오"라고 말하진 않았지만 그녀의 손을 잡았다. 행복이란 이런 거지, 이거야. 그는 생각했다.

"그런데 내가 왜 파티에 런던에 있는 지루한 여자들을 죄다 오라고 해야 하죠?" 클라리사가 물었다. 마셤 부인이 파티를 열 때, 그녀의 손님을 **내가** 초대하나요?

"불쌍한 엘리 헨더슨." 리처드가 말했다 — 클라리사가 파티를 그렇게나 신경 쓰다니 참 이상한 일이라고 그는 생각했다.

그는 방이 어떻게 보이는지에 대해서는 아무 생각이 없었다. 그런데 — 저이는 무슨 말을 하려는 거지?

그녀가 이런 파티들로 걱정을 한다면 열지 못하게 하고 싶었다. 그녀는 피터와 결혼하고 싶었던 건가? 그러나 어쨌든 가야 했다.

나가야 하오. 그가 일어나며 말했다. 그러나 할 말이 있는 듯 잠시 서 있었다. 그녀는 궁금했다. 뭘까? 왜 이러지? 장미를 다

사 오고.

"위원회가 있어요?" 그가 문을 열자 그녀가 물었다.

"아르메니아 사람들 일이오." 그가 말했다. 아니, '알바니아 사람들'이었나.

사람들에겐 존엄성이란 게 있어. 고독이란 것이. 심지어 남편과 아내 사이에도 틈새라는 게 있는 거야. 그건 존중해야 해. 클라리사는 그가 문을 여는 것을 지켜보며 생각했다. 그것을 스스로 버리거나, 남편의 뜻을 거슬러 그것을 빼앗는다면, 자신의 독립성을, 자존감을 잃게 되는 거지 ─ 결국 값으로 따질 수 없는 무언가를 말이야.

그가 베개와 담요를 들고 돌아왔다.

"점심 식사 후엔 한 시간의 충분한 휴식." 그가 말했다. 그러고는 가 버렸다.

얼마나 그이다운지! 그는 영원히 "점심 식사 후엔 한 시간의 충분한 휴식"이라고 말할 것이었다. 의사가 그렇게 하라고 했으니까. 의사들이 하는 말을 곧이곧대로 받아들이다니, 그다웠다. 그 사람의 사랑스러운, 고귀한 단순함이었다. 그렇게까지 단순한 사람은 아무도 없었다. 그렇기에 그는 그녀와 피터가 입씨름이나 하며 시간을 보내는 동안에도 자기 할 일을 했던 것이다. 그는 아르메니아인인지 알바니아인인지 때문에 하원까지 벌써 반은 갔을 거다. 그녀는 소파에 누워 장미꽃이나 바라보게 해 놓고는. 사람들은 "클라리사 댈러웨이는 남편이 다 받아 줘서 아주 자기 멋대로야"라고들 했다. 그녀는 아르메니아인보다는 장미꽃을 훨씬 더 아꼈다. 생존의 터전에서 쫓겨나 불구가 되고 추위에 떠는, 잔인함과 불의의 희생자들이지만 (그녀는 리처드가 말하는 걸 수없이 들었다) — 그래도 아니었다. 알바니아인인지 아르메니아인인지에 대해서는 별다른 느낌이 들지 않았다. 하지만 장미꽃은 사랑했다(아르메니아인에게도 그게 도움이 되지 않을까?) — 잘린 걸 참고 볼 수 있는 유일한 꽃이었다. 리처드는 이미 하원에, 위원회에 도착했을 것이다. 그녀의 모든 어려움을 해결해 주고 나서. 하지만 아니, 아아, 그건 아니었다. 그는 엘리 헨더슨을 초대하지 않으려는 이유를 이해하지 못했다. 물론 그녀는 그가 바라는 대로 하겠지만. 그가 베개를 가져다주었으니 눕기도 할 것이고……. 하지만 — 하지만 — 왜 갑자기 아무 이유 없이, 이토록 지독하게 불행한 기분이 드는 것일까? 그녀는 진주나 다이아몬드를 풀밭에 떨어뜨리고 풀숲을 이리저리 샅샅이 뒤지며 찾아 헤매다가 마침내 풀뿌리 근처에서 찾아내는 사람처럼, 하나하나 짚어 보았다. 아니, 샐리 시튼이 리처드는 머리가 이류라서 내각에는 절대 못 들어갈 거라고 말했던 것 때문은 아니었다(문득 그 생각이 났던 것이다). 아니, 그런 것엔 개의치 않았다. 엘리자베스나 도리스 킬먼과도 상관이 없었다. 그런 것들은 기정사실이었다. 문제는 어떤 느낌, 아마도 오전 중에 들었던 어떤 불쾌한 느낌일 것이다. 피터가 한 말 때문일까. 그녀가 침실에서 모자를 벗으며 느꼈던 우울함에 그의 말이 합쳐지고, 거기에 또 리처드가 한 말이 더해져서 그런 걸까. 그런데 그가 뭐라고 했었지?

그가 들고 온 장미꽃들이 저기 있는데. 그녀의 파티! 아, 바로 그거였다! 그녀의 파티! 피터와 리처드, 둘 다 파티 때문에 그녀를 너무나 불공평하게 비판하고 부당하게 비웃었다. 바로 그거였다! 바로 그거, 그거였다!

자, 그렇다면 그녀는 어떻게 자신을 변호할 것인가? 이유를 알고 나니 속은 아주 후련해졌다. 그들은, 적어도 피터는, 그녀가 자신을 내세우기를 즐긴다고 생각했다. 유명한 사람들을 주위에 불러 모으길 좋아한다고. 명사들을. 한마디로 속물이라고. 그래, 피터는 그렇게 생각할 것이었다. 리처드는, 그녀가 흥분이 심장에 나쁘단 걸 알면서도 그걸 좋아하는 것이 어리석다고 생각할 뿐이었다. 어린애 같다고. 하지만 둘 다 완전히 틀렸다. 그녀가 사랑하는 것은 단지 삶이었다.

"그게 바로 내가 파티를 여는 이유야." 그녀는 삶을 향해 소리 내어 말했다.

방 안에 틀어박힌 채 모든 것에서 벗어나고 면제되어 소파에 가만히 누워 있다 보니, 너무나 명백하게 느껴졌던 그것의 존재가 물리적으로 실체를 갖게 되었다. 화창한 거리에서 들려오는 소리의 옷자락으로, 속삭이며 블라인드를 흔드는 뜨거운 숨결로. 그러나 만일 피터가 그녀에게 "그래, 좋아. 하지만 당신의 파티들 — 그 파티들은 대체 무슨 의미가 있는 거죠?" 하고 묻는다면, 그녀가 할 수 있는 대답이란(아무도 이해하리라고 기대할 순 없지만), 그것은 하나의 봉헌이라는 것이 전부였다. 끔찍이도 막연하게 들리겠지만. 그런데 피터는 대체 어떻게 인생이 순탄한 항해라고 말할 수 있었던 거지? — 언제나 사랑에 빠져 있는, 언제나 엉뚱한 여자와 사랑에 빠져 있는 피터가? 그럼 당신의 사랑은 어떻고요? 하고 그에게 반박할 수도 있었다. 그의 대답은 뻔하다. 그건 세상에서 가장 중요한 것이고, 어떤 여자도 그걸 절대 이해하지 못한다고. 좋아, 그렇다 치자. 그렇다면 과연 어떤 남자가 그녀가 의미하는 것, 삶에 대해 그녀가 의미하는 것을 이해할 수 있을까? 피터나 리처드가 아무 이유도 없이 파티를 여는 수고를 감수하는 모습을 그녀는 상상할 수 없었다.

그러나 사람들이 말하는 것들(이런 판단이란 것들은 얼마나 피상적이고 단편적인가!) 아래 그녀 자신의 마음 깊은 곳에서, 그녀가 삶이라고 부르는 그것은 그녀에게 과연 어떤 의미였던가? 오, 그건 아주 묘한 것이었다. 누군가는 사우스 켄싱턴에 있고, 누군가는 베이스워터에, 또 다른 누군가는 메이페어에 있다. 그녀는 그들이 존재한다는 것을 끊임없이 의식하고 있었다. 그리고 그것이 참으로 낭비이고, 안타깝다고 느꼈다. 그들이 함께 모일 수만 있다면 얼마나 좋을까 싶었고, 그래서 사람들을 모았던 것이다. 그것은 하나의 봉헌이었다. 결합하고 창조하는 것. 하지만 누구를 위한 것인가?

봉헌을 위한 봉헌이리라, 아마도. 어쨌거나 그것이 그녀의 재능이었다. 그것 말고는 달리 눈곱만큼이라도 중요하다 할 만한 재능이 없었다. 생각할 줄도, 글을 쓸 줄도, 심지어 피아노를 칠 줄도 몰랐다. 아르메니아인과 튀르키예인을 혼동했으며, 성공을 좋아하고 불편함을 싫어했다. 사람들의 호감을 얻어야만 했고, 실없는 말을 끝없이 늘어놓기도 했다. 그리고 지금까지도 누군가가 적도가 뭐냐고 물으면, 그녀는 그게 뭔지 몰랐다.

그래도 하루가 지나면 또 하루가 오기 마련이었다. 수요일, 목요일, 금요일, 토요일. 아침에 일어나 하늘을 보고 공원을 산책하고 휴 휫브레드를 만나고, 그러다 난데없이 피터가 찾아오고, 그런 다음 장미꽃을 받고. 그것으로 족했다. 그 후에는, 죽음이란 얼마나 믿기지 않는 일인가! — 다 끝나야만 한다는 것이. 이 세상 누구도 그녀가 이 모든 걸 얼마나 사랑하는지 모를 것이다. 그 모든 순간을 얼마나…….

방문이 열렸다. 엘리자베스는 어머니가 쉬고 있다는 것을 알고 있었다. 그녀는 아주 조용히 들어와 미동도 없이 가만히 서 있었다. 어느 몽골인이 노퍽 해안에서 난파를 당해 (힐버리 부인 말에 따르면) 아마 한 백 년 전쯤에 댈러웨이 집안 여자들과 섞인 것은 아닌지? 왜냐하면 댈러웨이 집안 쪽 사람들은 대개 금발에 푸른 눈인데, 엘리자베스는 반대로 검은 머리에다 창백한 얼굴에 중국인 같은 눈매였기 때문이다. 동양적인 신비로움이 있었고, 온순하고 사려 깊고 조용했다. 어렸을 때는 완벽한 유머 감각을 가지고 있었는데, 열일곱 살이 되자, 클라리사로서는 도저히 알 수 없는 이유로 아주 진지해졌다. 꽃봉오리가 이제 막 물들기 시작한, 윤기 흐르는 녹색 잎사귀에 싸여 있는 히아신스, 아직 해를 보지 못한 히아신스 같았다.

그녀는 가만히 서서 어머니를 바라보고 있었다. 하지만 문이 약간 열려 있었고, 클라리사는 문밖에 미스 킬먼이 서 있다는 것을 알고 있었다. 방수 코트 차림의 미스 킬먼이 모녀가 하는 말에 귀 기울이고 있는 것이다.

그랬다, 미스 킬먼은 층계참에 서 있었고, 방수 코트를 입고 있었다. 그녀에게도 그럴 만한 이유는 있었다. 첫째, 그것은 값이 쌌고, 둘째, 그녀는 마흔 살이 넘었으며, 어쨌든 남에게 잘 보이기 위해 옷을 입지는 않았다. 게다가 가난했다. 수치스러울 만큼. 그렇지 않았다면 그녀는 댈러웨이 집안 같은 데서, 친절 베풀기를 좋아하는 부자들한테서 일자리를 얻지는 않았을 것이다. 공정하게 말하자면 댈러웨이 씨는 친절했다. 그러나 댈러웨이 부인은 아니었다. 그녀는 그냥 선심 쓰듯 친절한 거였다. 그녀는 가장 무가치한 계급 — 얄팍한 교양을 지닌 부유층 출신이었다. 그들은 사방에 값비싼 물건들을 늘어놓고 있었다. 그림에, 양탄자에, 수많은 하인. 미스 킬먼은 댈러웨이 부부가 자신에게 해 주는 모든 것을 당연히 받을 권리가 있다고 생각했다.

그녀는 줄곧 속아 왔다. 그렇다, 그 말은 과장이 아니었다. 여자라면 약간의 행복은 누릴 권리가 있지 않은가? 그런데 그녀는 한 번도 행복해 본 적이 없었다. 너무나 서투르고 너무나 가난했으니까. 그런 데다 미스 돌비의 학교에서 모처럼 기회를 잡았을 때 하필 전쟁이 났고, 그녀는 결단코 거짓말을 할 수는 없었다. 미스 돌비는 그녀가 독일인에 대해 같은 견해를 가진 사람들끼리 지내는 편이 더 행복할 거라고 생각했다. 그래서 그녀는 떠날 수밖에 없었다. 그녀 집안이 독일계인 것은 사실이었다. 18세기에는 이름을 독일식으로 킬만이라고 썼다. 하지만 그녀의 오빠도 전사한 터였다. 그녀가 독일인이 전부 악당이라고 믿는 척하지 않았기 때문에, 그들은 그녀를 쫓아냈다 — 그녀에겐 독일인 친구들도 있었고, 인생에서 유일하게 행복했던 시절을 독일에서 보냈는데도! 그래도 어쨌든 그녀는 역사를 읽을 줄 알았다. 닥치는 대로 무엇이든 해야 했다. 댈러웨이 씨가 우연히 퀘이커 교도들을 위해 일하는 그녀를 발견했다. 그는 자기 딸에게 역사를 가르치도록 해 주었다(정말 너그러운 처사였다). 그녀는 대중 교양 강좌 같은 것도 조금씩 했다. 그때 주님께서 그녀를 찾아오신 것이다(이 대목에서 그녀는 항상 고개 숙여 절했다). 그녀는 2년 3개월 전에 빛을 보았다. 이제는 클라리사 댈러웨이 같은 여자들이 부럽지 않았다. 오히려 그들을 불쌍히 여겼다.

그녀는 부드러운 양탄자 위에 서서, 머프를 낀 어린 소녀를 새긴 옛 동판화를 들여다보며 그런 여자들을 마음속 깊이 동정하고 경멸했다. 이 모든 사치가 계속되고 있는데 어떻게 상황이 나아질 희망이 있겠는가? 그런 여자는 소파에 누워 있을게 아니라 — "어머니는 쉬고 계셔요"라고 엘리자베스는 말했지 — 공장에 있어야 하는데. 계산대 뒤라든가. 댈러웨이 부인도 다른 귀부인들도 몽땅 다!

타는 듯한 쓰라림을 안고, 미스 킬먼은 2년 3개월 전에 교회로 향했다. 그녀는 에드워드 휘터커 목사의 설교와 소년들의 노래를 들었고, 엄숙한 빛이 내려오는 것을 보았다. 음악 때문인지 찬송가 때문인지(저녁에 혼자 있을 때 바이올린에서 위안을 구하려 했지만, 그 소리는 도저히 들어줄 수가 없었다. 그녀는 음악에 대한 감각이 없었다), 그렇게 앉아 있노라니 마음속에서 끓어넘치던 뜨겁고 혼란스러운 감정이 가라앉았다. 그녀는 실컷 울고 나서 켄싱턴에 있는 휘터커 씨 댁을 방문했다. 그것은 주님의 손길입니다. 그가 말했다. 주님께서 그녀에게 길을 보여 주신 것이었다. 그래서 이제는 뜨겁고 고통스러운 감정, 댈러웨이 부인에 대한 증오심, 세상에 대한 원한이 속에서 끓어오를 때면, 그녀는 신을 생각했다. 휘터커 씨를 생각했다. 그러면 분노가 진정되었다. 달콤함이 혈관을 채우고 입술은 벌어진 채, 그녀는 방수 코트를 입고 무시무시한 모습으로 층계참에 서서, 한결같이 고요하지만 어딘가 불길하게 딸과 함께 나오는 댈러웨이 부인을 바라보았다.

엘리자베스가 장갑을 깜빡했다고 말했다. 그렇게 말한 건 미스 킬먼과 그녀의 어머니가 서로를 싫어하기 때문이었다. 그들이 함께 있는 모습을 도저히 견딜 수 없었다. 그녀는 장갑을 찾는다며 2층으로 달려 올라갔다.

그러나 미스 킬먼은 댈러웨이 부인을 증오하는 것이 아니었다. 구스베리 빛깔의 커다란 눈을 클라리사에게로 향한 채 그녀의 분홍빛 작은 얼굴과 여리여리한 몸, 생기 있는 분위기와 패션을 관찰하며 미스 킬먼이 느끼는 것은 바보! 멍청이!였다. 당신은 슬픔이 뭔지, 기쁨이 뭔지도 모르지. 인생을 낭비해 왔으니까! 그녀를 이기고 싶은 저항할 수 없는 욕망이 솟구쳤다. 그녀의 가면을 벗겨 버리고 싶은 욕망이. 저 여자를 쓰러뜨릴 수만 있다면 속이 후련할 것 같았다. 그러나 그녀가 굴복시키고 싶은 것은 몸이 아니라 영혼, 그리고 그 영혼의 비웃음이었다. 자신의 우위를 느끼게 하고 싶었다. 그녀를 울게 할 수만 있다면, 그녀를 망가뜨릴 수만 있다면. 창피를 줘서, 당신이 옳아요! 라며 울면서 무릎 꿇게 할 수 있다면. 그렇지만 이건 신의 뜻이지, 미스 킬먼의 뜻이 아니었다. 그것은 종교적인 승리여야 했다. 그렇기에 그녀는 노려보고 쏘아보았다.

클라리사는 정말로 충격을 받았다. 이것이 기독교도라니 — 이런 여자가! 이 여자가 내 딸을 빼앗아 갔다니! 이 여자가 보이지 않는 존재들과 접촉을 한다고! 둔중하고, 못생기고, 흔해빠지고, 친절함도 우아함도 없는 이 여자가 삶의 의미를 안다고!

"백화점에 엘리자베스를 데리고 간다고요?" 댈러웨이 부인이 물었다.

미스 킬먼은 그렇다고 대답했다. 그들은 그렇게 서 있었다. 미스 킬먼은 그녀에게 사근사근 대할 생각이 없었다. 항상 밥벌이는 해 왔다. 근대사에 대한 지식도 아주 완벽했다. 자신은 수입이 빠듯한데도 자신이 믿는 대의를 위해 조금씩 따로 떼어 두었는데, 이 여자는 하는 일도 없고, 믿는 것도 없었다. 딸은 하나 키웠지 — 여기 엘리자베스가 왔네. 약간 숨을 헐떡이면서. 아름다운 엘리자베스.

그들은 백화점으로 떠나려는 참이었다. 그런데 이상했다. 킬먼이 저기 저렇게(원시적인 싸움을 위해 무장한 선사 시대 괴물처럼 힘세고 과묵하게) 서 있는 동안, 그녀에 대한 관념이 조금씩 줄어들었다. 증오가(그것은 사람이 아니라 관념을 향한 것이었다) 바스러졌다. 미스 킬먼은 차츰 악의를 잃고 몸집도 줄더니 한낱 방수 코트 입은 킬먼이 되었다. 클라리사가 그녀를 도와주고 싶어 했을 거라는 건 하늘은 알고 있었다.

이렇게 괴물이 작아지자 클라리사는 웃음이 났다. 잘 다녀오라고 인사하며 웃었다.

미스 킬먼과 엘리자베스, 그 두 사람은 함께 아래층으로 내려갔다.

순간 이 여자가 딸을 데려간다는 생각에 격렬한 고통을 느끼며, 클라리사는 충동적으로 난간 너머로 몸을 기울여 외쳤다. "파티 잊지 말아라! 오늘 밤 우리 파티 잊지 마!"

그러나 엘리자베스는 이미 현관문을 열었고, 트럭이 지나가고 있었다. 대답이 없었다.

사랑과 종교란 것! 클라리사는 응접실로 돌아가며 생각했다. 온몸이 쑤시듯 얼얼했다. 싫어, 정말 너무 싫어! 미스 킬먼의 몸이 눈앞에서 사라지자, 관념이 그녀를 압도했다. 세상에서 가장 잔인한 것들이야. 그녀는 생각했다. 서툴고 다혈질에 위선적이고, 남의 말이나 엿듣고, 시기심 많고, 지독하게 잔인하고 비양심적인 그것들, 사랑과 종교라는 것들이, 방수 코트를 입고 층계참에 서 있는 것을 보며. 그녀 자신은 한 번이라도 누군가를 개종시키려 한 적이 있던가? 그녀는 그저 모든 사람이 자기 자신이기만을 바라지 않았던가? 그녀는 창밖을 바라보며, 맞은편 집에 사는 노부인이 계단을 올라가는 것을 지켜보았다. 그녀가 오르고 싶어 하면 오르게, 멈추고 싶으면 멈추게 내버려두자. 그러고 나서, 클라리사가 종종 보았던 것처럼, 침실에 가서 커튼을 열고 또 다시 그 뒤편으로 사라지게 두면 되는 거다. 누군가 지켜보고 있다는 사실을 전혀 의식하지 못한 채 창밖을 바라보는 저 노부인에게 어쩐지 존경심이 들었다. 그 모습엔 뭔가 엄숙한 것이 있었다 — 그러나 사랑이니 종교니 하는 것들은 그것을 파괴하려 들었다. 그것이 무엇이든, 영혼의 프라이버시를. 그 혐오스러운 킬먼은 그걸 파괴하려 드는 것이다. 그러나 그것은 그녀를 울고 싶게 만드는 광경이었다.

사랑은 파괴하기도 했다. 아름다운 모든 것, 진실한 모든 것은 다 사라졌다. 지금 피터 월시를 생각해 보면. 그도 한때는 매력적이고 영리하고 모든 것에 대해 나름의 생각이 있는 남자였다. 포프나 에디슨에 대해 알고 싶거나, 아니면 사람들은 어땠는지, 상황이 어떻게 된 건지 시답잖은 이야기를 하고 싶다면, 피터만큼 잘 아는 사람도 없었다. 그녀를 도와준 것도, 그녀에게 책을 빌려준 것도 피터였다. 하지만 그가 사랑한 여자들을 보면 — 저속하고 시시하고 평범했다. 사랑에 빠진 피터는 또 어떤가 — 그렇게 오랜만에 찾아와선 무슨 얘기를 했던가? 자기 얘기였다. 끔찍한 열정이야! 그녀는 생각했다. 품위를 떨어뜨리는 열정이라고! 그녀는 킬먼과 자기 딸 엘리자베스가 육해군 백화점으로 걸어가는 모습을 떠올리며 생각했다.

 빅 벤이 30분을 알렸다.

 이 얼마나 놀라운 일인가. 기이하고. 그래, 감동적이었다. 저 노부인이(그들은 오랜 세월 동안 이웃이었다) 마치 저 소리, 저 끈에 연결되어 있기라도 하듯 창가에서 물러나는 모습을 본다는 건 말이다. 종소리는 거대했지만, 노부인과 관련되어 있었다. 아래로, 아래로, 시곗바늘은 일상의 것들 한가운데로 떨어지며 그 순간을 엄숙하게 만들었다. 클라리사는 상상했다. 그녀는 그 소리에 움직일 수밖에, 갈 수밖에 없다고 — 그렇지만 어디로? 클라리사는 그녀가 몸을 돌려 사라지는 것을 눈으로 뒤쫓았다. 침실 뒤쪽에서 움직이는 그녀의 흰 두건이 아직도 보였다. 그녀는 여전히 방의 저쪽 끝에서 움직이고 있었다. 교리와 기도와 방수 코트 따위가 무슨 필요가 있을까? 저것이 바로 기적인데, 저것이 신비인데. 클라리사는 생각했다. 서랍장에서 화장대로 가는 저 노부인이 말이야. 그녀의 모습이 아직도 보였다. 킬먼이 풀었노라고, 혹은 피터가 풀었노라고 말할지도 모르지만, 클리리사가 보기에 두 사람 다 어떻게 풀어야 하는지조차 모르는 최고의 신비는, 단지 이것이었다: 여기에 방 하나가 있고, 저기에 또 하나가 있다는 것. 종교가 그것을 풀었던가? 아니면 사랑이?

 사랑 — 그런데 이때 다른 시계, 언제나 빅 벤보다 2분 늦게 치는 시계 종소리가, 발을 질질 끌며 들어와 치마폭에 잔뜩 싸들고 온 온갖 잡동사니를 쏟아 놓았다. 마치 빅 벤이 그렇게 위풍당당하게 그렇게 엄숙하고 정의롭게 법을 제정하는 것이 지당하기는 하지만, 그 밖의 자질구레한 모든 것들 — 마셤 부인, 엘리 헨더슨, 얼음 담을 유리잔 같은 것들 — 은 그녀가 기억해야만 하겠다는 듯이. 그 온갖 자질구레한 것들이 바다 위에 금괴처럼 평평하게 깔린 그 엄숙한 종소리의 항적을 따라 찰랑찰랑 춤을 추며 밀려들었다. 지금 당장 전화를 걸어야 한다.

수다스럽고 소란스럽게, 그 늦은 시계는 치마폭에 사소한 것들을 가득 담고, 빅 벤이 지나간 자국을 따라 밀려들며 울렸다. 달려드는 마차들과 난폭한 짐차들, 각이 진 수많은 남자들과 요란하게 뽐내는 여자들의 열성적인 전진, 사무실과 병원들의 돔과 첨탑들에 부딪히고 으스러진 끝에, 가득 실려 온 이 잡동사니의 마지막 잔해들은 지쳐 버린 파도의 물보라처럼 미스 킬먼의 몸 위로 부서져 내리는 것 같았다. 그녀는 길거리에서 가만히 멈춰 서서 "육신 때문이야"라고 중얼거리고 있었다.

그녀가 반드시 통제해야 하는 것은 육신이었다. 클라리사 댈러웨이는 자신을 모욕했다. 그건 예상하고 있었다. 하지만 이기지 못했다. 육신을 통제하지 못했기 때문이었다. 못생기고 서툴다고 클라리사는 비웃었다. 그러자 육신의 욕망이 되살아났다. 클라리사 옆에 있을 때 자신의 모습이 신경 쓰였기 때문이었다. 그녀는 클라리사처럼 말을 하지도 못했다. 그런데 어째서 그녀를 닮고 싶어 하는 것인가? 왜? 그녀는 댈러웨이 부인을 마음 깊이 경멸했다. 그녀는 진지하지 않고 선하지도 않았다. 그녀의 인생은 허영과 기만투성이였다. 그런데도 도리스 킬먼은 압도되었다. 그녀는 사실, 클라리사 댈러웨이가 자기를 보고 웃었을 때 하마터면 울음을 터뜨릴 뻔했다. "육신 때문이야. 이게 다 육신 때문이라고." 그녀는 빅토리아 스트리트를 따라 걸어가면서 이 혼란스럽고 고통스러운 감정을 가라앉히려 애쓰며 중얼거렸다(그녀는 소리 내어 말하는 버릇이 있었다). 그녀는 신에게 기도했다. 못생긴 건 어쩔 수 없었다. 예쁜 옷을 살 여유도 없었다. 클라리사 댈러웨이가 웃었어 — 하지만 저 우체통까지 가는 동안 무언가 다른 것에 정신을 집중해 보자. 어쨌든 난 엘리자베스를 가졌잖아. 하지만 그것 말고 다른 걸 생각해 보자. 러시아 생각. 우체통에 다다를 때까지.

시골에 있으면 얼마나 좋을까. 그녀는 중얼거렸다. 휘터커 씨가 말했던 대로, 자신을 경멸하고 조롱하고 내쫓은 세상에 대한 격렬한 원한과 싸우며. 그 원한은 사람들이 차마 마주할 수도 없는, 사랑받을 수 없는 육신을 떠안은 수모에서 시작된 것이었다. 머리 모양을 어떻게 해 봐도 이마가 달걀처럼 하얗게 훤히 드러났다. 어울리는 옷도 없었다. 어떤 옷을 사도 마찬가지였다. 그리고 여자에게 그것은 물론, 이성을 만날 수 없다는 걸 의미했다. 그 누구에게도 첫 번째가 될 수 없었다. 요즘 들어 가끔 그녀는 엘리자베스를 제외하면 먹는 게 사는 이유의 전부인 것 같았다. 안락함, 저녁 식사, 차, 밤을 위한 따뜻한 물병. 하지만 싸워서 완패시켜야 한다. 신을 믿어야 한다. 휘터커 씨는 그녀가 어떤 목적을 위해 존재하는 거라고 했다. 그렇지만 그 고통은 아무도 모르는걸요! 그러자 그가 십자가를 가리키며 말했다. 신께서 아시지요. 하지만 클라리사 댈러웨이 같은 다른 여자들은 당하지 않는 고통을 왜 나는 당해야 합니까? 깨달음은 고통을 통해 오는 겁니다. 휘터커 씨는 말했다.

그녀는 우체통을 지났다. 엘리자베스가 육해군 백화점에 있는 차분한 갈색 톤의 담배 매장으로 들어가는 동안에도, 그녀는 고통을 통해 오는 깨달음에 대해 휘터커 씨가 한 말과 육신에 대해 여전히 중얼거리고 있었다. "육신이라고." 그녀는 중얼거렸다.

어느 매장에 가고 싶으세요? 엘리자베스가 그녀의 생각을 중단시켰다.

"페티코트." 그녀는 툭 내뱉고는 엘리베이터 쪽으로 성큼성큼 걸어갔다.

그들은 위로 올라갔다. 엘리자베스는 이리저리 길을 안내했다. 딴생각에 잠겨 있는 그녀를 마치 커다란 어린아이처럼, 다루기 힘든 거대한 전함처럼 이끌고 갔다. 페티코트들이 진열되어 있었다. 갈색, 점잖은 것, 줄무늬, 천박한 것, 두툼한 것, 얇은 것. 그녀는 멍하니 생각에 잠긴 채 하도 심각하게 물건을 골라서, 점원은 그녀를 미친 사람이라고 생각했다.

포장하는 동안, 엘리자베스는 미스 킬먼이 무슨 생각을 하고 있는지 살짝 궁금해졌다. 미스 킬먼이 정신을 차리고 마음을 다잡으며, 차를 마셔야겠다고 말했다. 그들은 차를 마셨다.

엘리자베스는 미스 킬먼이 혹시 배가 고픈가 싶었다. 그렇게나 열심히 먹고 나서도 옆 테이블에 놓인 설탕 입힌 케이크 접시를 보고 또 보았던 것이다. 그러다 어떤 부인과 아이가 자리에 앉아 아이가 케이크를 집어 들었는데, 그때 킬먼은 정말로 언짢은 거였을까? 그랬다, 미스 킬먼은 언짢았다. 그녀는 그 케이크를 원했던 것이다 — 그 분홍 케이크를 먹는 즐거움이 거의 유일하게 남은 순수한 즐거움인데, 그것마저 뜻대로 안 되다니!

그녀는 엘리자베스에게 말한 적이 있었다. 사람이 행복할 때는 꺼내 쓸 수 있는 비축물이 있지만, 자기는 타이어 없는 바퀴 같아서(그녀는 그런 은유를 좋아했다) 돌멩이마다 덜컹거린다고. 화요일 오전 수업이 끝나면, 그녀는 자신이 '책가방'이라고 부르는 책이 든 가방을 들고 난롯가에 서서 그런 얘기를 하곤 했다. 전쟁 얘기도 했다. 요컨대 영국인들이 언제나 옳다고 생각하지는 않는 사람들도 있다는 것이었다. 책들도 있고 모임도 있다. 다른 시각이라는 게 있는 것이다. 엘리자베스도 자기와 함께 아무개(정말 특이하게 생긴 노인인데)의 말씀을 들으러 가 볼 생각이 있는지? 그러더니 미스 킬먼은 그녀를 켄싱턴에 있는 어느 교회로 데려갔고, 그들은 목사와 함께 차를 마셨다. 그녀는 책도 빌려주었다. 법, 의학, 정치, 당신 세대 여성들에게는 어떤 직업이든 열려 있어요. 미스 킬먼은 말했다. 하지만 나는 경력이 완전히 망가졌어요. 그게 내 잘못일까요? 어머나, 절대 그렇지 않아요. 엘리자베스가 말했다.

그녀의 어머니는 버턴에서 큰 바구니가 왔다며 미스 킬먼에게 꽃을 좀 드릴까 하고 묻곤 했다. 그녀의 어머니는 미스 킬먼에게 언제나 아주, 아주 친절했다. 하지만 미스 킬먼은 꽃들을 다발째 짓눌러 버렸고, 소소한 잡담이라곤 건넨 적이 없었다. 미스 킬먼에게 흥미로운 것은 그녀의 어머니에겐 지루했고, 미스 킬먼과 그녀가 함께 있으면 정말 끔찍했다. 미스 킬먼은 부푼 듯 기세등등하면서 너무나 평범해 보였다. 하지만 미스 킬먼은 무서우리만치 똑똑했다. 엘리자베스는 가난한 사람들에 대해서는 생각해 본 적이 없었다. 그들은 원하는 모든 것을 갖추고 살았다 — 그녀의 어머니는 날마다 침대에서 아침 식사를 했다. 루시가 갖다 드리는 것이다. 그리고 그녀의 어머니는 노부인들을 좋아했다. 공작 부인들이며, 아무개 경의 후손이라는 이유로. 하지만 미스 킬먼은 (수업이 끝난 어느 화요일 아침에) "우리 할아버지는 켄싱턴에서 유화 물감 가게를 하셨지요"라고 말했다. 미스 킬먼은 사람을 너무 하찮게 느껴지게 했다.

미스 킬먼은 차를 한 잔 더 마셨다. 엘리자베스는 동양적인 몸가짐에 알 수 없는 신비함을 지니고 반듯하게 꼿꼿이 앉아 있었다. 아니요, 저는 더는 생각이 없어요. 그녀는 장갑을 찾아 두리번거렸다 — 하얀 장갑을. 그것은 테이블 아래 있었다. 아, 하지만 가면 안 돼! 미스 킬먼은 그녀를 보낼 수 없었다! 이 아름다운 아가씨를! 진심으로 사랑하는 이 소녀를! 그녀는 테이블 위에 올린 커다란 손을 쥐었다 폈다 했다.

하지만 엘리자베스는 왠지 조금 지루한 기분이 들었다. 정말로 가고 싶었다.

그러나 미스 킬먼은 말했다. "난 아직 다 안 먹었어요."

그렇다면 엘리자베스는 물론 기다릴 것이었다. 하지만 여긴 좀 갑갑했다.

"오늘 밤 파티에 갈 거예요?" 미스 킬먼이 물었다. 엘리자베스는 그럴 것 같다고 대답했다. 어머니가 원한다고. 파티에 정신이 팔리면 안 돼요. 미스 킬먼은 2인치쯤 남은 초콜릿 에클레어 마지막 조각을 만지작거리며 말했다.

자기는 파티를 별로 좋아하지 않는다고 엘리자베스가 말했다. 미스 킬먼은 입을 벌리고 턱을 약간 내밀고 초콜릿 에클레어 마지막 조각을 한입에 넣더니 손가락을 닦고 찻잔을 빙글빙글 돌려 헹구었다.

미스 킬먼은 산산조각 날 것 같은 기분이었다. 고통이 너무나 극심했다. 그녀를 붙잡을 수 있다면, 그녀를 껴안을 수 있다면, 그녀를 영원토록 완전히 자기 것으로 만들고 죽을 수만 있다면. 미스 킬먼이 원하는 건 그것뿐이었다. 그러나 여기 이렇게 앉아 아무런 할 말도 생각해 내지 못한 채 엘리자베스가 자신에게 등을 돌리는 것을 본다는 건, 그녀에게까지 혐오스러운 존재로 느껴진다는 건 — 그건 너무한 일이었다. 도저히 견딜 수가 없었다. 두꺼운 손가락들이 안으로 움켜쥐듯 말렸다.

"난 절대로 파티에 가지 않아요." 미스 킬먼이 말했다. 오직 엘리자베스를 못 가게 하기 위해서였다. "사람들이 날 파티에 초대하질 않거든요." — 이렇게 말하면서도 그녀는 이런 이기심이 자신을 망치게 한다는 걸 알고 있었다. 휘터커 씨도 경고한 적이 있었다. 하지만 그녀도 어쩔 수가 없었다. 그녀는 너무심한 고통을 겪었던 것이다. "나를 왜 초대하겠어요?" 그녀가 말했다. "이렇게 평범하고 불행한데." 그녀도 자신이 바보 같다는 건 알고 있었다. 그러나 그녀가 이런 말을 하는 건 지나가는 사람들 때문이었다 — 꾸러미들을 들고 있는, 그녀를 멸시하는 사람들. 그렇지만 그녀는 도리스 킬먼이었다. 학위도 있었다. 지금까지 자기 힘으로 살아온 여성이었다. 근대사에 대한 지식은 단순히 존경할 만한 수준을 넘어서는 것이었다.

"나 자신을 불쌍히 여기는 건 아니에요." 그녀가 말했다. "내가 불쌍하게 생각하는 건……." "당신 어머니예요"라고 말하고 싶었다. 그렇지만 아니, 엘리자베스에게 그럴 수는 없었다. "다른 사람들이에요." 그녀가 말했다. "그들이 더 불쌍하죠."

영문도 모른 채 성문 앞으로 끌려와 당장이라도 달아나고 싶어 안달하는 짐승처럼, 엘리자베스는 말없이 앉아 있었다. 미스 킬먼은 더 하고 싶은 말이 있는 걸까?

"날 아주 잊으면 안 돼요." 도리스 킬먼이 말했다. 그녀의 목소리가 떨렸다. 말 못 하는 짐승은 겁에 질려 즉각 벌판 끝까지 전속력으로 달아났다.

커다란 손이 펼쳐졌다 다시 오므려졌다.

엘리자베스는 고개를 돌렸다. 여종업원이 왔다. 계산은 계산대에서 해야 한대요. 엘리자베스는 이렇게 말하고는 자리에서 일어났다. 미스 킬먼은 엘리자베스가 나가면서 자기 몸에 있는 내장을 끄집어내, 가게를 가로질러 걸어가면서 그것을 잡아 늘이고 있는 듯한 기분이었다. 그런 다음 그녀는 마지막으로 몸을 살짝 틀어 아주 공손히 고개 숙여 인사하고는 떠났다.

그녀는 가 버렸다. 미스 킬먼은 에클레어들 사이에 놓인 대리석 테이블에 앉아 있었다. 한 번, 두 번, 세 번, 고통으로 얻어맞은 채. 그녀는 떠나 버렸다. 댈러웨이 부인이 이긴 것이다. 엘리자베스는 가 버렸다. 아름다움이 가 버렸다. 젊음이 떠나 버렸다.

그렇게 그녀는 앉아 있었다. 자리에서 일어나, 약간 비틀거리며 작은 테이블들 사이를 이리저리 부딪치며 걸어 나왔다. 누군가가 그녀의 페티코트를 들고 뒤쫓아 나왔다. 방향 감각을 잃어버려 인도 여행용으로 특별히 제작된 트렁크들 사이에 둘러싸였다가, 그다음엔 출산 준비물이며 배내옷 있는 곳으로 들어섰다. 세상의 모든 상품, 썩는 것과 썩지 않는 것, 햄, 약, 꽃, 문구류, 달콤하거나 시큼한 갖가지 냄새가 나는 물건들 사이를, 그녀는 휘청거리며 걸어갔다. 삐뚤어진 모자에 벌건 얼굴로 비틀거리는 자신의 모습이 전신 거울에 비쳐 보였다. 그녀는 마침내 길거리로 나왔다.

웨스트민스터 성당의 탑, 신의 거처가 그녀의 눈앞에 나타났다. 교통이 혼잡한 한가운데에 신의 거처가 있었다. 그녀는 꾸러미를 든 채 또 다른 성소인 사원 쪽으로 고집스럽게 걸음을 옮겼다. 거기서 양손을 얼굴 앞에 텐트처럼 맞잡고 올리며 자기처럼 피난처를 찾아온 사람들 곁에 앉았다. 얼굴 앞에 맞잡은 양손을 들어 올리고 있는 각양각색의 예배자들은 사회 계층도, 성별까지도 벗어 버린 듯했다. 그러나 손을 내리는 순간, 그들은 경건한 중산층 영국 남녀들이었다. 그중 몇몇은 밀랍상(像)들을 보고 싶어 온 것이었다.

그러나 미스 킬먼은 얼굴 앞에 손을 맞잡은 채 있었다. 혼자만 남겨지기도 했다가 사람들이 들어와 함께 있기도 했다. 길거리에서 새로 들어온 예배자들이 어슬렁거리던 앞사람들의 뒤를 이었다. 사람들이 한 바퀴 둘러보며 무명용사의 무덤 앞을 느릿느릿 지나갈 때도, 그녀는 여전히 손가락으로 눈을 가리고 있었다. 사원 안의 빛은 실체가 없었기에, 그녀는 그 이중의 어둠 속에서 허영과 욕망과 상품들을 넘어서려, 자신에게서 증오와 사랑 모두를 떨쳐 내려 애썼다. 맞잡은 두 손이 뒤틀렸다. 그녀는 기를 쓰며 버둥거리는 것처럼 보였다. 그러나 다른 사람들에게는 신은 다가가기 쉬웠고, 신에게 이르는 길은 순탄했다. 재무성에서 은퇴한 플레처 씨와 유명한 왕실 고문 변호사의 미망인 고럼 부인은 그저 신에게 나아가기만 하면 되었다. 그들은 기도를 마친 후 등을 기대고 앉아 음악을 즐기며(오르간 소리가 감미롭게 울려 퍼지고 있었다), 끝줄에 앉은 미스 킬먼이 기도하고 또 기도하면서도 아직도 하계의 문턱에 있는 것을 보고는, 그녀를 같은 영역을 떠도는 영혼으로 여기고 동정심을 느꼈다. 비물질적인 것으로 이루어진 영혼, 여성이 아니라 영혼으로.

그렇지만 플레처 씨는 가야 했다. 그는 그녀의 앞을 지나가지 않을 수 없었는데, 그 자신은 아주 깔끔한 터라 그 가난한 숙녀의 어수선한 모습에 약간 괴로웠다. 머리카락은 흘러 내려와 있었고 꾸러미는 바닥에 떨어져 있었다. 그녀는 그가 지나갈 수 있도록 금방 길을 비켜 주지 않았다. 그러나 그가 주위를 둘러보며 새하얀 대리석과 잿빛 창유리와 쌓여 있는 보물들을 보다 보니(사원이 무척 자랑스러웠으므로), 이따금 무릎을 바꿔 가며 앉아 있는 그녀의 커다란 덩치와 강인함, 그리고 그 힘에 (그녀가 신에게 다가가는 길은 너무나 험했고 — 그녀의 욕망은 너무나 강했다) 깊은 인상을 받았다. 댈러웨이 부인(그날 오후 그녀는 킬먼 생각을 떨쳐 버릴 수가 없었다)과 에드워드 휘터커 목사와 엘리자베스가 그랬던 것처럼.

엘리자베스는 빅토리아 스트리트에서 버스를 기다렸다. 밖에 있는 것이 너무나 좋았다. 아직은 집에 들어가지 않아도 될 것 같았다. 이렇게 바깥바람을 쐬는 것이 정말 좋았다. 그래서 버스를 타기로 했다. 그런데 이미, 거기서 그렇게, 아주 잘 맞게 재단된 옷을 입고 기다리는 중에도, 시작되고 있었다…… 사람들이 그녀를 포플러나무에, 이른 여명에, 히아신스에, 아기 사슴에, 흐르는 물에, 정원의 백합에 비유하는 것이. 그것은 그녀의 삶을 버겁게 만들었다. 하고 싶은 것을 하면서 시골에 혼자 지내는 편이 훨씬 더 좋았으니까. 하지만 사람들은 그녀를 자꾸만 백합에 비유했고, 그녀는 파티에 가야만 했다. 아버지와 개들과 함께 지냈던 시골에 비하면 런던은 음울하기 짝이 없었다.

버스들이 돌진하듯 도착해서 정차했다간 떠났다 — 빨갛고 노란 바니시를 칠해 번쩍거리는 화려한 버스의 대열. 그런데 어떤 버스를 타지? 그녀는 딱히 선호하는 것이 없었다. 물론 원하는 대로 밀고 나가지도 않을 것이었다. 그녀는 수동적인 성향이었다. 표정은 좀 부족했지만, 중국인 같은 동양적인 눈은 아름다웠고, 그녀 어머니 말대로, 어깨선이 곱고 자세가 곧아서 언제 보아도 매력적이었다. 최근 들어서는 특히 저녁때, 그녀가 무언가에 흥미를 느낄 때면 ─ 그녀는 흥분해 보인 적이 없었으니까 ─ 아주 우아하고 아주 차분하며 제법 아름다워 보였다. 그녀는 무슨 생각을 하고 있는 걸까? 모든 남자가 그녀에게 반하는 바람에 그녀는 정말이지 너무나 따분했다. 시작되고 있었으니 말이다. 그녀의 어머니는 알 수 있었다 ─ 찬사가 시작되고 있다는 것을. 클라리사는 그녀가 옷차림 같은 것에 별로 신경을 쓰지 않는 것이 가끔 염려스럽긴 했다. 하지만 강아지들과 기니피그가 전부 전염병에 걸린 상황에선 그렇게 하는 것이 어쩌면 더 합당했고, 그것이 그녀의 매력이기도 했다. 미스 킬먼과 이상한 교제를 하고 있긴 하지만. 새벽 세 시까지 잠이 안 와서 마르보 남작의 회고록을 읽다 말고 클라리사는 생각했다. 하긴, 그건 그 애가 마음이 따뜻하다는 증거지.

엘리자베스가 갑자기 앞으로 걸어 나가 모든 사람 앞에서 아주 능숙하게 버스에 탔다. 그리고 2층 칸에 자리를 잡았다. 해적선 같은 그 성급하고 맹렬한 녀석이 움직이기 시작하더니 쏜살같이 질주했다. 그녀는 흔들리지 않으려고 난간을 붙잡았다. 그야말로 그것은 해적선이었다. 무모하고 파렴치하고, 가차 없이 위협적으로 접근하고 아슬아슬하게 피해 가면서, 대담하게 승객을 낚아채거나 혹은 무시하면서, 뱀장어처럼 미끄럽고 거만하게 차들 사이로 비집고 들어가, 돛이란 돛은 다 펼친 채 화이트홀을 향해 무례하게 돌진했다. 그런데 엘리자베스는 미스 킬먼 생각을 단 한 번이라도 했던가? 자신을 질투심 없이 사랑하고, 자신을 들판에 있는 아기 사슴, 숲속 빈터를 비추는 달처럼 여기는 딱한 그녀를? 그녀는 자유로운 것이 기뻤다. 상쾌한 공기가 너무나 달콤했다. 육해군 백화점은 정말 갑갑했었다. 지금은 화이트홀을 향해 말을 타고 달려 올라가는 것 같았다. 버스가 움직일 때마다 아기 사슴 같은 연갈색 외투를 입고 있는 아름다운 몸이 기수처럼, 뱃머리에 달린 조각상처럼 자유롭게 반응했다. 산들바람에 매무새가 살짝 흐트러졌고, 태양의 열기에 뺨은 하얗게 칠한 나무처럼 창백해졌다. 그리고 그녀의 아름다운 눈은 누구의 눈과도 마주치지 않은 채, 믿을 수 없을 만큼 순수한 조각상의 시선처럼 무표정하게 환히 빛나며 앞을 응시하고 있었다.

미스 킬먼을 대하기가 그토록 어려운 건 그녀가 언제나 자기 고통만 얘기하기 때문이었다. 그런데 그녀 말이 옳은 걸까? 위원회에 참석하고 날마다 몇 시간씩 버리는 것이 (런던에서는 아버지를 거의 본 적이 없었다) 가난한 사람을 돕는 일이라면, 그게 바로 아버지가 하시는 일이긴 한데, 그건 분명한 사실이었다 ― 그게 미스 킬먼이 말하는 기독교도가 된다는 것의 의미라면 말이다. 하지만 그건 정말 말하기 어려운 문제였다. 아, 조금 더 멀리 가고 싶은데. 스트랜드까지 가려면 1페니를 더 내야 한다고? 그럼, 여기 1페니. 스트랜드까지 가 보자.

그녀는 아픈 사람에게 마음이 끌렸다. 미스 킬먼은 당신 세대 여성들에게는 모든 직업이 열려 있다고 했다. 그러니까 그녀는 의사가 될 수도 있을 것이다. 농부가 될 수도 있었다. 동물도 종종 아프니까. 1천 에이커쯤 되는 땅을 소유하고 사람들을 부릴 수도 있었다. 그들이 사는 오두막에도 찾아가 보곤 할 것이다. 이것이 서머싯 하우스'구나. 아주 훌륭한 농부가 될 수도 있다는 생각은 미스 킬먼의 영향도 있었지만, 이상하게도 거의 전적으로 서머싯 하우스 덕분에 든 것이었다. 그 거대한 회색 건물이 너무나 웅장하고 엄숙해 보였던 것이다. 그녀는 사람들이 일하고 있다는 느낌이 좋았다. 스트랜드의 물결에 맞서고 있는, 오려 낸 회색 종이 같은 교회들도 좋았다. 여기는 웨스트민스터와는 무척 다르네. 첸서리 레인에서 그녀는 버스에서 내리며 생각했다. 아주 진지하고, 아주 분주해. 한마디로 그녀는 직업을 갖고 싶었다. 의사나 농부가 되고 싶었다. 필요하다고 생각되면 의회에 들어갈 수도 있었다. 모두 스트랜드 때문이었다.

일 때문에 바쁜 사람들의 발길, 돌을 쌓아 올리는 손들, 시시한 잡담(여자를 포플러나무에 비유하는 일은 물론 재미는 좀 있지만 아주 바보 같았다)이 아니라 배나 사업, 법률, 행정 같은 것들에 끊임없이 몰두해 있는 정신들, 그리고 모든 것이 너무나 위엄 있고(그녀는 사원에 있었다), 명랑하고(저기에 강이 있었다), 경건해서(저기엔 교회가 있었다), 그녀는 어머니가 뭐라 하든 간에 농부나 의사가 되겠다는 결심을 굳혔다. 물론 조금 게으르긴 했지만.

그것에 관해서는 아무 말도 하지 않는 편이 훨씬 나았다. 너무 어리석어 보였다. 그것은 혼자 있을 때 가끔 일어나곤 하는 일이었다 — 건축가의 이름이 없는 건물들과 시티*에서 돌아오는 사람들의 무리가, 켄싱턴의 목사 한 사람보다, 미스 킬먼이 빌려준 그 어떤 책보다, 더 강력한 힘으로 마음의 모랫바닥에 잠들어 있는 서툴고 수줍은 것들을 자극하여 표면을 뚫고 나오게 한 것이었다. 마치 아이가 갑자기 두 팔을 쭉 뻗듯이. 그건 어쩌면 단지 한숨이나 기지개, 충동이나 계시 같은 것인지도 몰랐다. 영원한 효과를 남기기는 하지만 그러고 나선 다시 모랫바닥 속으로 들어가 버리는. 집에 가야겠어. 만찬을 위해 옷을 갈아입어야 해. 그런데 몇 시지? — 시계가 어디에 있지?

그녀는 플리트 스트리트 쪽을 올려다보았다. 세인트 폴 성당 쪽으로 수줍은 듯 조금 걸어갔다. 마치 밤에 촛불을 들고 발끝으로 살금살금 걸어 낯선 집을 탐험하다가, 집주인이 갑자기 침실 문을 벌컥 열곤 무슨 일이냐고 물을까 봐 조마조마해하는 사람처럼. 낯선 집에서는 그 문이 침실 문인지 거실 문인지 아니면 곧장 식품 저장실로 통하는 문인지 알 수 없어서 열어 볼 수 없는 것처럼, 기이한 샛길이나 매력적인 뒷골목으로는 감히 들어가 볼 엄두를 내지 못했다. 댈러웨이 집안 사람들은 일상적으로 스트랜드를 다니는 사람들이 아니었기 때문이다. 그녀는 개척자요 방랑자였다. 믿음을 가지고 모험에 나선.

그녀의 어머니는, 여러 면에서 딸이 지극히 미성숙하다고 느꼈다. 아직도 인형들과 오래된 슬리퍼에 애착을 갖는 어린아이, 영락없는 아기였다. 그것이 매력이기는 했다. 하지만 댈러웨이 집안에는 물론 공공 봉사의 전통이 있었다. 여성들 가운데 수녀원장, 학장, 교장, 고위 관리들을 지낸 사람들이 있었다 ― 누구 하나 뛰어난 사람은 없었지만 아무튼 그런 사람들이었다. 그녀는 세인트 폴 성당 방향으로 조금 더 진입했다. 이 떠들썩한 분위기 속의 친근함과 자매애, 모성애, 형제애가 좋았다. 그것이 좋게 느껴졌다. 소음은 엄청났다. 그때 갑자기 트럼펫 소리가 (실업자들이었다) 소란 속에서 쩌렁쩌렁 퍼져 나갔다. 군악이었다. 사람들이 행진이라도 하는 것 같았다. 하지만 누군가가 죽어 가고 있었다면 ― 어떤 여인이 마지막 숨을 거두고, 그 곁을 지키던 사람이 그 지고한 존엄의 행위를 해낸 방에서 창문을 열고 플리트 스트리트를 내려다보았다면, 그 소란, 그 군악은 그 사람에게 승리를 알리듯 다가왔을 것이다. 위로를 건네며, 무심하게.

그 소리는 아무것도 의식하지 않았다. 거기엔 누군가의 행운이나 운명에 대한 인식이 없었고, 바로 그런 이유로, 죽어 가는 얼굴에서 마지막 의식의 떨림을 지켜보며 망연자실해진 사람들에게까지도 위안을 주었다.

사람들의 망각은 상처를 주고, 배은망덕은 마음을 좀먹지만, 해마다 끊임없이 쏟아지는 이 목소리는 무엇이든 데리고 갈 것이다. 이 맹세, 이 짐차, 이 삶, 이 행렬은 모두를 감싸안고 나아갈 것이다. 빙하의 거친 물살 속에서 얼음이 뼛조각 하나, 파란 꽃잎 하나, 떡갈나무들을 품고 계속해서 나아가듯이.

그런데 생각보다 시간이 많이 흘렀다. 어머니는 그녀가 이렇게 혼자 나돌아다니는 걸 좋아하시지 않을 것이다. 그녀는 스트랜드를 되돌아 내려갔다.

한 줄기 바람이(날은 뜨거워졌지만 바람이 제법 불었다) 얇고 검은 베일을 날려 태양과 스트랜드를 덮었다. 사람들 얼굴이 흐릿해졌고 버스들은 갑자기 광택을 잃었다. 산더미같이 새하얀 구름은 도끼로 찍으면 단단한 조각들이 떨어져 나올 것 같았고, 그 양 옆구리로 펼쳐진 넓은 금빛 산비탈, 천상의 정원에 깔린 잔디는 이 세상 너머에 있는 신들의 회합을 위해 마련된 주거지처럼 보였지만, 그 가운데는 끊임없는 움직임이 있었다. 신호들이 오가자, 마치 미리 짜인 어떤 계획을 수행하듯 산봉우리 하나가 점차 낮아지는가 하면, 불변의 제자리를 지키고 있던 피라미드만 한 구름 한 덩어리가 가운데로 전진하거나 자신의 행렬을 새로운 정박지로 근엄하게 이끌기도 했다. 그들은 완벽한 합의 속에 저마다 제자리에 평온히 고정된 것처럼 보였지만, 그 어떤 것도 그 눈처럼 하얗게, 혹은 금빛으로 빛나는 표면보다 더 신선하고 자유롭고 민감한 것은 없었다. 떠나는 것도, 변화하는 것도, 그 엄숙한 모임을 해체하는 것도 즉시 가능했다. 구름은 근엄하게 고정되어, 탄탄하고 견고하게 쌓여 있으면서도, 지상에 빛과 그늘을 번갈아 드리웠다.

차분하고 능숙하게, 엘리자베스 댈러웨이는 웨스트민스터행 버스에 올랐다.

거실 소파에 누워 있는 셉티머스 워런 스미스에게는, 그렇게 담벼락을 잿빛으로 만들었다가 바나나를 샛노랗게 비추었다가, 스트랜드를 잿빛으로 만들었다가 버스들을 샛노랗게 비추었다가 하는 빛과 그늘이, 오며 가며 손짓을 하고 신호를 보내는 것처럼 보였다. 그는 물빛 머금은 금빛이 마치 살아 있는 생명체처럼 놀라운 감수성을 가지고 장미꽃들과 벽지 위에서 밝아졌다 흐려졌다 하는 것을 바라보고 있었다. 밖에서는 나무들이 나뭇잎들을 대기의 심연에 드리운 그물처럼 끌고 갔다. 방 안에서 물소리가 들렸고 새들의 노랫소리가 파도를 타고 들려왔다. 모든 권능이 그의 머리 위로 보물을 쏟아부었고, 그의 손은 소파 등받이에 놓여 있었다. 그가 아득히 먼 해안에서 개들이 끊임없이 짖는 소리를 들으며 바다에 떠 있을 때, 파도 위에 놓여 있던 손처럼. 더 이상 두려워 말라, 몸속에 있는 심장이 말한다. 더 이상 두려워 말라.

그는 두렵지 않았다. 매 순간, 자연은 벽 주위를 도는 저 금빛 점 같은, 어떤 웃음 띤 암시 — 저기, 저기, 저기 — 를 통해, 셰익스피어의 말을, 자신이 뜻하는 바를 보여 주겠다는 의지를 드러냈다. 깃털 장식을 휘두르고 머리채를 흔들며 망토를 이리저리, 아름답게, 언제나 아름답게 휘날리며, 그리고 바짝 다가서서 오므린 두 손 사이로 셰익스피어의 말을, 자신의 뜻을 불어넣으며.

레치아는 손에 든 모자를 비틀며 테이블에 앉아 그를 바라보았다. 그는 미소 짓고 있었다. 그렇다면 그는 행복한 것이다. 하지만 그녀는 그가 미소 짓는 모습을 도저히 견딜 수가 없었다.

댈러웨이 부인　**199**

이건 결혼이 아니었다. 저렇게 이상해 보이는 사람, 항상 깜짝 놀라고, 소리 내어 웃거나, 몇 시간이고 아무 말 없이 앉아 있거나, 아니면 그녀를 붙잡고 뭔가를 받아 적으라고 하는 사람이 남편일 수는 없었다. 테이블 서랍은 그런 글들로 가득했다. 전쟁에 관한 것, 셰익스피어에 관한 것, 위대한 발견에 관한 것, 죽음이란 존재하지 않는다는 것. 최근 들어 그는 갑자기 아무 이유 없이 흥분 상태가 되어(닥터 홈스와 윌리엄 브래드쇼 경 모두 흥분이 그에게 가장 나쁘다고 했는데) 손을 휘저으며 진실을 안다고 소리를 질렀다. 모든 걸 알고 있다고! 죽은 그의 친구 에번스가 왔다고 했다. 그가 휘장 뒤에서 노래하고 있다고. 그녀는 그가 말하는 대로 받아 적었다. 어떤 것들은 매우 아름다웠고, 어떤 것들은 완전히 헛소리였다. 그는 언제나 중간에 멈추고는 마음을 바꿨다. 무언가를 추가하고 싶어 했다. 무언가 새로운 것이 들린다며 손을 들어 올린 채 귀를 기울이기도 했다. 그러나 그녀에겐 아무것도 들리지 않았다.

한번은 방을 청소하는 소녀가 그 종이 중 하나를 읽으며 폭소를 터뜨리는 것을 그들이 보게 되었다. 몹시 유감스러운 일이었다. 그 모습을 보고 셉티머스가 인간의 잔인함에 관해 고함을 질러 댔기 때문이다 — 인간이 서로를 얼마나 갈기갈기 찢어 버리는가를. 쓰러진 자들을 그들은 찢어 버린다고 그는 말했다. "홈스가 우릴 덮치고 있어." 그는 이렇게 말하면서, 홈스에 관한 얘기들을 지어내곤 했다. 죽을 먹는 홈스, 셰익스피어를 읽는 홈스 — 그러면서 폭소를 터뜨리거나 분노에 차 고함을 지르기도 했다. 닥터 홈스는 그에겐 끔찍한 무언가를 상징하는 것 같았다. "인간 본성." 그는 그를 이렇게 불렀다. 그는 환상을 보기도 했다. 그는 자기가 물에 빠졌고 머리 위로 갈매기가 끼룩거리는 절벽 위에 누워 있다고 말하곤 했다. 그러면서 소파 가장자리 너머로 바다를 내려다보곤 했다. 어떤 때는 음악 소리를 듣기도 했다. 실제로는 길거리에서 들려오는 손풍금 소리이거나 누군가가 외치는 소리였을 뿐인데. 그러나 그는 "아름답다"고 외쳤고, 눈물이 그의 뺨을 타고 흘러내렸다. 그녀에게 그런 광경은 무엇보다 끔찍했다. 전쟁터에 나가 싸웠던, 셉티머스 같은 용감한 남자가 우는 걸 본다는 것이. 그는 귀를 기울이며 누워 있다가 갑자기 고함을 지르기도 했다. 자기가 떨어지고 있다고, 불길 속으로 떨어지고 있다고. 너무 생생해서 그녀는 실제로 어디 불이 붙었나 찾아보기도 했다. 하지만 아무것도 없었다. 방에는 그들뿐이었다. 그녀는 꿈이에요, 라고 말하며, 결국엔 그를 진정시켰다. 그러나 어떤 때는 그녀도 두려웠다. 그녀는 바느질을 하며 한숨을 쉬었다.

그녀의 한숨 소리는 부드럽고 매혹적이었다. 저녁에 숲 너머로 부는 바람처럼. 그녀는 가위를 내려놓기도 하고 테이블에서 무언가를 집으려고 몸을 돌리기도 했다. 약간의 움직임, 바스락거림, 톡톡 두드리는 소리와 함께 그녀가 바느질하며 앉아 있는 테이블 위에서 무언가가 만들어졌다. 속눈썹 사이로 그녀의 윤곽이 흐릿하게 보였다. 검은 옷을 입은 자그마한 몸, 그녀의 얼굴과 손. 실패를 집어 들거나 비단 천 조각을 찾느라(그녀는 물건들을 곧잘 잃어버렸다) 테이블에서 몸을 돌리는 모습. 그녀는 필머 부인의 결혼한 딸을 위해 모자를 만드는 중이었다. 그 딸 이름이 ― 그 이름이 생각나지 않았다.

"필머 부인의 결혼한 딸 이름이 뭐였더라?" 그가 물었다.

"피터스 부인이요." 레치아가 말했다. 그녀는 모자를 들어 보며 너무 작은 것 같아 걱정이라고 했다. 피터스 부인은 덩치가 컸고, 레치아는 그녀를 좋아하지 않았다. 단지 필머 부인이 그들에게 너무 친절하게 대해 줘서 하는 거였다. "오늘 아침에는 포도를 주셨어요." 그녀가 말했다 ― 레치아는 감사의 뜻으로 뭔가 하고 싶었던 것뿐이었다. 며칠 전 저녁에는 방에 들어와 보니 피터스 부인이 우리가 나간 줄 알고 축음기를 틀어 놓고 있었잖아요.

"정말?" 그가 물었다. 축음기를 틀어 놓고 있었다고? 네, 그때 말했었잖아요. 피터스 부인이 축음기를 틀고 있더라고.

그는 정말로 거기에 축음기가 있는지 보려고 아주 조심스럽게 눈을 떴다. 그렇지만 실제 물건들 ― 실제 물건들은 너무 자극적이었다. 그는 조심해야 했다. 난 미치지 않을 거야. 그는 먼저 아래 선반에 놓인 패션 잡지들을 보고 나서, 천천히 조금씩 녹색 나팔이 달린 축음기를 보았다. 이보다 더 완벽하게 진짜일 수는 없었다. 그래서 용기를 내어 찬장을 보았다. 바나나가 담긴 접시, 빅토리아 여왕과 부군의 판화, 그리고 장미꽃 담긴 화병이 놓인 벽난로 선반도. 어떤 물건도 움직이지 않았다. 모든 것이 가만히 있었고, 실제로 존재하고 있었다.

"참 악독하게 말하는 여자예요." 레치아가 말했다.

"피터스 씨는 뭐 하는 사람인데?" 셉티머스가 물었다.

"음." 그녀가 기억하려고 애쓰며 말했다. 무슨 회사 일로 출장을 다닌다고 필머 부인이 말했던 것이 생각났다. "지금은 헐에 있대요."

'지금은'이란 말을 그녀는 이탈리아 억양으로 했다. 그녀가 분명히 그렇게 말했다. 그는 그녀의 얼굴을 한 번에 조금씩만 보려고 손으로 눈을 가렸다. 혹시라도 얼굴이 흉하게 일그러져 있거나 끔찍한 흉터라도 있을까 봐, 처음엔 턱, 다음은 코, 그다음은 이마, 이렇게. 하지만, 아니, 그녀는 더없이 멀쩡한 모습으로 바느질을 하고 있었다. 여자들이 바느질할 때 그러듯 입술을 오므린 채, 단호하고 우울한 표정이었다. 하지만 끔찍한 구석은 없었다. 그는 그녀의 얼굴과 손을 두 번, 세 번 거듭 바라보며 스스로를 안심시켰다. 이 환한 대낮에 바느질을 하고 앉아 있는 그녀에게 무시무시하거나 혐오스러울 게 대체 뭐가 있단 말인가? 피터스 부인은 말을 악독하게 하고, 피터스 씨는 헐에 있고. 그렇다면 무엇 때문에 분노하고 예언을 하는가? 어째서 채찍질 당하고 쫓겨나 도망을 다니는 건가? 어째서 구름을 보면 몸이 떨리고 흐느껴 울게 되는 걸까? 레치아는 드레스 앞섶에 핀을 꽂으며 앉아 있고 피터스 씨는 헐에 있는데, 무엇 때문에 진실을 찾고 메시지를 전한단 말인가? 기적도, 계시도, 고뇌도, 외로움도, 바다를 지나 아래로, 저 아래 불길 속으로 떨어져 모두 다 불타 버렸다. 레치아가 피터스 부인을 위해 밀짚모자를 꾸미는 걸 바라보고 있노라니, 꽃으로 된 이불 같은 감각이 느껴졌기 때문이다.

"피터스 부인에겐 너무 작겠는걸." 셉티머스가 말했다.

며칠 만에 처음으로 그가 예전처럼 말을 하고 있었다! 물론이에요 — 말도 안 되게 작죠. 그녀가 말했다. 하지만 피터스 부인이 그걸 고른걸요.

그는 그녀의 손에서 모자를 받아 들었다. 이건 손풍금 악사가 데리고 다니는 원숭이 모자로 딱인데. 그가 말했다.

그 말에 그녀는 얼마나 기뻤는지! 부부처럼, 둘만 아는 농담으로 이렇게 함께 웃어 본 건 정말 몇 주 만이었다. 그러니까 그녀의 말은, 필머 부인이나 피터스 부인, 아니 다른 누가 들어와도 자기와 셉티머스가 왜 그렇게 웃고 있는지 이해하지 못했을 거라는 것이었다.

"자." 그녀가 모자 한쪽에 장미를 핀으로 꽂으며 말했다. 이토록 행복해 본 적은 없었다. 평생 단 한 번도!

그건 더 우스꽝스러운걸. 셉티머스가 말했다. 그 딱한 여자는 이제 품평회에 나온 돼지 같겠네. (셉티머스만큼 그녀를 웃기는 사람은 없었다.)

그 반짇고리엔 뭐가 들었지? 리본, 구슬, 술 장식, 조화 같은 것들이에요. 그녀는 테이블에 그것들을 쏟아 놓았다. 그는 특이한 색깔들을 조합하기 시작했다 — 그는 손재주가 없어서 꾸러미 하나 포장할 줄 몰랐지만 안목은 뛰어났기 때문에, 그가 옳을 때도 종종 있었다. 물론 가끔은 말도 안 되는 것들도 있었지만, 놀라울 만큼 딱 좋을 때도 있었다.

"아름다운 모자를 갖게 해 주지!" 그가 이것저것 해 보며 중얼거렸다. 레치아는 옆에 무릎을 꿇고 그의 어깨 너머로 구경했다. 이제 끝났어 — 디자인은 말이야. 이제 당신이 꿰매야 돼요. 하지만 아주아주 주의를 기울여서, 내가 만들어 놓은 그대로 해야 돼요.

그녀가 바느질을 했다. 그녀는 바느질할 때 스토브 위에 올려놓은 주전자 같은 소리를 내지. 그는 생각했다. 보글보글, 웅얼웅얼하며, 줄곧 바쁘게, 그녀의 탄탄하고 뾰족한 작은 손가락들은 집고 찔렀고, 곧게 뻗은 바늘은 반짝였다. 해는 술 장식 위로, 벽지 위로 들락거렸지만, 그는 두 발을 쭉 뻗고 소파 끝에 놓인 고리 무늬 양말을 바라보며, 기다리겠노라고 생각했다. 이 따뜻한 곳, 이 고요한 대기의 주머니 안에서 기다리겠노라고. 땅이 우묵하게 패었거나 나무의 배열 때문에(무엇보다 과학적이어야 해, 과학적이어야 한다고) 온기가 머물고, 대기가 새의 날개처럼 뺨을 스치는 저녁이 되면, 때때로 숲의 가장자리에 드리워지는 그런 곳에서.

"자, 다 됐어요." 레치아가 피터스 부인의 모자를 손끝으로 빙글빙글 돌리며 말했다. "지금은 이걸로 됐어요. 나중에……." 그녀의 말은 만족스럽게 흐르던 수도꼭지처럼 똑, 똑, 똑 떨어지다 사라졌다.

모자는 멋졌다. 그는 그렇게 자랑스러운 기분이 드는 일은 해 본 적이 없었다. 그것은 정말 진짜였다. 정말로 실재하는 것이었다. 피터스 부인의 모자는.

"이것 좀 봐요." 그가 말했다.

그래, 그 모자만 봐도 그녀는 언제까지나 행복할 것이었다. 그때 그는 본래의 자기 자신이 되어 있었다. 그때 그는 그렇게 웃었었다. 그들은 단둘이 함께였었다.˙ 언제까지나 그녀는 그 모자를 좋아할 것이었다.

그는 그녀에게 모자를 써 보라고 했다.

"하지만 너무 이상해 보일 텐데요!" 그녀는 소리치며 거울 앞으로 달려가 이쪽저쪽으로 자신을 비춰 보았다. 순간 그녀가 모자를 홱 벗었다. 문 두드리는 소리가 났기 때문이었다. 윌리엄 브래드쇼 경일까? 벌써 사람을 보냈나?

그럴 리가! 그저 석간신문을 가지고 온 어린 소녀였다.

그렇다면 언제나 일어나는 일이 일어난 거였다 ─ 그들의 삶에서 매일 저녁 일어나는 일이. 소녀는 문가에서 손가락을 빨고 있었다. 레치아가 무릎을 꿇고 다정하게 말을 걸며 입 맞춰 주었다. 그러고는 테이블 서랍에서 사탕 봉지를 꺼냈다. 늘 있는 일이니까. 먼저 하나, 그리고 또 하나. 그렇게 그녀는 쌓아 올렸다. 먼저 하나, 그리고 또 하나. 그들은 춤을 추고 깡충깡충 뛰며 방 안을 빙글빙글 돌았다. 그는 신문을 집어 들었다. 서리 팀 완패.˙ 그가 소리 내어 읽었다. 폭염이 기승을 부리고 있다. 레치아가 서리 팀 완패, 폭염이 기승을 부리고 있다, 이렇게 따라 말하면서, 그것을 필머 부인의 손녀와 함께 하는 놀이의 일부로 만들었다. 둘은 놀이를 하며 깔깔거리고 떠들어 댔다. 그는 몹시 피곤했다. 그리고 무척 행복했다. 좀 자야겠어. 그는 눈을 감았다. 그런데 아무것도 안 보이자, 즉각 그들이 노는 소리가 점차 희미해지고 낯설어지더니, 마치 사람들이 무언가를 찾아 헤매며 점점 더 멀리 가면서 지르는 비명처럼 들렸다. 그들은 그를 잃어버린 것이다!

그는 공포에 질려 벌떡 일어났다. 뭐가 보이지? 찬장 위의 바나나 접시. 아무도 없었다(레치아는 아이를 어머니에게 데려다주러 갔다. 잠잘 시간이었다). 바로 그거였다. 영원히 혼자라는 것. 그것이 밀라노에서 그가 방에 들어가 그들이 아마포 심지를 가위로 자르고 있는 것을 보았을 때 선고된 운명이었다. 영원히 혼자라는 것.

찬장과 바나나와 그만 있었다. 그는 이 황량한 고지에 몸을 드러낸 채 혼자였다. 몸을 길게 뻗은 채로 — 그러나 언덕 꼭대기도, 험준한 바위 위도 아닌, 필머 부인 거실 소파 위에. 그 환영들, 죽은 사람들의 얼굴과 목소리는 다 어디로 간 걸까? 눈앞에는 검은 골풀과 푸른 제비가 그려진 휘장이 있었다. 산이 보이던 자리, 사람들 얼굴이 보이던 자리, 아름다움이 보이던 자리에 휘장이 있었다.

"에번스!" 그가 외쳤다. 그러나 대답이 없었다. 생쥐가 끽끽거렸거나 커튼이 스치는 소리였다. 저것들이 죽은 자들의 목소리였던 것이다. 휘장, 석탄 통, 찬장은 그대로 남아 있었다. 그렇다면 휘장과 석탄 통, 그리고 찬장을 똑바로 보자……. 그런데 그때 레치아가 재잘거리며 방으로 뛰어들었다.

어떤 편지가 도착했다는 것이다. 모든 사람의 계획이 바뀌었다. 필머 부인은 결국 브라이튼에 갈 수 없게 될 거고, 윌리엄스 부인에게는 알릴 시간이 없었다. 레치아는 모자를 보고는 정말이지 너무너무 짜증스럽다는 생각이 들었다. 어쩌면…… 조금만 손을 보……. 그녀의 목소리가 흡족한 음조로 잦아들었다.

"아, 젠장!" 그녀가 소리쳤다(그녀의 욕은 둘만의 농담이었다). 바늘이 부러진 것이다. 모자, 어린아이, 브라이튼, 바늘. 그녀는 쌓아 올렸다. 먼저 하나, 그리고 또 하나. 바느질을 하며 쌓아 올렸다.

그녀는 장미의 위치를 바꾸어 달았다면서 모자가 더 나아졌는지 어떤지 말해 달라고 했다. 그녀는 소파 한쪽 끝에 앉아 있었다.

우린 지금 완벽하게 행복해요. 모자를 내려놓으며 불현듯 그녀가 말했다. 지금은 그에게 무슨 말이든 할 수 있으니까. 생각나는 건 뭐든지 말할 수 있었다. 그가 영국인 친구들과 카페에 왔던 그날 밤, 그에게서 느꼈던 거의 첫 느낌이 그것이었다. 그는 살짝 수줍은 듯 주변을 두리번거리며 들어왔고, 모자를 걸다가 떨어뜨렸었다. 그때가 기억났다. 그녀는 그가 영국인이란 걸 알 수 있었다. 그는 마른 편이어서 언니가 멋있어하는 덩치 큰 영국인들에 속하진 않았지만, 아름답고 생기 있는 혈색을 띠고 있었다. 큰 코와 빛나는 눈, 그리고 약간 구부정하게 앉는 자세 때문에 그를 보면 어린 매가 생각났다고 그녀는 종종 그에게 말하곤 했다. 그를 처음 보았던 날 저녁, 다들 도미노 게

임을 하고 있을 때 들어온 그를 보았을 때 — 어린 매가 떠올랐었다고. 하지만 그녀에겐 언제나 아주 다정했다. 그녀는 그가 과격하거나 술에 취한 걸 본 적이 없었다. 이 끔찍한 전쟁으로 가끔 고통스러워하긴 했지만, 그럴 때조차 그녀가 들어가면 다 떨쳐 버리곤 했다. 무엇이든, 세상 무슨 일이든, 일하다 생긴 어떤 자잘한 걱정이든, 문득 떠오른 어떤 말이든 그녀는 그에게 말했고, 그는 즉각 이해해 주었다. 그녀의 가족조차도 그러지는 않았다. 그는 그녀보다 나이도 많고 너무나 똑똑한 데다 — 그녀는 영어로 동화책도 아직 못 읽을 때였는데, 그는 그녀가 셰익스피어를 읽었으면 싶어서 얼마나 열심이었던지! — 경험도 훨씬 많아서, 그녀를 도울 수 있었다. 그녀 역시 그에게 도움을 주었다.

그렇지만 지금은 이 모자. 그런 다음 (시간이 늦어지고 있었다) 윌리엄 브래드쇼 경.

그녀는 두 손을 머리에 올리고 그가 그 모자가 괜찮은지 아닌지 말해 주기를 기다렸다. 그녀가 그렇게 아래를 내려다보며 기다리고 있을 때, 그는 그녀의 마음이 새처럼 이 나뭇가지에서 저 나뭇가지로 제법 정확하게 날아가 앉는 것을 느꼈다. 그녀가 자연스럽게 늘어져 나른한 자세로 앉아 있을 때 그는 그녀의 마음을 좇아갈 수 있었다. 그가 무슨 말을 하든, 그녀는 발톱으로 나뭇가지를 꼭 붙들며 내려앉는 새처럼 즉각 미소를 지었다.

그런데 브래드쇼의 말이 기억났다. 그는 "우리가 가장 사랑하는 사람들은, 아플 땐 우리에게 도움이 되지 않아요"라고 했다. 브래드쇼는 그가 반드시 안정하는 법을 배워야 한다고 말했다. 브래드쇼는 그들이 반드시 떨어져 있어야 한다고 했다.

'반드시', '반드시' 어째서 '반드시' 그래야 하지? 브래드쇼가 나에게 무슨 권한이 있길래? "브래드쇼가 무슨 권리로 나한테 '반드시'라고 말하는 거지?" 그가 물었다.

"당신이 자살하겠다고 했으니까요." 레치아가 말했다(다행히 그녀는 이제 셉티머스에게 무슨 말이든 할 수가 있었다).

그러니까 그는 그들 손아귀에 들어 있는 것이었다! 홈스와 브래드쇼가 그를 덮치고 있었다! 그 시뻘건 콧구멍을 가진 짐승은 비밀 장소란 비밀 장소는 모두 킁킁거리며 뒤지고 다녔다! '반드시'라고 말하겠지! 내 쪽지들 다 어디 있지? 내가 쓴 것들?

그녀는 그에게 쪽지들, 그가 쓴 것들, 자신이 받아 적은 것들을 가져다주었다. 그것들을 소파 위에 우르르 쏟아 놓았다. 그들은 그것을 함께 들여다보았다. 도표들, 도안들, 막대기를 무기 삼아 휘두르고 있는, 등에 날개 — 날개일까? — 달린 작은 남녀들 그림. 1실링과 6펜스 동전을 대고 그린 원들 — 태양들과 별들. 등반자들이 몸을 밧줄로 함께 묶고 산을 오르고 있는 지그재그 모양의 절벽 그림. 절벽은 나이프와 포크처럼 보였다. 아마도 파도인 듯한 것 사이로 자그마한 얼굴들이 웃고 있는 바다 그림. 세계 지도. 태워 버려요! 그가 소리를 질렀다. 자, 이제 글들을 보자. 죽은 자들이 철쭉 덤불 뒤에서 노래했다는 내용. 시간에 부치는 송시, 셰익스피어와의 대화. 에번스, 에번스, 에번스 — 죽은 자들로부터 받은 메시지. 나무를 베지 말라. 총리에게 전하라. 우주적 사랑. 세상의 의미. 태워 버려요! 그가 소리쳤다.

그러나 레치아는 그 쪽지들 위에 두 손을 올렸다. 어떤 것들은 아주 아름다워. 그녀는 생각했다. 그것들은 비단 헝겊으로 묶어 둬야지(봉투가 없으니까).

그들이 그를 데려간다 해도 자기는 그와 함께 갈 거라고 그녀가 말했다. 억지로 갈라놓을 수는 없을 거라고.

그녀는 가장자리를 가지런히 맞춰 쪽지들을 정리한 후, 거의 보지도 않고 꾸러미를 묶었다. 자기 곁에 가까이 앉아 있는 그녀가 온통 자신의 꽃잎들에 둘러싸여 있는 것 같다고 그는 생각했다. 그녀는 꽃나무였다. 그녀의 가지들 사이로 입법자의 얼굴이 내다보았다. 홈스든, 브래드쇼든, 그 누구도 두려울 것 없는 성역에 다다른 그녀의 얼굴이었다. 기적이요, 승리였다. 최후의, 그리고 가장 위대한. 그는 그녀가 홈스와 브래드쇼를 짊어지고 아찔한 계단을 비틀거리며 올라가고 있는 것을 보았다. 체중이 160파운드 아래로 내려간 적이 없고, 아내를 궁정에 보내는 자들, 1년에 1만 파운드를 벌고, 균형 감각에 대해 이야기하는 자들, 판결 내용은 서로 달라도(홈스는 이렇게, 브래드쇼는 저렇게 말했으니까) 그럼에도 판사인 자들, 환상과 찬장을 혼동하고, 명확하게 보는 건 아무것도 없으면서도 남을 다스리고 형벌을 내리는 자들. 그녀가 그들을 이긴 것이었다.

"자, 됐어요!" 그녀가 말했다. 쪽지들이 한 묶음이 되어 있었다. 아무도 손대면 안 돼. 멀리 치워 둬야지.

그리고 그 무엇도 우리를 갈라놓을 수 없어요. 그녀가 말했다. 그녀는 그의 옆에 앉아서 그를 매라고, 까마귀라고 불렀다. 심술궂은 데다 곡물을 다 망가뜨리는 것이 그와 꼭 닮았다고. 아무도 우릴 갈라놓을 수 없어요. 그녀가 말했다.

그러고는 짐을 싸러 침실로 가려고 자리에서 일어났다. 하지만 아래층에서 들리는 목소리를 듣고는 어쩌면 닥터 홈스가 왔을지도 모른다는 생각에, 그가 올라오지 못하게 막으려고 아래층으로 뛰어 내려갔다.

셉티머스는 그녀가 계단에서 홈스와 대화하는 것을 들었다.

"친애하는 부인, 나는 친구로서 온 겁니다." 홈스가 말하고 있었다.

"안 돼요. 난 당신이 우리 남편을 보는 걸 허락하지 않겠어요." 그녀가 말했다.

자그마한 암탉처럼 날개를 펼치고 그가 지나가지 못하게 막는 그녀의 모습이 눈에 선했다. 그러나 홈스는 완강했다.

"친애하는 부인, 내가 좀 만나게……." 홈스가 그녀를 밀어내며 말했다(홈스는 체격이 탄탄한 남자였다).

홈스가 위층으로 올라오고 있었다. 홈스는 곧 문을 벌컥 열어젖힐 것이다. 그러고는 "기분이 영 안 좋군요, 그렇지요?" 이렇게 말하겠지. 홈스는 그를 잡을 것이다. 하지만 안 돼, 홈스도, 브래드쇼도 안 돼. 그는 비틀거리며 일어나 한 발씩 번갈아 옮겨 서며, 손잡이에 '빵'이라고 새겨져 있는 필머 부인의 깨끗하고 좋은 빵칼을 고려해 보았다. 아, 하지만 더럽히면 안 되지. 가스불은 어떨까? 그렇지만 지금은 너무 늦었어. 홈스가 오고 있어. 면도날이 있을 텐데. 하지만 레치아가 늘 그러듯이 어딘가에 싸 놓았지. 남은 것은 창문밖에 없었다. 블룸즈버리 하숙집의 커다란 창문. 창문을 열고 자신을 던져야 하는, 번거롭고 귀찮고 조금 멜로드라마 같은 방법. 그것은 그들이 생각하는 비극이었다. 그나 레치아에게는 아니었다(그녀는 그의 편이니까). 홈스와 브래드쇼는 그런 걸 좋아하지. (그는 창턱에 앉았다.) 하지만 마지막 순간까지 기다릴 것이다. 그는 죽고 싶지 않았다. 삶은 좋은 거였다. 태양은 뜨거웠다. 다만 인간들이 — 대체 **그들이** 원하는 건 무엇인가? 맞은편 계단에서 내려오던 한 노인이 걸음을 멈추고 그를 쳐다보았다. 홈스가 문 앞에 왔다. "옛다, 줄게!" 그가 외치며, 필머 부인 구역의 철책으로 자신을 힘껏, 거칠게 던졌다.

"겁쟁이 같으니!" 문을 벌컥 열고 들어오며 닥터 홈스가 소리쳤다. 레치아는 창문으로 달려갔다. 그녀는 보았다. 그리고 이해했다. 닥터 홈스와 필머 부인이 서로 부딪쳤다. 필머 부인은 앞치마를 확 펼쳐 그녀의 눈을 가리고 침실로 데려갔다. 사람들이 수없이 계단을 오르내렸다. 닥터 홈스가 들어왔다 — 백지장처럼 하얗게 질린 채, 손에는 물컵을 들고 덜덜 떨면서. 그녀는 용감해야 하고, 뭔가를 좀 마셔야 한다고 그가 말했다. (이게 뭐지? 뭔가 달았다.) 남편이 심하게 다쳐서 의식을 회복하지 못할 것 같으니, 그녀는 남편을 보면 안 된다고, 가능한 한 피해 있어야 한다고, 사인 규명이 진행될 거라고, 불쌍한 젊은 여자라고. 누가 예상이나 했겠습니까? 갑작스러운 충동이라 누구의 탓도 아닙니다(그는 필머 부인에게 말했다). 대체 그가 왜 그런 짓을 했는지, 닥터 홈스는 이해할 수가 없었다.

단것을 마시자 그녀는 기다란 창문을 열고 어떤 정원으로 나가는 것 같았다. 그런데 어디지? 시계가 종을 울렸다 — 한 번, 두 번, 세 번. 이 모든 쿵쿵거리는 소리와 속삭임들에 비하면 그 소리는 얼마나 분별 있게 들리는지. 꼭 셉티머스 같았다. 그녀는 잠에 빠져들고 있었다. 시계가 네 번, 다섯 번, 여섯 번을 울렸다. 앞치마를 펄럭이는 필머 부인은 (시신을 이리로 들여오지는 않겠지?) 그 정원의 일부처럼, 혹은 깃발처럼 보였다. 그녀는 언젠가 친척 아주머니와 베네치아에 갔을 때 돛대에 달린 깃발이 천천히 물결치듯 펄럭이는 것을 본 적이 있었다. 전쟁터에서 죽은 사람들에게도 저렇게 경의를 표했지. 셉티머스는 전쟁에서 살아 돌아왔었어. 그녀의 기억은 대부분 행복한 것들이었다.

그녀는 모자를 쓰고 밀밭을 지나 — 대체 거기가 어디였더라? — 어느 언덕까지 달려갔다. 바다 근처였다. 배랑 갈매기랑 나비가 있었으니까. 그들은 절벽 위에 앉아 있었다. 런던에서도 그들은 그렇게 앉아 있었다. 비몽사몽간에, 침실 문을 통해 비 오는 소리, 속삭이는 소리, 마른 곡식 사이로 바스락거리는 소리가 들려왔다. 바다가 애무하듯이 둥글게 휜 고등 같은 품

안에 그들을 감싸안고, 그녀에게 속삭이는 것 같았다. 어느 무덤 위로 흩날리며 뿌려진 꽃처럼 해안에 누워 있는 그녀에게.

"그이는 죽었어요." 그녀는 정직한 하늘색 눈으로 문을 주시한 채 자신을 보호하고 있는 딱한 노부인에게 미소 지으며 말했다. (그 사람을 이리로 데려오진 않겠지?) 필머 부인은 어림없다는 듯 일축했다. 오, 아니에요, 절대! 그들은 지금 그를 데려가고 있었다. 그녀에게 알려 줘야 하지 않을까? 부부는 같이 있어야 하는 건데. 필머 부인은 생각했다. 하지만 의사가 시키는 대로 할 수밖에 없었다.

"자게 두세요." 닥터 홈스가 그녀의 맥박을 재며 말했다. 레치아는 창을 등지고 어둡게 서 있는 커다란 몸의 윤곽을 보았다. 그러니까 저건 닥터 홈스였구나.

문명이 거둔 승리 중 하나지. 피터 월시는 생각했다. 구급차의 가볍고 높은 경적이 울릴 때, 그것은 문명의 승리 중 하나인 것이다. 구급차는 어느 불쌍한 인간을 즉각 인도적으로 싣고, 병원을 향해 신속하고 깔끔하게 속도를 냈다. 머리를 부딪혔거나 병으로 쓰러졌거나 이 건널목 중 하나에서 방금 차에 치였거나. 누구한테나 일어날 수 있는 일이지. 그게 문명이야. 동양에 있다가 돌아온 그에게 효율성과 체계, 그리고 런던의 공동체 정신은 인상적이었다. 모든 짐수레와 차량이 자발적으로 비켜서서 구급차가 지나갈 수 있도록 길을 내주었다. 희생자를 태운 구급차에 사람들이 보이는 이런 경의는 어쩌면 병적인 건지도 몰라. 아니, 오히려 좀 감동적인 건가? — 서둘러 집에 가던 남자들이 누군가의 아내 생각을 하거나, 들것에 실려 의사와 간호사와 함께 가고 있는 것이 바로 자기였을 수도 있다는 생각을 한다든가……. 아, 그렇지만 의사니 시체니 하는 것을 떠올리는 순간, 생각은 병적이고 감상적으로 흘렀다. 그 시각적 인상에서 오는 순간적인 쾌감, 일종의 욕망 같은 것이 더는 그런 생각을 계속하면 안 된다고 경고했다 — 그건 예술에도, 우정에도 치명적이라고. 사실이었다. 하지만, 하고 피터는 생각했다. 앰뷸런스가 모퉁이를 돌았지만, 가볍고 높은 경적은 다음 거리까지 들렸고, 토트넘 코트 로드를 가로질러 멀어지면서도 끊임없이 울려 퍼졌다. 하지만 이게 고독의 특권이지, 혼자 있을 땐 마음대로 할 수 있다는 것. 아무도 안 보면 울 수가 있어. 인도의 영국인 사회에서 그를 망친 것은 — 이런 민감함이었다. 때에 맞게 울거나 웃지 못하는 것. 우체통 옆에 서서 그는 생각했다. 내 안에는 지금이라도 울음이 터질 것 같은 무언가가 있어. 왜인지는 모르겠어. 아마도 어떤 아름다움 때문이겠지. 게다가 오늘 하루의 무게도 있고. 클라리사를 방문한 것부터 시작해서 날은 뜨겁고 강렬했다. 게다가 연이은 인상들이 하나씩 방울지며 그것들이 있는 깊고 어두운, 아무도 모르는 지하까지 똑, 똑, 떨어져 내려서, 그는 지쳐 있었다. 부분적으로는 그런 이유, 완전하고 침범할 수 없는 그 은밀함으로 인해,

인생은 그에게 모퉁이와 구석진 곳 가득한 놀라운 미지의 정원 같았다. 정말이지 이런 순간들은 숨이 멎을 지경이었다. 대영 박물관 맞은편 우체통 옆에 서 있을 때 그런 순간 하나가 왔다. 모든 것들이 하나로 모여드는 순간이. 이 구급차, 그리고 삶과 죽음. 그 감정의 급류에 휩쓸려 그는 아주 높은 지붕 위로 빨려 올라가고, 그의 나머지 부분은 새하얀 조개껍데기가 흩뿌려진 해변처럼 휑하니 드러난 채 남겨진 것 같았다. 인도의 영국인 사회에서 그를 망친 것은 ― 이런 민감함이었다.

한때 그와 함께 버스 2층 칸에 타고 어딘가를 가곤 했던 클라리사, 적어도 겉보기엔 감정이 쉽게 흔들려서, 방금전에 절망했다가도 금세 온몸을 떨며 쾌활해지던, 그리고 버스 2층 칸에 자리잡고는 소소한 별난 광경들과 이름들과 사람들을 찾아내던, 함께 있으면 참 좋았던 클라리사. 그들은 런던을 탐험하고 캘리도니언 마켓에서 보물을 한 보따리씩 가져오곤 했었으니까. 그 시절 클라리사에겐 이론이 하나 있었다 ― 젊은이들이 그렇듯, 그들도 늘 이론을, 산더미 같은 이론들을 갖고 있었다. 그것은 그들이 갖고 있던 불만을 설명하기 위한 것이었다. 사람들을 알지도 못하고, 사람들이 알아주지도 않는다는 불만. 사람이 어떻게 서로를 알 수가 있겠는가? 매일 만나다가도 6개월, 아니 수년 동안 만나지를 않는데. 사람에 대해 아는 게 거의 없다는 것이 불만스럽다는 데 그들은 동의했다. 그렇지만, 섀프츠버리 대로로 올라가는 버스에 앉아서 그녀는 말했다. 자기는 어디에나 있는 것 같은 기분이 든다고. "여기, 여기, 여기"가 아니라. 그녀는 좌석 등받이를 톡톡 두드렸다. 어디에나. 섀프츠버리 대로로 올라가면서 그녀는 손을 흔들어 가리켰다. 그녀는 저 모든 것이라고. 그러니까 자기를, 아니 그 누구든 간에 그 사람을 알기 위해서는 그들을 완성하는 사람들을, 심지어 장소들까지 찾아내야 한다고. 그녀는 말 한 번 나눠 본 적 없는 사람들, 길거리에서 마주치는 어떤 여자, 계산대 뒤에 있는 어떤 남자와 묘한 유대감을 느낀다는 것이었다 — 심지어 나무나 헛간 같은 것들과도. 그것은 죽음에 대한 그녀의 공포와 맞물려 결국 초월적 이론으로 귀결되었다. 그 이론을 빌어 그녀는 이렇게 믿을 수 있게, 혹은 (그녀의 회의주의에도 불구하고) 믿는다고 말할 수 있게 되었던 것이다. 즉, 눈에 보이는 우리의 일부분인 우리의 형상은, 보이지는 않지만 널리 퍼져 있는 우리의 다른 부분에 비하면 너무나 일시적이기에, 우리가 죽은 후에는 그 보이지 않는 부분이 살아남아 이런저런 사람들과 어떻게든 연결되어 다시 나타나거나, 아니면 어떤 장소를 떠돌며 머물거라고. 아마도 — 아마도 그럴 거라고.

거의 30년이 되는 그 오랜 우정을 돌아보면, 그녀의 이론은 어느 정도까지는 들어맞은 셈이었다. 그들이 실제로 만난 것은 그가 떠나 있거나 이런저런 방해로 인해(가령 오늘 아침만 해도 그가 클라리사와 막 이야기를 시작하려는 참에 엘리자베스가 들어오지 않았는가. 다리 긴 망아지 같은, 잘생기고 말수 적은 그 아이가) 짧고, 단편적이고, 종종 고통스럽기도 했지만, 그것이 그의 인생에 끼친 영향은 어마어마했다. 거기엔 알 수 없는 무언가가 있었다. 막상 실제로 그녀와 만나면, 날카롭고 예리하고 불편한 씨알 하나를 받았다. 대개는 지독하게 고통스러운. 그러나 수년간 잊혀 있던 그것은 서로 떨어져 있는 동안, 생각지도 않은 곳에서 활짝 피어 향기를 흩뿌리면서, 그것을 만지고 맛보고 주위를 돌아보게 해 주었고, 온전히 느끼고 이해하게 해 주었다. 그렇게 그녀는 그에게로 왔다. 배를 타고 있을 때, 히말라야에 있을 때. 혹은 아주 기묘한 계기를 통해(그러니까 그 너그럽고 열정 넘치던 바보 샐리 시튼도 파란 수국만 보면 꼭 그가 생각났다지 않은가!). 그녀는 그가 아는 어느 누구보다도 그에게 영향을 끼쳤다. 그리고 언제나 이런 식으로, 그는 바라지도 않는데 그의 앞에 나타나는 것이었다. 이렇게 냉정하고 우아하고 비판적인 모습으로. 혹은 너무나 매혹적으로, 로맨틱하게, 어느 들판이나 영국의 추수기를 떠오르게 하면서. 그가 그녀를 자주 만난 곳은 런던이 아니라 시골이었으니까. 버턴에서의 한 장면 한 장면이 스쳐 지나갔다······.

어느새 호텔에 다다랐다. 그는 불그스름한 의자와 소파들이 쌓여 있고, 뾰족한 이파리들이 시들어 가는 식물들이 놓여 있는 홀을 가로질러 갔다. 열쇠 걸이에서 열쇠를 집어 들었다. 젊은 여직원이 편지 몇 통을 건넸다. 그는 위층으로 올라갔다 — 그녀를 만난 건 대개 늦여름 버턴에서였다. 그 당시 사람들이 그랬듯 그도 거기서 1~2주일 정도 묵곤 했다. 가장 먼저 떠오르는 기억은, 그녀가 어느 언덕 꼭대기에 서서 머리카락을 모아 쥐고 외투 자락을 펄럭이며, 저 아래 세번강이 보인다고 손가락으로 가리키며 외치던 모습이었다. 또 언젠가 한번은 숲속에서 주전자에 물을 끓였는데 — 그녀는 손가락으로 하는 건 아주 서툴렀다 — 김이 절을 하듯이 그들의 얼굴 쪽으로 퍼져 나왔고, 그 사이로 그녀의 자그마한 분홍빛 얼굴이 보였다. 그들은 오두막의 한 노파에게 물을 청했고 노파는 문가까지 그들을 배웅하러 나왔다. 그들은 줄곧 걸어 다녔고, 다른 사람들은 마차를 탔다. 그녀는 마차 타는 걸 지루해했다. 그 개 말고는 동물은 다 싫어했고. 그들은 길을 따라 수 마일씩 걸었다. 그녀는 걸음을 멈추고 방향을 확인해 가며 시골을 가로질러 그를 데리고 돌아오곤 했다. 그들은 내내 논쟁을 벌였다. 시를 논하고, 사람들을 논하고, 정치를 논했다(당시 그녀는 급진주의자였다). 그녀가 걸음을 멈추고 어떤 경치나 나무를 보라고 소리칠 때 빼고는, 아무것도 눈에 들어오지 않았다. 그러고는 다시 그루터기만 남은 들판을 지나 걸었다. 그녀는 고모에게 줄 꽃 한 송이를 들고 앞장섰다. 그렇게 가녀린데도 걷는 데 지치지도 않았다. 땅거미가 져서야 그들은 버턴으로 돌아와 기진해 쓰러졌다. 저녁 식사를 마치고 나면 브라이트코프 노인이 피아노 뚜껑을 열고 잘 나오지도 않는 목소리로 노래를 했고, 그들은 안락의자에 깊숙이 몸을 파묻고는 웃음을 참느라 안간힘을 썼다. 하지만 결국엔 웃음이 터져서 웃고 또 웃었다 — 아무것도 아닌 일에 깔깔거렸다. 브라이트코프는 그걸 눈치채지 못하는 걸로 되어 있었다. 그러고는 아침이면 할미새처럼 집 앞에서 시시덕거리며 돌아다녔고…….

오, 이건 그녀가 보낸 편지였다! 파란 봉투. 그녀의 글씨였다. 읽어야 한다. 고통스러울 게 뻔한 또 한 번의 만남이 찾아온 것이다! 그녀의 편지를 읽는 데는 엄청난 노력이 필요했다. "당신을 보다니 꿈만 같았어요. 이 말을 꼭 하고 싶었어요." 그게 다였다.

그러나 그는 마음이 어지러워졌다. 짜증이 났다. 이런 편지는 쓰지 말았더라면 좋았을 텐데. 이런저런 생각들을 제치고 들어와 옆구리를 쿡 찌르는 것 같았다. 왜 나를 그냥 내버려두질 않는 거지? 어쨌든 결국 댈러웨이와 결혼해서 그와 함께 내내 더할 나위 없이 행복하게 살고 있으면서.

호텔들이란 위로가 되는 장소는 아니었다. 그것과는 거리가 멀었다. 저 못에는 수많은 사람이 자기 모자를 걸었을 테고. 생각해 보면 파리들도 다른 사람들 콧잔등에 앉았을 것이다. 그에게 강렬한 인상을 주었던 청결함이란 것도, 그건 청결함이 아니라 휑함, 냉기였다. 있어야만 하기 때문에 있는 것. 동틀 무렵엔 메마른 여성 관리인이 쿵쿵거리고 기웃거리며 순찰하면서, 코끝이 시퍼레진 하녀들을 박박 문질러 청소하게 시켰다. 마치 다음 투숙객이 먼지 하나 없는 접시에 담아 낼 고깃덩어리라도 되는 듯이. 취침을 위한 침대 한 개, 앉을 팔걸이의자 하나, 양치질과 면도를 위한 컵 하나, 거울 하나. 책과 편지와 실내용 가운은 어울리지 않는 무례한 존재들처럼 말총으로 만든 의자 위에 흩어져 있었다. 이 모든 것이 눈에 들어온 건 클라리사의 편지 때문이었다. "당신을 보다니 꿈만 같았다고. 그걸 꼭 말해 주고 싶었다고!" 그는 편지를 접어서 치워 버렸다. 무슨 일이 있어도 두 번 다시 읽지 않으리라!

편지가 여섯 시까지 그에게 전달되게 하려면, 그녀는 그가 떠나자마자 앉아서 쓴 것이 틀림없었다. 우표를 붙여서 우체국으로 심부름을 보낸 거다. 사람들 말대로 딱 그녀다웠다. 그녀는 그의 방문에 마음이 어지러웠던 것이다. 수많은 감정이 밀려왔을 테고. 그녀가 손에 입을 맞추던 순간엔, 후회도 되고, 심지어 그가 부럽기도 하고, 어쩌면 (그의 눈엔 그렇게 보였으니까) 그가 예전에 했던 말 —그녀가 자기와 결혼한다면 둘은 세상을 바꿀 거라고 — 도 생각났을 거다. 그런데 지금은 이렇게 된 거지. 중년에, 특별할 것도 없는. 그러고는 이내 불굴의 활기로 그 모든 생각을 밀어냈을 것이다. 그녀에게는 강인함과 인내심, 장애를 극복하고 당당하게 밀고 나가는 힘을 지닌, 그가 지금껏 본 적 없는 생명의 한 가닥이 있었으니까. 아마 그랬을 거다. 하지만 그가 방을 나서자마자 반작용이 일어났을 거였다. 그에게 너무나 미안한 나머지 그를 기쁘게 할 수만 있다면 (언제나 그 한 가지만 빼고) 무슨 일이라도 할 수 있을 것 같다는 생각이 든 거다. 그녀가 두 뺨에 눈물을 흘리며 책상으로 가서, 그가 호텔에 도착하면 받아 보게 될 그 한 줄을 휘갈겨 쓰는 모습이 눈에 선했다……. "당신을 보다니 꿈만 같았어요!" 그녀는 진심이었다.

피터 월시는 이제 부츠 끈을 다 풀었다.

그렇지만 그들의 결혼은 성공적이진 않았을 것이다. 결국엔 그렇게 하지 않은 편이 훨씬 더 자연스러웠다.

 희한하지만 사실이었다. 많은 사람이 그렇게 느꼈다. 피터 월시는 제법 처신도 괜찮았고 맡은 일도 무난히 해내어 사람들의 호감도 얻었지만, 약간 괴짜인 데다 잘난 척한다는 평도 있었다. 그런데 그런 그가, 더구나 머리가 희끗희끗해진 지금, 만족스러운 표정, 뭔가 여유로운 표정을 하고 있다는 것이 희한했다. 이런 점 때문에 그는 여자들에게 매력적이었다. 그들은 그가 완전히 남성적이지는 않다는 느낌이 들어서 좋았다. 그에게는 뭔가 특이한 구석이, 겉으로 드러나지 않은 뭔가가 있었다. 책을 좋아해서일 수도 있었다 ─ 그는 어딜 가나 테이블에서 책을 집어 들었다(그는 지금도, 부츠 끈이 풀려 바닥에 끌리는 채로 책을 읽고 있었다). 아니면 그가 신사이기 때문일 수도 있었다. 그건 그가 파이프에서 담뱃재를 터는 방식만 봐도, 그리고 여성을 대하는 매너에서도 당연히 드러났다. 센스라고는 전혀 없는 아가씨라도 너무 쉽게 그를 좌지우지할 수 있다는 건 아주 매력적이면서도 정말 우스꽝스러웠으니까. 그러나 위험을 감수해야 하는 쪽은 여자였다. 말하자면, 그가 그렇게 만만한 데다 쾌활하고 교양도 있어서 함께 있기엔 정말 재미있다 해도, 그건 어느 정도까지일 뿐이었다. 그녀가 어떤 말을 하면 ─ 아니, 그건 아니야. 그는 그녀의 속을 훤히 들여다보았다. 그건 참아 줄 수가 없지 ─ 아니, 그건 안 되지. 그러면서 남자들하고는 농담을 나누며 소리를 지르고 포복절도하기도 했다. 그는 인도에서 최고의 요리 감식가이기도 했다. 그는 남자였다.

그렇지만 꼭 존경해야만 하는 그런 부류의 남자가 아니어서 ― 그건 다행이었다. 가령 시먼스 소령 같은 남자는 아니었던 것이다. 전혀 아니지. 데이지는 어린아이가 둘인데도 그 두 사람을 비교하곤 했다.

그는 부츠를 벗었다. 주머니도 비웠다. 주머니칼과 함께 베란다에서 찍은 데이지 사진이 나왔다. 온통 새하얀 옷을 입고 무릎에 폭스테리어를 안고 있는 사진. 아주 매력적이고 상당히 가무잡잡했다. 그가 본 그녀의 모습 중 최고였다. 결국엔 아주 자연스럽게 일어난 일이었다. 클라리사와의 관계보다는 훨씬 더 자연스러웠다. 괜한 법석도, 성가신 일도 없었다. 지나치게 신경 쓸 것도, 불안해할 일도 없었다. 모든 게 순탄했다. 베란다에 있는 그 가무잡잡하고 사랑스러운 예쁜 여자는 외쳤지(그녀의 음성이 들리는 듯했다). 물론이에요, 난 당연히 당신께 모든 걸 드릴 거예요! 그녀는 소리쳤다(그녀는 신중함이 없었다). 당신이 원하는 건 뭐든지 말이에요! 그녀는 사람들 눈을 의식하지 않고 그를 향해 달려 나왔었다. 하기야 겨우 스물네 살이니. 그런데 아이가 둘이야. 나 원 참, 아이고!

그야말로 그 나이에 곤란한 상황에 빠진 것이었다. 한밤중에 잠에서 깨면 그 사실이 아주 강렬하게 밀려왔다. 만일 그들이 결혼을 한다면? 그로서는 문제 될 게 없지만 그녀는 어떻게 될 것인가? 버제스 부인은 선량하고 입이 무거운 사람이라 그가 마음을 털어놓자, 그녀 생각은 그가 변호사를 만난다는 구실로 영국에 가서 둘이 떨어져 있게 되면, 데이지는 이 상황이

의미하는 바가 무엇인지 다시 생각해 볼 거라는 것이었다. 그녀의 사회적 지위 문제죠. 버제스 부인이 말했다. 사회적인 장벽에 부딪힐 거고, 자식들도 포기해야 하고. 언젠가는 과거 있는 과부로 변두리에서 힘겹게 돌아다니거나, 아니면 아무렇게나 되는대로(아시잖아요, 화장 진하게 하는 여자들이 어떻게 되는지) 살아가기 십상일 거라고. 그러나 피터 월시는 그 모든 말을 웃어넘겼다. 그는 아직은 죽을 생각이 없었다. 어쨌든 그녀 스스로 결정을 내려야 하고, 스스로 판단해야 한다고 생각하면서, 그는 양말 바람으로 방 안을 서성이다가 정장 셔츠 주름을 폈다. 클라리사의 파티에 갈 수도 있고, 음악회에 가거나 아니면 어디 들어앉아 옥스퍼드 시절에 알던 사람이 쓴 흥미로운 책을 읽을 수도 있을 테니까. 은퇴하면 그도 책을 쓸 생각이었다. 옥스퍼드에 가서 보들리언 도서관을 이리저리 뒤지고 다녀야지. 그 가무잡잡한, 사랑스러운 예쁜 여자가 테라스 끝까지 달려 나와도 소용없고, 손을 흔들어도 소용없고, 사람들의 말 따위엔 눈곱만큼도 신경 쓰지 않는다고 소리쳐도 아무 소용이 없는 거지. 그녀가 존경하는 남자, 완벽한 신사, 매혹적이고 뛰어난(그의 나이는 그녀에게 전혀 문제 되지 않았다) 그 남자는 블룸즈버리의 한 호텔 방에서 어슬렁거리며 면도하고, 세수하고, 물컵을 집어 들고, 면도칼을 내려놓고, 보들리언 도서관을 뒤지고, 관심 있던 한두 가지 문제들에 대한 진실을 알아내려 하고 있으니. 그는 아무나 붙잡고 한담을 나누느라 점점 더 점심시간은 무시하게 되고, 약속도 놓치게 될 것이다. 그리고 데이지가 늘 그랬듯 키스해 달라거나 말다툼을 걸어도, 제대로 기대에 부응하지 못하게 되는 거다(그녀에 대한 그의 마음은 진심인데도). 그러니까 한마디로, 버제스 부인 말대로, 그녀는 그를 잊는 편이, 아니면 1922년 8월의 그 사람으로만 기억하는 편이 더 나을지 모른다. 해 질 무렵 교차로에 서 있는 모습처럼 말이다. 뒷좌석에 단단히 고정된 그녀를 실은 이륜마차가 획 돌아 달리자, 그녀가 아무리 팔을 뻗어도 그의 모습은 멀어져만 간다. 점점 더 작아지며 사라져 가는 그를 보면서, 그녀는 아직도 외친다, 무슨 일이든 하겠어요, 무엇이든, 무엇이든, 무엇이든…….

그는 사람들의 생각을 전혀 알 수가 없었다. 집중하기가 점점 더 힘들어졌다. 자기 생각에 빠져 자기 관심사에만 골몰해 있었다. 뿌루퉁했다가 쾌활했다가, 여자들한테 의존적이고, 멍하고, 침울했다. (면도를 하면서 생각해 보니) 어째서 클라리사는 그들에게 그냥 집도 좀 구해 주고, 데이지한테도 친절하게 대해 주고, 그녀를 사람들에게 소개도 시켜 줄 수는 없는 건지 점점 더 이해가 안 갔다. 그렇기만 하면 그는 그저 — 그저 무엇을? 단지 여기저기 나타나 맴돌다가(그는 실제로는 지금 다양한 열쇠들과 서류들을 정리하는 중이었다), 획 내려와서 맛이나 보면서, 혼자 있을 수가, 한마디로 자족적일 수가 있을 텐데. 하기야 물론, 그만큼 남한테 의존적인 사람도 없었다(그는 조끼 단추를 채웠다). 그것이 그가 몰락한 원인이었다. 그는 흡연실을 멀리하지 못했고, 대령들을 좋아했고, 골프를 좋아했고,

브리지를 좋아했으며, 무엇보다도 여자들과의 교제를, 그들과의 교우에서 느껴지는 섬세함을, 그리고 사랑에 있어 여자들의 충실함, 대담함, 위대함을 좋아했다. 비록 그 나름의 단점이 있긴 해도(그 가무잡잡한, 사랑스럽고 예쁜 얼굴이 봉투 맨 위에 놓여 있었다), 그것은 그에게 인생의 정점에서 자라는 너무나 훌륭하고 찬란한 꽃처럼 보였다. 그런데도 그는 거기에 부응하지 못하고 언제나 회피하듯 주변을 두리번거리며(클라리사가 그에게서 무언가를 영원히 앗아 가 버렸던 것이다), 묵묵한 헌신에 금방 싫증을 내고, 사랑에서 다양한 변화를 원하는 경향이 있었다. 물론 데이지가 다른 사람을 사랑한다면 격분하겠지만. 격분할 거라고! 그는 질투심이 많았으니까, 기질적으로 걷잡을 수 없는 질투심이 있었으니까. 그의 고통은 극심했다! 그런데 주머니칼이 어딨더라? 시계는? 도장이랑 지갑은? 다시는 안 읽겠지만, 생각은 하고 싶을 클라리사의 편지는? 그리고 데이지 사진은? 이제 저녁 식사를 해야겠군.

사람들이 식사를 하고 있었다.

꽃병이 놓인 작은 테이블들에, 정장을 차려입었거나 그렇지 않은 사람들이 숄과 가방을 옆에 내려놓은 채 짐짓 침착한 척하며 둘러앉아 있었다. 그들은 이렇게 여러 코스가 나오는 정찬에는 익숙지 않아서였다. 자신감도 내보였다. 식사 비용을 지불할 능력이 있으니까. 온종일 쇼핑과 관광으로 런던을 돌아다녔으니 피곤한 기색도 있었다. 그들은 뿔테 안경을 쓴 멋진 신사가 들어오자, 몸을 돌려 쳐다보며 자연스러운 호기심을 표출했고, 기차 시간표를 빌려주거나 유용한 정보를 알려 주는 등의 소소한 도움은 기꺼이 줄 듯한 선의도 보였다. 그저 고향이 같다는 이유만으로(가령 리버풀이라든가) 혹은 이름이 같은 친구만 있어도 어떻게든 연결 지어 보려는 욕망이 그들 안에서 고동치며 그들을 은밀히 끌어당기는 가운데, 남몰래 흘깃거리며 묘한 침묵을 지키는가 싶더니, 갑자기 각자 가족끼리만의 즐거움 속으로 물러났다. 사람들이 그렇게 식사하고 있는 중에, 월시 씨가 들어가 커튼 옆 작은 테이블에 자리를 잡았다.

그가 사람들의 존경심을 불러일으킨 건, 무슨 말을 해서가 아니었다. 혼자 왔으니 말을 건넬 사람은 웨이터뿐이었으므로. 그것은 그가 메뉴를 살펴보는 방식, 집게손가락으로 특정 와인을 가리키는 동작, 테이블로 몸을 당겨 앉아 진지하면서도 게걸스럽지 않게 식사를 하는 태도 때문이었다. 그 존경심은 그가 식사하는 동안에는 표현되지 않은 채로 있어야 했다. 그러나 월시 씨가 식사를 마칠 무렵 "바틀릿 배를 주시오"라고 말하는 소리가 모리스 씨 가족이 앉은 테이블에 들려오는 순간 그것은 폭발하듯 타올랐다. 그는 어쩌면 그렇게도 점잖고 단호하게, 정의에 기반한 자신의 권리 안에서 규율에 엄격한 사람의 태도로 말할 수 있는지, 젊은 찰스 모리스도 늙은 찰스도, 일레인 양이나 모리스 부인도 알 수가 없었다. 그러나 테이블에 홀로 앉은 그가 "바틀릿 배를 주시오"라고 말했을 때, 그들은 그가 어떤 합법적 요구를 하면서 자신들의 지지를 기대하는 듯한 느낌을 받았다. 그는 어떤 대의의 옹호자였고, 그 대의는 즉각 그들 자신의 것이 되어 그들의 공감 어린 시선이 그의 눈과 마주쳤다. 그리하여 그들이 다 함께 동시에 흡연실에 가게 됐을 때, 약간의 담소를 나누지 않을 수 없었다.

심각한 대화는 아니었다 — 런던이 몹시 붐빈다느니, 30년 만에 참 많이 변했다느니, 모리스 씨는 리버풀을 더 좋아한다느니, 모리스 부인은 웨스트민스터 꽃 전시회에 간 적이 있고, 다들 왕세자를 보았다느니 하는 정도였다. 그렇지만, 세상 어떤 가족도 모리스 씨네에 비할 바가 못 된다고 피터는 생각했다. 그 어떤 가족도. 서로 간의 관계는 완벽했고, 상류층에 관해서는 다들 안중에도 없었다. 자기들이 좋아하는 것을 좋아할 뿐이었다. 일레인은 가업을 이어받기 위해 수련 중이고, 아들은 리즈 대학 장학생이며, 노부인(자기 또래인 것 같았다)은 집에 자식들이 셋이 더 있다고 했다. 자동차를 두 대나 갖고 있으면서도, 모리스 씨는 아직도 일요일에 신발을 고친다고 했다. 대단하다, 정말 대단해. 피터 월시는 손에 술잔을 들고 붉은 플러시 천 의자와 재떨이들 사이에서 몸을 앞뒤로 살짝 흔들며 생각했다. 모리스 씨 가족이 자기를 좋아해 주어 아주 기분이 좋았다. 그렇다, 그들은 "바틀릿 배를 주시오"라고 말한 남자를 좋아했다. 그들이 자기를 좋아한다는 게 느껴졌다.

클라리사 파티에 가야지(모리스 씨네는 떠났다. 그렇지만 그들은 다시 만나리라). 클라리사 파티에 가야겠어. 리처드에게 그들은 인도에서 대체 뭘 하고 있는지 물어보고 싶기 때문이었다 — 그 보수당 멍청이들이 말이다. 그리고 무슨 연극이 상연 중인지? 그리고 음악도……. 그래, 그냥 잡담하러 가는 거였다.

왜냐하면 이것이 바로 우리의 영혼, 우리 자아의 진실이니까. 그는 생각했다. 우리의 자아는 물고기처럼 깊은 바다에 살면서 어둠 사이로 몰려 들어가, 거대한 수초 줄기 사이를 헤치고 햇빛이 아른거리는 곳들을 지나 차갑고 깊고 헤아릴 수 없는 캄캄한 심연으로 나아가다가, 별안간 수면으로 솟구쳐 올라 바람으로 주름진 물결 위에서 뛰놀기도 하지. 다시 말해 우리의 영혼도 가끔은 잡담을 하며 자신을 털어 내고 벗겨 내고 불을 지펴야 할 필요가 있는 것이다. 정부는 인도에 대해 뭘 하려고 하는 건지? — 리처드 댈러웨이는 알고 있을 터였다.

몹시 더운 밤이었고, 신문팔이 소년들이 커다란 붉은 글자로 폭염을 알리는 플래카드를 들고 지나갔기 때문에, 등나무 의자들이 호텔 계단에 놓여 있었다. 무심한 신사들이 거기에 앉아 술을 홀짝이며 담배를 피우고 있었다. 피터 월시도 가서 앉았다. 하루가, 런던의 하루가 막 시작되는 것처럼 보일 수도 있었다. 나염 무늬 드레스와 하얀 앞치마를 벗고 파란 드레스에 정장으로 차려입은 여인처럼, 낮은 두꺼운 옷을 벗고 가벼운 천을 걸치고는 저녁으로 변했다. 그리고 페티코트를 벗어 바닥에 던지면서 여성이 내쉬는 것과 똑같은 기쁨의 한숨을 쉬며, 낮도 먼지와 열기와 빛깔을 벗어 버렸다. 차량은 뜸해졌다. 금속음을 내며 질주하는 자동차들이 느리고 육중한 짐차들의 뒤를 이었다. 여기저기 광장의 빽빽한 녹음 사이로 강렬한 불빛이 걸렸다. 저는 물러갑니다, 하고 저녁이 말하는 듯했다. 저녁은 호텔의 정교하게 조각된 성벽 모양의 외벽과 뾰족한 돌출부, 주택과 상가 건물 너머로 창백하게 희미해지면서, 난 희미해지고 있어요, 난 사라져요, 라고 말하기 시작했다. 하지만 런던은 이를 전혀 받아들이지 않고, 하늘에 총검을 휘둘러 저녁을 붙잡아 강제로 자신의 환락에 동참하게 했다.

피터 월시가 마지막으로 영국을 다녀간 이후, 윌릿* 씨의 서머 타임이라는 위대한 혁명이 일어났던 것이다. 길어진 저녁이 그에겐 새로웠다. 기운을 북돋워 준달까. 자유로워진 것이 마냥 기쁘고, 이 유명한 보도를 밟고 있다는 사실에 말없이 자부심도 느끼며 젊은이들이 공문서 상자를 들고 지나갈 때, 그들의 얼굴에는 일종의 기쁨 — 겉만 반짝이는 값싼 감정이라 해도, 여전히 황홀감이랄 수 있는 — 이 붉게 물들어 있었으니 말이다. 그들은 옷도 잘 입었다. 분홍 스타킹에 예쁜 신발들. 그들은 이제 영화관에서 두 시간을 보낼 것이다. 노랗고 파란 저녁 불빛에 그들의 모습은 선명하고 세련되어 보였다. 그 빛에 광장의 나뭇잎들은 으스스하고 검푸르게 빛났고, 바닷물에 적셔진 듯 보였다 — 물에 잠긴 도시의 잎사귀들. 그는 그 아름다움에 놀랐다. 기운이 나기도 했다. 돌아온 인도 주재 영국인이라면 마땅히 동방 클럽*에 앉아 세상의 몰락을 쓸쓸히 되새기고 있어야 할 텐데, 그는 지금 여기서 예전과 다름없이 젊은 기분으로 있으니 말이다. 그는 젊은이들이 누리는 서머 타임을 비롯한 모든 것이 부러웠고, 젊은 여성의 말에서, 하녀의 웃음소리에서 — 손에 잡히지 않는 무형의 것들에서 — 젊었을 때는

댈러웨이 부인 231

요지부동으로 보였던 피라미드처럼 쌓인 축적물 전체에 변화가 일어났음을 확실히 감지할 수 있었다. 그 축적물은 사람들을 위에서 내리눌렀었다. 특히 여자들을 짓눌렀다. 클라리사의 고모 헬레나가 저녁 식사를 마친 후 램프 아래 앉아 회색 압지 사이에 끼워 리트레 사전으로 눌러 놓곤 했던 꽃잎들처럼. 지금은 돌아가셨지. 클라리사한테서 그분이 한쪽 시력을 잃었다는 얘기를 들었었다. 그 미스 패리가 유리 의안으로 남았다는 게 너무나 잘 어울리는 것 같았다 — 자연의 걸작 같았다. 그녀는 나뭇가지를 꼭 붙든 채 서리 맞은 새처럼 죽었을 것이다. 그녀는 다른 시대에 속한 사람이었지만 너무나 균형 잡히고 완벽해서, 언제까지나 돌처럼 하얗게 수평선 너머에 우뚝 서 있을 것이다. 이 길고 긴 모험 가득한 항해에서 지나온 어느 단계를 표시해 주는 등대처럼. 이 끝없는 (그는 신문을 사서 서리 팀과 요크셔 팀 기사를 읽으려고 주머니에서 동전을 더듬어 찾았다 — 이 동전을 백만 번은 내밀었으리라. 서리 팀은 또 완패였다) — 이 끝없는 인생에서. 하지만 크리켓은 단순히 게임만은 아니었다. 크리켓은 중요했다. 그는 크리켓 기사는 안 읽고 넘어갈 수가 없었다. 그는 먼저 속보에서 득점표를 읽은 후 날씨가 얼마나 더운지를 확인하고, 그다음 살인 사건 기사를 읽었다. 어떤 일을 백만 번 하면 비록 그 표면은 닳는다 해도 그 일은 풍부해진다. 풍부해진 과거, 경험, 그리고 한두 사람을 좋아해 본 경험, 그리하여 젊은이들에게는 부족한 능력 — 단호히 끊어내고, 자기가 원하는 것을 하고, 남들 말에 조금도 신경 쓰지 않고, 대단한 기대 없이 오갈 수 있는 능력(그는 테이블 위에 신문을 내려놓고 자리를 떴다)을 얻는 것. 그러나(그는 모자와 외투를 찾아 두리번거렸다) 대단한 기대 없이 오간다는 건 그에게 전적으로 해당하는 건 아니었다. 적어도 오늘 밤에는. 왜냐하면 그는 지금 그 나이에 또 하나의 경험을 하리라는 믿음을 품고 파티에 가려는 참이었으니까. 하지만 무슨 경험을 말인가?

어쨌든 아름다움을 경험하겠지. 눈에 보이는 조야한 아름다움 말고. 단순하고 간단한 아름다움 — 베드퍼드 광장에서 러셀 광장에 이르는 길 같은 — 도 말고. 그것은 물론 곧고 텅 비었으며, 대칭의 복도를 갖고 있었다. 하지만 불 켜진 창문들, 피아노와 축음기 소리도 아름다웠고, 감춰져 있다가 가끔씩 드러나는 기쁨의 감각도 아름다웠다. 커튼을 치지 않은 창문이나 열린 창문 너머로 테이블 주위에 앉아 있는 사람들, 천천히 춤을 추며 도는 젊은이들, 남녀의 대화, 한가롭게 밖을 내다보는 하녀들(그 모습은 일이 끝난 뒤 그들끼리 나누는 낯선 논평처럼 보였다), 돌출 선반에 널어 놓은 스타킹들, 앵무새, 화분 몇 개를 보게 될 때 마주하게 되는. 매혹적이고, 신비롭고, 무한히 풍요로운 이 삶. 택시들이 쏜살같이 달려와 방향을 휙 바꾸는 커다란 광장에서는 커플들이 어슬렁거리며 장난치거나 포옹하거나 울창한 나무 그늘에 몸을 바짝 붙인 채 웅크리고 있었다. 감동적이었다. 그들은 너무나 조용히 몰입해 있었기에, 사람들은 신중하고 조심스럽게 지나갔다. 방해하는 것이 불경스럽게 느껴질 어떤 신성한 예식이라도 거행되는 것처럼. 흥미로웠다. 자, 이제 번쩍거리는 불빛이 있는 쪽으로 가 보자.

그는 가벼운 외투 자락을 바람에 날리며, 표현하기 어려운 독특한 발걸음으로, 몸을 약간 앞으로 숙이고 뒷짐을 진 채 여전히 작은 매의 눈빛으로 사방을 관찰하며 런던을 가로질러 웨스트민스터를 향해 종종걸음으로 걸어갔다.

다들 외식을 하는 건가? 한 하인이 문을 열자 버클 달린 신발에 머리엔 자줏빛 타조 깃털 세 개를 꽂은 노부인이 당당하게 걸어 나왔다. 문들이 열리자, 화사한 꽃무늬 숄로 미라처럼 감싼 귀부인들, 모자를 쓰지 않은 귀부인들이 나왔다. 앞마당에 스투코 기둥들이 있는 고급 주택가에서는 가벼운 옷차림에 머리에 장식 빗을 꽂은 여자들이 나왔다. 남자들은 외투 자락을 휘날리며 기다리고 있었다. 자동차가 출발했다. 모두가 밖으로 나오고 있었다. 이렇게 문들이 열리고 사람들이 내려와 출발하는 모습에서, 마치 런던 전체가 강기슭에 정박해 놓은 작은 나룻배에 타고 물결 위에서 흔들리고 있는 듯, 온 도시가 카니발 속에 떠다니는 듯했다. 은빛으로 매끄럽게 빛나는 화이트홀 위로 거미들이 스케이트를 타듯 미끄러져 갔고, 아크등 주위로 날벌레들이 모여드는 것 같았다. 날이 너무 더워서 사람들은 여기저기 서서 이야기를 나누고 있었다. 이곳 웨스트민스터에는 은퇴한 판사로 보이는 한 노인이, 온통 하얀 옷을 입고 대문 앞에 꼿꼿이 앉아 있었다. 아마 인도 주재관이었으리라.

여기서는 떠들썩한 여자들, 술에 취한 여자들이 소란을 일으키고 있었고, 저쪽에는 경찰관 한 명과 어렴풋이 보이는 집들,

높은 집들, 반구형 지붕이 있는 집들, 교회와 의회 건물들이 있었다. 강에 떠 있는 기선의 기적 소리, 텅 빈 안개 같은 외침이 들려왔다. 하지만 이것이 그녀의 거리, 클라리사의 거리였다. 택시들이 전속력으로 모퉁이를 돌았다. 그에겐 마치 다리의 기둥들을 돌아가는 물이 한데 합쳐지는 것처럼 보였다. 택시들이 사람들을 태우고 그녀의 파티로, 클라리사의 파티로 가고 있었으니까.

차갑게 흘러 들어오던 시각적 인상들은 이제 그의 눈에 들어오지 않았다. 마치 눈이라는 잔이 넘쳐 버려, 담기지 못한 나머지는 기록되지 않은 채 잔의 벽을 타고 흘러내린 것처럼. 이제는 머리가 깨어나야 한다. 저 집, 저 불 켜진 집에 들어가면서는 몸이 긴장해야 한다. 문은 활짝 열려 있었고 자동차들이 서 있었으며 환하게 차려입은 여성들이 차에서 내리고 있었다. 영혼이 담대하게 견뎌 내야 한다. 그는 주머니칼의 커다란 날을 폈다.

루시가 아래층으로 한달음에 뛰어 내려왔다. 방금 응접실에 들어가 테이블보 주름을 펴고 의자를 똑바로 놓은 뒤 잠시 멈춰 서서 생각하던 참이었다. 누가 들어오더라도 저 아름다운 은식기와 놋쇠 부젓가락, 새 의자 커버와 노란 사라사 무명 커튼을 보면, 얼마나 깨끗하고, 얼마나 환하고, 얼마나 세심한 주의를 기울였는지 알 거라고 느꼈다. 그것들을 하나하나 음미하며 살펴보고 있는데, 웅성거리는 목소리가 들렸다. 손님들이 벌써 식사를 마치고 올라오고 있었다. 서둘러야 한다!

총리가 온대요. 애그니스가 말했다. 손님들이 식당에서 이야기하는 걸 들었다고, 유리잔이 담긴 쟁반을 들고 들어오며 말했다. 상관있나? 총리가 하나 더 오든 덜 오든 무슨 상관이람? 이 시간에 접시와 스튜 냄비와 여과기, 프라이팬, 육즙에 담가 놓은 닭, 아이스크림 냉동기, 잘라 낸 빵 껍질, 레몬, 수프 그릇과 푸딩 그릇에 둘러싸인 워커 부인에게는 아무 상관도 없는 일이었다. 식기실에서 아무리 열심히 설거지를 해도, 그릇들이 몽땅 그녀 위에, 부엌 테이블 위에, 의자들 위에 쌓여 있는 것만 같았다. 불은 요란하게 타오르고, 전깃불은 눈이 부시게 번쩍이며, 저녁상은 아직도 더 차려 내야 했다. 총리가 한 사람 더 오든 말든 워커 부인에게는 다를 게 하나도 없었다.

숙녀분들이 벌써 2층으로 올라가고 있다고 루시가 말했다. 그들이 한 사람씩 올라가는 동안, 댈러웨이 부인은 마지막에 뒤따라가며 거의 언제나 주방에 있는 "워커 부인한테 정말 고맙다"는 메시지를 전하곤 했다. 그건 그 밤의 일이었다. 다음 날 아침이면 그들은 간밤의 요리들에 대해 자세히 짚어 보게 될 것이었다 — 수프, 연어. 연어는 늘 그렇듯 덜 익었을 거라는 걸 워커 부인은 알고 있었다. 항상 푸딩이 걱정되어 제니에게 맡기게 되기 때문이었다. 그래서 연어는 늘 덜 익곤 했다. 하지만 금발 머리에 은장식을 한 부인이, 앙트레를 진짜 집에서 만든 거냐고 묻더라고 루시가 말했다. 그런데도 워커 부인은, 접시들을 바삐 돌리고 연기 조절 장치를 열었다 닫았다 하면서도 연어가 계속 마음에 걸렸다. 식당 쪽에서 웃음소리가 터져 나왔다. 누군가의 말에 또다시 웃음소리가 터져 나왔다 — 숙녀들이 자리를 뜨자 신사들끼리 즐기고 있는 것이었다. 토케이요, 루시가 뛰어 들어오며 말했다. 댈러웨이 씨가 황제 와인 저장고에서 온 토케이, 임페리얼 토케이를 가져오라고 한 것이다.

그것은 부엌을 통해 전달됐다. 어깨 너머로 루시는 미스 엘리자베스가 진짜 아름답더라고 전했다. 눈을 뗄 수가 없었다고. 분홍색 드레스에 댈러웨이 씨가 준 목걸이를 하고 있더라고. 제니에게 미스 엘리자베스의 개, 폭스테리어를 잊으면 안 된다고 말했다. 사람들을 물어서 가둬 두었기 때문에, 엘리자베스는 그 개가 뭔가 먹을 걸 원할 거라는 거였다. 제니는 개를 챙겨야 했다. 하지만 제니는 사람들이 전부 여기에 있는 상황이라 위층에 가고 싶지 않았다. 벌써 대문에 차가 도착했네! 초인종이 울렸다 — 신사분들은 아직도 식당에서 토케이를 마시는 중인데!

손님들이 위층으로 올라가고 있었다. 저들이 처음 도착한 사람들이고 이제 점점 더 빨리 몰려올 테니까 홀 문을 열어 놓아야겠다고 (파티 때 고용되는) 파킨슨 부인은 생각했다. 숙녀들이 복도 옆방에서 외투를 벗는 동안, 홀은 기다리고 있는 신사들로 가득 찰 것이다(그들은 머리를 매만지며 기다리고 있었다). 바넷 부인은 방에서 숙녀들을 돕고 있었다. 엘런 바넷, 그녀는 이 집안과 40년을 같이해 왔고 매년 여름 숙녀들을 도우러 와서, 지금은 어머니가 된 부인들이 아가씨였던 시절을 기억하고 있었다. 그래서 아주 겸손하긴 했지만 악수도 나눴고, 아주 깍듯하게 '마님'이라고 부르면서도 유머러스한 구석이 있었다. 젊은 숙녀들을 바라보다가, 속옷 때문에 곤란을 겪고 있는 레이디 러브조이를 아주 눈치껏 도와주기도 했다. 레이디 러브조이와 미스 앨리스는 바넷 부인이 제공해 주는 브러시나 장식용 빗 같은 것으로부터, 그들이 바넷 부인을 알고 지낸 덕분 —"30년이죠, 마님"— 에 누리는 소소한 특권을 자연스레 의식할 수밖에 없었다. 그 옛날 젊은 숙녀들이 버턴에 머물 때는 루주를 쓰지 않았었죠. 레이디 러브조이가 말했다. 미스 앨리스는 루주가 필요 없겠어요. 바넷 부인이 그녀를 다정하게 바라보며 말했다. 그녀는 그렇게 의류 보관실에 앉아 모피를 톡톡 두드려 정리하고 스페인 숄을 매만져 펴고 화장대를 정돈하곤 했고, 모피나 자수와 상관없이 누가 훌륭한 숙녀이고 누가 아닌지를 알고 있었다. 계단을 오르며 레이디 러브조이가 말했다. 참 좋은 노인이야. 옛날에 클라리사의 유모였단다.

그러고는 레이디 러브조이는 몸을 꼿꼿이 폈다. "레이디 러브조이와 미스 러브조이예요." 그녀는 (파티 때 고용되는) 윌킨스 씨에게 말했다. 그는 훌륭한 태도를 가지고 있었다. 허리를 숙였다 세우고, 숙였다 세우면서 더없이 공정하게 사람들의 도착을 알렸다. "레이디 러브조이와 미스 러브조이…… 존 경과 레이디 니덤…… 미스 웰드… 월시 씨." 그의 매너는 훌륭했다. 그의 가정도 나무랄 데가 없겠지. 다만, 저렇게 푸르스름한 입술에 면도를 말끔하게 한 사람이 자식이라는 골칫거리를 만드는 실수를 저질렀을 것 같지는 않았지만.

"뵙게 되어 정말 기뻐요!" 클라리사가 말했다. 그녀는 누구에게나 그렇게 말했다. 뵙게 되어 정말 기뻐요, 라니! 그녀는 최악이었다 — 과장되고 진실하지 못했다. 여기 온 것은 엄청난 실수였다. 호텔 방에서 책이나 읽었어야 했어. 피터 월시는 생각했다. 음악회를 가거나, 호텔 방에 있을걸. 아는 사람도 하나 없는데.

맙소사, 망칠 것 같아, 완전히 망칠 것 같아. 클라리사는 렉섬 경이 아내는 버킹엄 궁전 가든파티에 갔다가 감기에 걸려 오지 못했다며 미안해하자 뼛속 깊이 그런 예감이 들었다. 저기 구석에서 피터가 자신을 비판하고 있는 것이 곁눈으로 보였다. 도대체 왜 이런 일들을 벌이는 거지? 어째서 꼭대기에 오르려 하고 불길에 휩싸인 채 서 있는 거지? 어차피 다 타 버릴 텐데! 타서 재가 돼 버릴 텐데! 그래도 횃불을 휘두르다가 땅에 던져 버리는 편이 낫잖아. 저 엘리 헨더슨처럼 점점 작아지다가 사라져 버리는 것보다는! 피터가 와서 그냥 구석에 서 있기만 해도 이런 상태가 된다는 것이 정말 놀라웠다. 그는 그녀로 하여금 스스로를 보게 했고, 과장하게 만들었다. 바보같은 일이었다. 그런데 그는 대체 왜 온 걸까? 오로지 비난하려고? 그는 왜 언제나 빼앗기만 할까? 절대 주지는 않으면서. 어째서 그 알량한 자신의 소견은 내놓아 보이지 않는 걸까? 저기서 서성대고 있네, 말을 걸어야 하는데. 그러나 기회가 오지 않았다. 인생은 그런 거였다 — 굴욕, 포기. 렉섬 경의 말은 그의 아내가 가든파티에서 모피 코트를 안 입으려 했다는 것이었다. "당신 숙녀들은 다 똑같다니까요!" — 레이디 렉섬은 적어도 일흔다섯 살은 되었는데! 그 노부부가 서로를 토닥이며 아끼는 모습이 사랑스러웠다. 그녀는 렉섬 경이 좋았다. 그녀는 자신의 파티를 중요하게 생각했다. 그런데 그것이 틀어져 망해 가고 있으니 너무 괴로웠다. 차라리 무슨 일이라도, 뭔가가 폭발하거나 무시무시한 일이라도 일어나는 편이 나을 것 같았다. 사람들이 이렇게 하릴없이 서성이고, 엘리 헨더슨처럼 몸을 바로 세우려고조차 하지 않은 채 구석에 떼 지어 서 있는 것보다는.

온갖 극락조들이 그려진 노란 커튼이 부드럽게 휘날리자 한 떼의 날개들이 방 안으로 날아들었다 휩쓸려 나갔다 하는 것 같았다(창문들이 열려 있었기 때문이다). 바람이 들어오나? 엘리 헨더슨은 생각했다. 그녀는 추위를 잘 탔다. 그렇지만 자신은 내일 재채기를 하며 드러눕게 된다 해도 상관없었다. 병약했던 버턴의 전임 목사 아버지로 인해 늘 남을 생각하도록 길러졌기 때문에, 그녀가 마음 쓰고 있는 건 어깨를 훤히 드러낸 아가씨들이었다. 하지만 이제 아버지도 돌아가셨고, 그녀는 한기가 가슴까지 미치는 일은 단 한 번도 없었다. 그녀가 걱정하는 건 아가씨들, 어깨를 훤히 드러낸 젊은 여성들이었다. 그녀는 평생 얇은 머리카락에 몸도 빈약한 자그마한 존재였다. 오십이 넘은 지금에서야 지난 수년간의 자기희생으로 정화되어 선명해진 무언가가 은은하게 빛나기 시작하려던 참이었으나,

그것마저도 품위가 있어야 한다는 고통, 공황에 가까운 두려움 속에서 다시금 끊임없이 흐려지고 말았다. 연간 3백 파운드의 수입과 무력한 처지(단돈 한 푼 벌 수가 없었다) 때문이었다. 이 때문에 그녀는 소극적이 되었고, 해가 갈수록 사교 시즌이 되면 매일 밤 이런 일들을 하는 잘 차려입은 사람들과 어울리기가 더더욱 어려워졌다. 그런 사람들은 하녀들에게 "오늘은 이것과 이것을 입을 거야" 하고 말만 하면 되었지만, 엘리 헨더슨은 초조한 마음으로 달려 나가 싸구려 분홍 꽃을 몇 송이 사고, 오래된 검은 드레스에 숄을 걸쳐야 했다. 파티에 오라는 클라리사의 초대장이 마지막 순간에야 도착했기 때문이었다. 그녀는 기분이 썩 좋지 않았다. 클라리사가 올해는 자기를 초대할 생각이 없었나 싶었기 때문이었다.

왜 초대해야 하겠어? 늘 서로 알고 있는 사이라는 것 말고는 딱히 이유가 없었다. 사실 사촌이긴 했다. 그렇지만 둘 사이는 자연스럽게 멀어졌다. 클라리사는 인기가 너무 많았으니까. 엘리 헨더슨에겐 파티에 간다는 것이 하나의 사건이었다. 아름다운 옷을 보는 것만으로도 특별한 기쁨이었다. 저기 분홍 드레스에 요즘 유행하는 머리를 한 애가 엘리자베스 아닌가? 다 컸네. 기껏해야 이제 열일곱 살쯤 됐을 텐데. 아주, 아주 당당한 아름다움이 있어. 그런데 처음 사교계에 나오는 소녀들이 예전처럼 하얀 옷을 입진 않는 모양이야(그녀는 이디스에게 말해 주려면 전부 기억해 둬야 했다). 소녀들은 몸에 딱 붙고 치마가 발목 위로 올라간 일자 드레스를 입고 있었다. 안 어울려. 그녀는 생각했다.

엘리 헨더슨은 눈이 침침해서 목을 길게 뺐다. 말할 사람이 하나도 없다는 건 크게 개의치 않았다(그녀는 아는 사람이 거의 없었다). 보는 것만으로도 다들 흥미로웠으니까. 정치가들인가 보다. 리처드 댈러웨이의 친구들이겠지. 그러나 리처드는 저 딱한 양반이 저녁 내내 저기 혼자 서 있게 내버려둘 수는 없다고 생각했다.

"아, 엘리, **당신이야말로** 요즘 어떻게 지내십니까?" 그가 다정하게 묻자 엘리 헨더슨은 긴장해서 얼굴을 붉히며, 그가 이렇게 다가와 말을 걸어 주다니 너무나 친절하다고 생각하면서, 사람들이 추위보다는 더위를 더 타는 것 같다고 대답했다.

"예, 그렇죠." 리처드 댈러웨이가 말했다. "맞아요."

그런데 이제 무슨 말을 더 하지?

"안녕하신가, 리처드." 그때 누군가가 그의 팔꿈치를 잡으며 말했다. 아니 이런, 피터 아닌가, 피터 월시, 만나서 반갑네 — 정말 반가워! 하나도 안 변했군. 그러고는 그들은 방을 가로질러 걸어갔다. 서로 어깨를 두드리는 걸 보니 오랜만인가 보다고 엘리 헨더슨은 생각했다. 그들이 가는 모습을 보는데, 분명 저 남자의 낯이 익은 것 같았다. 키가 크고 중년이고, 눈이 아름답고, 가무잡잡하고, 안경을 썼고, 존 버로스*처럼 생겼는데. 이디스는 확실히 알 텐데.

극락조들이 그려진 커튼이 다시 펄럭였다. 클라리사는 랠프 라이언이 커튼 자락을 걷어 내며 계속 이야기하는 것을 보았다. 그러니까 아주 망친 건 아니야! 이제 잘될 거야 — 내 파티는. 이제부터 시작이야. 이제 출발한 거라고. 하지만 아직은 아슬아슬해. 당분간은 여기 서 있어야겠다. 사람들이 몰려오는 것 같아.

개럿 대령 부부…… 휴 휫브레드 씨, 볼리 씨, 힐버리 부인…… 레이디 메리 매독스…… 퀸 씨……. 윌킨스가 엄숙하게 알렸다. 그녀는 한 사람 한 사람과 예닐곱 마디씩 말을 나누었고 손님들은 방 안으로 들어갔다. 랠프 라이언이 커튼을 걷어낸 후, 사람들은 무(無)가 아닌, 무엇인가의 안으로 들어간 것이었다.

하지만 그녀 자신에게는 너무 벅찬 일이었다. 전혀 즐기고 있지 않았다. 마치 — 그냥 아무것도 아닌 사람으로 서 있는 것이나 다름없었다. 이건 누구나 할 수 있는 일이었다. 그러면서도 그 누구나라는 존재가 약간 존경스러웠다. 어쨌든 자기가 이 일이 일어나게 만들었다고 느끼지 않을 수 없었다. 그리고 자신이 하나의 기둥이 되었으며, 그것이 삶의 한 국면을 표시하는 것 같았다. 왜냐하면 이상하게도 그녀는 자기가 어떻게 보이는지를 까맣게 잊은 채, 계단 꼭대기에 박혀 있는 말뚝처럼 느껴졌기 때문이었다. 그녀는 파티를 열 때마다 이렇게 자기 자신이 아닌 무언가가 되는 기분을 느꼈고, 모든 사람이 어떤 면으로는 비현실적이면서도 다른 한편으로는 훨씬 더 현실적인 존재처럼 느껴졌다. 그것은, 부분적으로는 그들의 옷차림 때문이고, 부분적으로는 그들의 일상적인 방식에서 벗어났기 때문이기도 하고, 분위기 탓일 수도 있다고 그녀는 생각했다. 다른 때는 말할 수 없었던 것, 좀처럼 말하기 어려운 것도 말할 수가 있었다. 훨씬 더 깊이 들어갈 수도 있었다. 그러나 그녀는 아니었다, 어쨌든 아직은 아니었다.

"이렇게 뵈니 정말 기뻐요!" 그녀가 말했다. 오랜 벗 해리 경! 그는 여기 온 사람들과 다 안면이 있을 것이다.

사람들이 하나씩 계단을 올라올 때면, 참 묘한 느낌이 들었다. 마운트 부인, 실리아, 허버트 에인스티, 데이커스 부인 — 오, 그리고 레이디 부르턴!

"와 주셔서 정말 감사해요!" 그녀가 말했다. 진심이었다 — 거기 서서 손님들이 계속 지나가고 또 지나가는 것을 느낀다는 건 묘했다. 어떤 이는 나이가 꽤 들었고, 또 어떤 이는…….

아니, 이름이 뭐라고? 레이디 로시터? 도대체 레이디 로시터가 누구지?

"클라리사!" 저 목소리! 샐리 시튼이었다! 샐리 시튼! 아니 이게 몇 년 만인가! 그녀가 안개 사이를 지나오듯 어렴풋이 모습을 드러냈다. 그녀는 절대 **저런** 모습이 아니었는데. 클라리사가 뜨거운 물통을 손에 쥐었던 때의 그 샐리 시튼이. 그녀가 이 지붕 아래 있다니, 바로 이 지붕 아래! 하고 생각했던 그 시절. 그때는 저렇지가 않았는데!

둘은 서로 얼싸안고 당황해하면서 웃기도 했다. 말이 쏟아져 나왔다 — 런던을 지나던 참인데, 클래러 헤이든한테 들었어. 널 만날 절호의 기회잖아! 그래서 대뜸 들이닥친 거야 — 초대도 안 받았는데…….

이제는 뜨거운 물통을 제법 침착하게 내려놓을 수 있을 것 같았다. 그녀에게서 광채가 사라졌다. 그래도 다시 보다니 정말 놀라웠다. 나이가 들고, 더 행복해 보이고, 예전보다는 덜 사랑스러운 그녀를. 그들은 응접실 문가에 서서 번갈아 가며 뺨에 키스했다. 클라리사는 샐리의 손을 잡은 채 몸을 돌려 손님으로 꽉 들어찬 응접실을 보았다. 떠들썩한 목소리들이 들려왔다. 촛대들이며 펄럭이는 커튼들, 그리고 리처드가 준 장미꽃도 보였다.

"덩치 큰 아들 다섯이 있어." 샐리가 말했다.

그녀는 가장 소박한 이기심, 언제나 첫 번째로 생각되길 바라는 투명한 욕망을 갖고 있었고 클라리사는 여전히 그런 그녀가 사랑스러웠다. "말도 안 돼!" 그녀는 지난날이 떠올라 기쁨으로 온몸이 타오르며 외쳤다.

아, 그런데 윌킨스. 윌킨스가 그녀를 원했다. 윌킨스가, 마치 모두에게 훈계하듯, 안주인의 체통을 되돌려 놓으려는 듯, 위엄 있는 목소리로 방문객의 이름을 알리고 있었던 것이다.

"총리로군." 피터 월시가 말했다.

총리라고? 정말? 엘리 헨더슨은 감탄했다. 이디스에게 이런 굉장한 얘기를 들려줄 수 있다니!

그를 비웃을 수는 없었다. 너무 평범해 보였다. 계산대에 세워 비스킷을 팔게 해도 될 것 같았다 — 온몸에 금장식을 두른 딱한 양반. 하지만 공정하게 말하자면, 클라리사와 리처드의 안내를 차례로 받으며 사람들에게 인사하고 다니는 일은 썩 잘해 냈다. 거물답게 보이려고 애썼다. 보고 있자니 재미있었다. 아무도 그를 쳐다보지 않았다. 다들 그냥 하던 이야기를 계속 나누고 있었다. 하지만 각하께서 지나가고 있음을 모두가 뼛속 깊이 느끼고 있다는 것은 확실했다. 자신들 모두가 대표하고 있는 영국 사회의 상징이 말이다. 건장한 풍채에 레이스 달린 옷을 입고 제법 근사해 보이는 레이디 브루턴이 사람들을 헤치고 총리에게 다가가 그들이 작은 방으로 사라지자, 그곳은 즉각 감시당하고 지켜졌고, 공공연한 웅성거림과 소란이 온 방 안으로 퍼져 나갔다. 총리라니!

오, 맙소사, 영국인들의 속물근성이란! 피터 월시는 구석에 서서 생각했다. 다들 황금색 레이스로 치장하고 경의를 표하기를 어찌나 좋아하는지! 아니, 저건! — 맞아 — 휴 휫브레드로군. 고위 인사들 주변을 얼쩡거리는 것이. 살이 좀 더 붙었고, 머리는 희끗희끗해졌네. 훌륭한 휴!

그는 항상 근무 중인 것처럼 보이지. 피터는 생각했다. 목숨 걸고 지킬 비밀이라도 잔뜩 품고 있는 비밀스러운 특권층이라도 되는 양. 실은 고작 궁정 하인이 흘린 가십거리일 뿐, 다음 날이면 모든 신문에 다 실릴 얘기들을 가지고. 그런 싸구려 노리개와 딸랑이들을 갖고 노는 동안 머리는 하얗게 세고, 이런 유형의 영국 퍼블릭 스쿨 출신 남자를 아는 특권층 모두의 존경과 애정 속에 노년의 문턱에 다다른 거지. 휴에 대해선 어쩔 수 없이 그런 생각들이 들었다. 그것이 바로 휴의 스타일이었다. 피터가 바다 건너 수천 마일 떨어진 곳에서 『더 타임스』에서 읽은 그 훌륭한 편지들의 바로 그 스타일. 그는 그걸 읽으면서, 자신은 비록 원숭이들 떠드는 소리와 쿨리들이 아내를 때리는 소리나 듣고 있을지언정, 그 해로운 지껄임에서 벗어나 있다는 사실에 하늘에 감사했었다. 옥스퍼드나 케임브리지 대학 출신으로 보이는 올리브빛 피부의 청년 하나가 그의 곁에서 굽신거리고 있었다. 그는 저 청년을 후원하고 이끌어 주고 어떻게 하면 출세할지를 가르치겠지. 그는 친절 베푸는 것을 제일 좋아하니까. 노부인들이 늙고 병들어 완전히 잊혔다고 생각하고 있을 때도 그 다정한 휴가 찾아가 시시콜콜한 것까지 기억하고 옛날얘기를 나누면서 함께 시간도 보내 주고, 집에서 만든 케이크 칭찬도 해 주면서, 그들이 여전히 기억되고 있다는 기쁨으로 가슴 두근거리게 해 주었다. 휴 정도면 언제든 공작 부인과 케이크를 먹을 수 있을 테고, 보아하니 그런 기분 좋은 직무에 상당한 시간을 보내는 것 같은데도 말이다. 모든 것을 심판하고 모든 자비를 베푸는 신이라면 용서할 것이나 피터 월시는 자비심이 없었다. 신은 알고 있지. 악한들은 분명 존재하고, 기차에서 소녀의 머리를 마구 때려서 교수형을 받는 무뢰한이라도 전체적으로 봤을 때 휴 휫브레드와 그의 친절보다는 해악을 덜 끼친다는 것은. 저것 좀 봐, 총리와 레이디 브루턴이 방에서 나오니까 발끝으로 춤추듯이 쫓아가서 한 발을 뒤로 빼고 머리를 조아리는군. 자기는 레이디 브루턴이 지나갈 때 무언가 사적으로 말할 특권이 있다는 걸 온 세상이 다 보도록 넌지시 알리는 거야. 그녀가 걸음을 멈추는군. 점잖게 고개를 흔드네. 그의 소소한 아첨에 고맙다고 말하는 거겠지. 그녀에겐 자기를 위해 이런저런 일로 뛰어다녀 주는 아첨꾼들, 정부 부처들의 하급 관리들이 있을 테고, 그녀는 그 대가로 오찬 대접도 하고 그러는 거지. 하지만 그녀는 18세기에서 온 사람이잖아. 그만하면 괜찮아.

이제 클라리사가 총리를 방으로 안내하고 있었다. 우아한 반백의 머리에 당당한 걸음으로 반짝거리며. 귀걸이를 달고, 인어처럼 은빛 도는 녹색 드레스를 입고 있었다. 파도에 느긋하게 몸을 맡긴 채 머리를 땋고 있는 것 같았다. 그녀에겐 여전히 그 재능, 거기 존재하는 재능이 있었다. 지나가면서 그 순간 속에 모든 것을 응축해 내는 재능을. 그녀가 돌아서다 다른 여성의 드레스에 스카프가 걸리자 그것을 떼어 내며 소리 내어 웃었다. 본래의 환경 속에서 떠다니는 생명체처럼 더없이 편안하고 자연스럽게. 그러나 세월이 그녀를 스쳤다. 제아무리 인어일지라도, 어느 맑은 저녁 거울 속에서 파도 너머로 저무는 석양을 바라볼 테니. 이제는 그녀에게 한 줄기 상냥함이 있었다. 그녀의 엄격하고 지나치게 점잖고 경직된 구석이 모두 따뜻해져 있었다. 그녀는 중요해 보이려고 안간힘을 쓰는 — 그에게 부디 행운이 있기를 — 그 두꺼운 금장식 두른 사람에게 작별 인사를 건네고 있었는데, 그런 그녀에겐 뭐라 표현할 수 없는 위엄이 있었다. 섬세한 다정함 같은 것이. 그녀는 마치 온 세상의 행복을 기원하는 듯했고, 만물의 가장자리, 끝자락에 서서 이제는 작별을 고해야만 하는 사람 같았다. 그녀를 보면 그는 이런 생각이 들었다. (하지만 사랑하고 있는 건 아니었다.)

클라리사는 총리가 와 주다니 정말 감사한 마음이었다. 저쪽엔 샐리가, 저쪽엔 피터가 있고, 리처드는 아주 흡족해하고 있고, 아마도 다들 부러워하는 듯한 가운데 총리와 함께 방을 지나면서, 클라리사는 순간 도취감을 느꼈다. 심장의 신경들이 팽창하여 파르르 떨며 흠뻑 젖은 채 꼿꼿이 선 듯했다 — 그래, 하지만 그건 결국 다른 사람들이 느끼는 거였다. 왜냐하면 그녀가 그 느낌을 사랑하고 그 얼얼한 짜릿함을 느낀다 해도, 이런 겉모습, 이런 승리(가령 그녀의 옛 친구 피터는 그녀가 너무나 뛰어나다고 생각할 테니)는 공허했기 때문이었다. 그것들은 팔을 뻗어야 닿는 거리에 있는 것이지, 마음속에 있는 게 아니었으니까. 그녀가 늙어 가는 탓도 있겠지만, 그런 것들이 더 이상 예전만큼 만족스럽지가 않았다. 총리가 계단을 내려가는 것을 보다가, 시선이 금테 액자에 담긴 조슈아 경의 토시 낀 소녀 그림에 머무는 순간, 불현듯 킬먼이 떠올랐다. 그녀의 적, 킬먼이. 그것은 만족스러웠다. 그것은 진짜였다. 아, 그 여자가 얼마나 싫은지 — 과격하고, 위선적이고, 부도덕한 자, 그 모든 힘으로 엘리자베스를 유혹한 자. 몰래 들어와 훔치고 더럽힌 여자. (리처드는 무슨 말도 안 되는 소리냐고 하겠지) 그녀를 증오했다. 그리고 사랑했다. 원하는 건 친구가 아니라 적이었다 — 듀런트 부인도, 클래러도, 윌리엄 경도, 레이디 브래드쇼도, 미스 트룰럭도, 엘리너 깁슨도(이들이 위층으로 올라오는 것이 보였

다) 아니었다. 그들이 그녀를 원한다면 스스로 찾아야 했다. 그녀는 파티를 위해 존재했으니까!

그녀의 오랜 벗 해리 경이 보였다.

"해리 경!" 그녀가 근사한 노인에게 다가가며 말했다. 그는 세인트 존스 우드 전역을 통틀어 그 어떤 왕립 미술원 회원 두 명을 합친 것보다 더 많은 졸작을 그려 낸 화가였다(항상 소 그림이었다. 소들이 해 질 녘 물웅덩이에서 물을 먹거나, 혹은, 그가 늘 그리는 동작 가운데 하나인데, 앞발을 들고 뿔을 뒤로 젖혀서 '낯선 자의 접근'을 의미하거나 하는 것이었다 ― 외식을 한다든가 경주를 하는 등 그의 모든 활동의 밑천은 해 질 녘 물웅덩이에서 물 먹는 소들에서 나오는 것이었다).

"무슨 일로 그렇게들 웃으세요?" 그녀가 물었다. 윌리 팃컴과 해리 경과 허버트 에인스티 모두 웃고 있었기 때문이었다. 오, 아닙니다. 해리 경은 클라리사 댈러웨이에게 뮤직홀 무대 이야기를 들려줄 수는 없었다(그녀를 아주 좋아했고, 그녀와 같은 유형 중에서는 완벽하다고 생각해, 그녀를 그리겠다는 협박도 했지만). 그는 그녀의 파티를 두고 농담했다. 자기 브랜디가 그립노라고. 여기 온 사람들은 자기보다 수준이 높다고. 그러나 그는 그녀를 좋아하고 존경했다. 비록 그 지독하고 까다로운 상류층의 세련됨 때문에, 그녀더러 자기 무릎에 앉으라고 하는 건 불가능했지만. 그때, 저 떠도는 도깨비불 혹은 방랑하는 인광 같은 힐버리 노부인이 그의 폭소에 (공작과 공작 부인 얘기였다) 두 손을 뻗으며 다가왔다. 방 저쪽에서 들으니 그 웃음소리는, 그녀가 새벽에 잠에서 깼을 때 이따금 마음을 짓눌러 하녀를 불러 차를 가져오게 하기도 주저하게 만드는 한 가지 문제에 대해 안심시켜 주는 듯했던 것이다 — 우리는 반드시 죽는다는 것.

"우리한테는 얘기를 안 해 주겠대요." 클라리사가 말했다.

"오, 클라리사!" 힐버리 부인이 감탄하며 외쳤다. 오늘 밤 그녀는 자기가 처음 보았던 그녀 어머니의 모습, 회색 모자를 쓰고 정원을 거닐던 모습과 똑같다는 것이었다.

그러자 클라리사의 눈에 눈물이 가득 고였다. 정원을 거닐던 어머니! 아아, 하지만 그녀는 가 봐야 했다.

브라이얼리 교수가 와 있었기 때문이었다. 밀턴* 강의를 하는 그는 자그마한 짐 허턴(그는 이런 파티에 오면서도 넥타이와 조끼조차 제대로 갖춰 입지 않았고, 머리도 깔끔하게 정리하지 못했다)과 이야기하는 중이었는데, 멀리서도 둘이 다투고 있는 것이 보였다. 브라이얼리 교수는 아주 특이한 사람이었다. 그에겐 자신을 삼류 문인들과 구별해 주는 수많은 학위와 영예와 교수직이라는 차이가 있는데도 불구하고, 그는 자신의 기묘하게 복잡한 성격 — 엄청난 박식함과 소심함, 다정함이라곤 없는 차가운 매력, 속물근성과 뒤섞인 순진함 — 에 우호적이지 않은 분위기를 즉각 알아차렸다. 숙녀의 헝클어진 머리나 청년의 부츠를 보고, 그들이 분명 훌륭하다고 여겨질 수도 있는 하층 세계, 반항아, 열정적인 청년, 혹은 자칭 천재들임을 의식하게 되면, 그는 속으로 움찔했다. 그리고 살짝 고개를 젖히고는 흠! 하고 콧방귀를 뀌면서 절제의 가치를, 밀턴을 제대로 음미하기 위해서는 약간의 고전적 소양이 있어야 함을 은근히 암시했다. 브라이얼리 교수는 밀턴에 관해 짐 허턴(검정 양말은 세탁 중이어서 빨간 양말을 신고 있는)과 영 의견이 맞지 않았다(클라리사는 눈치챘다). 그녀가 끼어들었다.

그녀는 바흐를 좋아한다고 말했다. 허턴도 마찬가지였다. 그것이 둘 사이의 유대였다. 허턴(정말 보잘것없는 시인)은 댈러웨이 부인이 예술에 관심을 가진 상류층 부인들 중에서 단연 최고라고 늘 생각했다. 그녀가 그렇게 엄격하다는 게 묘하기는 했다. 그녀는 음악에 관해서는 개인적인 감정을 완전히 배제했다. 조금 고상한 척은 해도 얼마나 매력적인지! 집도 얼마나 근사하게 꾸몄는지. 저런 교수들만 아니라면. 클라리사는 그를 데려다가 뒷방에 있는 피아노에 앉힐까 싶기도 했다. 그의 연주는 기가 막혔으니까.

"그런데 정말 시끄럽네요!" 그녀가 말했다. "너무 시끄럽죠!"

"성공적인 파티라는 증거지요." 교수가 정중하게 고개를 끄덕이곤 우아하게 자리를 떴다.

"저분은 밀턴에 대해서는 세상 모든 걸 다 아시죠." 클라리사가 말했다.

"정말인가요?" 허턴이 말했다. 그는 햄스테드 전역에서 그 교수를 흉내 내곤 했다. 밀턴을 강의하는 교수, 절제에 대해 말하는 교수, 우아하게 자리를 뜨는 교수.

그런데 저 커플과도 이야기를 좀 나눠야겠네요. 클라리사가 말했다. 게이튼 경과 낸시 블로였다.

파티가 **그들 때문에** 눈에 띄게 더 시끄러운 것은 아니었다. 그들은 노란 커튼 옆에 나란히 서서 (눈에 뜨일 만큼) 이야기를 나누고 있지는 않았다. 그들은 곧 함께 다른 곳으로 갈 것이었다. 어떤 상황에서도 별로 할 말이 없었다. 그들은 그저 바라보고 있었고, 그게 다였다. 그것으로 충분했다. 그들은 아주 깔끔하고 건전해 보였다. 그녀는 살구 빛깔 파우더 화장으로 빛났고, 그는 깨끗이 씻고 헹군 얼굴이었는데, 새 같은 눈매여서 어떤 공도 놓치거나 어떤 타격에도 놀라지 않을 것 같았다. 그에 따르면, 자기는 정확하게 치고 뛴다. 조랑말의 입은 그의 고삐 끝에서 떨린다. 그에게는 훈장들과 조상들의 기념비가 있고, 고향집 교회에는 가문의 깃발이 걸려 있다. 맡은 직무가 있고, 소작인들도 두고 있으며, 어머니와 누이들이 있고, 온종일 로즈에 있다가 왔다. 그들이 이런 이야기 — 크리켓이니 사촌이니 영화니 하는 것들 — 를 하고 있는데 댈러웨이 부인이 다가왔다. 게이튼 경은 그녀를 무척 좋아했다. 미스 블로도 마찬가지였다. 그녀는 매너가 너무나 매력적이었다.

"천사 같아요 — 이렇게 와 주다니 감동이에요!" 그녀가 말했다. 그녀는 로즈를 사랑했다. 젊음을 사랑했다. 낸시는 파리의 가장 뛰어난 예술가들이 만든 엄청난 고가의 드레스를 입고 있었는데, 마치 그녀의 몸에서 녹색의 프릴이 저절로 돋아난 것처럼 보였다.

"무도회도 열려고 했었는데." 클라리사가 말했다.

젊은이들은 이야기를 할 줄 모르니까. 하기야 그들에게 말이 왜 필요하겠는가? 소리 지르고 껴안고 춤추고, 새벽같이 일어나고. 조랑말에게 설탕을 먹이고, 사랑스러운 차우차우의 콧잔등에 입 맞추고 쓰다듬고, 모두가 들썩들썩 줄지어 물에 뛰어들어 수영하면 되는데. 하지만 영어의 무진장한 자원, 어쨌든 결국은 감정을 전달하는 힘(그 나이 때의 그녀와 피터였다면 아마 저녁 내내 논쟁을 벌였을 것이다)은 그들의 것이 아니었다. 그들은 젊은 채로 굳어지리라. 영지의 사람들에게는 한없이 잘하겠지만, 혼자 있을 때는 아마 좀 따분할 것이다.

"정말 안타까워요!" 그녀가 말했다. "춤추게 해 주고 싶었는데."

그들이 와 주어서 정말 고마웠다! 하지만 춤은! 방들이 너무 붐볐다.

숄을 두른 헬레나 고모가 보였다. 아쉽지만 게이튼 경과 낸시 블로를 떠나야 했다. 미스 패리 고모가 오신 것이다.

미스 헬레나 패리는 돌아가시지 않았으니까. 미스 패리는 살아 있었다. 여든 살이 넘었다. 그녀는 지팡이를 짚고 천천히 계단을 올라왔다. 그녀를 의자에 모셨다(리처드가 신경을 썼다). 1870년대의 버마*를 아는 사람들은 항상 그녀에게 소개되었다. 피터는 어딜 갔을까? 그 두 사람은 정말 좋은 친구였는데. 인도나 실론* 얘기만 나와도 그녀의 눈(한쪽만 유리 의안이었다)은 천천히 깊고 푸르게 변하면서, 그녀의 눈앞에는 인간들이 아니라 ― 그녀에겐 총독이나 장군이나 반란들에 대한 애틋한 기억도, 자랑스러운 환상도 없었다 — 난초와 산길, 그리고 1860년대에 쿨리의 등에 업혀 외딴 산꼭대기를 넘어가던, 혹은 난초를(처음 보는 정말 놀라운 꽃이었다) 캐려고 그 등에서 내리던 자신의 모습이 떠올랐던 것이다. 그녀는 난초를 수채화로 그리기도 했다. 그 불굴의 영국 여인은 만일 전쟁이 나서 바로 집 앞에 폭탄이 떨어진다면, 난초와 1860년대 인도를 여행하던 자신의 모습에 대한 깊은 사색이 방해받았다고 짜증을 낼 사람이었다 — 아, 여기 피터가 왔다.

"와서 헬레나 고모에게 버마 얘기 좀 해 드려요." 클라리사가 말했다. 저녁 내내 그녀와는 한마디도 못 나눴는데!

"우린 나중에 얘기해요." 클라리사가 그를 숄을 두르고 지팡이를 짚고 있는 헬레나 고모에게 데려가면서 말했다.

"피터 월시예요." 클라리사가 말했다.

그 말은 그녀에게 아무 의미도 없었다.

클라리사가 날 오라고 초대했어. 피곤하고 시끄럽군. 그렇지만 클라리사가 오라고 했지. 그래서 온 거야. 리처드와 클라리사가 런던에 산다는 건 유감이야. 클라리사의 건강을 위해서라도 시골에 사는 편이 더 나을 텐데. 그렇지만 클라리사는 언제나 사교를 좋아했지.

"이 사람도 버마에 갔었어요." 클라리사가 말했다.

오! 버마의 난초들에 관한 내 작은 책에 대해 찰스 다윈이 한 말이 떠오르는군.

(클라리사는 레이디 브루턴과 이야기를 나눠야 했다.)

지금은 그 책, 버마의 난초에 관한 그녀의 책은 분명 잊혔지만, 1870년 이전에는 3판까지 찍었다고 그녀가 피터에게 말했다. 이제 그가 누구인지 기억이 났다. 버턴에 왔던 사람이지. (그런데 떠났었지. 피터 월시도 기억이 났다. 클라리사가 배 타러 나오라고 했던 밤, 그녀에게 한마디 말도 없이 응접실을 나갔던 것이.)

"리처드가 오찬이 무척 즐거웠다고 하더군요." 클라리사가 레이디 브루턴에게 말했다.

"리처드가 최고로 도움이 되었어요." 레이디 브루턴이 대답했다. "편지 쓰는 걸 도와줬거든요. 건강은 어떤가요?"

"아, 아주 좋아요!" 클라리사가 대답했다(레이디 브루턴은 정치가의 아내들이 아픈 걸 몹시 싫어했다).

"저기 피터 월시가 와 있군요!" 레이디 브루턴이 말했다(클라리사를 좋아하긴 했으나 그녀에게 할 말이 도무지 떠오르지 않았기 때문이었다. 그녀에겐 좋은 점이 많았지만, 자기와 클라리사 사이에는 공통점이 없었다. 리처드가 좀 더 내조를 잘하는, 덜 매력적인 여자와 결혼했더라면 좋았을 텐데. 그는 입각할 기회를 놓쳤다). "피터 월시 아닙니까!" 그녀는 그 호감 가는 죄인, 이름을 날릴 수 있었으나 그러지 못한(늘 여자 문제 때문에), 아주 유능한 그 친구와 악수하며 말했다. 물론 미스 패리도 와 있었다. 참 멋진 노부인이야!

레이디 브루턴은 미스 패리의 의자 곁에 검은색 복장의 유령 척탄병처럼 서서, 피터 월시를 오찬에 초대했다. 호의적이었지만 사교적인 잡담은 없었다. 인도의 동식물에 대해서는 기억나는 게 도통 없었다. 그녀도 물론 인도에 가 보았고, 세 명의 총독 집에서 묵기도 했고, 인도 관리들 몇몇은 보기 드물게 괜찮은 사람들이라 생각하고 있었다. 그런데 인도는 상황이 얼마나 비극적인가! 총리가 조금 전에 말해 주었는데(숄에 폭 싸여 있는 미스 패리는 총리가 방금 그녀에게 한 말 따위엔 관심이 없었다), 레이디 브루턴은 현지에서 막 돌아온 피터 월시의 견해를 듣고 싶었다. 샘슨 경과의 만남을 주선해 볼 생각이었다. 군인의 딸인 만큼, 그녀는 그 어리석은, 아니 사악하다고 할 만한 그 상황 때문에 밤에 잠도 안 올 지경이었으니까. 이제 늙어서 별 도움은 안 되겠지만. 그렇지만 그녀 집과 하인들, 그리고 그녀의 벗 밀리 브러시 — 그녀를 기억합니까? — 는 다들 부름받기만을 기다리며 대기 중이었다 — 물론 도움이 된다면 말이지만. 그녀가 대놓고 영국을 언급하지는 않았지만, 남자들의 이 섬, 이 소중하고도 소중한 땅은 (비록 셰익스피어는 안 읽었지만) 그녀의 핏속에 있었으니 말이다. 만일 여자도 투구를 쓰고 활을 쏠 수 있다면, 부대를 이끌며 공격하고, 불굴의 정의로 야만인 무리를 다스리다, 코를 베인 시신이 되어 방패에 덮여 교회에 묻히거나 어느 태고의 산기슭에 푸른 잔디 덮인 무덤이 될 수 있다면, 바로 그런 여자가 밀리선트 브루턴이었다. 여자라는 이유와, 약간의 논리적 사고력의 부족으로 배제되긴 했으나(그녀는 『더 타임스』에 편지 한 통 쓰는 것도 불가능하다고 느꼈다), 그녀는 대영 제국을 늘 가깝게 생각했고, 그 갑옷 입은

댈러웨이 부인 257

여신과의 관계로부터 꼿꼿한 몸가짐과 강건한 태도를 체득했다. 그러므로 죽어서조차 그녀가 이 땅을 떠난다거나, 어떤 영적인 형태로 유니언 잭이 더 이상 휘날리지 않는 영토를 떠도는 모습은 상상도 할 수 없었다. 죽은 자들 사이에서조차 영국인이 아닐 수 있다는 건 — 절대, 절대! 불가능했다!

그런데 저 사람이 레이디 브루턴인가? (내가 알던?) 머리가 센 저 사람이 피터 월시인가? 레이디 로시터(예전에 샐리 시튼이었던)는 생각했다. 저분은 분명 미스 패리야 — 내가 버턴에서 묵을 때 그렇게 화를 잘 내시던 고모님. 발가벗고 복도를 뛰어갔다가 미스 패리에게 불려 간 일은 절대 잊을 수가 없었다. 클라리사다! 오, 클라리사! 샐리는 그녀의 팔을 붙잡았다.

클라리사가 그들 곁에 멈춰 섰다.

"하지만 가 봐야 해요." 그녀가 말했다. "이따가 올게, 기다려요." 그녀가 피터와 샐리를 보며 말했다. 사람들이 다 갈 때까지 기다려야 한다는 뜻이었다.

"다시 올게요." 그녀는 옛 친구들인 샐리와 피터를 보며 말했다. 그들은 악수를 하고 있었다. 샐리는 틀림없이 옛날 일을 떠올리며 웃는 중이었다.

그러나 그녀의 목소리는 예전의 매혹적인 풍부함을 잃었고, 그녀의 눈은 옛날처럼 반짝이지 않았다. 담배를 피우고, 몸에 실오라기 하나 걸치지 않은 채 세면도구 주머니를 가지러 복도를 뛰어갔던 그 시절처럼. 엘런 앳킨스는 신사분들이 그녀와 마주쳤으면 어쩌려고? 라고 했었지. 하지만 다들 그녀를 용서했다. 그녀는 배가 고프다고 밤중에 식품 저장실에서 닭고기를 훔쳤고, 침실에서 시가를 피웠고, 정말 귀중한 책을 배에 두고 내리기도 했다. 그래도 다들 그녀를 좋아했다(아빠만 빼고). 그녀의 따뜻함과 활기 때문이었다 — 그녀는 그림도 그리고 글도 썼다. 마을의 나이 든 부인들은 지금까지도 "빨간 망토를 입은 그 똑똑해 보였던 친구"의 안부를 묻곤 했다. 그녀는 그 많은 사람 중에 하필 휴 휫브레드가(저기 휴가 포르투갈 대사와 이야기하고 있네!), 흡연실에서 자기한테 키스하려 했다고 비난했다. 여자도 투표해야 한다고 말한 걸 벌주려고 그랬다는 것이었다. 천박한 남자들은 그런다고. 클라리사는 그녀에게 가족 기도 시간에는 그를 비난하지 말아 달라고 설득해야 했던 기억이 났다 — 대담하고 무모한데다, 자기가 모든 일에서 중심이 되어 소란을 일으키는 것을 지나칠 정도로 좋아하는 그녀로서는 능히 그럴 수도 있었으니까. 그런 성향은 뭔가 끔찍한 비극으로, 그녀의 죽음이나 순교 같은 것으로 끝나고 말 거라고 클라리사는 생각하곤 했었다. 그런데 천만뜻밖에도 그녀는 옷에 커다란 꽃 장식을 단 대머리 남자와 결혼한 것이다. 그는 맨체스터에 면직 공장을 갖고 있다고 알려져 있었다. 게다가 아들이 다섯이라니!

그녀와 피터는 함께 자리를 잡고 이야기를 하고 있었다. 그들이 그렇게 이야기하는 것은 너무나 익숙한 광경이었다. 옛날이야기를 하고 있겠지. 클라리사는 그 두 사람과(심지어 리처드보다) 더 많은 추억을 갖고 있었다. 그 정원, 그 나무들, 잘 나오지도 않는 목소리로 브람스를 부르던 요셉 브라이트코프. 응접실 벽지, 깔개들 냄새. 샐리는 언제까지나 그 시절의 일부일 것이다. 피터도. 언제까지나. 하지만 가 봐야 했다. 마음에 들지 않는 브래드쇼 부부가 저쪽에 와 있었다.

레이디 브래드쇼(회색과 은색으로 차려입고 수족관 가장자리의 물개처럼 몸을 가누며, 공작 부인들을 향해 초대해 달라고 짖고 있는, 성공한 남자의 전형적인 아내)에게로 가 봐야 한다. 레이디 브래드쇼에게 다가가 말을 걸어야 한다. 그래서 말문을 여는데……

그러나 레이디 브래드쇼가 먼저 말을 꺼냈다.

"아, 댈러웨이 부인, 저희가 너무 늦었죠. 들어오기가 엄두가 나지 않을 정도였어요." 그녀가 말했다.

그러자 반백의 머리와 푸른 눈을 가진, 아주 품위 있어 보이는 윌리엄 경이 맞장구를 쳤다. 정말 그랬지만 유혹을 떨쳐 버릴 수가 없었다고. 그는 리처드에게 두 사람이 하원에서 통과시키려 하는 법안에 대해 말하고 있는 것 같았다. 어째서 그녀는 그가 리처드에게 말하는 것만 봐도 움츠러드는 걸까? 그는 그냥 그 자신, 훌륭한 의사로 보이는데. 그 업계 최고 자리에 있는, 상당히 권력 있고 다소간 지쳐 보이는 남자. 하기야 어떤 사람들이 그에게 갈지 생각해 보면 — 극한의 비참함에 빠진 사람들, 광기의 경계에 선 사람들, 남편들과 아내들인 것이다. 그는 끔찍이도 어려운 문제들을 결정해야 하지. 그런데도 — 그녀의 느낌은, 아무도 윌리엄 경에게 자신이 불행한 모습을 보여 주고 싶지 않을 것 같았다. 그래, 저 남자한테는 아니었다.

"이튼에 다니는 아드님은 잘 있나요?" 그녀는 레이디 브래드쇼에게 물었다.

얼마 전에 크리켓 팀에서 떨어졌답니다. 레이디 브래드쇼가 말했다. 이하선염 때문에요. 아이보다 아이 아버지가 더 신경을 쓰는 것 같아요. "본인이 덩치 큰 어린애라니까요." 그녀가 말했다.

클라리사는 리처드와 이야기하고 있는 윌리엄 경을 쳐다보았다. 어린애처럼 보이지 않았다 — 조금도 아이 같지 않았다.

그녀는 언젠가 한번 누군가가 그의 조언을 구하러 갈 때 동행한 적이 있었다. 그는 전적으로 옳았고 지극히 합리적이었다. 하지만 세상에나 — 다시 거리로 나왔을 때 얼마나 살 것 같았던지! 대기실에서 어떤 가여운 사람이 흐느껴 울고 있던 것도 기억났다. 하지만 정확히 윌리엄 경의 어떤 점이 싫은지는 알 수가 없었다. 리처드만 "그의 취향이 싫고, 그의 냄새가 싫다"는 그녀 말에 동의했다. 그러나 그는 특출하게 유능했다. 그들은 법안 이야기를 하고 있었다. 윌리엄 경은 목소리를 낮추며 어떤 환자의 사례를 이야기했다. 그것은 그가 말하고 있던 포탄 쇼크 후유증과 관계된 것이었다. 법안에 뭔가 해당 조항이 있어야 한다는 것이었다.

레이디 브래드쇼(딱한 멍청이야 — 싫어하는 건 아니지만)가 목소리를 낮추며, 걸출한 자질과 안쓰럽게도 과로하는 경향이 있는 남편을 가진 여자들끼리의 쉼터, 공통의 자부심 속으로 댈러웨이 부인을 끌어들이며 속삭였다. "막 출발하려는데 남편한테 전화가 왔어요. 아주 슬픈 사례였죠. 한 젊은 남자(윌리엄 경이 댈러웨이 씨에게 말하고 있는)가 자살을 했다는 거예요. 군에 있었다더군요." 아! 클라리사는 생각했다. 내 파티 한복판에 죽음이 왔어.

그녀는 총리가 레이디 브루턴과 들어갔던 작은 방으로 들어갔다. 누군가 있을지도 몰랐다. 그러나 아무도 없었다. 의자에는 총리와 레이디 브루턴이 앉았던 흔적이 아직도 남아 있었다. 그녀는 그를 향해 몸을 돌려 공손하게, 그리고 그는 떡하니 권위적으로 앉아 있었던 모양이다. 그들은 인도 얘기를 했을 것이다. 지금은 아무도 없었다. 파티의 찬란함은 땅에 떨어졌고, 화려한 옷차림으로 혼자 들어오니 기분이 너무 묘했다.

브래드쇼 부부는 도대체 무슨 이유로 그녀의 파티에서 죽음 얘기를 하는 걸까? 어떤 젊은 남자가 자살을 했다. 그리고 그들은 그녀의 파티에서 그 얘기를 한다 — 브래드쇼 부부는 죽음 얘기를 한 것이다. 자살을 했다는데 — 그런데 어떻게 죽은 걸까? 갑자기 사고 소식을 들으면, 언제나 그녀의 몸이 먼저 그 일을 겪었다. 드레스에 불이 붙고 몸이 타는 것이다. 그 사람은 창문으로 몸을 던졌다지. 땅이 번쩍 솟아오르고, 녹슨 철책들이 서툴게 상처를 입히며 그를 꿰뚫는다. 쿵, 쿵, 쿵 울리는 머리로 누워 있다가, 이윽고 찾아오는 숨 막히는 어둠. 눈에 선했다. 한데 왜 그런 짓을 했을까? 그리고 브래드쇼 부부는 내 파티에서 그 얘기를 하고!

그녀는 언젠가 서펜타인 연못에 1실링짜리 동전 한 닢을 던진 적은 있었지만, 두 번 다시 아무것도 내던진 적이 없었다. 그러나 그는 그것을 내던진 것이다. 사람들은 여전히 살아간다(그녀도 다시 가 봐야 하리라. 방들은 여전히 북적였고 손님들은 계속 오고 있었다). 그들도(그녀는 온종일 버턴과 피터와 샐리 생각을 했다) 다들 늙어 가겠지. 중요한 것이 하나 있었다. 잡담에 뒤덮인 채 그녀 자신의 삶 속에서 훼손되고 희미해지는 것, 날마다 타락과 거짓, 그리고 잡담 속으로 떨어져, 버려지는 것이. 그는 바로 이것을 지킨 것이었다. 죽음은 저항이었다. 죽음은 소통하려는 시도였다. 사람들은 신기하게도 자신을 언제나 비껴가는 중심에 닿을 수 없다고 느낀다. 가까웠던 것은 멀어지고, 황홀감은 희미해지며, 사람들은 저마다 홀로 남았다. 죽음 속엔 포옹이 있었다.

하지만 스스로 목숨을 끊은 이 젊은 남자는 — 자신의 보물을 안고 뛰어들었을까? "지금 죽어도 난 더없이 행복할 것이오." 그녀는 언젠가 하얀 옷을 입고 계단을 내려오면서 이렇게 중얼거린 적이 있었다.

또는 시인이나 사상가 같은 사람들도 있다. 그가 그런 열정을 가진 사람이라면, 그리고 그런 그가 윌리엄 브래드쇼 경을 찾아갔다면. 위대한 의사이지만 그녀에겐 왠지 모르게 악랄했던, 성(性)도 욕정도 없고, 여자들에게 지극히 예의 바르지만, 형언할 수 없이 잔인한 어떤 일을 능히 할 수 있는 — 영혼을 강압하는, 그래, 그거야 — 사람. 만일 이 젊은 사람이 그를 찾아갔다면, 그리고 윌리엄 경이 그를 그렇게 힘으로 내리눌렀다면, 그렇다면 그는 이렇게 말하지 않았을까? (그녀는 지금 정말로 그런 심정이었다.) 삶을 견딜 수 없었다고. 그런 사람들이 삶을 견딜 수 없게 만든다고.

그러자 (바로 오늘 아침에도 느꼈던) 공포가 엄습했다. 감당하기 어려운 무력감이. 부모님은 끝까지 살아 내라고, 평온히 걸어가라고, 이 두 손에 삶을 쥐여 주었는데. 그녀 가슴 깊은 곳엔 끔찍한 두려움이 있었다. 심지어 지금도, 만약 리처드가 저쪽에서 『더 타임스』를 읽고 있지 않다면, 그래서 그녀가 새처럼 웅크리고 있다가 점점 살아나 나뭇가지를 하나하나 마주 비비며 헤아릴 수 없는 기쁨의 노래를 터뜨릴 수 없다면, 그녀는 아마 죽었을 것이다. 그러나 그 젊은 남자는 스스로 목숨을 끊었다.

그것은 어쩐지 그녀의 재앙이었고 — 그녀의 수치였다. 그녀에게 내려진 벌은 이 깊은 어둠 속에서 저기 한 남자가, 여기 한 여자가 가라앉아 사라지는 것을 바라보면서도, 자기는 이브닝드레스를 입고 여기 서 있어야만 하는 것이었다. 그녀는 계략을 꾸미고, 슬쩍 훔치기도 했다. 결코 온전히 존경받을 만한 사람이 아니었다. 그녀는 성공을 원했다. 레이디 벡스버러와 그 모든 것들을. 한때는 버턴의 테라스를 거닐었다.

이상했다. 믿기지 않았다. 그녀는 이토록 행복한 적이 없었다. 아무리 느리게 가도 아쉬웠고 아무리 오래 지속되어도 충분치 않았다. 그녀는 의자들을 바로 놓고 책장에 책을 밀어 넣으며, 어떤 기쁨도 여기에 비할 수는 없다고 생각했다. 이렇게 젊은 날의 승리를 뒤로하고, 살아가는 과정 속에서 자신을 잃었다가, 해가 뜨고 날이 저물 때 갑작스러운 환희 속에 발견하는 이 기쁨에 비할 수는 없다고. 버튼에 있을 때 그녀는, 다들 이야기를 하고 있을 때 자주 하늘을 보러 갔었다. 저녁 식사 자리에서는 사람들 어깨 사이로 보기도 했다. 잠이 오지 않을 때면 런던에서도 그랬다. 그녀는 창가로 갔다.

조금 바보 같은 생각인지는 몰라도, 이 나라의 하늘, 웨스트민스터의 하늘에는 그녀 자신의 무언가가 담겨 있는 것 같았다. 그녀는 커튼을 젖히고 바라보았다. 어머나! ― 맞은편 방의 노부인이 그녀를 정면으로 바라보고 있었다! 그녀는 잠자리에 들려는 참이었다. 그리고 하늘. 그녀는 그것이 엄숙한 하늘일 거라고, 아름답게 뺨을 돌리는 어스름한 하늘일 거라고 생각했었다. 그러나 지금 보이는 하늘은 ― 점차 가늘어지는 거대한 구름이 빠르게 지나가고 있는 창백한 잿빛이었다. 그녀에겐 새로웠다. 바람이 부는 모양이었다. 맞은편 방의 그녀는 잠자리에 들려 하고 있었다. 저 노부인이 방에서 돌아다니고, 방을 가로질러 창가로 오는 모습을 지켜본다는 것은 매혹적이었다. 저 부인의 눈에도 그녀가 보일까? 손님들은 응접실에서 아직도 웃고 떠들고 있는데 조용히 혼자 잠자리에 드는 노부인을 지켜본다는 건 매혹적이었다. 그녀는 블라인드를 내렸다. 시계가 종을 울리기 시작했다. 그 젊은 남자는 자살을 했다. 하지만 그녀는 그를 불쌍히 여기지 않았다. 한 번, 두 번, 세 번, 시계는

댈러웨이 부인   265

종을 울렸다. 그녀는 그를 불쌍히 여기지 않았다. 이 모든 것은 계속되고 있었다. 저기! 노부인이 불을 껐다! 이 모든 것이 계속되고 있는 가운데, 집 전체가 이제 캄캄해졌다. 그녀가 되뇌었다. 그러자 그 문구가 떠올랐다. 더 이상 두려워 말라, 태양의 열기를. 사람들에게 가 봐야 했다. 하지만 이 얼마나 특별한 밤인가! 그녀는 자신이 왠지 그와 — 자살했다는 그 젊은 남자와 — 닮았다는 느낌이 들었다. 그가 그렇게 한 것이 기뻤다. 사람들이 계속 살아가는 동안, 그것을 내던져 준 것이. 시계가 종을 울리고 있었다. 납덩이처럼 둔중한 소리가 겹겹이 둥글게 퍼지며 대기 속으로 스며들었다. 하지만 그녀는 가 봐야 했다. 사람들을 모아야 했다. 샐리와 피터를 찾아야 했다. 그녀는 작은 방에서 나와 응접실로 들어섰다.

"그런데 클라리사는 어디 있을까요?" 피터가 말했다. 그는 샐리와 소파에 앉아 있었다(이렇게 세월이 흘렀는데도 그는 도저히 그녀를 '레이디 로시터'라고 부를 수가 없었다). "도대체 어딜 갔을까요?" 그가 물었다. "클라리사는 어디 있는 거죠?"

샐리가, 우리는 신문에서나 볼 수 있는 주요 인사들이나 정치인들, 이런 사람들이 와서 클라리사는 아마 접대를 하며 대화도 나눠야 할 거라고 했다. 피터 생각에도 그럴 것 같았다. 클라리사는 그들과 함께 있을 것이다. 하지만 리처드 댈러웨이는 내각에 입성하지 못했죠. 딱히 출세는 하지 못한 것 같던데요, 내가 보기엔? 샐리가 말했다. 난 신문은 거의 안 보지만 그의 이름이 가끔 언급되는 건 봤어요. 하기야 그러고 보면 ─ 음, 난 아주 외딴 삶을 살고 있는 셈이죠. 클라리사가 시골구석이라고 부를 만한 곳에서 대단한 장사꾼들과 제조업자들과 말이에요. 따지고 보면 그들은 결국 뭔가를 하는 사람들이죠. 나도 한 게 있어요!

"아들이 다섯이거든요!" 그녀가 말했다.

세상에나, 그녀가 이렇게나 변할 수가! 모성의 부드러움에다 모성의 이기심까지. 피터의 기억에 그들이 마지막으로 만난 건 달빛 아래 꽃양배추밭에서였다. 그녀는 문학적 기질을 발휘해서 그 이파리들이 "거친 청동 같다"고 했고, 장미꽃을 꺾기도 했었다. 분수 옆에서 클라리사와 싸웠던 그 끔찍했던 밤에 그녀는 그를 끌고 이리저리 다녔다. 그는 밤 기차를 탈 참이었다. 맙소사, 내가 그때 울었었지!

주머니칼 펴 드는 거, 저 사람의 오랜 버릇인데. 샐리는 생각했다. 흥분하면 언제나 주머니칼을 폈다 접었다 하는 거. 그가 클라리사와 사랑하는 사이였을 때 그녀와 피터 월시는 아주아주 친밀한 사이였다. 그 무렵 점심 식사 때 리처드 댈러웨이를 놓고 그 말도 안 되게 웃기는 싸움이 벌어졌었지. 그녀는 리처드를 '위컴'이라고 불렀다. "리처드를 '위컴'이라고 부르면 왜 안 되는 건데?" 클라리사가 발끈했다! 그 이후로 그녀와 클라리사는 서로를 절대로 안 봤다. 지난 10년간 대여섯 번도 안 만났을 것이다. 피터 월시는 인도로 떠났고, 그의 결혼 생활이 불행하다는 얘기는 얼핏 들은 적이 있었다. 자식이 있는지는 알 수 없었지만 직접 묻지는 못했다. 그가 변했기 때문이었다. 그는 살짝 주름져 시들어 보였다. 하지만 좀 더 친절해진 느낌이었다. 그녀는 그에게 진심 어린 애정을 갖고 있었다. 그녀의 젊은 날과 연관된 사람이었으니까. 아직도 그가 준 에밀리 브론테의 자그마한 책을 갖고 있었다. 글은 쓰겠지? 그 시절, 그는 글을 쓰겠다고 했었다.

"글은 썼어요?" 그녀는 그가 기억하는 대로, 단단하고 맵시 있는 손을 무릎에 펴며 그에게 물었다.

"한 글자도 못 썼어요!" 피터 월시가 말하자 그녀는 웃었다.

그녀는 여전히 매력적이었고, 여전히 중요한 인물, 샐리 시튼이었다. 그런데 로시터란 사람은 어떤 사람인지? 결혼식 때 동백꽃 두 송이를 달았다는 것 — 그것이 피터가 그에 대해 아는 전부였다. "하인도 엄청나게 많고 몇 마일이나 되는 온실들도 있대요." 클라리사가 그런 식으로 썼던데. 샐리는 웃음을 터뜨리며 그렇다고 했다.

"맞아요, 연 수입이 1만 파운드쯤 돼요." 그녀가 말했다. 남편이 전부 알아서 해 주어 세전인지 세후인지는 기억을 잘 못했지만. "우리 남편 꼭 만나야 하는데. 당신이 좋아할 거예요."

샐리는 예전에 거의 누더기 차림이었다. 버턴에 오려고 마리 앙투아네트가 준 증조부의 반지를 저당 잡혔다고도 했었고. — 내 기억이 맞나?

오, 맞아요. 샐리도 기억이 났다. 그녀는 마리 앙투아네트가 증조부에게 준 루비 반지를 아직도 갖고 있었다. 그 시절 그녀는 자신의 명의로는 단 한 푼도 가진 게 없어서, 버턴에 간다는 건 언제나 엄청나게 허리띠를 졸라매야 하는 일이었다. 하지만 버턴에 간다는 건 그녀에겐 아주 큰 의미가 있었다 — 그 덕에 온전한 정신을 유지할 수 있었다. 집에서는 너무 불행했으니까. 이젠 다 옛날 일이죠 — 지금은 다 끝났어요. 그녀가 말했다. 그런데 패리 씨는 세상을 떠났고, 미스 패리는 아직 살아 계시더군요. 내 평생 그렇게 놀라 보긴 처음이에요! 피터가 말했다. 분명히 돌아가신 줄 알았거든요. 결혼은 성공적인 것 같죠? 샐리가 말했다. 그런데 저기 아주 아름답고 침착한 아가씨가 엘리자베스죠? 커튼 옆에, 붉은 옷을 입고 있는.

(그녀는 포플러 같아. 강물 같고, 히아신스 같고, 하고 윌리 팃컴은 생각했다. 아, 시골에서 살면 얼마나 좋을까. 하고 싶은 일도 하고! 불쌍한 내 강아지가 울부짖는 소리가 분명한데. 엘리자베스는 생각했다.) 클라리사와는 하나도 안 닮았지요. 피터가 말했다.

"오, 클라리사!" 샐리가 말했다.

샐리가 느끼는 것은 다만 이것이었다. 자기는 클라리사에게 엄청난 신세를 졌다는 것. 자기와 클라리사는 친구, 그냥 아는 사이가 아니라 친구였다는 것. 클라리사가 온통 새하얀 옷을 입고 꽃을 한 아름 안은 채 집 주위를 돌아다니던 모습이 아직도 눈에 선했고 — 지금도 담배 식물을 보면 버턴 생각이 났다.

댈러웨이 부인

그런데 — 피터도 이해할는지? — 클라리사에겐 무언가가 부족했다. 그게 뭘까? 그녀는 매력적인데. 엄청난 매력이 있는데. 하지만 솔직히(그녀는 피터가 오랜 친구, 진짜 친구라고 느꼈다 — 못 본 것이 별건가? 멀리 떨어져 있었던 게 대수겠는가? 그녀는 종종 그에게 편지를 쓰고 싶었지만 찢어 버렸다. 그러면서도 그는 이해해 줄 것 같았다. 나이 들면서 알게 되듯이. 사람은 말하지 않아도 이해하니까. 그녀도 늙었다. 오늘 오후엔 이튼에 있는 아들들을 보고 왔다. 애들이 이하선염에 걸렸기 때문이었다), 정말 솔직히 말해, 클라리사가 어떻게 그럴 수 있었을까? — 리처드 댈러웨이와 결혼을 하다니. 스포츠맨에, 개밖에 모르는 남자였는데. 그가 방 안에 들어오면 그야말로 마구간 냄새가 났었다. 그러고는 이렇게 산다고? 그녀가 손을 흔들었다.

하얀 조끼를 입은 휴 휫브레드가 어슬렁거리며 지나가고 있었다. 흐리멍덩하고, 뚱뚱하고, 자만심과 안락함 말고는 눈에 뵈는 게 없는 것 같았다.

"우리 같은 건 알아보지도 못할 거예요." 샐리가 말했다. 사실상 그녀는 용기가 없었다 — 그러니까 저게 휴란 말이지! 훌륭한 휴!

"저이는 무슨 일을 해요?" 그녀가 피터에게 물었다.

국왕의 구두를 닦거나 원저궁의 술병 세는 일을 하죠. 피터가 말해 주었다. 피터의 독설은 여전했다! 하지만 샐리도 솔직하게 말해 봐요. 피터가 말했다. 그때 그 키스 말이에요, 휴가

했다는.

 입술에 했다니까요. 그녀가 단언했다. 어느 저녁 흡연실에서 였죠. 너무 화가 나서 곧장 클라리사에게 달려갔는데, 클라리사가 그러더군요. 휴는 그런 짓을 할 사람이 아니야! 그 훌륭한 휴는! 휴가 신는 양말은 하나같이 자기가 본 것 중 제일 멋지다는 둥 — 지금 저 야회복도 그렇네요. 흠잡을 데가 없어요! 아이들은 있다던가요?

 "여기 있는 사람들은 다들 이튼 다니는 아들 여섯 명씩은 있어요." 피터가 말했다. 나만 빼고. 감사하게도 난 하나도 없어요. 아들도, 딸도, 아내도. 당신은 별로 개의치 않는 것 같아 보이는데요. 샐리가 말했다. 그는 그들 가운데 누구보다도 젊어 보인다고 그녀는 생각했다.

 그러나 그렇게 결혼한 건 여러모로 어리석은 짓이었다고 피터가 말했다. "정말 바보 같은 여자였어요." 하지만 "멋진 세월을 보냈죠" 하고 그가 말했다. 어떻게 그럴 수가 있지? 샐리는 의아했다. 저게 무슨 말이지? 그를 알면서도 그에게 무슨 일이 있었는지 아무것도 모르다니, 참 희한했다. 자존심 때문에 저렇게 말하는 걸까? 아마 그럴 거야. 어쨌거나 저이도(물론 괴짜인 데다, 전혀 평범하지가 않고 약간 도깨비 같은 사람이긴 하지) 저 나이에 집도 없고 갈 데도 없다는 게 짜증 나고 외롭기도 할 테니까. 우리 집에 와서 몇 주일이든 지내요. 물론이죠. 그도 기꺼이 그러겠노라고 했다. 그러다 그 이야기가 나왔다. 그 긴 세월 동안 댈러웨이 부부는 한 번도 온 적이 없어요. 여러 번 오라고 했는데도. 클라리사가(물론 클라리사가 그랬을 거니까) 오려고 하질 않아요. 클라리사는 속으로는 속물이니까요. 샐리가 말했다. ― 그건 인정해야 했다. 속물이란 건. 그리고 바로 그것이 우리를 갈라놓는 거라고 난 확신해요. 클라리사는 내가 신분을 낮추어 결혼했다고 생각하는 거예요, 우리 남편이 광부의 아들이라서. 난 그게 자랑스러운데. 동전 한 푼도 다 그가 번 거예요. 아주 어릴 때부터 (그녀의 목소리가 떨렸다) 커다란 자루를 날랐대요.

(저렇게 몇 시간이고 계속 떠들겠군. 피터는 생각했다. 광부의 아들이다, 사람들은 자기가 신분을 낮춰 결혼했다고 생각한다, 아들이 다섯이다, 그리고 또 뭐였더라 ― 식물 이야기, 수국, 라일락, 그리고 수에즈 운하 북쪽에서는 절대 자라지 않는 건데 자기가 맨체스터 근교에서 정원사를 두고 화단을 몇 개나 정말로 화단을! 만들었다는 아주아주 희귀한 히비스커스 백합 이야기. 지금의 클라리사는 저런 건 다 피했지. 모성애는 덜할지 몰라도.)

그녀가 속물이라고? 그래, 여러모로 그렇긴 했다. 그런데 그녀는 내내 어디에 있는 거지? 시간이 늦어지고 있었다.

"하지만," 샐리가 말했다. "클라리사가 파티를 연다는 말을 듣고는 안 올 수가 없더군요. 꼭 다시 봐야겠더라고요(지금 빅토리아 스트리트에 묵고 있는데, 사실상 바로 옆이었다). 그래서 초대도 없이 그냥 온 거예요. 그런데," 그녀가 목소리를 낮춰 물었다. "저 사람은 누구죠?"

그 사람은 문을 찾고 있는 힐버리 부인이었다. 시간이 이렇게나 늦었다니! 그녀는 중얼거리고 있었다. 밤이 깊어지고 사람들이 떠나고 나면, 옛 친구들이 보이지. 아늑하고 조용한 구석 자리와 가장 아름다운 광경들도. 저이들은 알까, 자기들이 마법의 정원에 둘러싸여 있다는 것을? 그녀는 생각했다. 불빛과 나무들, 그리고 아름답게 빛나는 호수와 하늘. 뒤뜰에 그냥 요정 램프 몇 개 켜 둔 거예요! 클라리사 댈러웨이는 이렇게 말했었지. 하지만 그녀는 마법사야! 마치 공원 같아……. 저쪽에 있는 사람들의 이름은 몰랐지만, 친구들이란 건 알 수 있었다. 이름 없는 친구들과 가사 없는 노래들이 언제나 최고지. 그런데 문이 너무 많은 데다 뜻밖의 방들로 이어져 있어 길을 찾을 수가 없었다.

"힐버리 노부인이에요." 피터가 말했다. 그런데 저 사람은 누구죠? 저녁 내내 한마디도 안 하고 커튼 옆에 서 있는 저 부인은? 얼굴은 아는데. 버턴 시절 사람인데. 분명히 창가 커다란 테이블에서 속옷 마름질을 하고 있곤 했는데. 이름이 데이비드슨이었나?

"아, 엘리 헨더슨이에요." 샐리가 말했다. 클라리사는 저이에게 정말 냉정하죠. 사촌인데, 아주 가난해요. 클라리사는 사람들한테 정말 냉정하잖아요.

좀 그렇긴 하죠. 피터가 말했다. 하지만, 하고 샐리가 예의 그 감정적인 어조로, 넘치는 열정으로 말했다. 한때는 그것 때문에 그녀가 좋았지만, 지금은 살짝 두려웠다. 지나치게 감정적이 될지도 모르니까. 클라리사가 친구들한테는 얼마나 너그러웠다고요! 그리고 그게 얼마나 귀한 자질인데요. 그래서 밤에 가끔씩, 혹은 크리스마스 때 내가 누리는 축복을 헤아려 볼 때면 그 우정을 첫 번째로 꼽아요. 우린 젊었었죠. 바로 그거예요. 클라리사는 마음이 순수했어요. 바로 그거라고요. 피터는 내가 감상적이라고 생각하겠죠. 맞아요. 난 말할 가치가 있는 유일한 건 바로 우리가 느끼는 것이라고 생각하게 됐거든요. 영리하다는 것도 다 웃긴 거예요. 사람은 그저 자기가 느끼는 걸 말해야 돼요.

"하지만 난 잘 모르겠어요." 피터 월시가 말했다. "내가 뭘 느끼는지."

불쌍한 피터. 샐리는 생각했다. 클라리사는 어째서 우리에게 와서 얘기를 나누질 않는 거지? 그게 저 사람이 바라는 건데. 그녀는 알고 있었다. 그는 내내 클라리사 생각만 하면서 주머니칼을 만지작거리고 있었다.

인생은 그리 간단치가 않더라고요. 피터가 말했다. 클라리사와의 관계도 그랬어요. 그게 내 인생을 망쳤어요. 그가 말했다(그들 — 그와 샐리 시튼 — 은 워낙 속내를 털어놓는 사이라 그런 말을 안 하는 게 이상했다). 사랑은 두 번 할 수는 없어요, 그가 말했다. 내가 무슨 말을 해 줄 수 있을까? 그래도 사랑을 해 본 게 낫죠(하지만 그는 내가 감상적이라고 생각하겠지 — 원래 신랄한 사람이니까). 맨체스터에 꼭 와서 우리 집에서 묵어요. 맞아요. 그가 말했다. 정말 그렇고말고요. 런던에서 일이 끝나는 대로 꼭 갈게요.

그리고 클라리사는 리처드보다 당신을 더 좋아했다고, 샐리는 확신한다고 말했다.

"아니, 아니, 아니에요!" 피터가 말했다(샐리는 그런 말은 하지 말았어야 했다 — 도를 지나쳤다). 사람 좋은 저 친구 — 친애하는 오랜 벗 리처드는 방 저 끝에서 언제나 그렇듯 장황하게 떠들고 있었다. 누구한테 말하고 있는 거죠? 아주 품위 있어 보이는데요? 샐리가 물었다. 시골구석에 살다 보니, 그녀는 누가 누군지 호기심이 끝이 없었다. 하지만 피터도 몰랐다. 장관일 것 같은데, 생긴 게 맘에 들지 않는다고 그가 말했다. 저들 중에선 그래도 리처드가 제일 나아 보이긴 하군요. 그가 말했다 — 제일 사심이 없어요.

"그런데 그는 어떤 일을 했어요?" 샐리가 물었다. 공적인 일이겠지만요. 그 두 사람은 행복할까요? 샐리가 물었다(그녀 자신은 아주 행복했다). 그 사람들에 대해선 전혀 모르니까, 흔히들 그러듯 그냥 속단하게 된다고 그녀는 시인했다. 매일 같이 사는 사람이라 해도 뭘 알겠어요? 그녀가 말했다. 우린 모두 죄수 아닌가요? 감방 벽을 긁어 대는 남자에 관한 훌륭한 희곡을 하나 읽은 적이 있는데, 그게 인생의 진짜 모습이라는 느낌이 들었어요 — 감방 벽을 긁어 대는 거죠. 인간관계에 절망할 때 (사람들이란 참 너무 어려웠다) 난 종종 정원에 가서 인간들이 주지 못하는 평화를 꽃에서 얻곤 해요. 그건 아닌데. 피터가 말했다. 나는 양배추보다는 사람이 더 좋아요. 하기야 젊은 사람들은 아름답죠. 방을 가로질러 가는 엘리자베스를 바라보며 샐리가 말했다. 저 나이 때 클라리사와는 정말 다르네요! 저 아이는 어떻던가요? 입을 잘 열지 않더군요. 별로 잘 모르겠더라고요, 아직은. 피터가 인정했다. 백합 같아요. 샐리가 말했다. 연못가에 핀 백합. 하지만 피터는 우리가 아무것도 모른다는 데는 동의하지 않았다. 우린 다 알아요. 그가 말했다. 적어도 그는 그랬다.

그런데 저기 두 사람, 하고 샐리가 속삭였다(클라리사가 곧 오지 않으면 그녀는 정말로 가야 했다). 리처드와 이야기하다 지금 이쪽으로 오고 있는 저 품위 있어 보이는 남자랑 좀 평범해 보이는 아내는 — 저런 사람들에 대해 우린 뭘 알 수 있을까요?

"지긋지긋한 사기꾼들이란 사실이죠." 피터가 그들을 대수롭지 않게 바라보며 말했다. 그 말에 샐리가 웃었다.

윌리엄 브래드쇼 경은 문간에서 발을 멈추더니 그림을 들여다보았다. 그는 판화가의 이름을 찾으려고 그림 구석을 살폈다. 그의 아내도 같이 들여다보았다. 윌리엄 브래드쇼 경은 그렇게 예술에 관심이 많았다.

젊었을 때는 너무 흥분해 있어서 사람들을 잘 모르죠. 피터가 말했다. 이제 나이가 들고 보니, 정확히는 쉰두 살인데(몸은 쉰다섯 살이지만 마음은 스무 살인 것 같다고 샐리는 말했다), 이제 좀 성숙해지고 보니, 보고 이해할 줄 알면서도 느끼는 힘은 잃지 않았어요. 피터가 말했다. 그럼요, 그 말이 맞아요, 샐리가 말했다. 나는 해가 갈수록 더 깊게, 더 열정적으로 느끼는걸요. 갈수록 더하죠. 그가 말했다. 어쩌나 싶기도 하지만, 기뻐해야죠 — 경험 속에서 점점 더 강해진다는 걸 말이에요. 인도에 어떤 사람이 하나 있어요. 그녀에 대해 당신한테 말해 주고 싶어요. 당신이 그녀와 알고 지내면 좋겠어요. 결혼한 사람이에요. 그가 말했다. 어린아이가 둘이죠. 다 같이 맨체스터에 꼭 와요. 샐리가 말했다 — 헤어지기 전에, 꼭 오겠다고 약속해요.

"저기 엘리자베스가 있군요." 그가 말했다. "저 애는 아직 우리가 느끼는 것의 절반도 못 느끼죠." "그렇지만", 엘리자베스가 자기 아버지에게 다가가는 걸 지켜보며 샐리가 말했다. "둘이 서로 진심으로 아끼는 게 보이네요." 엘리자베스가 아버지에게 다가가는 태도를 보니 느껴졌다.

그녀의 아버지는 브래드쇼와 이야기를 나누면서도 딸을 지켜보고 있었기 때문이었다. 그는 저 사랑스러운 아가씨가 누구지? 하고 생각했다. 그러다 문득 그것이 자기 딸 엘리자베스라는 걸 깨달았다. 분홍 드레스를 입은 모습이 너무 예뻐서 자기 딸을 미처 알아보지 못했던 것이다! 엘리자베스는 윌리 팃컴과 이야기하는 동안 아버지가 자기를 보고 있는 것을 느꼈다. 그래서 아버지에게로 갔고, 두 사람은 함께 서서 이제 파티가 거의 끝나 사람들이 떠나고 방들이 차츰 비어 가는 것을 지켜보았다. 바닥엔 이런저런 것들이 널려 있었다. 엘리 헨더슨도 거의 마지막으로 떠나려는 참이었다. 말 걸어 주는 사람 하나 없었지만, 이디스에게 들려주기 위해 모든 걸 다 봐 두고 싶었던 것이다. 리처드와 엘리자베스는 파티가 끝난 것이 기뻤고, 리처드는 딸이 자랑스러웠다. 그래서 원래 딸에게 말할 생각은 아니었는데 말하지 않을 수가 없었다. 널 보면서 저 사랑스러운 아가씨가 누구지? 했는데, 알고 보니 내 딸이더구나! 그가 말했다. 그 말에 그녀는 행복했다. 그러나 그녀의 불쌍한 강아지가 울부짖고 있었다.

"리처드는 나아졌어요. 당신 말이 맞아요." 샐리가 말했다. "가서 한마디 해야겠어요. 작별 인사 하려고요. 머리야 뭐가 중요하겠어요." 레이디 로시터가 일어나며 말했다. "가슴에 비한다면."

"나도 따라갈게요." 피터가 말했다. 그러나 그는 잠시 그대로 앉아 있었다. 이 두려움은 뭐지? 이 황홀함은? 그는 생각했다. 대체 무엇이 나를 이토록 엄청난 흥분으로 가득 채우는 걸까?

클라리사로군. 그가 말했다.

거기 그녀가 있었다.

주

10 **로즈** Lords. 런던에 있는 크리켓 경기장 이름. Lord's가 바른 표기법이지만 작가는 Lords로 표기함.
애스콧 Ascot. 경마장 이름.
래닐러 Ranelagh. 폴로 경기장.

12 **바스** Bath. 온천이 있는 곳.
핌리코 Pimlico. 웨스트민스터 서쪽에 있는 가난한 동네.

13 **[알렉산더] 포프** Alexander Pope(1688~1744). 18세기의 영국 시인, 풍자가.

16 **더 이상 두려워 말라~사나운 겨울의 분노도** 윌리엄 셰익스피어(William Shakespeare)의 『심벨린(*Cymberline*)』 4막의 한 구절.
조록의~모두 펼쳐져 있었다 조록(Jorrock)은 로버트 스미스 서티즈(Robert Smith Surtees)의 코믹 스토리 시리즈의 등장인물 중 하나. 『소풍과 즐거움(*Jaunts and Jollities*)』, 『미끌거리는 스펀지(*Soapy Sponge*)』와 애스퀴스 부인(Mrs. Asquith)의 『회고록(*Memoirs*)』은 모두 실제 출간된 책들이고, 『나이지리아에서의 대형 동물 사냥(*Big Game Shooting in Nigeria*)』은 당시 부유한 영국과 미국 관광객들이 아프리카나 남미에서 즐기던 동물 사냥

주 279

에서 영감을 받은 허구적 여행기임.
28 **태틀러** Tatler. 영국의 잡지.
    속삭임의 회랑 a whispering gallery. 작은 소리도 멀리까지 들리게 만든 회랑으로, 런던의 세인트 폴 대성당의 회랑이 그 예이다.
29 **맬** Mall. 버킹엄궁에서 트래펄거 광장으로 이어지는 대로(大路).
31 **글랙소** Glaxo. 분유 회사 이름.
33 **레치아** Rezia. 루크레치아의 약칭.
41 **마게이트** Margate. 영국 켄트주에 위치한 해안 도시.
49 **윌리엄 모리스** William Morris(1834~1896). 영국의 시인, 소설가, 디자이너, 사회주의자.
    [퍼시 비시] 셸리 Percy Bysshe Shelley(1792~1822). 영국의 낭만주의 시인.
51 **지금 죽어도 난 더없이 행복할 것이오** 셰익스피어, 『오셀로(Othello)』 2막 1장.
74 **전사자 기념비** 원문은 "an empty tomb"으로, 직역하면 '빈 무덤'이지만 여기서는 제1차 세계 대전 전사자들을 위한 기념비(the Cenotaph)를 뜻함. 'cenotaph'는 'empty tomb'을 뜻하는 그리스어 'kenotaphion'에서 유래함. 이 기념비는 1920년에 전사자들을 기리며 대중에게 공개됨.
105 **피커딜리의 그 불쌍한 여자들** 성 노동자들을 가리킴.
108 **점잖은 남자는 지금 아내가 사별한 아내의 자매를 방문하도록 내버려 두어서는 안 된다고도 했다** 남자가 사망한 아내의 자매와 결혼하는 것은 원래 법으로 금지되어 있었는데, 1907년 사망한 아내의 자매와의 결혼법(The Deceased Wife's Sister's Marriage Act 1907)은 이를 허용함.
112 **[토머스 헨리] 헉슬리** Thomas Henry Huxley(1825~1894). 영국의 생물학자. 찰스 다윈(Charles Darwin)의 진화론을 옹호함. 불가지론(agnosticism)이라는 말을 처음 사용함.

[존] 틴덜 John Tyndall(1820~1893). 영국의 물리학자.

127 **십자 훈장** 제1차 세계 대전 참전자에게 수여한 영국 훈장. 십자가 혹은 원판이 달려 있음.

134 **할리 스트리트** Harley Street. 개인 개업의가 많은 것으로 유명한 거리.

139 **이건 법적인 문제예요** 1961년 이전까지 영국에서는 자살이 범죄로 간주되었다. 자살을 시도했다가 실패한 사람들은 처벌받고 투옥되었다.

150 **[리처드] 러블레이스** Richard Lovelace(1618~1657). 17세기 영국 시인.

[로버트] 헤릭 Robert Herrick(1591~1674). 17세기 영국 시인.

158 **인도 소식** 1923년 당시 『더 타임스』에는 재개된 인도 독립운동과 고문당하는 제국의 경찰들 등에 관한 기사가 많았다.

167 **호사** Horsa(?~455). 게르만족의 하나인 주트족의 전설적 인물. 형제인 헹기스트(Hengist)와 함께 브리튼의 초기 정착민을 이끌었음. 호사가 지금의 켄트 지방에서 사망한 후 헹기스트가 그 뒤를 이어 통치함. 켄트의 왕들은 자신들을 헹기스트의 직계 후손이라고 여김.

181 **[조지프] 에디슨** Joseph Addison(1672~1719). 영국의 비평가, 시인, 극작가.

195 **서머싯 하우스** Somerset House. 원래 16~7세기에 왕족이 거주하는 궁전이었다가 18세기에 재건축되었고 20세기 초 당시 출생, 결혼, 사망 관할을 비롯한 다양한 관공서 부처가 있는 공공건물이었음.

196 **시티** city. 런던의 금융 및 경제 활동의 중심지인 the City of London을 가리킴.

206 **그들은 단둘이 함께였었다** 시제가 과거형에서 과거 완료로 바뀜으로써 이것이 레치아의 회상임이 암시됨.

주 281

206 **서리 팀 완패** 1923년 서리(Surrey)와 요크셔(Yorkshire)의 크리켓 경기가 있었음.

231 **[윌리엄] 윌릿** William Willett(1856~1915). 영국의 건축업자. 그가 주창했던 서머 타임은 그의 사후 1916년부터 채택됨.

동방 클럽 1824년에 생긴 런던 신사 클럽의 하나로 처음에는 인도를 포함한 영국의 아시아 식민지들과 연관이 있는, 지위와 재능을 갖춘 사람들을 위한 곳이었으나 곧 동양을 여행한 일반 사람들도 받음.

242 **존 버로스** John Burrows. 앤서니 트롤럽(Anthony Trollope, 1815~1882)의 소설, 『불햄턴의 목사(*The Vicar Of Bullhampton*)』(1870)에 나오는 살인자이자 도둑.

251 **[존] 밀턴** John Milton(1608~1674). 『실낙원(*Paradise Lost*)』으로 유명한 영국의 시인.

254 **버마** Burma. 지금의 미얀마.

실론 Ceylon. 지금의 스리랑카.

해설

삶을 위한 사투:
출간 1백 주년을 기념하며

손영주(서울대학교 영어영문학과 교수)

버지니아 울프의 생애

버지니아 울프(Virginia Woolf)는 1882년, 영국 런던의 중상류층 가정에서 태어났다. 그녀의 부모 레슬리 스티븐(Leslie Stephen)과 줄리아 프린셉 덕워쓰(Julia Prinsep DuckWorth)는 각각 사별한 배우자와의 사이에서 얻은 자녀들, 즉 스티븐은 로라(Laura)를, 줄리아는 조지(George)와 스텔라(Stella), 그리고 제럴드(Gerald)를 데리고 재혼하였고, 이후 버네사(Vanessa)와 토비(Thoby), 버지니아와 에이드리언(Adrian) 등 네 명의 자녀를 더 두었다. 레슬리는 문필가로서 『영국 인명사전(*Dictionary of National Biography*)』의 편집장을 맡아 큰 명성을 얻었다. 스티븐 부부는 부유한 편은 아니었지만 많은 학자와 문필가, 예술가를 배출한 집안 출신으로, 당대의 저명한 지식인 및 예술가들과 활발히 교류하며 자녀들에게 풍부한 문화적·지적 자본을 제공했다. 이들과 교류했던 인물로는 소설가 토머스 하디(Thomas Hardy)와 헨리 제임스(Henry James) 등이 있으며, 줄리아의 이모인 선구적 사진작가 줄리아 마거릿 캐머런(Julia Margaret Cameron)은 찰스 다윈(Charles Darwin)과 토머스 칼라일(Thomas Carlyle) 등의 초상 사진을 남긴 인물이기도 하다.

런던과 콘월의 여름 별장을 오가며 보냈던 평온한 울프의 유년기는 울프가 열세 살 때 독감으로 어머니를 여의면서 전환점을 맞는다. 그로부터 2년 후 어머니의 역할을 대신하던 이복언니 스텔라가 세상을 떠나고, 여기에 이부 오빠들의 성적 학대까지 더해지며 울프의 10대 시절은 극심한 고통으로 얼룩진다. 아내의 사망 후 지나친 자기 연민과 슬픔에 빠져 딸들의 헌신과 희생을 강요하던 아버지 밑에서 울프는 감정을 억누른 채 독서에만 몰두했다. 22세 때 아버지가 사망하고, 2년 뒤에는 오빠 토비마저 장티푸스로 세상을 떠난다.

레슬리 스티븐은 아들들을 모두 자신이 졸업한 케임브리지 대학에 보냈지만 딸들에게는 정규 교육의 기회를 주지 않았다. 울프는 킹스 칼리지에서 그리스어와 역사 강좌를 수강한 것을 제외하면 부모와 가정 교사에게서 받은 교육이 전부였다. 대신 레슬리는 총명한 딸이 자신의 방대한 서재를 자유롭게 이용할 수 있도록 독려했고, 울프는 그곳에서 다양한 분야의 책들을 탐독하며 지적 자양분을 쌓았다. 그러나 불평등한 교육 현실에 대해 평생 비판적이었다. 아버지가 세상을 떠난 후, 버네사를 비롯한 스티븐의 자녀들은 켄싱턴을 떠나 덜 부유하지만 좀 더 지적인 환경인 블룸즈버리로 거처를 옮겼다. 이곳에서 토비가 케임브리지 대학 동문들과 함께 시작한 목요일 저녁 모임은 훗날 블룸즈버리 그룹으로 발전한다. 이 비공식 진보 지식인 네트워크에는 E. M. 포스터(Edward Morgan Forster)를 비롯한 소설가, 화가, 비평가, 정치 평론가뿐 아니라 경제학자 존 메이너드 케인스(John Maynard Keynes)도 포함되어 있었다. 물론 울프의 언니이자 화가인 버네사와 울프 자신도 그 일원이었으며, 이들은 문학과 철학, 과학, 시대적 이슈를 두루 아우르며 열띤 토론을 벌이곤 했다. 이들은 모두 각자 자신의 분야에서 활발하게 활동하며 출판과 강연에도 관여했고, 대체로 기성 체제와 제국주의에 비판적인 입장을 취했다. 울프는 이 모임을 통해 훗날 남편이 되는 레너드 울프(Leonard Woolf)를 만난다.

울프는 평생 우울증과 조울증, 두통과 불면, 환청 등 다양한 육체적·정신적 질병과 싸웠다. 그러나 그녀는 오전의 글쓰기, 오후의 산책, 저녁의 독서 일과를 엄격히 지키며 아홉 권의 장편소설과 수십 편의 단편소설, 에세이와 서평 그리고 방대한 분량의 일기를 남긴 치열하고 부지런한 작가였다. 또한 친구들과의 담소를 즐기고 런던을 사랑한, 유머와 위트 넘치는 생기 있는 사람이었다. 울프는 1904년 『가디언(*The Guardian*)』에 처음으로 익명으로 서평과 에세이를 기고했으며, 1910년에는 여성 참정권 운동에 자원하기도 했다. 같은 해, 그녀는 동생 에이드리언과 그의 케임브리지 친구들과 함께 아비시니아(오늘날의 에티오피아) 왕자와 그의 수행원들로 변장해 영국의 자부심이었던 군함 드레드노트(Dreadnought)를 방문하여 내부 견학을 청하는 맹랑한 사기극을 벌이기도 했다. 인종과 성별과 국적까지 바꿔 아비시니아 왕자로 위장한 울프를 비롯한 이들의 장난은, 제국주의의 권위에 대한 위트 있는 반항이자 담대한 도발이었다. 1912년, 울프는 영국의 식민지였던 실론에서 식민지 행정관으로 근무하다 귀국한 레너드 울프와 결혼했다. 레너드는 런던의 유대인 집안 출신으로, 귀국 후 노동당의 정치 고문으로 활동하며 국제 정치와 평화 문제에 관한 글을 쓴 저널리스트이자 편집자, 작가였다.

1915년, 울프의 첫 장편소설 『출항(*The Voyage Out*)』이 출간되었다. 그로부터 2년 뒤, 울프와 레너드는 호가스 출판사(Hogarth Press)를 설립한다. 이 출판사는 울프의 작품들뿐 아니라 T. S. 엘리엇(Thomas Stearns Eliot), 캐서린 맨스필드(Katherine Mansfield), 지크문트 프로이트(Sigmund Freud) 등의 실험적이고 혁신적인 저작들을 출판했으며, 울프가 상업 출판의 제약에서 벗어나 예술적 실험과 도전을 감행할 수 있게 해 주었다. 1922년에는 본격 모더니스트 작가로서의 울프의 면모를 드러낸 『제이콥의 방(*Jacob's Room*)』이 출간되었다. 그 이듬해부터 약 10년간, 울프는 동성의 작가 비타 색빌-웨스트(Vita Sackville-West)와 연인 관계였으며, 이 시기 동안 『댈러웨이 부인(*Mrs. Dalloway*)』(1925), 『등대로(*To the Lighthouse*)』(1927), 『올랜도(*Orlando*)』(1928), 『자기만의 방

(*A Room of One's Own*)』(1929), 『파도(*The Waves*)』(1931) 등 주요 작품들을 잇달아 발표했다.

유럽의 정치·경제 상황이 위기로 치달았던 1930년대에 울프는 정치 운동가 및 젊은 세대 작가들과 활발히 교류했다. 특히 작곡가이자 여성 참정권 운동가였던 에설 스미스(Ethel Smyth)와의 교류는 여성의 전문성과 정치 참여, 예술과 정치의 관계에 대한 울프 나름의 시각과 실천 방식을 확립해 나가는 데 영향을 주었다. 성향과 해결 방식에 차이는 있었지만, 에설 스미스는 여성의 경제적·정신적 독립과 해방을 주장한 울프의 『자기만의 방』을 높이 평가했고, 울프는 여성 참정권 캠페인 기간 동안 여성사회정치연합회(WSPU)에 참여하고, 비폭력전국여성참정권연합(NUWSS)의 활동을 도왔으며, 후신인 전국여성활동협회(NSWS)에서 강연하기도 했다. 1935년 독일과 이탈리아를 여행하던 중, 울프는 나치 제복을 입은 군인들과 나치 깃발을 흔드는 아이들, 유대인은 우리의 적이라는 구호가 적힌 배너 등 충격적인 광경을 목격한다. 그녀는 부상하는 유럽의 파시즘과 영국 내 군국주의 양자 모두에서 가부장제라는 뿌리를 보았고, 반전·반제·반파시즘적인 페미니스트 시각과 통찰을 담아내기 위해 '소설-에세이'라는 새로운 형식 실험에 도전했다. 긴 시간에 걸친 고통스러운 모색 끝에 이 시도는 장편소설 『세월(*The Years*)』(1937)과 『세 닢의 기니(*Three Guineas*)』(1938)의 출간으로 결실을 거둔다.

1930년대는 울프에게 깊은 상실의 시기이기도 했다. 가장 가까운 지인들이 연달아 세상을 떠났고, 특히 사랑하던 조카 줄리언 벨(Julian Bell)이 스페인 내전에 참전했다가 전사하는 아픔을 겪었다. 1939년 9월, 제2차 세계 대전의 발발로 식량 배급이 시작되었고 울프 부부의 집을 포함한 많은 가옥들이 공습으로 파괴되었다. 레너드가 유대인이었기 때문에, 나치가 영국을 점령할 경우 이들 부부는 처형의 표적이 될 수 있었으므로 이에 대비해 유사시 자살할 준비를 해 두었다. 울프는 극심한 두통에 시달리며 1941년 2월 말 『막간(Between the Acts)』의 원고를 마무리했지만, 환청을 비롯한 건강 악화의 징후가 뚜렷해졌다. 그리고 3월 28일 아침, 그녀는 레너드에게 작별 편지를 남기고 우즈강으로 걸어 들어가 생을 마감했다. 울프는 자신의 모든 글을 폐기해 달라는 청을 남겼지만, 레너드는 이를 받아들이지 않고 최소한의 편집과 교정을 거쳐 『막간』을 출간했다. 이후 그는 수년에 걸쳐 울프가 남긴 에세이와 단편들, 일기와 편지들을 세상에 내놓았다.

1923년 런던, "댈러웨이 부인은 꽃은 자기가 사 오겠다고 말했다"

2020년 3월 11일 세계보건기구(WHO)가 코로나19를 팬데믹으로 공식 선언하고, 같은 달 미국과 영국에서 자택 대기령이 시행되자 흥미로운 일이 벌어졌다. 영문학 사상 가장 유명한 문장 중 하나로 꼽히는 『댈러웨이 부인』의 첫 문장, "댈러웨이 부인은 꽃은 자기가 사 오겠다고 말했다"가 트위터에서 다양하게 변주되며 소환된 것이다. "댈러웨이 부인은 문손잡이는 자기가 소독하겠다고 말했다", "댈러웨이 부인은 손 소독제는 자기가 사 오겠다고 말했다" 등이 그것이다. 바로 다음 달 『뉴욕 타임스』에는, 이러한 현상에 주목하며 『댈러웨이 부인』이 자택 대기령이 내려진 팬데믹 현실과 묘하게 맞아떨어진다는 내용을 담은 에세이가 실렸다.

『댈러웨이 부인』의 배경이 되는 1923년은 제1차 세계 대전이 끝난 지 약 4년이 지난 시점이다. 이 전쟁은 전사자만 약 1천6백만에서 2천만 명에 이르는 전례 없는 규모의 참혹한 전쟁이었으며, 영국 군인도 약 1백만 명이 희생되었다. 전쟁 후반기부터 종전 직후까지인 1918년부터 1920년 사이 유럽 전역을 휩쓴 독감 팬데믹은 이보다 훨씬 더 많은 희생자를 낳았다. 전 세계적으로 약 5천만에서 1억 명에 달하는 생명이 목숨을 잃었고, 영국 내 사망자도 약 220만 명에 달했다. 즉 『댈러웨이 부인』속 런던을 오가는 사람들은 어마어마하게 많은 목숨을 앗아 간 전쟁과 독감 팬데믹을 겪은 생존자들이었다. 독감을 앓은 뒤 심장이 약해진 클라리사(Clarissa)가 대문을 열고 거리로 나설 때 느끼는 희열과 해방감은 단순히 파티 준비에 들뜬 상류층 여성의 기분이 아니다. 꽃을 사러 나가고 거리를 걷는 일상이 대단하고도 소중했던, 개인적이면서도 시대적인 감각이 담겨 있기 때문이다. 코로나 팬데믹 시기에 『댈러웨이 부인』이

다시 소환된 것은 결코 우연이 아니었다.

기법보다는 마음에 남는 것을 생각하라

『댈러웨이 부인』은 의식의 흐름 기법을 사용한 서구 모더니즘 문학의 대표작 중 하나로 널리 알려져 있다. 이러한 문학사적 위상과 기법에 대한 정보 때문에, 독자들은 작품을 읽기 전부터 인간 내면의 의식이 복잡하게 흩어져 있을 것이라 예상하며, 따라서 이 소설은 읽기 어렵거나 특정한 기법을 이해해야만 온전히 감상할 수 있으리라고 생각할지도 모른다. 그렇다면 작가는 이 작품이 어떻게 읽히기를 바랐을까?

『댈러웨이 부인』은 출간 3년 만인 1928년, 미국 모던 라이브러리에서 제2판이 출간되는데, 이때 울프는 출판사의 요청으로 처음이자 마지막으로 자신의 작품에 대한 서문을 남긴다. 짧은 분량의 이 글에서 울프는 서문 쓰는 일 자체의 어려움과 난감함을 토로하는 데 절반 이상을 할애하고 있다. 울프는 소설의 의미는 작가가 아닌 독자의 것이며, 따라서 작가가 해석을 제공하는 것은 거의 불가능할 뿐 아니라, 작가의 말이나 삶이 소설의 의미를 밝혀 줄 수 있는 별개의 진실이 되는 것도 아니라고 말한다. 그럼에도 불구하고 울프는 작품의 의미를 단지 독자의 주관에 맡겨 버리는 대신, 어떻게 읽을 것인가에 대한 흥미로운 단서를 제시한다. 그녀는 이 소설이 어떤 특정 기법이나 이론에 따라 쓰인 것이 아니며, 따라서 기법보다는 작품이 전체적으로 독자의 마음에 남기는 효과에 주목하라고 권한다. 그리고 기법이 성공적일수록 독자는 그것을 덜 의식하게 될 것이라고 덧붙인다.

이러한 작가의 입장을 고려하면, 작품에 대한 해설을 덧붙이는 일은 자칫 불필요하거나 부적절해 보일 수 있다. 그러나 울프는 작가의 삶이나 발언이 독서에 개입하거나 작품의 의미를 왜곡할 가능성을 우려하면서도 문학을 작가의 삶에 뿌리내린 나무에 열린 꽃이나 과일에 비유하는가 하면, 원래는 클라리사가 자살하거나 파티가 끝날 때 죽는 결말을 고려했으나 개작 과정에서 그녀의 분신으로 셉티머스(Septimus)가 등장하게 되었다고 귀띔하기도 한다. 울프는 이처럼 문학이 결국 삶이라는 토양에서 자라나는 것임을 분명히 하며, 셉티머스는 클라리사의 또 다른 자아이며, 클라리사가 결국 삶을 선택한다는 것이 핵심임을 강조한다. 동시에, 독서의 흐름을 방해하거나 의미를 강요하지 않으면서 독자의 마음에 무언가를 남길 수 있는 효과적인 기법을 고심했음을 보여 준다.

실제로 울프는 『댈러웨이 부인』을 집필하던 시기에 전문 비평가가 아닌 일반 독자의 시선으로 책을 읽는다는 것이 무엇인가를 실천적으로 보여 주는 서평들과 함께, 소설은 어떤 것이어야 하는가에 관한 소설 이론을 꾸준히 썼다. 그 결과 소설을 어떻게 쓰고 어떻게 읽을 것인가에 대한 비평가로서의 면모가 드러나는 『일반 독자(*The Common Reader*)』가 『댈러웨이 부인』과 같은 해에 나란히 출간되었다. 요컨대 소설 장르에 대한 울프의 치열한 실험은, 무엇보다도 보통의 독자가 자유롭고 편안하게 작품이 마음에 남기는 여운을 음미하고 사색할 수 있기를 바라는 열망에서 비롯된 것이었다.

『댈러웨이 부인』의 서술 방식은 독특하다. 서술자가 등장인물의 생각이나 말을 인용부호 없이 곧바로 전달하는 자유간접화법을 빈번하게 사용하기 때문이다. 소설의 첫 문장, "댈러웨이 부인은 꽃은 자기가 사 오겠다고 말했다" 바로 뒤에 이어지는 "루시는 할 일이 이미 산더미였으니까" 같은 문장이 그 대표적인 예다.

자유간접화법의 중요한 특징 가운데 하나는, 서술자의 관점과 인물의 관점 사이의 경계가 불분명하다는 점이다. 즉, 댈러웨이 부인이 직접 꽃을 사 오겠다고 말한 이유가 그녀 자신의 판단인지, 아니면 서술자의 객관적 설명인지가 분명하지 않은 것이다. 이처럼 자유간접화법에서는 인물의 내면이 3인칭 서술 속에 자연스럽게 녹아들기 때문에, 독자는 때로는 인물의 내면 독백을 직접 듣는 듯한 친밀감을, 때로는 제삼자의 시선을 통해 거리를 두고 바라보는 듯한 관찰자의 감각을 경험하게 된다. 또한 등장인물에 대한 공감의 정도에 따라, 독자는 인물의 의식, 무의식, 혹은 기억 등에 감정적으로 밀착되어 이를 전달하는 서술자에게 비판적 거리를 두며 인물과 공감하기도 한다. 반대로 인물에 대한 서술자의 비판적인 시선에 동조하게 되는 경우도 있다.

울프는 중심인물뿐 아니라 플롯 전개에 핵심적이지 않은 주변 인물들의 내면까지도 이러한 서술 방식을 통해 섬세하게 포착해 낸다. 이들의 감정과 의식, 사유는 서로 고립되어 흩어져 있는 것이 아니라, 하나의 사실이나 상황을 다양한 시각으로 비추며 교차하거나 마치 텔레파시처럼 공명한다. 그 결과, 인물들은 직접적이고 의식적인 소통 없이도 미묘하게 얽히고 연결된다. 작품은 독자로 하여금 이러한 인물들의 의식을 따라가게 함으로써, 직접적인 상황 묘사나 정보를 제공하지 않고도 그들이 경험하는 감정적 진실과 그들이 마주한 역사적 현실을 실감 나게 전달한다.

이러한 서사 기법은 1910년 전시회를 계기로 세상에 알려지기 시작한 후기 인상주의의 영향과도 맞닿아 있다. 후기 인상주의 화가들이 사실주의적 묘사를 넘어, 대상이 관찰자에게 불러일으키는 감정과 정서를 통해 사물의 본질에 접근하고자 했던 것처럼, 울프 역시 기존의 재현 방식에서 벗어나 감각과 감정을 통해 현실을 포착하고자 했다. 이야기를 전개하는 방식 또한 순차적인 구성보다는 다양한 인물의 내면이나 에피소드를 병치하거나, 특정 인물의 의식에 클로즈업하듯 집중하거나, 혹은 과거의 기억이 예고 없이 현재로 소환되는 플래시백 기법 등을 통해 이루어진다. 이러한 방식은 당시 새롭게 등장한 영화적 기법과도 밀접한 관련이 있다. 울프는 이처럼 다양한 서사적 기법을 통해, 인간의 의식과 삶을 획일화하고 억압하려는 사회 시스템 속에서 소외되고 희생되는 이들, 혹은 이에 저항하는 이들의 목소리를 포용하고자 했다.

"강력하게 작동하는 사회 시스템을 비판하고 싶다"

『댈러웨이 부인』은 1923년 6월의 어느 화창한 하루, 런던을 배경으로 펼쳐진다. 저녁에 열릴 파티를 준비하는 정치가의 아내 클라리사 댈러웨이와, 제1차 세계 대전에 참전한 후 외상 후 스트레스 장애로 정신과 치료를 받다가 결국 스스로 목숨을 끊는 셉티머스 워런 스미스(Septimus Warren Smith)가 이야기의 두 축을 이룬다. 여기에 다양한 계급·연령·국적의 인물들이 어우러져 다층적인 서사를 구성한다. 마침내 파티가 시작되고, 클라리사는 셉티머스의 치료를 담당했던 정신과 의사 부부로부터 그의 자살 소식을 전해 듣고, 한 번도 만난 적 없는 젊은 이에게 깊은 공감과 일체감을 느낀다. 이렇듯 작품은 서로 다른 두 서사가 교차하며 끝을 맺는다.

울프가 『댈러웨이 부인』의 집필을 본격적으로 착수한 것은 1922년 8월 무렵이지만, 이 작품은 작가의 개인적·역사적 경험을 토대로 오랜 시간에 걸쳐 구상되고 기획된 것이다. 울프는 1912년 결혼 후 이듬해 여름부터 정신 건강이 악화되어 의사의 권고로 요양원에 머물렀고, 런던으로 돌아온 뒤에는 자살을 시도하기도 했다. 1914년 7월 제1차 세계 대전이 발발하면서 독일 비행기가 런던 상공에 출현하기 시작했고, 같은 해

10월 울프 부부는 런던 교외의 리치먼드(Richmond)로 거처를 옮겼다. 이 시기 울프의 건강은 급격히 악화되어 환영과 환청에 시달렸는데, 한적한 교외에서의 강제적 휴식 치료에 대한 저항감은 셉티머스에 생생히 투영되어 있다. 이듬해부터 독일의 런던 공습이 본격화되었고, 전장에서는 수많은 사망자가 속출했다. 울프는 어린 시절부터 가까웠던 친구이자 시인이었던 루퍼트 브룩(Rupert Brooke)을 비롯한 지인들이 전사하거나 전쟁 후유증으로 고통받는 것을 지켜보았고, 1917년에는 레너드의 동생 중 한 명이 전사하고 또 다른 한 명은 중상을 입는 등 전쟁은 울프의 삶에 직접적인 영향을 끼쳤다. 그녀의 주변에는 양심적 병역 거부자들이 많았으며, 울프의 반전 감정 역시 더욱 깊어졌다.

1918년 휴전 직전 울프의 일기에는, 전쟁으로 인한 죽음이 통치자들에 의해 쉽게 잊힐 것에 대한 우려, 전쟁의 비극, 그리고 자신이 겪은 환영 및 환청, 감정을 기억하고 기록하겠다는 다짐이 적혀 있다. 『댈러웨이 부인』을 구체적으로 구상하기 이전부터, 울프는 전쟁의 죽음과 자신의 정신적 위기를 문학으로 형상화하겠다는 생각을 키우고 있었던 것이다. 1920년에는 런던의 한 파티에 참석했던 청년이 지붕에서 추락사하는 사건이 있었는데, 울프는 그 청년의 죽음보다 사람들의 무심함에 더 큰 충격을 받았다. 『댈러웨이 부인』 집필을 시작하던 무렵에는 클라리사의 모델 가운데 하나인 울프의 지인이 발코니 난간에서 추락하여 사망하는 일도 있었다. 셉티머스가 클라리사의 분신으로 등장하는 것은 이 무렵이다. 런던의 모습을 생생하게 포착한 이 소설의 대부분은 울프가 리치먼드에 머물며 도시의 삶을 깊이 그리워하던 시기에 집필되었다. 1924년, 울프 부부는 마침내 다시 런던으로 거처를 옮겼고 이 작품은 그곳에서 완성되었다.

1923년 6월의 영국은 제1차 세계 대전이 끝나고 독감 팬데믹이 지나간 후였지만 전쟁의 상흔과 상실의 감정은 도처에 남아 있었으며 국내외적으로는 다양한 변화가 진행 중이었다. 서구 제국주의의 위상이 흔들리면서 영국 사회 내부에는 보수적 애국주의와 반제국주의적 여론이 충돌하고 있었다. 빈부 격차가 심화하고 계급 체제는 흔들렸으며 노동 운동이 활발히 전개되었다. 1922년에는 노동당이 영국 역사상 처음으로 공식 야당이 되었고, 자유당보다 더 많은 의석을 확보하며 정권 교체의 가능성을 높였다. 실제로 1924년, 노동당은 단독 과반을 얻지는 못했지만 소수 정부로 집권에 성공한다. 여성 참정권 운동 역시 활발하여, 1919년 제정된 '성별 자격 제한 철폐법'에 따라 여성의 전문직 진출이 법적으로 가능해졌다.『댈러웨이 부인』속 등장인물들의 대화와 의식에는 영국의 이러한 사회·정치적 정세가 촘촘하게 반영되어 있다.

클라리사가 걷고 있는 런던은 자동차와 비행기, 번화한 상점가 등 근대의 표지가 뚜렷한 대도시다. 자동차와 비행기가 등장한 지 각각 30년, 20년도 채 되지 않았으며, 거리는 실직자, 노동자, 거지를 비롯해 아일랜드와 인도, 이탈리아 등지에서 온 다양한 계층과 국적의 사람들로 북적인다. 또한 클라리사를 비롯한 여성들이 혼자서도 자유롭게 오갈 수 있는 공간이기도 하다. 울프가 어렸을 때만 해도, 용무가 있는 하층 계급을 제외한 중산층 이상의 여성이 혼자 거리를 걷는 것은 부적절한 것으로 여겨졌다. 따라서 클라리사가 거리를 걸으며 느끼는 기쁨은 종전과 독감 팬데믹 종식에 따른 안도감뿐 아니라, 여성을 사적 공간에 가두어 두었던 오랜 규제로부터의 해방감이기도 하다.

『댈러웨이 부인』은 사회적 통합과 치유를 지향하는 국가적 노력을 그려 내면서 동시에 그 이면의 억압과 배제, 희생을 면밀히 파헤친다. 반짝이는 6월의 런던의 표면 아래에는 삶을 위협하는 요소들이 도처에 도사리고 있다. 작품 전반에 울려 퍼지는 빅 벤의 종소리는 그 누구도 거스를 수 없는 시간의 흐름을 상기시키며, 존재의 유한함과 삶의 무상함을 끊임없이 환기한다. 그러나 이 작품이 보다 정밀하게 들여다보는 것은 물리적 죽음 그 자체가 아니라 좀 더 은밀하고 체계적인 방식으로 삶을 위협하고 파괴하는 억압적 사회 시스템이다. 울프는 이 작품을 집필하며 쓴 일기에서, 삶과 죽음을 비롯한 문제를 감정적으로 깊고 진실하게 다루고 싶으며, 사회 시스템이 얼마나 강력하게 작동하는지를 드러내고 비판하고 싶다고 썼다.

그녀가 폭로하는 가부장제, 제국주의, 군국주의, 계급 체제 그리고 의학과 과학 등 다양한 사회 시스템은 모두 인간답고 자유로운 삶의 가장 근본적인 영역을 침해한다. 이 사회 시스템은 죽음처럼 보편적이고 불가항력적인 것이 아니라, 오히려 특권층의 안정과 번영을 보장하는 방식으로 작동한다는 점에서 더욱 가혹하다. 예컨대 클라리사는 결혼을 통해 자신의 이름을 잃고 사람들에게 보이지 않는 '그저 댈러웨이 부인'으로 살아가는 것에 소외감과 박탈감을 느낀다. 한편, 문학을 사랑하며 시인이 되고 싶었던 중하류층 출신의 셉티머스는 남성다움을 강요하는 사회 분위기 속에서 전쟁에 참전했고, 그 후 외상 후 스트레스 장애로 환각과 환청, 불면에 시달린다. 그의 치료를 맡은 정신과 의사들은 억압적 사회 시스템의 대표적 화신으로 등장한다. 그들은 정상과 비정상의 경계를 규정하고 신체를 통제하며, 사회 부적응자들로 분류된 이들을 격리하거나 처벌함으로써 치료와 국가 질서의 명목으로 자신의 권위를 공고히 한다.

"삶, 런던 그리고 6월의 이 순간"

독감으로 죽음의 위기를 넘기고 갱년기를 지나고 있는 52세의 클라리사는 일종의 삶의 전환기에 서 있다. 활기 넘쳤던 젊은 날의 기억과 이제는 보이지 않는 존재가 된 듯한 자의식이 교차하는 가운데, 거리를 걷는 그녀는 비참한 처지에 놓인 사람들의 모습을 마주한다. 그러나 그들과 그녀가 공명하는 지점은 불행과 낙담이 아니라 삶을 향한 사랑이다. 그녀는 제아무리 비참한 처지에 놓인 사람이라도 자신의 삶을 사랑하는 법이라고, 그렇기 때문에 가난을 비롯한 삶의 문제들이 단지 의회의 법으로 해결될 수는 없다고 생각한다. 그러고는 자신이 사랑하는 것들을 떠올린다. 삶과 런던 그리고 6월의 이 순간을.

삶을 향한 클라리사의 사랑은 단순한 생존 본능이나 상류층 여성의 안이한 자족적 감상과는 거리가 멀다. 그녀가 조용히 다락방으로 올라가거나 젊은 시절 뜨겁게 사랑했던 샐리(Sally)를 떠올리고 파티에 집착하는 것은 모두, 결혼과 노화로 인한 자기 소멸의 과정, 자기 자신이 아닌 존재로 살아온 상실감과 그로 인한 불행의 감각을 반증하고, 이를 극복하려는 몸부림이다. 클라리사가 비참한 사람들도 자신과 똑같이 삶을 사랑한다고 믿는 것은, 그들의 불행과 열망의 감각에 깊이 닿아 있기 때문이다. 작가는 클라리사의 이러한 믿음을 통해 타인의 좌절을 설불리 판단하지 않고, 그들이 품고 있는 삶을 향한 사랑에 온전히 감응하는 일이 얼마나 중요한지를 강조한다. 정서적 기반 없는 제도 개혁은 공허할 뿐이다.

마침내 파티가 시작되고 손님들이 속속 도착한다. 그들 모두가 클라리사가 처음부터 초대하려 했던 이들은 아니다. 망설이다가 초대한 이도 있고, 샐리처럼 파티 당일에 우연히 소식을 듣고 찾아온 이도 있다. 그러나 가장 중요한 손님은 초대받지 않았으나 도착하는 인물, 셉티머스다. 손님들이 클라리사의 집으로 향하는 동안, 셉티머스는 자신의 존재를 억누르려는 의사 홈스(Holmes)가 찾아오자 창밖으로 몸을 던진다. 그의 죽음은 그의 삶만큼이나 축소되고 왜곡된다. 홈스는 그를 겁쟁이로 치부하고, 정신과 의사 브래드쇼(Bradshaw)와 그의 아내는 그의 죽음을 저마다의 방식으로 소비한다. 브래드쇼의 아내는 남편의 과로를 자랑하기 위해 그의 자살을 언급하고, 브래드쇼는 자신의 정치적 영향력을 확대하려는 야심으로 클라리사의 남편 리처드를 붙들고 관련 법안의 필요성을 설파한다. 셉티머스의 죽음에 직간접적으로 일조한 이들이 그의 죽음을 제도 개혁의 명분으로 활용하는 이러한 아이러니는, 타인의 삶을 이해하는 정서적 역량이 결여된 제도 개입의 한계를 여실히 드러낸다.

이러한 상황 속에서 셉티머스의 죽음의 본질, 즉 삶다운 삶을 향한 그의 치열한 열망을 꿰뚫어 보는 인물은 클라리사다. 그녀는 그의 죽음을 가십거리로 소비하는 사람들의 무리에서 벗어나 작은 방으로 들어간다. 그리고 그곳에서 생면부지의 젊은이의 삶과 죽음을 온몸으로 감각하는 순간을 맞는다. 그녀는 브래드쇼와 같은 의사들이 그 젊은이의 영혼을 억압하고 형언할 수 없는 모욕을 가함으로써 삶을 견디기 어렵게 만들었으리라는 것을, 따라서 그의 죽음은 부패와 위선, 잡담 속에 스러져 가는 삶을 지키기 위한 저항이자 삶을 껴안는 행위였음을 직관적으로 깨닫는다. 그녀는 그를 향한 동정심이 아니라 감사의 마음을 품고, 자신과 너무나 닮아 있는 그 젊은이와의 일체감을 느끼며 손님들이 있는 곳으로 다시 돌아간다.

성별과 계급, 삶과 죽음의 경계를 초월한 클라리사의 이러한 이해와 일체감은, 느닷없는 감상주의적 연민이 아니라 가장 삶다운 삶을 향해 뻗은 섬세한 감각의 결과이다. 그것은 물론 클라리사에게만 있는 것은 아니다. 클라리사의 옛 친구 샐리, 연인이었던 피터(Peter), 셉티머스의 아내 루크레치아(Lucrezia), 방수 레인코트에 갇혀 살아가는 미스 킬먼(Miss Kilman), 그리고 고요히 잠자리에 드는 이웃집 노부인에게도 그것은 존재한다. 이들 역시 각자의 방식으로 삶에 가해지는 위협을 감지하고, 그것에 저항하고 패배하고 때로는 타협하며 살아간다. 그 가운데 삶을 지키기 위한 가장 치열한 싸움을 벌인 이는 셉티머스다. 그의 싸움이 더욱 빛나는 이유는, 그것이 단순한 자기 보존을 넘어 존재하는 모든 것과의 유대와 연대를 지향하기 때문이다. 자신과 나무가 하나라고 느끼는 환각 속에서 한 그루 나무도 베어서는 안 된다고 외치는 그의 모습은, 그가 품고 있는 우주적 사랑의 폭과 깊이를 상징적으로 보여 준다. 클라리사는 이 사랑에 깊이 공명한다. 그녀는 비참한 이들의 불행뿐 아니라 그들이 품고 있는 삶에 대한 사랑에 반응하며, 자신을 시공을 초월한 만물의 일부라고 상상하는가 하면, 마침내 망자가 된 젊은이와 일체감을 느끼기에 이른다. 그녀의 계급적 한계나 인간적인 결함에도 불구하고, 그녀의 실존적 두려움과 상실감은 모든 존재를 향해 열린 생(生)의 긍정에 깊이 접속한다.

『댈러웨이 부인』의 마지막 장면은 파티와 동떨어진 고립된 방, 그녀의 내면에서 끝나지 않는다. 그녀는 문을 열고 손님들이 있는 곳으로 나간다. 소설은 그녀의 존재에 전율을 느끼는 피터의 시선으로 끝을 맺는다. 그녀가 자신과의 사랑을 거절하고 정치가의 아내가 되어 영혼의 죽음을 맞았다는 원망 섞인 비난을 멈추지 못했던 피터는, 이제 몸을 내던져 삶을 회수한 한 젊은이와의 일체감을 통해 삶의 한가운데서 존재를 회복한 그녀에게 깊이 감응한다. 바로 그 순간, 피터 자신도 가장 생생하게 살아 있는 존재가 되는 것이다. 어쩌면 작가가 독자의 마음에 남기고자 했던 것도 바로 이것이 아닐까. 지금 내가 사랑하는 것 — 삶, 여기, 그리고 지금 이 순간 — 에 대한 온전한 감응을.

판본 소개

 번역은 케임브리지 대학 출판부에서 발간한 버지니아 울프 작품 시리즈 중 하나로, 앤 퍼날드(Anne E. Fernald)가 편집하여 2015년에 출간한 판본을 저본으로 택했다. 『댈러웨이 부인』은 1925년 영국과 미국에서 동시에 출간되었는데, 케임브리지 판본은 이 중 영국 초판본을 기준으로 삼고 있다.

 영국 초판본과 미국 초판본은 대부분 구두점이나 철자 표기와 같은 세부적인 차이에 그치며, 전반적인 내용은 거의 동일하다. 예를 들어 영국 초판본은 세미콜론이나 느낌표를 거의 그대로 유지한 반면, 미국 판본에서는 이를 쉼표나 마침표로 바꾸어 강렬한 어조가 다소 완화된 인상을 주며, 영국 초판본에 비해 쉼표를 생략한 경우가 많다. 퍼날드가 서문에서 상세히 설명하듯, 현재 남아 있는 유의미한 교정쇄 가운데 하나인 미국 하코트 출판사의 교정쇄를 보면, 하코트 출판사가 울프의 결정을 대체로 충실히 따르긴 했으나 표기법 측면에서 작가의 의도가 부분적으로 왜곡되었을 가능성도 있음을 알 수 있다.

이 외에 주목할 만한 중요한 차이점은 단락 구분의 위치와 개수이다. 클라리사가 파티에서 물러나 작은 방으로 들어간 뒤 셉티머스의 자살에 대해 생각하는 장면에서, 미국 초판본에는 "그는 그녀에게 아름다움을 느끼게 해 주었다. 재미를 느끼게 해 주었다(He made her feel the beauty; made her feel the fun)"라는 문장이 수록되어 있으나, 영국 초판본에서는 두 번째 문장을 'the fun'으로 줄인다. 대신 클라리사가 방에서 나오는 순간인 "And she came in from the little room" 다음에 두 줄 분량의 공백을 두어 단락을 구분한다. 이러한 단락 구분은 클라리사가 사적인 공간에서 나와 다시 사교의 공간으로 진입하는 순간을 강조하며, 그녀가 셉티머스의 죽음을 숙고하는 장면과 친구들이 그녀를 기다리며 그녀에 대해 이야기하는 장면 사이의 전환을 더욱 선명하게 만든다.

무엇보다 중요한 점은, 이와 같은 단락 구분을 통해 이 작품이 정확히 12개의 섹션으로 구성된다는 사실이다. 『댈러웨이 부인』의 가제가 '시간들(The Hours)'이었음을 고려하면, 이러한 12부 구성은 작가가 구조적으로 의도한 최종 결정으로 보는 것이 타당하다. 요컨대 퍼날드의 설명대로, 영국 초판본은 울프가 레너드 울프와 함께 공동 설립한 호가스 출판사를 통해 직접 교정하고 최종 승인한 판본이기 때문에 작가의 의도가 가장 온전히 반영된, 신뢰할 만한 텍스트라고 볼 수 있다. 따라서 이 번역에서는 영국 초판본을 저본으로 삼는 것이 가장 적절하다고 판단하였다.

판본과는 별개로, 울프의 개작 과정 역시 작품을 이해하는 데 흥미로운 단서를 제공한다. 모든 사례를 여기서 일일이 소개할 수는 없지만, 전반적으로 울프는 사실 관계의 정밀함보다는 강렬한 감정의 진실을 전달하는 시적 밀도와 리듬을 완성하는 데 더욱 몰두했다. 그 결과 피터의 나이가 처음에는 53세였다가 파티 장면에서는 52세로 언급되기도 하고(물론 피터 본인의 착오일 가능성도 있다), 루크레치아에게 언니가 한 명인지 혹은 두 명 이상인지 다소 모호한 부분도 있다. 한편, 울프가 마지막까지 가장 심혈을 기울여 수정하고 덧붙인 부분은 셉티머스가 자살 방법을 숙고하는 장면이었다는 사실도 기억할 만하다.

버지니아 울프 연보

1878 레슬리 스티븐(Leslie Stephen)과 줄리아 덕워스(Julia Duckworth)가 각각 배우자와 사별하고 재혼. 레슬리에게는 로라가, 줄리아에게는 조지, 스텔라, 제럴드가 있었음.
1879 버네사 스티븐 출생.
1880 토비 스티븐 출생.
1882 런던의 하이드 파크 게이트(Hyde Park Gate)에서 애들라인 버지니아 스티븐(Adeline Virginia Stephen) 출생. 여름에 세인트아이브스의 콘월에 있는 여름 별장 탤런드 하우스(Talland House)에서 보내기 시작. 레슬리는 『영국 인명사전』 편집 작업 시작.
1883 에이드리언 스티븐 출생.
1891 버네사, 토비와 함께 가족 신문 『하이드 파크 게이트 뉴스(*Hyde Park Gate News*)』를 만들기 시작.
1893 루퍼트 브룩 만남.
1894 탤런드 하우스에서 보낸 마지막 해.
1895 줄리아 스티븐 사망.
1897 이복언니 스텔라 결혼(4월 20일), 석 달 만에 사망(7월 19일). 킹

	스 칼리지에서 그리스어와 역사 수업 들음.
1898	월터 페이터(Waler Pater)의 누이인 클래러 페이터(Clara Pater)에게 라틴어 수업을 받기 시작.
1899	토비가 케임브리지 대학교의 트리니티 칼리지에 입학. 여기서 토비는 클라이브 벨(Clive Bell), 리턴 스트래치(Lytton Strachey), 색슨 시드니-터너(Saxon Sydney-Turner), 레너드 울프 등을 만남.
1902	에이드리언이 트리니티 칼리지에 입학.
1904	레슬리 스티븐 사망(2월 22일). 토비, 버네사, 에이드리언과 함께 블룸즈버리에 있는 고든 스퀘어(Gordon Square)로 이사. 『가디언』지에 윌리엄 딘 하우얼스의 『로열 랭브리스의 아들(*The Son of Royal Langbrith*)』 서평 기고.
1905	몰리 칼리지에서 학생들을 가르치기 시작. '목요일 저녁 모임(Thursday Evenings)' 시작. 『타임스 문예 부록(*The Times Literary Supplement*)』에 첫 서평 수록.
1906	「필리스와 로저먼드(Phyllis and Rosamund)」를 비롯한 단편소설들 씀. 프랑스와 이탈리아를 거쳐 그리스와 튀르키예 여행. 토비 사망(11월 20일).
1907	버네사와 클라이브 벨 결혼. 에이드리언과 피츠로이 스퀘어(Fitzroy Square)로 이사. 후에 『출항』으로 출간되는 '멜림브로시아(Melymbrosia)' 집필 시작.
1910	'드레드노트 사기극(Dreadnought Hoax)' 참여. 첫 번째 후기 인상파 전시회. 여성 참정권 캠페인 자원.
1912	레너드 울프와 결혼.
1913	『출항』 원고를 제럴드 덕워스에게 전달. 요양원 입소. 자살 시도.
1914	교외 리치먼드로 이사.
1915	『출항』 출간.
1916	『밤과 낮(*Night and Day*)』 집필 시작. 캐서린 맨스필드 만남.

- **1917** 울프 부부, 호가스 출판사 설립. 호가스 출판사에서 버지니아의 단편소설 「벽 위의 자국(The Mark on the Wall)」과 레너드의 「세 유대인(Three Jews)」 출간.
- **1918** T. S. 엘리엇 만남.
- **1919** 『낮과 밤』 덕워스 출판사에서 출간.
- **1920** 『제이콥의 방』 집필 시작.
- **1921** 호가스 출판사에서 단편소설집 『월요일 혹은 화요일(Monday or Tuesday)』 출간. 이후 울프의 모든 주요 작품은 호가스 출판사에서 출간함.
- **1922** 『제이콥의 방』 출간. 비타 색빌-웨스트 만남.
- **1923** 캐서린 맨스필드 사망. 후에 『댈러웨이 부인』으로 출간되는 '시간들' 집필 시작.
- **1924** 태비스톡 스퀘어(Tavistock Square)로 이사.
- **1925** 『일반 독자』(4월 23일), 『댈러웨이 부인』(5월 14일) 출간.
- **1926** 토머스 하디 만남.
- **1927** 『등대로』 출간. 『올랜도: 전기(Orlando: A Biography)』 집필 시작.
- **1928** 래드클리프 홀(Radclyffe Hall)의 『고독의 우물(The Well of Loneliness)』 판금 조치 반대 청원. 『올랜도』 출간. 거튼 칼리지와 뉴넘 칼리지에서 '여성과 픽션(Women and Fiction)'이라는 제목으로 강연.
- **1929** 독일과 프랑스 여행. 『자기만의 방』 출간. 후에 『파도』로 출간되는 '나방들(The Moths)' 집필 시작.
- **1930** 에설 스미스 만남.
- **1931** 『파도』 출간.
- **1932** 『일반 독자: 두 번째 시리즈(The Common Reader: Second Series)』 출간. 후에 『세월』로 출간되는 '파지터가 사람들(The Pargiters)' 집필 시작.

- **1933** 멘체스터 대학교에서 학위 수여를 제안했으나 거절. 『플러시: 전기(*Flush: A Biography*)』 출간.
- **1934** 로저 프라이(Roger Fry) 사망. 『플러시』 출간.
- **1935** 독일 여행.
- **1936** 스페인 정부 지지 서한 서명 동참. 『로저 프라이』 집필 시작. 『세 닢의 기니』 집필 시작.
- **1937** 『세월』 출간. 조카 줄리언 벨 스페인 내전에서 사망.
- **1938** 『세 닢의 기니』 출간. 후에 『막간』으로 출간되는 '포인츠 홀(Pointz Hall)' 집필 시작.
- **1939** 지크문트 프로이트(Sigmund Freud) 만남. 리버풀 대학교가 명예 학위 수여를 제안했으나 거절.
- **1940** 『로저 프라이: 전기』 출간. 런던 집 폭격.
- **1941** 『막간』 최종 타자한 원고 탈고(2월 26일). 우즈강으로 들어가 자살(3월 28일). 『막간』 출간(7월 17일).

새롭게 을유세계문학전집을 펴내며

을유문화사는 이미 지난 1959년부터 국내 최초로 세계문학전집을 출간한 바 있습니다. 이번에 을유세계문학전집을 완전히 새롭게 마련하게 된 것은 우리가 직면한 문화적 상황에 적극적으로 대응하기 위해서입니다. 새로운 을유세계문학전집은 세계문학의 역할이 그 어느 때보다 중요해졌다는 인식에서 출발했습니다. 오늘날 세계에서 타자에 대한 이해는 우리의 안전과 행복에 직결되고 있습니다. 세계문학은 지구상의 다양한 문화들이 평등하게 소통하고, 이질적인 구성원들이 평화롭게 공존할 수 있는 문화적인 힘을 길러 줍니다.

을유세계문학전집은 세계문학을 통해 우리가 이런 힘을 길러 나가야 한다는 믿음으로 만들어졌습니다. 지난 5년간 이를 준비하기 위해 많은 노력을 기울였습니다. 세계 각국의 다양한 삶의 방식과 문화적 성취가 살아 있는 작품들, 새로운 번역이 필요한 고전들과 새롭게 소개해야 할 우리 시대의 작품들을 선정했습니다. 우리나라 최고의 역자들이 이들 작품 속 한 문장 한 문장의 숨결을 생생히 전하기 위해 심혈을 기울였습니다. 또한 역자들은 단순히 번역만 한 것이 아니라 다른 작품의 번역을 꼼꼼히 검토해 주었습니다. 을유세계문학전집은 번역된 작품 하나하나가 정본(定本)으로 인정받고 대우받을 수 있도록 최선을 다했습니다. 세계문학이 여러 경계를 넘어 우리 사회 안에서 주어진 소임을 하게 되기를 바라며 을유세계문학전집을 내놓습니다.

을유세계문학전집 편집위원단(가나다 순)
김월회(서울대 중문과 교수)
김헌(서울대 인문학연구원 교수)
박종소(서울대 노문과 교수)
손영주(서울대 영문과 교수)
신정환(한국외대 스페인어통번역학과 교수)
정지용(성균관대 프랑스어문학과 교수)
최윤영(서울대 독문과 교수)

을유세계문학전집

1. 마의 산(상) 토마스 만 | 홍성광 옮김
2. 마의 산(하) 토마스 만 | 홍성광 옮김
3. 리어 왕 · 맥베스 윌리엄 셰익스피어 | 이미영 옮김
4. 골짜기의 백합 오노레 드 발자크 | 정예영 옮김
5. 로빈슨 크루소 대니얼 디포 | 윤혜준 옮김
6. 시인의 죽음 다이허우잉 | 임우경 옮김
7. 커플들, 행인들 보토 슈트라우스 | 정항균 옮김
8. 천사의 음부 마누엘 푸익 | 송병선 옮김
9. 어둠의 심연 조지프 콘래드 | 이석구 옮김
10. 도화선 공상임 | 이정재 옮김
11. 휘페리온 프리드리히 횔덜린 | 장영태 옮김
12. 루쉰 소설 전집 루쉰 | 김시준 옮김
13. 꿈 에밀 졸라 | 최애영 옮김
14. 라이겐 아르투어 슈니츨러 | 홍진호 옮김
15. 로르카 시 선집 페데리코 가르시아 로르카 | 민용태 옮김
16. 소송 프란츠 카프카 | 이재황 옮김
17. 아메리카의 나치 문학 로베르토 볼라뇨 | 김현균 옮김
18. 빌헬름 텔 프리드리히 폰 쉴러 | 이재영 옮김
19. 아우스터리츠 W. G. 제발트 | 안미현 옮김
20. 요양객 헤르만 헤세 | 김현진 옮김
21. 워싱턴 스퀘어 헨리 제임스 | 유명숙 옮김
22. 개인적인 체험 오에 겐자부로 | 서은혜 옮김
23. 사형장으로의 초대 블라디미르 나보코프 | 박혜경 옮김
24. 좁은 문 · 전원 교향곡 앙드레 지드 | 이동렬 옮김
25. 예브게니 오네긴 알렉산드르 푸슈킨 | 김진영 옮김
26. 그라알 이야기 크레티앵 드 트루아 | 최애리 옮김
27. 유림외사(상) 오경재 | 홍상훈 외 옮김
28. 유림외사(하) 오경재 | 홍상훈 외 옮김
29. 폴란드 기병(상) 안토니오 무뇨스 몰리나 | 권미선 옮김
30. 폴란드 기병(하) 안토니오 무뇨스 몰리나 | 권미선 옮김
31. 라 셀레스티나 페르난도 데 로하스 | 안영옥 옮김

32. 고리오 영감　오노레 드 발자크 | 이동렬 옮김
33. 키 재기 외　히구치 이치요 | 임경화 옮김
34. 돈 후안 외　티르소 데 몰리나 | 전기순 옮김
35. 젊은 베르터의 고통　요한 볼프강 폰 괴테 | 정현규 옮김
36. 모스크바발 페투슈키행 열차　베네딕트 예로페예프 | 박종소 옮김
37. 죽은 혼　니콜라이 고골 | 이경완 옮김
38. 워더링 하이츠　에밀리 브론테 | 유명숙 옮김
39. 이즈의 무희 · 천 마리 학 · 호수　가와바타 야스나리 | 신인섭 옮김
40. 주홍 글자　너새니얼 호손 | 양석원 옮김
41. 젊은 의사의 수기 · 모르핀　미하일 불가코프 | 이병훈 옮김
42. 오이디푸스 왕 외　소포클레스 | 김기영 옮김
43. 야쿠비얀 빌딩　알라 알아스와니 | 김능우 옮김
44. 식(蝕) 3부작　마오둔 | 심혜영 옮김
45. 엿보는 자　알랭 로브그리예 | 최애영 옮김
46. 무사시노 외　구니키다 돗포 | 김영식 옮김
47. 위대한 개츠비　프랜시스 스콧 피츠제럴드 | 김태우 옮김
48. 1984년　조지 오웰 | 권진아 옮김
49. 저주받은 안뜰 외　이보 안드리치 | 김지향 옮김
50. 대통령 각하　미겔 앙헬 아스투리아스 | 송상기 옮김
51. 신사 트리스트럼 섄디의 인생과 생각 이야기　로렌스 스턴 | 김정희 옮김
52. 베를린 알렉산더 광장　알프레트 되블린 | 권혁준 옮김
53. 체호프 희곡선　안톤 파블로비치 체호프 | 박현섭 옮김
54. 서푼짜리 오페라 · 남자는 남자다　베르톨트 브레히트 | 김길웅 옮김
55. 죄와 벌(상)　표도르 도스토예프스키 | 김희숙 옮김
56. 죄와 벌(하)　표도르 도스토예프스키 | 김희숙 옮김
57. 체벤구르　안드레이 플라토노프 | 윤영순 옮김
58. 이력서들　알렉산더 클루게 | 이호성 옮김
59. 플라테로와 나　후안 라몬 히메네스 | 박채연 옮김
60. 오만과 편견　제인 오스틴 | 조선정 옮김
61. 브루노 슐츠 작품집　브루노 슐츠 | 정보라 옮김
62. 송사삼백수　주조모 엮음 | 김지현 옮김
63. 팡세　블레즈 파스칼 | 현미애 옮김
64. 제인 에어　샬럿 브론테 | 조애리 옮김
65. 데미안　헤르만 헤세 | 이영임 옮김

66. 에다 이야기　스노리 스툴루손 | 이민용 옮김
67. 프랑켄슈타인　메리 셸리 | 한애경 옮김
68. 문명소사　이보가 | 백승도 옮김
69. 우리 짜르의 사람들　류드밀라 울리츠카야 | 박종소 옮김
70. 사랑에 빠진 여인들　데이비드 허버트 로렌스 | 손영주 옮김
71. 시카고　알라 알아스와니 | 김능우 옮김
72. 변신 · 선고 외　프란츠 카프카 | 김태환 옮김
73. 노생거 사원　제인 오스틴 | 조선정 옮김
74. 파우스트　요한 볼프강 폰 괴테 | 장희창 옮김
75. 러시아의 밤　블라지미르 오도예프스키 | 김희숙 옮김
76. 콜리마 이야기　바를람 샬라모프 | 이종진 옮김
77. 오레스테이아 3부작　아이스퀼로스 | 김기영 옮김
78. 원잡극선　관한경 외 | 김우석 · 홍영림 옮김
79. 안전 통행증 · 사람들과 상황　보리스 파스테르나크 | 임혜영 옮김
80. 쾌락　가브리엘레 단눈치오 | 이현경 옮김
81. 지킬 박사와 하이드 씨 · 존 니컬슨　로버트 루이스 스티븐슨 | 윤혜준 옮김
82. 로미오와 줄리엣　윌리엄 셰익스피어 | 서경희 옮김
83. 마쿠나이마　마리우 지 안드라지 | 임호준 옮김
84. 재능　블라디미르 나보코프 | 박소연 옮김
85. 인형(상)　볼레스와프 프루스 | 정병권 옮김
86. 인형(하)　볼레스와프 프루스 | 정병권 옮김
87. 첫 번째 주머니 속 이야기　카렐 차페크 | 김규진 옮김
88. 페테르부르크에서 모스크바로의 여행　알렉산드르 라디셰프 | 서광진 옮김
89. 노인　유리 트리포노프 | 서선정 옮김
90. 돈키호테 성찰　호세 오르테가 이 가세트 | 신정환 옮김
91. 조플로야　샬럿 대커 | 박재영 옮김
92. 이상한 물질　테레지아 모라 | 최윤영 옮김
93. 사촌 퐁스　오노레 드 발자크 | 정예영 옮김
94. 걸리버 여행기　조너선 스위프트 | 이혜수 옮김
95. 프랑스어의 실종　아시아 제바르 | 장진영 옮김
96. 현란한 세상　레이날도 아레나스 | 변선희 옮김
97. 작품　에밀 졸라 | 권유현 옮김
98. 전쟁과 평화(상)　레프 톨스토이 | 박종소 · 최종술 옮김
99. 전쟁과 평화(중)　레프 톨스토이 | 박종소 · 최종술 옮김

100. 전쟁과 평화(하) 레프 톨스토이 | 박종소·최종술 옮김
101. 망자들 크리스티안 크라호트 | 김태환 옮김
102. 맥티그 프랭크 노리스 | 김욱동·홍정아 옮김
103. 천로 역정 존 번연 | 정덕애 옮김
104. 황야의 이리 헤르만 헤세 | 권혁준 옮김
105. 이방인 알베르 카뮈 | 김진하 옮김
106. 아메리카의 비극(상) 시어도어 드라이저 | 김욱동 옮김
107. 아메리카의 비극(하) 시어도어 드라이저 | 김욱동 옮김
108. 갈라테아 2.2 리처드 파워스 | 이동신 옮김
109. 마담 보바리 귀스타브 플로베르 | 진인혜 옮김
110. 한눈팔기 나쓰메 소세키 | 서은혜 옮김
111. 아주 편안한 죽음 시몬 드 보부아르 | 강초롱 옮김
112. 물망초 요시야 노부코 | 정수윤 옮김
113. 호모 파버 막스 프리쉬 | 정미경 옮김
114. 버너 자매 이디스 워튼 | 홍정아·김욱동 옮김
115. 감찰관 니콜라이 고골 | 이경완 옮김
116. 디칸카 근교 마을의 야회 니콜라이 고골 | 이경완 옮김
117. 청춘은 아름다워 헤르만 헤세 | 홍성광 옮김
118. 메데이아 에우리피데스 | 김기영 옮김
119. 캔터베리 이야기(상) 제프리 초서 | 최예정 옮김
120. 캔터베리 이야기(하) 제프리 초서 | 최예정 옮김
121. 엘뤼아르 시 선집 폴 엘뤼아르 | 조윤경 옮김
122. 그림의 이면 씨부라파 | 신근혜 옮김
123. 어머니 막심 고리키 | 정보라 옮김
124. 파도 에두아르트 폰 카이절링 | 홍진호 옮김
125. 점원 버나드 맬러머드 | 이동신 옮김
126. 에밀리 디킨슨 시 선집 에밀리 디킨슨 | 조애리 옮김
127. 선택적 친화력 요한 볼프강 폰 괴테 | 장희창 옮김
128. 격정과 신비 르네 샤르 | 심재중 옮김
129. 하이네 여행기 하인리히 하이네 | 황승환 옮김
130. 꿈의 연극 아우구스트 스트린드베리 | 홍재웅 옮김
131. 단순한 과거 드리스 슈라이비 | 정지용 옮김
132. 서동시집 요한 볼프강 폰 괴테 | 장희창 옮김
133. 골동품 진열실 오노레 드 발자크 | 이동렬 옮김

134. E. E. 커밍스 시 선집 E. E. 커밍스 | 박선아 옮김
135. 밤 풍경 E. T. A. 호프만 | 권혁준 옮김
136. 결혼 계약 오노레 드 발자크 | 송기정 옮김
137. 러브크래프트 걸작선 H. P. 러브크래프트 | 이동신 옮김
138. 목련구모권선희문(상) 정지진 | 이정재 옮김
139. 목련구모권선희문(하) 정지진 | 이정재 옮김
140. 두이노의 비가 라이너 마리아 릴케 | 안문영 옮김
141. 루공가의 치부 에밀 졸라 | 조성애 옮김
142. 댈러웨이 부인 버지니아 울프 지음 | 손영주 옮김

을유세계문학전집은 계속 출간됩니다.

을유세계문학전집 연표

BC 458	**오레스테이아 3부작** 아이스퀼로스 | 김기영 옮김 | 77 | 수록 작품 : 아가멤논, 제주를 바치는 여인들, 자비로운 여신들 그리스어 원전 번역 서울대 선정 동서고전 200선 시카고 대학 선정 그레이트 북스	1630	**돈 후안 외** 티르소 데 몰리나 | 전기순 옮김 | 34 | 국내 초역 「불신자로 징계받은 자」 수록
		1670	**팡세** 블레즈 파스칼 | 현미애 옮김 | 63 |
		1678	**천로 역정** 존 번연 | 정덕애 옮김 | 103 |
BC 434 /432	**오이디푸스 왕 외** 소포클레스 | 김기영 옮김 | 42 | 수록 작품 : 안티고네, 오이디푸스 왕, 콜로노스의 오이디푸스 그리스어 원전 번역 「동아일보」 선정 '세계를 움직인 100권의 책' 서울대 권장 도서 200선 고려대 선정 교양 명저 60선 시카고 대학 선정 그레이트 북스	1699	**도화선** 공상임 | 이정재 옮김 | 10 | 국내 초역
		1719	**로빈슨 크루소** 대니얼 디포 | 윤혜준 옮김 | 5 |
		1726	**걸리버 여행기** 조너선 스위프트 | 이혜수 옮김 | 94 | 미국대학위원회가 선정한 고교 추천 도서 101권 서울대학교 선정 동서양 고전 200선
BC 431	**메데이아** 에우리피데스 | 김기영 옮김 | 118 |	1749	**유림외사** 오경재 | 홍상훈 외 옮김 | 27, 28 |
1191	**그라알 이야기** 크레티앵 드 트루아 | 최애리 옮김 | 26 | 국내 초역	1759	**신사 트리스트럼 섄디의 인생과 생각 이야기** 로렌스 스턴 | 김정희 옮김 | 51 | 노벨연구소 선정 100대 세계 문학
1225	**에다 이야기** 스노리 스툴루손 | 이민용 옮김 | 66 |		
1241	**원잡극선** 관한경 외 | 김우석·홍영림 옮김 | 78 |	1774	**젊은 베르터의 고통** 요한 볼프강 폰 괴테 | 정현규 옮김 | 35 |
1400	**캔터베리 이야기** 제프리 초서 | 최예정 옮김 | 119, 120 |	1790	**페테르부르크에서 모스크바로의 여행** A. N. 라디셰프 | 서광진 옮김 | 88 |
1496	**라 셀레스티나** 페르난도 데 로하스 | 안영옥 옮김 | 31 |	1799	**휘페리온** 프리드리히 횔덜린 | 장영태 옮김 | 11 |
1582	**목련구모권선희문** 정지진 | 이정재 옮김 | 138, 139 | 원전 완역	1804	**빌헬름 텔** 프리드리히 폰 쉴러 | 이재영 옮김 | 18 |
1595	**로미오와 줄리엣** 윌리엄 셰익스피어 | 서경희 옮김 | 82 | 미국대학위원회 선정 SAT 추천 도서	1806	**조플로야** 샬럿 대커 | 박재영 옮김 | 91 | 국내 초역
1608	**리어 왕·맥베스** 윌리엄 셰익스피어 | 이미영 옮김 | 3 |	1809	**선택적 친화력** 요한 볼프강 폰 괴테 | 장희창 옮김 | 127 |

1813	**오만과 편견**
	제인 오스틴 │ 조선정 옮김 │60│
1816	**밤 풍경**
	E. T. A. 호프만 │ 권혁준 옮김 │135│
1817	**노생거 사원**
	제인 오스틴 │ 조선정 옮김 │73│
1818	**프랑켄슈타인**
	메리 셸리 │ 한애경 옮김 │67│
	뉴스위크 선정 세계 명저 10
	옵서버 선정 최고의 소설 100
	미국대학위원회 선정 SAT 추천 도서
1819	**서동시집**
	요한 볼프강 폰 괴테 │ 장희창 옮김 │132│
1826	**하이네 여행기**
	하인리히 하이네 │ 황승환 옮김 │129│
1831	**예브게니 오네긴**
	알렉산드르 푸슈킨 │ 김진영 옮김 │25│
	파우스트
	요한 볼프강 폰 괴테 │ 장희창 옮김 │74│
	서울대 권장 도서 100선
	미국대학위원회 SAT 권장 도서
	디칸카 근교 마을의 야회
	니콜라이 고골 │ 이경완 옮김 │116│
1835	**고리오 영감**
	오노레 드 발자크 │ 이동렬 옮김 │32│
	서머싯 몸 선정 세계 10대 소설
	연세 필독 도서 200선
	결혼 계약
	오노레 드 발자크 │ 송기정 옮김 │136│
1836	**골짜기의 백합**
	오노레 드 발자크 │ 정예영 옮김 │4│
	감찰관
	니콜라이 고골 │ 이경완 옮김 │115│
1839	**골동품 진열실**
	오노레 드 발자크 │ 이동렬 옮김 │133│
1844	**러시아의 밤**
	블라지미르 오도예프스키 │ 김희숙 옮김 │75│

1847	**워더링 하이츠**
	에밀리 브론테 │ 유명숙 옮김 │38│
	서머싯 몸 선정 세계 10대 소설
	서울대 선정 동서 고전 200선
	미국대학위원회 SAT 권장 도서
	제인 에어
	샬럿 브론테 │ 조애리 옮김 │64│
	연세 필독 도서 200선
	미국대학위원회 SAT 권장 도서
	BBC 선정 영국인들이 가장 사랑하는 소설 100선
	「가디언」 선정 가장 위대한 소설 100선
	사촌 퐁스
	오노레 드 발자크 │ 정예영 옮김 │93│
	국내 초역
1850	**주홍 글자**
	너새니얼 호손 │ 양석원 옮김 │40│
1855	**죽은 혼**
	니콜라이 고골 │ 이경완 옮김 │37│
	국내 최초 원전 완역
1856	**마담 보바리**
	귀스타브 플로베르 │ 진인혜 옮김 │109│
1866	**죄와 벌**
	표도르 도스토예프스키 │ 김희숙 옮김 │55, 56│
	미국대학위원회 SAT 권장 도서
	하버드 대학교 권장 도서
1869	**전쟁과 평화**
	레프 톨스토이 │ 박종소·최종술 옮김 │98, 99, 100│
	뉴스위크, 가디언, 노벨연구소 선정
	세계 100대 도서
1871	**루공가의 치부**
	에밀 졸라 │ 조성애 옮김 │14│
1880	**워싱턴 스퀘어**
	헨리 제임스 │ 유명숙 옮김 │21│
1886	**지킬 박사와 하이드 씨·존 니컬슨**
	로버트 루이스 스티븐슨 │ 윤혜준 옮김 │81│
	작품
	에밀 졸라 │ 권유현 옮김 │97│
1888	**꿈**
	에밀 졸라 │ 최애영 옮김 │13│
	국내 초역

1889	**쾌락** 가브리엘레 단눈치오 ǀ 이현경 옮김 ǀ80ǀ 국내 초역	1909	**좁은 문·전원 교향곡** 앙드레 지드 ǀ 이동렬 옮김 ǀ24ǀ 1947년 노벨 문학상 수상 작가
1890	**인형** 볼레스와프 프루스 ǀ 정병권 옮김 ǀ85, 86ǀ 국내 초역	1911	**파도** 에두아르트 폰 카이절링 ǀ 홍진호 옮김 ǀ124ǀ
	에밀리 디킨슨 시 선집 에밀리 디킨슨 ǀ 조애리 옮김 ǀ126ǀ	1914	**플라테로와 나** 후안 라몬 히메네스 ǀ 박채연 옮김 ǀ59ǀ 1956년 노벨 문학상 수상 작가
1896	**키 재기 외** 히구치 이치요 ǀ 임경화 옮김 ǀ33ǀ 수록 작품 : 섣달그믐, 키 재기, 탁류, 십삼야, 갈림길, 나 때문에		**돈키호테 성찰** 호세 오르테가 이 가세트 ǀ 신정환 옮김 ǀ90ǀ
	체호프 희곡선 안톤 파블로비치 체호프 ǀ 박현섭 옮김 ǀ53ǀ 수록 작품 : 갈매기, 바냐 삼촌, 세 자매, 벚나무 동산	1915	**변신·선고 외** 프란츠 카프카 ǀ 김태환 옮김 ǀ72ǀ 수록 작품 : 선고, 변신, 유형지에서, 신임 변호사, 시골 의사, 관람석에서, 낡은 책장, 법 앞에서, 자칼과 아랍인, 광산의 방문, 이웃 마을, 황제의 전갈, 가장의 근심, 열한 명의 아들, 형제 살해, 어떤 꿈, 학술원 보고, 최초의 고뇌, 단식술사 서울대 권장 도서 100선 연세 필독 도서 200선 미국대학위원회 SAT 권장 도서
1899	**어둠의 심연** 조지프 콘래드 ǀ 이석구 옮김 ǀ9ǀ 수록 작품 : 어둠의 심연, 진보의 전초기지, 『청춘과 다른 두 이야기』 작가 노트, 『나르시서스호의 검둥이』 서문 미국대학위원회 SAT 권장 도서 연세 필독 도서 200선		
	맥티그 프랭크 노리스 ǀ 김욱동·홍정아 옮김 ǀ102ǀ		**한눈팔기** 나쓰메 소세키 ǀ 서은혜 옮김 ǀ110ǀ
1900	**라이겐** 아르투어 슈니츨러 ǀ 홍진호 옮김 ǀ14ǀ 수록 작품 : 라이겐, 아나톨, 구스틀 소위	1916	**버너 자매** 이디스 워튼 ǀ 홍정아 · 김동욱 옮김 ǀ114ǀ
			청춘은 아름다워 헤르만 헤세 ǀ 홍성광 옮김 ǀ117ǀ 1946년 노벨 문학상 및 괴테 문학상 수상 작가
1902	**꿈의 연극** 아우구스트 스트린드베리 ǀ 홍재웅 옮김 ǀ130ǀ	1919	**데미안** 헤르만 헤세 ǀ 이영임 옮김 ǀ65ǀ 1946년 노벨 문학상 및 괴테 문학상 수상 작가
1903	**문명소사** 이보가 ǀ 백승도 옮김 ǀ68ǀ	1920	**사랑에 빠진 여인들** 데이비드 허버트 로렌스 ǀ 손영주 옮김 ǀ70ǀ
1907	**어머니** 막심 고리키 ǀ 정보라 옮김 ǀ123ǀ	1921	**러브크래프트 걸작선** H. P. 러브크래프트 ǀ 이동신 옮김 ǀ137ǀ
1908	**무사시노 외** 구니키다 돗포 ǀ 김영식 옮김 ǀ46ǀ 수록 작품 : 겐 노인, 무사시노, 잊을 수 없는 사람들, 쇠고기와 감자, 소년의 비애, 그림의 슬픔, 가마쿠라 부인, 비범한 범인, 운명론자, 정직자, 여난, 봄 새, 궁사, 대나무 쪽문, 거짓 없는 기록 국내 초역 다수	1922	**두이노의 비가** 라이너 마리아 릴케 ǀ 안문영 옮김 ǀ140ǀ
		1923	**E. E. 커밍스 시 선집** E. E. 커밍스 ǀ 박선아 옮김 ǀ134ǀ

| 1924 | **마의 산**
토마스 만 | 홍성광 옮김 | 1, 2 |
1929년 노벨 문학상 수상 작가
서울대 권장 도서 100선
연세 필독 도서 200선
「뉴욕타임스」선정 '20세기 최고의 책 100선'
미국대학위원회 SAT 권장 도서

송사삼백수
주조모 엮음 | 김지현 옮김 | 62 |

| 1925 | **소송**
프란츠 카프카 | 이재황 옮김 | 16 |

요양객
헤르만 헤세 | 김현진 옮김 | 20 |
수록 작품: 방랑, 요양객, 뉘른베르크 여행
1946년 노벨 문학상 수상 작가
국내 초역 「뉘른베르크 여행」수록

위대한 개츠비
프랜시스 스콧 피츠제럴드 | 김태우 옮김 | 47 |
미 대학생 선정 '20세기 100대 영문 소설' 1위
모던 라이브러리 선정 '20세기 100대 영문학' 중 2위
미국대학위원회 추천 '서양 고전 100
「르몽드」선정 '20세기의 책 100선'
「타임」선정 '20세기 100대 영문 소설'

아메리카의 비극
시어도어 드라이저 | 김욱동 옮김 | 106, 107 |

서푼짜리 오페라·남자는 남자다
베르톨트 브레히트 | 김길웅 옮김 | 54 |

댈러웨이 부인
버지니아 울프 | 손영주 옮김 | 142 |

| 1927 | **젊은 의사의 수기·모르핀**
미하일 불가코프 | 이병훈 옮김 | 41 |
국내 초역

황야의 이리
헤르만 헤세 | 권혁준 옮김 | 104 |
1946년 노벨 문학상 수상 작가
1946년 괴테상 수상 작가

| 1928 | **체벤구르**
안드레이 플라토노프 | 윤영순 옮김 | 57 |
국내 초역

마쿠나이마
마리우 지 안드라지 | 임호준 옮김 | 83 |
국내 초역

| 1929 | **첫 번째 주머니 속 이야기**
카렐 차페크 | 김규진 옮김 | 87 |

베를린 알렉산더 광장
알프레트 되블린 | 권혁준 옮김 | 52 |

| 1930 | **식(蝕) 3부작**
마오둔 | 심혜영 옮김 | 44 |
국내 초역

안전 통행증·사람들과 상황
보리스 파스테르나크 | 임혜영 옮김 | 79 |
원전 국내 초역

| 1934 | **브루노 슐츠 작품집**
브루노 슐츠 | 정보라 옮김 | 61 |

| 1935 | **루쉰 소설 전집**
루쉰 | 김시준 옮김 | 12 |
서울대 권장 도서 100선
연세 필독 도서 200선

물망초
요시야 노부코 | 정수윤 옮김 | 112

| 1936 | **로르카 시 선집**
페데리코 가르시아 로르카 | 민용태 옮김 | 15 |
국내 초역 시 다수 수록

| 1937 | **재능**
블라디미르 나보코프 | 박소연 옮김 | 84 |
국내 초역

그림의 이면
씨부라파 | 신근혜 옮김 | 122 |
국내 초역

| 1938 | **사형장으로의 초대**
블라디미르 나보코프 | 박혜경 옮김 | 23 |
국내 초역

| 1942 | **이방인**
알베르 카뮈 지음 | 김진하 옮김 | 105 |
1957년 노벨 문학상 수상 작가

| 1946 | **대통령 각하**
미겔 앙헬 아스투리아스 | 송상기 옮김 | 50 |
1967년 노벨 문학상 수상 작가

1948	**격정과 신비**
	르네 샤르	심재중 옮김	128	
	국내 초역

1949	**1984년**
	조지 오웰	권진아 옮김	48	
	1999년 모던 라이브러리 선정 '20세기 100대 영문학'
	2005년 「타임」 선정 '20세기 100대 영문 소설'
	2009년 「뉴스위크」 선정 '역대 세계 최고의 명저' 2위

1953	**엘뤼아르 시 선집**
	폴 엘뤼아르	조윤경 옮김	121	
	국내 초역 시 다수 수록

1954	**이즈의 무희·천 마리 학·호수**
	가와바타 야스나리	신인섭 옮김	39	
	1952년 일본 예술원상 수상
	1968년 노벨 문학상 수상 작가

	단순한 과거
	드리스 슈라이비	정지용 옮김	131	

1955	**엿보는 자**
	알랭 로브그리예	최애영 옮김	45	
	1955년 비평가상 수상

1955	**저주받은 안뜰 외**
	이보 안드리치	김지향 옮김	49	
	수록 작품 : 저주받은 안뜰, 몸통, 술잔, 물방앗간에서, 올루야크 마을, 삼사라 여인숙에서 일어난 우스운 이야기
	세르비아어 원전 번역
	1961년 노벨 문학상 수상 작가

1957	**호모 파버**
	막스 프리쉬	정미경 옮김	113	

	점원
	버나드 맬러머드	이동신 옮김	125	

1962	**이력서들**
	알렉산더 클루게	이호성 옮김	58	

1964	**개인적인 체험**
	오에 겐자부로	서은혜 옮김	22	
	1994년 노벨 문학상 수상 작가

	아주 편안한 죽음
	시몬 드 보부아르	강초롱 옮김	111	

1967	**콜리마 이야기**
	바를람 샬라모프	이종진 옮김	76	
	국내 초역

1968	**현란한 세상**
	레이날도 아레나스	변선희 옮김	96	
	국내 초역

1970	**모스크바발 페투슈키행 열차**
	베네딕트 예로페예프	박종소 옮김	36	
	국내 초역

1978	**노인**
	유리 트리포노프	서선정 옮김	89	
	국내 초역

1979	**천사의 음부**
	마누엘 푸익	송병선 옮김	8	

1981	**커플들, 행인들**
	보토 슈트라우스	정항균 옮김	7	
	국내 초역

1982	**시인의 죽음**
	다이허우잉	임우경 옮김	6	

1991	**폴란드 기병**
	안토니오 무뇨스 몰리나	권미선 옮김
	29, 30	
	국내 초역
	1991년 플라네타상 수상
	1992년 스페인 국민상 소설 부문 수상

1995	**갈라테아 2.2**
	리처드 파워스	이동신 옮김	108	
	국내 초역

1996	**아메리카의 나치 문학**
	로베르토 볼라뇨	김현균 옮김	17	
	국내 초역

1999	**이상한 물질**
	테라지아 모라	최윤영 옮김	92	
	국내 초역

2001	**아우스터리츠**
	W. G. 제발트	안미현 옮김	19	
	국내 초역
	전미 비평가 협회상 브레멘상
	「인디펜던트」 외국 소설상 수상
	「LA타임스」, 「뉴욕」, 「엔터테인먼트 위클리」 선정
	2001년 최고의 책

2002	**야쿠비얀 빌딩**
	알라 알아스와니 l 김능우 옮김 l 43 l
	국내 초역
	바쉬라힐 아랍 소설상
	프랑스 툴롱 축전 소설 대상
	이탈리아 토리노 그린차네 카부르 번역 문학상
	그리스 카바피스상
2003	**프랑스어의 실종**
	아시아 제바르 l 장진영 옮김 l 95 l
	국내 초역
2005	**우리 짜르의 사람들**
	류드밀라 울리츠카야 l 박종소 옮김 l 69 l
	국내 초역
2016	**망자들**
	크리스티안 크라흐트 l 김태환 옮김 l 101 l
	국내 초역